DAVID L. LINDSEY

Sog der Gewalt

Buch

Eine geheimnisvolle Mordserie hält die Houstoner Polizei in Atem. Erstes Opfer ist der TV-Kameramann Wayne Powell. Bei den Nachforschungen entdeckt Detective Stuart Haydon vom Morddezernat, daß Powell einer einträglichen Nebenbeschäftigung nachging. Er überspielte Filme auf Video, und zwar brutalstes Material von den Kriegsschauplätzen der Welt. Sein Auftraggeber ist der mächtige Geschäftsmann Josef Rueg. Rueg kennt nur eine Leidenschaft: gefilmte Grausamkeit. Er ist zu allem bereit, diese Lust zu befriedigen, und schreckt auch nicht davor zurück, Männer aus den Elendsvierteln von Houston anzuheuern, die vor der Kamera einen anderen Menschen töten. Doch warum mußte der Kameramann Wyne Powell sterben?

Autor

David L. Lindsey lebt und arbeitet in Austin, Texas. Er war lange Jahre Lektor und hatte einen kleinen Verlag, bevor er selbst zu schreiben begann. Detective Stuart Haydon ist die sympathische Hauptfigur seiner Romane, deren neuester für den Edgar-Allan-Poe-Preis nominiert wurde.

»Die besondere Fähigkeit von David L. Lindsey liegt nicht allein in der Intensität des sich steigernden Schreckens oder der faszinierenden Mischung aus Polizeiarbeit und medizinisch orientierter Ermittlungsarbeit, sondern in der absolut lebendigen Zeichnung seiner Personen.«

Publishers Weekly

Außerdem von David L. Lindsey als Goldmann-Taschenbücher:

Kalter Amok (41045)
Todesspirale (9908)
Amaranta (41214)
Abgründig (42097)
Dunkles Leuchten (42979)
Teuflisch (41480)

David L. Lindsey

Sog der Gewalt

Roman

Aus dem Amerikanischen von
Friedrich A. Hofschuster

GOLDMANN

Deutsche Erstausgabe

Titel der Originalausgabe: Heat From Another Sun
Originalverlag: Harper & Row, New York

Umwelthinweis:
Alle bedruckten Materialien dieses Taschenbuches
sind chlorfrei und umweltschonend.

Der Goldmann Verlag
ist ein Unternehmen der Verlagsgruppe Bertelsmann GmbH

Neuausgabe 6/99

Umschlaggestaltung: Design Team München
Umschlagfoto: Günter Blum
Satz: IBV Satz- und Datentechnik GmbH, Berlin
Druck: Elsnerdruck, Berlin
Verlagsnummer: 44463
JE · Herstellung: sc
Made in Germany
ISBN 3-442-44463-2

1 3 5 7 9 10 8 6 4 2

Für Joyce

Als Dank für ihre geduldige Kameradschaft
in diesen zwanzig Jahren.
Immer hoffend, immer verzeihend...

Dieser Roman spielt in Houston in Texas. Keine der hier vorgestellten Menschen haben jedoch lebende Vorbilder, vielmehr sind alle Ereignisse und Personen frei erfunden.

1

Das alte Shamrock Hilton ragte breit und wuchtig in den dunstigen Nachthimmel wie ein alternder Mammut-Ozeandampfer, wobei der weiche grüne Schimmer seiner beleuchteten Fassade nach oben zu schwächer und die Silhouette schattenhaft wurde, unterbrochen von den ambrafarben leuchtenden Luken der Zimmer: eine große Königin aus vergangener Zeit, noch immer beeindruckend, noch immer königlich.

Er betrachtete das Hotel durch die funkelnd klare Windschutzscheibe des perlgrauen Mercedes, als er sein Kinn auf das Lenkrad legte und auf Paul Desmonds weiche Saxophontöne lauschte, die *Coracao Sensivel* spielten. Unter der Geräuschkulisse der Musik hörte er die Mädchen auf dem Rücksitz in gedämpften, verschwörerischen Tönen sprechen. Sie redeten einen Dialekt, den er »Chink-Tex« nannte: vorwiegend Chinesisch, gespickt mit englischen Wörtern und Redensarten in deutlich erkennbarem Texas-Akzent. Scheiße, sie waren ahnungslos und unschuldig wie die Kinder. Zwei Unschuldige. Am Rand seines rechten Blickfelds bewegte sich vorsichtig etwas Blasses hinter ihm. Er erstarrte. Ein nacktes Bein kam über den Sitz, und an einer ausgestreckten großen Zehe baumelte ein Slip, ganz dicht vor seinem Gesicht. Er lächelte. Ein Schauer leisen Kicherns übertönte Desmonds Saxophon. Verdammte Scheiße, wer war heutzutage noch wirklich unschuldig?

Er schnappte sich den Slip von der großen Zehe und schob den Fuß dorthin zurück, wo er hergekommen war. Dann nahm er seine goldbraun getönte Carrera-Brille ab und begann sie mit dem Slip zu polieren. Er hielt sich die Gläser vor die Augen, dann warf er die Brille frustriert auf den Sitz neben sich. Seine Augen brannten, und er hatte gedacht, die verdammte Brille würde das Licht der entgegenkommenden Scheinwerfer etwas dämpfen. Davon konnte nicht die Rede sein. Außerdem sah er aus wie ein Zuhälter, wenn er nachts eine Sonnenbrille trug. Er wollte, wenn das erledigt war, die Augen schließen, vielleicht ein paarmal einnicken, aber er war so verdammt aufgedreht, daß er wohl noch eine Woche lang nicht schlafen würde. Er schlief nicht, weil er nicht schlafen konnte. Er war so vollgepumpt mit Adrenalin, daß sein Gedächtnis immer, wenn er die Augen schloß, Standbilder der Ereignisse aus den vergangenen zwei Stunden ausspuckte, und dann mußte er die Augen aufmachen, um sie zu stoppen. Scheiße. Genau wie im Kino. Es war ein verdammter Abend gewesen. Noch nie hatte er etwas Derartiges gesehen. Noch nie.

Die Drive-in-Schalter auf dem Parkplatz der Bank waren ein guter Treffpunkt. Sie waren durch dichte Hecken und Oleanderbüsche vom Verkehr auf der Fannin und Holcombe Street abgeschirmt. Die Lampen warfen ihr blasses Licht hinter den Palmen auf die Straße und bildeten strichförmige Schatten auf der Motorhaube des Mercedes. Natürliche Tarnung – wie das Mondlicht in Vietnam. Powell würde vermutlich denken, daß es albern war, sich auf diese Weise zu treffen, aber schließlich hatte Powell ja keinen Überblick – er hatte keine Ahnung vom Umfang dieses Spiels. Er war noch nicht lange genug mit solchen Dingen beschäftigt, um zu wissen, was zu tun war, wenn man auf etwas ganz Knallhartes gestoßen war. Nun, er würde es sehr bald herausfinden.

Er langte nach unten und berührte das Päckchen zwischen seinen Schenkeln auf dem Sitz des Wagens. Zwei Videokassetten, hergestellt nach allen Regeln der Kunst, im ENG-System. Damit hatte sich Hitachi selbst übertroffen. Jede Kassette war in eine Zellophanhülle verpackt, mit einer Art Plastikreißverschluß, und die beiden waren mit Klebeband zusammengebunden, so daß nichts mehr vom Inhalt zu erkennen war. Das Ganze sah eher aus wie eine Bombe, und genau das war es auch.

Desmond kam gerade zu *Tow Part Contention*, als Powells ramponierter Corvette Cherry von der Holcombe abbog und um die Ecke kam, dann an der Vorderseite der Bank entlang und nach hinten fuhr, wo sich die Drive-in-Schalter befanden. Die Mädchen auf dem Rücksitz hörten auf zu schnattern und setzten sich ein wenig hoch, als sie den anderen Wagen beobachteten, der zwischen den Verkehrsinseln manövrierte und schließlich neben ihrem Mercedes zum Stehen kam. Powell schaltete den Motor der Corvette ab und kurbelte sein Fenster herunter.

Er grinste zu ihnen herüber. »Hey, James Bond.«

Der blöde Scheißkerl. Er kapierte einfach nicht. »Kannst du heute abend ins Labor kommen?«

»Klar«, antwortete Powell. »Jederzeit. Worum geht's? Bist du wieder im schönen Land der Tamales gewesen?«

Er ignorierte die Frage. »Ich habe hier Aufnahmen auf Viertel-Inch-Band und möchte sie auf Dreiviertel-Inch-Band kopiert haben.«

»Wie funktioniert die neue Hitachi-Anlage?«

»Fein. Hör zu, das muß noch heute nacht geschehen.«

»Na und?«

Er wußte nicht, wieviel er Powell sagen sollte. Langte zum Armaturenbrett und schaltete das Kassettengerät ab. Jetzt waren die gedämpften Geräusche der Stadt zu hören, und er deutete Powell an, daß er sich noch weiter aus dem Fenster lehnen sollte.

»Ich möchte ihnen aber keine Kopien davon geben«, sagte er.

Powell schaute ihn nur an. Eine Sammlung von Goldketten unter Powells Adamsapfel reflektierten das Licht. Manchmal machte er sich Gedanken über ihn. Der Junge aus Kalifornien, der kein Junge mehr war und es nicht wußte. Er lebte zusammen mit einer absolut fabelhaften Puppe, die halb so alt war wie er und doppelt so schlau. Er konnte sich das gar nicht vorstellen. Powell war einer, der immer mal ganz groß hatte rauskommen wollen – aber in all den Jahren war er seinem Ziel keinen Schritt näher gekommen. Es würde nicht gut enden mit Powell; er hatte zu viele Jahre verpatzt und vergeudet.

»Du sollst die Bänder für mich kopieren, ohne daß sie etwas

davon erfahren. Wenn er dich morgen fragt, sag ihm, ich bin nicht gekommen. Du hast nichts gehört von mir.«

Powell leckte sich die Lippen. Selbst im ausgewaschenen Licht der Straßenbeleuchtung konnte man erkennen, daß seine Haut zu Leder gebräunt war. Das blonde Beachboy-Haar paßte nicht ganz zu dem Gesicht, das an die vierzig Jahre alt sein mußte und nicht gut gealtert war.

»Was ist denn auf den Bändern?« fragte Powell, neigte dazu den Kopf und riß den Mund auf, als hänge sein Kiefer an ausgeleierten Bändern.

»Das ist meine eigene Sache, Wayne. Also nichts für die anderen. Ich bezahle dir auch extra. Das ist ein Geschäft zwischen dir und mir. Du hast die Ausrüstung, die ich brauche. Es ist einfach wie Überstunden. Nachtarbeit.«

»Und du bist nicht nach El Salvador geflogen?«

»Doch, bin ich, aber das ist etwas anderes. Ich mache noch andere Geschäfte nebenher, wie du weißt.«

»Und was ist mit dem Stoff aus El Salvador?«

»Nichts auf dieser Reise. Es hat sich nicht ergeben.«

»Aber du hast schon Geld dafür bekommen.«

»So ungefähr.«

»Was meinst du damit, ›so ungefähr‹? Geld ist nicht ungefähr. Geld ist Bezahlung. Wenn du Quatsch machst mit diesen Leuten, kannst du auch mich und meine Position hier auffliegen lassen. Ich will nicht meine Brötchengeber loswerden, Mann.«

Powells Problem bestand darin, daß er alles zu wörtlich nahm. Aber so war das in der Filmschule. In seinem Herzen war er nie etwas anderes als ein guter Kamera-Techniker gewesen. Absolut ohne jede Kreativität. Aber immerhin ein guter Techniker.

»Hör zu, Wayne, ich erklär' dir das morgen.«

Powell schaute auf den Rücksitz des Mercedes, auf die zwei nicht lächelnden, orientalischen Augenpaare, die ihn ausdruckslos aus dem Halbdunkel anstarrten. Er überlegte es sich, dann zuckte er mit den Schultern und zog seine geöffnete Hand aus dem Fenster. »Was soll ich dazu sagen?«

Den Bruchteil einer Sekunde war der andere dabei, seine Entscheidung zu ändern, doch dann sagte er sich, daß es ein Fehler wäre, jetzt die Nerven zu verlieren. Er wollte die Bänder im Dreiviertel-Inch-Format kopiert haben, und er wollte sehen, was ein wirklich guter Techniker bei der Vergrößerung schaffen konnte. Niemand hatte einen Grund zu der Vermutung, daß es sich um etwas anderes handelte als bei den anderen Kassetten. Es war, als ob man eine Million Dollar in einem Schuhkarton verschickte. Manchmal waren Routineprozeduren die sicherste Tarnung und daher die beste. Jedenfalls solange Powell die Bänder nicht aus der Hand gab. Er holte das Päckchen zwischen seinen Schenkeln hervor und reichte es durchs Fenster.

»Es sind zwei. Beide zusammen über sechzehn Minuten. Auf die neuen Hitachis gehen nur acht Minuten.«

»Das erste, was ich höre, Mann«, sagte Powell mit müdem Sarkasmus. »Du vergißt, wer dich überhaupt erst drauf gebracht hat.«

»Laß sie einfach mal durchlaufen und sieh zu, was bei einer Kopie auf ein Dreiviertel-Inch-Band herauskommt. Vergrößere sie, was immer du auch dafür aufwenden mußt. Sobald du damit fertig bist, ruf mich vom Labor aus an und sag mir, wie es rauskommt. Ich sage dir, was dann weiter damit geschehen soll. Okay?«

»Wie du meinst«, sagte Powell.

»Und, Wayne – es sind ganz besondere Bänder, okay? Gib sie nicht aus der Hand. Sie sind nur für deine Augen bestimmt, okay?«

Powell schien davon nicht besonders beeindruckt zu sein. Er ließ den Corvette an, der Motor heulte ein paarmal auf, und die Motorhaube des Wagens zitterte heftig, dort, wo sie provisorisch mit grauen Klebestreifen zusammengehalten wurde. Powell warf noch einen bedeutungsvollen Blick auf die Mädchen im Fond des Mercedes. Sie erwiderten ihn mit leerem Schweigen. Wieder heulte der Motor des Corvette auf. Wieder starrten die Mädchen passiv hinaus. Dann legte Powell unter Kratzen den Gang ein und schoß davon, im betäubenden Brüllen seines explodierenden Motors und dem scharfen Gestank nach verbranntem Gummi. Die Reifen des Corvette drehten noch durch, als er aus der Einfahrt schoß und mit dem Auspuff über die Stelle kratzte, wo die Zementpiste in den Asphalt der Straße überging und eine kleine Schwelle bildete. Er verschwand im Verkehr auf der Fannin Street.

Die Mädchen brachen in kreischendes Gelächter aus, dem ein Schnellfeuer-Chink-Tex folgte.

Wayne Powell war fast vierzig Jahre alt! Kaum zu glauben.

2

Als erstes hatte er die Bibliothek ausgeräumt. Das hatte einen ganzen Monat in Anspruch genommen. Haydon warf nur ungern etwas weg. Sein Schreibtisch, die Aktenschränke und die Bücherregale waren angefüllt mit Esoterica, Erinnerungsstükken und Gegenständen von geringem oder gar keinem Wert, an denen er unerklärlicherweise hing. Alles das, womit er sich umgeben hatte, stand in Beziehung zu einer anderen Zeit und einem anderen Ort, und gerade in seiner Bibliothek kam das besonders deutlich zum Ausdruck.

In den ersten paar Tagen hatte er vor allem darüber nachgedacht und x-beliebig Bücher aus den Regalen genommen, in die er seit Jahren keinen Blick mehr geworfen hatte. Er hatte sie aufgeschlagen und die Ex libris und die Namen der ehemaligen Besitzer auf der ersten Seite gelesen, meistens in ihrer eigenen Handschrift. Da waren der Name seines Vaters, seiner Mutter, sein eigener. Die Handschrift seines Vaters war schmal und langgezogen und erinnerte an die dekorative Schrift, wie man sie im Unterricht, aber auch aus besonderen Büchern vor sechzig Jahren gelernt hatte. Er hatte oft exzentrische Bemerkungen unter Namen und Datum gemacht: Kommentare über das Wetter am Tag, als er das Buch kaufte, oder ob er gerade mit Erfolg einen bestimmten Fall abgeschlossen hatte, ob es etwas Bemerkenswertes in den Nachrichten gegeben hatte oder etwas, das

Einfluß auf seine Familie ausübte. Seine Bücher waren die Marginalien seines Lebens. Die Handschrift seiner Mutter war klein, deutlich und präzise. Sie trug nur Name und Datum ein, sonst nichts.

Haydons eigene Handschrift war stilistisch uneinheitlich, nicht zuletzt, weil sich in der Bibliothek Bücher befanden, die von seiner Kinderzeit bis zur Gegenwart reichten. Man konnte leicht das ungeschickte Gekritzel der frühen Jahre erkennen und sehen, wie es durch eine Folge von Signationen in den Büchern fester und klarer wurde. Aber selbst als Erwachsener hatte seine Handschrift häufig im Aussehen gewechselt, eine Tatsache, die ihn insgeheim ärgerte. Manchmal, als er nach dem Tod seiner Eltern die Familienpapiere durchgegangen war, hatte er seine eigene Schrift nicht wiedererkannt.

Auf diese eher willkürliche und zufällige Weise erkannte er in sich allmählich das, was Thomas Carlyle die »ausdrückliche und hörbare Stimme der Vergangenheit« genannt hatte. Er sah die Bibliothek selbst schließlich als eine alternde Persönlichkeit, in der der Schlüssel zu seiner bedrohten Erinnerung rein zufällig bewahrt worden war. Diese Entdeckung wirkte außerordentlich beruhigend auf ihn und war ein wichtiger Faktor bei seiner emotionellen Rekonvaleszenz, die vermutlich noch mehrere Monate dauern würde.

Nach annähernd zwei Wochen dieses selbstverlorenen Herumkramens, in denen er lange Tage damit verbrachte, das zu lesen, was ihm plötzlich interessant erschien, wobei ihn nicht selten ein Buch zu einem anderen, das mit dem ersten in losem Zusammenhang stand, führte, begann Haydon eine systematische Sichtung des gesamten Inhalts der Bibliothek. Er prüfte jedes einzelne Buch, jede Zeitschrift und jede Broschur, die in den Regalen dieses Raums lagen, und brachte Notizen auf ihre Karteikarten und in dem Katalog an, der von Beginn an mit geradezu religiöser Sorgfalt und Gewissenhaftigkeit von seinem Vater angelegt worden war. Bei diesem Prozeß warf er eine Menge Material weg, das scheinbar nur deshalb Platz auf den Regalen gefunden hatte, weil es die Gewohnheit der Familie war, alles aufzuheben, das als Buch, Journal oder Zeitschrift bezeichnet werden konnte und in ihre Hände gefallen war. Er warf ganze drei große Packkartons mit nutzlosem Material weg, die er hinauszerrte auf die Terrasse, damit Pablo sie wegschaffen konnte.

Schließlich widmete er eine volle Woche dem Auswählen und Bestellen weiterer Bücher von einer Liste, die er sich in seinem Ringbuch notiert hatte.

Gegen Ende des zweiten Monats wandte Haydon seine Aufmerksamkeit dem Gewächshaus zu, das sich hinter dem Zitrushain befand. Er hatte schon eine ganze Weile im Sinn gehabt, seine Sammlung von Bromelien so zu erweitern, daß sie den ganzen zur Verfügung stehenden Platz in dem großen, langen Glashaus einnahmen. Also begann er mit der Renovierung, unter Assistenz von Pablo, der den Boden immer wieder aufs neue wischte und Haydons neue Begeisterung keineswegs teilte, weil sie seine gemütlichen Vormittage in ein schweißtreibendes Fegefeuer verwandelten. Riesige Kalksteinblöcke wurden angeliefert, damit kleine Anhöhen gebaut werden konnten, und das Sphagnum-Moos wurde zentnerweise herbeigekarrt. Elektriker kamen mit Rollen von Draht, ordentlich verpackten Geräten, Leitern und Gerüsten und installierten die nötigen Vorrichtungen, um einen hermetisch abgeschlossenen, genau den Bedingungen des tropischen Regenwalds entsprechenden Raum zu schaffen, vervollständigt mit verschiedenen Windanlagen, die von elektrisch geschalteten Fächern und Ventilatoren an der Decke geschaffen wurden, und einem automatischen Sprinklersystem, das Nebel und periodischen Regen simulierte.

Haydon kämmte alle Baumschulen und Gärtnereien der Stadt durch nach Varietäten von Bromelien, die er noch nicht besaß, und bestellte andere über den Versand. Am Ende von sechs Wochen war die Renovierung komplett. Plattenwege wanden sich durch das Glashaus zwischen übereinander angeordneten Reihen der über hundert verschiedenen Arten von Bromelien, die sich von der Decke bis zur feucht-schwammigen Erde erstreckten. Hoch oben an den Palmen und an den zerbröckelnden alten Baumstümpfen saßen die Epiphyten, die »Luftatmer«, deren

Wurzeln nur zum Festhalten dienten, während sie Nahrung und Wasser durch ein System stufenförmig angeordneter Blätter aufnahmen. Alle Bromelien tun das, und es verleiht ihren Blättern oft einen silbrig-blauen Hauch. Üppige Büschel und Girlanden hingen herunter auf die Felsblöcke, wo die Saxicola lebten und sich an den Ritzen und den Flechten des Steins festklammerten. Die terrestrischen Orchideen gediehen in den Wäldern des auf dem Boden gepflanzten Farns, darunter der schimmernde Cryptanthus »Erdstern«, der großartig wirkte vor dem dunkelgrünen Hintergrund aus Moos und Torf.

Zu Beginn des vierten Monats hatte sich Haydons Tagesablauf zu einer gesunden und bequemen Lebensweise geregelt. Er stand früh auf und machte seine Gymnastik auf dem Schlafzimmerbalkon oberhalb der Terrasse, bevor er nach unten ging, aus dem Gartentor, um drei Meilen in der Kühle des frühen Morgens über die Boulevards zu joggen. Wenn er zurückkam, nahm er eine Dusche und frühstückte dann mit Nina, wobei er die beiden Tageszeitungen von Houston schnell und mit wenig Interesse durchblätterte. Hier und da verfiel er danach in Tagträume.

Während die kühleren Temperaturen des frühen Morgens noch etwas im Zitruswäldchen beim Gewächshaus hängenblieben, verbrachte er seine Zeit dort mit dem Katalogisieren neuer Importe und dem Ausmerzen unbrauchbarer Triebe, die sich häufig bei älteren Pflanzen entwickelten. Aber oft faulenzte er auch am Vormittag, lag in einer Hängematte zwischen den Zitronenbäumen und versuchte, an gar nichts zu denken. Ein Ziel, das er allerdings nur selten erreichte.

Vom Lunch bis zum Abend, während der heißesten Stunden des Tages, arbeitete Haydon in der Bibliothek. Wie bei den Bromelien katalogisierte er die neu erworbenen Bücher, die alle paar Tage in einem stetigen Strom von Pappkartons mit der Post eintrafen. Er packte sie aus, stellte die leeren Kartons hinaus auf die Terrasse und die neuen Bücher auf den Refektoriumstisch. Dann setzte er sich mit dem Rücken zur Terrassentür, hinter der die Sommerhitze zu einer Intensität anschwoll, daß selbst die Zikaden nicht mehr zu zirpen, sondern zu schreien schienen, und versenkte sich in die neuen Bücher mit einer Begeisterung, die er bis dahin nicht für möglich gehalten hätte.

Und noch ein weiterer Monat verging in dem natürlichen Rhythmus, den sein Leben jetzt angenommen hatte. Das aberwitzige Bedürfnis, sich beschäftigen zu müssen, von dem er besessen gewesen war, wich allmählich und hatte ihn wie nach einem die Sinne verdrehenden Fieber ruhig und ein wenig erschöpft zurückgelassen. Doch die Routine seiner Tage, die behutsam von Nina instrumentiert wurde, war außerordentlich regenerativ gewesen. Seine Ängste waren seltener und weniger unmittelbar geworden. Diejenigen, die geblieben waren, würden freilich nie mehr weichen. Sie waren ebenso Teil seiner Persönlichkeit wie der Rhythmus seines Herzschlags. Doch zum erstenmal, seit er sich erinnern konnte, paßte sein Leben in einer sinnvollen Weise zusammen, die er lange nicht gefühlt und zweifellos im Unterbewußtsein zutiefst vermißt hatte. Nina bedeutete ihm mehr als je zuvor, denn sie war diejenige, die geduldig und unaufdringlich seine Genesung gelenkt und gestaltet hatte. Nach nahezu zwölf Jahren, in denen sie ihre Ehe und ihre Karriere in einem gewissen Gleichgewicht gehalten hatte, war Nina nun bereit, ihre eigene Arbeit nach und nach aufzugeben. Neue Aufträge von neuen Architekturfirmen wurden grundsätzlich abgelehnt, und es gab Wochen, in denen sie ihr Studio kein einziges Mal betrat. Die Arbeit, die sie noch tat, erledigte sie zu Hause. Sie drängte sich ihm nie auf und verstand besser als er, daß er Perioden der völligen Einsamkeit nötig hatte – doch sie war nie außer Reichweite.

Wie immer, hatte sie nicht nur ihre eigene Position, sondern die von sich und von ihm in aller Deutlichkeit erkannt. Für seine derzeitige Gemütsruhe fühlte sich ihr Haydon auf eine liebende Weise verpflichtet, weit jenseits aller Hoffnung, sich bei ihr eines Tages dafür revanchieren zu können.

3

Er rechnete mit dem Schlimmsten. Das Entsetzen wurde überlagert von dem widerlichen Blutgeruch, den er aus der Nase zu bekommen versuchte, als er alle Fenster des Wagens nach unten senkte und die feuchte Nachtluft über sein Gesicht streichen ließ. Die Mädchen saßen verschüchtert auf der Rückbank. Damit hatte er nun wirklich nicht gerechnet. Man hatte ihm fast die Initiative abgenommen. Fast.

Jetzt überlegte er sich seine Möglichkeiten. Die Straßen waren leer, und er konnte nachdenken. Er konnte auf der Stelle aussteigen, mit dem Rest von Zürich oder Hongkong oder Kathmandu oder irgendeiner verdammten Stadt aus verhandeln, die übrigen Bänder zurückgeben und sagen, daß er aussteigen wollte. Es war ein Fehler. Tut mir leid. Oder er könnte versuchen, den ganzen Plan zu retten. Dazu allerdings mußte er schnell handeln. Jetzt gleich zurückfahren in die Eigentumswohnung, alles, was er konnte, in die Wagen laden und erst einmal untertauchen, bis er einen neuen Anfang wagen konnte. Wenn er das tat, wenn er in einer Stunde weg war, konnte er es schaffen.

Scheiße – wann war er jemals vor einem Schuß aus dem Ungewissen davongerannt?

Überraschend, wieviel man in zwei Autos packen konnte. In den grauen, leblosen Stunden vor dem Morgengrauen parkten sie den Audi der Mädchen und seinen Mercedes hinter der Mauer aus englischem Efeu und begannen mit dem Einladen. Die Mädchen gingen ihre Garderobenschränke durch und nahmen sich das wichtigste von ihren Kleidern und Schuhen mit, was den ganzen Rücksitz des Audi einnahm und beinahe das Rückfenster verstellte. Sie packten die Stereoanlage, die Lautsprecher und die Platten in den Kofferraum des Audi, zusammen mit Papiertüten, gefüllt mit Toilettenartikeln aus dem Badezimmer und mit Kochutensilien aus der Küche. Die Lebensmittel konnten sie sich später besorgen.

Als sie mit seinen Sachen begannen, sagte er ihnen, sie sollten alle Kleidung in den Kofferraum des Mercedes werfen, samt Kleiderbügeln und Hosenspannern. Er hatte bereits die Koffer aus seinem Schrank geholt und füllte sie mit seinen Bändern, den Hunderten von Kopien, die er im Laufe der Jahre angefertigt hatte. Alles. Er stellte die Koffer auf den Boden im Fond, um die Sitzebene für die Geräte frei zu haben.

Wieder zurück im zweiten Schlafzimmer, begann er die Kabel zu lösen, wobei er sich nicht die Zeit ließ, sie zu ordnen; jetzt kam es erst einmal darauf an, das Zeug auseinanderzubekommen. Alle Kabel auf einen Haufen – sortieren konnte er sie später. Die Mädchen halfen ihm dabei, den Monitor zum Wagen zu tragen, wo sie ihn gegen eine Tür lehnten. Als nächstes kam der Panasonic-Beta-Recorder mit Schneidevorrichtung, der gerade noch auf den Rücksitz paßte. Der neue Viertel-Inch-Hitachi-Recorder kam auf den Beifahrersitz, zusammen mit den zwei SR-1 VTR-Kameras. Sie nahmen Bettücher und breiteten sie über alles. Man brauchte schließlich nicht aller Welt anzukündigen, womit sie beschäftigt waren.

Gegen sechs Uhr morgens waren die Wagen beladen und zur Abfahrt bereit. Aber ihr Ziel lag nicht in den Vierteln der Asiaten. Das wäre zu naheliegend gewesen, damit hätte man gerechnet. Es war besser und auch leichter, sich in das Meer der Apartmenthäuser Houstons zu stürzen, wo die Mieter so häufig wechselten, daß man ständig neue Gesichter sah. Während der Frühverkehr immer noch ziemlich dünn war, fuhren sie auf den Bellaire Boulevard und folgten ihm hinaus bis zur Hillcroft Street, wo sie in Richtung Norden abbogen, unter dem Southwest Freeway hindurch, links auf der Harwin Street und wieder links auf der Fondren Street fuhren und dann kreisten, wobei sie über die endlosen Dächer der Apartmenthäuser schauten, welche die massive und homogene Gesellschaft der gesichtslosen Mieter von Sharpstown beherbergten.

Als sie nach ihrer Umkreisung wieder auf den Bellaire stießen, hielten sie an einem Coffeeshop und frühstückten, gerade als der Verkehr Richtung Innenstadt dichter wurde. Die Mädchen waren still. Sie berührten das ölige amerikanische Frühstück kaum und hielten sich statt dessen an mehrere große Gläser Orangensaft und die Grapefruithälften.

Er schaute auf die Uhr. Fast acht. Jetzt oder kurz danach würden sie die Schweinerei entdecken. Er selbst wollte spätestens um zehn von der Straße sein. Dann brauchte er erst einmal Schlaf. Und später würde er sich mit den Bändern befassen.

Während die Mädchen passiv wie Siamkatzen aus dem Fenster schauten, öffnete er seine Aktenmappe und sah die Papiere durch, die er zu seinem Plan benützen würde. Er hatte zwei gefälschte Führerscheine und zwei gefälschte Reisepässe, der eine Satz war auf den Namen Richard M. Kaun ausgestellt, der andere auf den Namen Richard K. Malik. Er hatte sie schon auf der ganzen Welt benützt, und sie hatten ihm gute Dienste getan. Kein Wunder, es waren deutsche Produkte, und sie hatten ihn fast ein Kilo des bekanntesten und beliebtesten Rauschgifts gekostet. Die Namen waren ein Geniestreich, etwas, das ihm gerade in letzter Minute eingefallen war, als er seinen Wunsch nach falschen Papieren vorgebracht hatte. Dem deutschen Drucker war es scheißegal gewesen. Er hätte Quasimodos Unterschrift unter ein Photo von Ferdinand Marcos gesetzt, wenn der kleine Schlächter aus Manila dafür bezahlt hätte. Seltsamerweise war bisher niemandem die Diskrepanz zwischen den Namen und den dazugehörigen Photos aufgefallen.

Sie verließen den Coffeeshop, und die Mädchen folgten ihm, als er wieder einen Kreis beschrieb, bevor er sich endlich für eine Straße entschloß und weiter eindrang in das Labyrinth. Er wollte genau die richtige Wohnung finden, nicht zu teuer, nicht zu schmutzig. In einem Apartmentkomplex, der anonym wirkte. Er sah ein »Zu vermieten«-Schild vor einer Wohnanlage, die sich Southwest Manor Village nannte und aussah, als wollte sie an Old Williamsburg erinnern. Er bog in die Zufahrt ein.

Die Wohnanlage war vermutlich gebaut worden, als Sharpstown eine schicke neue Gegend gewesen war, vor fast fünfzehn Jahren. Toy ging durch einen offenen Torbogen im Vorderteil des Vierecks und betrat einen Hof. Ein kleiner Pool, bei dem die

Farbe auf dem Boden abblätterte und der von einem Drahtzaun umgeben war, bildete die Hauptattraktion. Er folgte den roten Pfeilen zum Büro des Verwalters.

Der Verwalter war eine Verwalterin. Sie hatte noch ihren Bademantel an, sah im Fernsehen David Hartman und trank eine Tasse Kaffee. Ja, sie hatte ein Apartment mit zwei Schlafzimmern frei. Dreihundertfünfundzwanzig im Monat plus Nebenkosten. Eine Kaution von hundert Dollar. Sie nahm den Schlüssel und führte ihn durch den Würfel, um ihm die Wohnung zu zeigen. Unmöbliert, aber mit voll eingerichteter Küche. Ob er verheiratet sei? Ja, und seine Schwägerin sei bei ihnen. Gut, daß es zwei Bäder gibt, sagte die Verwalterin. Haben Sie Haustiere? Nein. Gut, denn die seien hier nicht erlaubt. Kinder? Nein. Die sind auch nicht erlaubt. Toy sah sich um. Es würde reichen. Er folgte ihr zurück quer über den Hof, wo die Bewohner nackte Trampelpfade ins Gras getreten hatten, um den Weg zum Pool abzuschneiden.

In benommenem Zustand, der vom Schlafmangel herrührte, begannen sie, die Wagen auszuladen, und brachten alles in die leeren Räume, wo es nach Pestiziden und Luftauffrischer mit Kiefernduft roch. Die Videoausrüstung kam ins Wohnzimmer, zusammen mit der Stereoanlage. Als alles ausgepackt war, ging er ins Schlafzimmer, wo die Mädchen seine Kleidung ausgepackt hatten. Er brach buchstäblich auf dem Teppich zusammen, ohne die deprimierende Umgebung richtig wahrzunehmen. Als er wieder die Augen öffnete, starrte er auf die schwach beleuchtete Decke und war einen Moment lang völlig desorientiert. Dann nahm er die vertrauten Gerüche erhitzten Sesamöls und im Topf gerührter Gemüse wahr, schaute sich in dem leeren Raum um und erinnerte sich. Auf seiner Uhr war es halb acht. Er hatte den ganzen Tag über geschlafen. Jetzt stand er auf und ging über den Korridor zur Küche, wo Yue in Unterkleidung am Herd stand und etwas im Wok rührte; ihr langes, pechschwarzes Haar hing bis an den Ansatz ihres weißen Slips. In den Schränken und Regalen befanden sich neu eingekaufte Lebensmittel.

Er wandte sich von der Tür ab und betrat wieder den Wohnraum. Lai, auch sie in Unterwäsche, saß auf dem Boden und versuchte, die Anschlußkabel für die Stereoanlage zu entwirren.

»Bist du schon lange wach?« fragte er.

Sie zeigte ihm ein Lächeln. »Schlaf okay?«

Er nickte.

»Wir sind zwei Stunden wach. Schönes Bad, Haarwaschen.« Wieder ein Lächeln.

Mein Gott.

»Und Yue kocht.«

Wieder nickte er, drehte sich um und ging in sein Schlafzimmer. Seine Toilettenartikel waren bereits im Bad verstaut. Er nahm eine lange, ausführliche Dusche.

Sie aßen stehend zwischen den Küchenschränken, und aus der Stereoanlage war Olivia Newton-John zu hören. Er schaute den Mädchen zu und fragte sich, ob etwas darüber in den Sechs-Uhr-Nachrichten gekommen war. Nach dem Essen ging er ins Wohnzimmer.

Er stellte die drei Komponenten an eine Wand. Erst steckte er den TV-Monitor ein und schaltete ihn an, wobei er den Ton wegdrehte. Links davon baute er den alten Panasonic-Beta-Recorder mit Schneidevorrichtung auf, steckte das Kabel in die Dose in der Wand und schloß ihn an den Monitor an. Dann stellte er links davon den neuen Hitachi-Recorder auf, der für die Viertel-Inch-Hitachikassetten geeignet war, wie sie von der SR-1-Kamera benützt wurden. Er steckte auch dieses Gerät an und verband die Audio- und die zwei Videokabel vom Recorder mit dem Schneidetisch.

Aus der Aktentasche, in der er seine gefälschten Papiere aufbewahrte, nahm er die zwölf restlichen Kassetten, die er von Powell hatte kopieren und auf Dreiviertel-Inch-Band überspielen wollen. Sie gehörten zur neuesten Entwicklung von Hitachis Videoausrüstung, der SR-1-Kamera. Das System war so konzipiert, daß es leicht und kompakt war und von jedem Kameramann ohne Schwierigkeiten unterwegs benützt werden konnte. Teilweise kam das daher, daß man bei der Kamera Viertel-Inch-Kassetten benützen konnte, im Gegensatz zu den größeren und häufiger benützten Halb- oder Dreiviertel-Inch-Kassetten. Der einzige Nachteil bestand darin, daß die Kassette nur Acht-Minuten-Informationen aufzeichnen konnte.

Er und Lai hatten etwa für eine Stunde Filmmaterial verbraucht. Das bedeutete, daß sie während des Aufnahmevorgangs jeweils sieben einzelne Kassetten einlegen mußten, was insgesamt Filmmaterial von sechsundfünfzig Minuten ergab. Obwohl Powell die fast sechzehn Minuten der Anfangsszenen weggenommen worden waren, hatte sich Toy vorsichtshalber eine Kopie davon angefertigt – im Licht dessen, was geschehen war, eine kluge Entscheidung.

Jetzt begann er damit, die Viertel-Inch-Kassetten auf das gebräuchlichere Dreiviertel-Inch-Format umzukopieren, wobei außerdem die Acht-Minuten-Kassetten auf eine einzige Sechzig-Minuten-Kassette paßten. Er steckte eine leere Dreiviertel-Inch-Kassette in den Beta-Recorder mit Schneidevorrichtung und die erste von Lais Hitachi-Viertel-Inch-Kassetten in den Hitachi-Videorecorder. Die entstehende Sechzig-Minuten-Kassette würde zwar unbeholfen geschnitten sein, aber mehr brauchte er momentan nicht. Es reichte, um den Bildbericht folgerichtig auf einem fortlaufenden Band zu kopieren. Schließlich handelte es sich nicht um einen Kunstfilm.

Als er alle bis auf die letzte Kassette auf die Dreiviertel-Inch-Kassette umgespielt hatte, waren die Mädchen mit der Küchenarbeit fertig, saßen stumm hinter ihm auf dem Boden und betrachteten den Bildschirm. Die Gerüche von Yues fernöstlicher Küche waren nach und nach ergänzt worden durch den schwachen Geruch warm gewordener elektrischer Leitungen und Isolationen. Jetzt wurde auch dieser Geruch überlagert von einer gelegentlichen Welle des duftenden Badeöls der Mädchen.

Und nun wollten sie das Ganze im Zusammenhang sehen. Er ging erst zur Stereoanlage, nahm Olivia Newton-John vom Plattenspieler, suchte sich eine Billie Holiday-LP aus und legte sie auf. Dann kehrte er zu den Kassetten zurück und steckte die Dreiviertel-Inch-Kassette mit den Filmen, die von Lais Kamera aufgenommen worden waren, in das Beta-Gerät. Er drückte auf den Knopf. Erst schneite es ein bißchen auf dem Monitor, dann begann die Aufzeichnung.

Es war das bemerkenswerteste Filmmaterial, das er je gesehen hatte. Die Gewalt, berechnet, dumpf und verzweifelt, erreichte eine Dimension des Unwirklichen, daß einem übel wurde dabei – viel mehr als bei den Grausamkeiten des Krieges und den Folterungen. Es war auch nicht die erstickende, klinische Gewalt der berüchtigten, sadomasochistischen Filme, in denen die Opfer tatsächlich umgebracht wurden und von denen er selbst nur einen einzigen gesehen hatte, Filme, die in sehr geringer Zahl existierten. Vielleicht hätte man diesen Film eher ertragen können, wenn man ihn in eine passende Rahmenhandlung eingebaut hätte, die seine Brutalität erklärte oder entschuldigte. Die Gesellschaft hatte längst Entschuldigungen für fast alle Gewalttaten auf Lager, praktische Erwiderungen, die es nicht erforderlich machten, daß man jemandem zu direkt in die Augen schauen mußte.

Aber das hier war anders. Mit einer schrecklichen Ironie, die Toy dennoch genoß, sahen sie die letzten, grauenvollen Minuten des Bandes, während die ergreifend melodische Stimme von Billie Holiday den verdunkelten Raum mit dem beziehungsvollen Text von *Strange Fruit* füllte.

4

An einem Samstagmorgen in der ersten Juliwoche stand Haydon früh auf, zog sich eine alte Fußballhose an, die mit einer Schnur an der Taille festgebunden wurde, und dazu ausgefranste und schmutzige Bastschlappen. Er achtete darauf, Nina nicht zu wecken, die bis spät in die Nacht einen Roman gelesen hatte und wahrscheinlich den halben Vormittag verschlafen würde. Er ging die Wendeltreppe nach unten, in dem blassen, diffusen Licht, das von überall und nirgendwo zu kommen schien und die weiße Fläche der großen Eingangshalle füllte, ging dann hinaus auf die Terrasse, wo Cinco lag und auf ihn wartete. Haydon bückte sich und streichelte den Kopf des Collies, dann blieb er einen Moment am oberen Ende der Treppe zum Rasen stehen und ließ die kühle, etwas feuchte Luft seinen nackten Oberkörper und die Beine wecken.

Danach gingen er und Cinco die Treppe hinunter und durch das nasse Gras unter den Zitrusbäumen zum Gewächshaus. Bei einem Wasserhahn vor dem Eingang ließ sich Haydon Wasser über Gesicht und Arme laufen und sie von selbst trocknen, während er in der nächsten halben Stunde damit beschäftigt war, die Vogelfutterkästen zu füllen, die in den Bäumen hingen. Als er damit fertig war, holte er das, was er brauchte, aus dem Werkzeugschuppen und ging damit zum Gewächshaus. Es war fast halb elf, als er das Klingeln der Glocke hörte, die in dem Ebenholzbaum vor dem Eingang zum Gewächshaus hing. Er packte Wachstumsmoos um einen Sprößling, den er einer größeren Pflanze abgenommen hatte, brachte dann die Werkzeuge zu der Ecke neben der Tür, wo er sie abwusch und auf einem Kieshaufen trocknen ließ. Er überprüfte die Anzeigen der Bewässerungs- und der Klimageräte und trat dann ins Freie.

Cinco, der unter dem Ebenholzbaum geschlafen hatte und von der Glocke geweckt worden war, dachte nicht daran, auf das Signal zu reagieren, es sei denn, man hätte ihn dazu gezwungen. Er hob sein altes, ergrautes Haupt, ohne aufzustehen, und blinzelte Haydon aus müden Augen an. Haydon kniete sich nieder, kraulte ihn hinter den Ohren und streichelte dann sachte sein scheckiges Haar. Erst leckte der Collie die salzigen Rücken von Haydons verschwitzten Händen, dann legte er den Kopf allmählich wieder nieder und genoß mit geschlossenen Augen die Aufmerksamkeiten seines Herrn.

Haydon schaute durch die Reihen des Zitruswäldchens zum Haus hinüber und erwartete fast, Nina zu sehen, die auf der Terrasse stand und ihm winkte. Zwei blaue Kreuzschnäbel keckerten irgendwo in den dunkelgrünen Zweigen der Limonenbäume. Die Feuchtigkeit im Freien war fast ebenso hoch wie im Gewächshaus. Der Sommer strengte sich an, zu einem der heißesten in der meteorologischen Geschichte der Stadt zu werden. Es machte nichts. Von einem bestimmten Punkt an war es einfach nur noch heiß. Drei Grad hin oder her machten dann auch nichts mehr aus.

»Komm, alter Freund«, sagte Haydon. »Wir müssen hinüber zum Haus.«

Er blieb stehen und wartete, bis sich der Collie aufgerappelt hatte. Als Cincos Hinterbeine nachzugeben drohten, griff Haydon hinunter und gab dem Hund einen liebevollen Klaps. Dann gingen sie gemeinsam unter dem Schutz der Bäume zum Haus, gemächlich, wie es sich für das Alter des Hundes und die Hitze des Sommers geziemte.

Bevor er die Terrasse erreichte, bog Haydon auf einen schmalen Pfad aus Ziegelsteinpflaster ab, der durch dichte Kirschlorbeerbüsche führte, und betrat ein weißes Badehaus mit einer von schmiedeeisernen Gittern geschützten Freiluftdusche. Er zog seine verschwitzten Shorts aus, trat unter die Dusche und drehte das kalte Wasser auf. Dann seifte er sich rasch mit Aloe-Seife ein, ließ den Schaum ablaufen und trocknete sich mit einem der frischen Handtücher ab, die in einem Schränkchen des Badehauses bereitlagen. Anschließend ging er nach nebenan und nahm eine luftige Sommerhose vom Tagesbett, zog sie an und dazu ein frisches weißes Hemd mit Stehkragen. Während er mit seinen nackten Füßen in lose gewebte Strohschuhe schlüpfte, steckte er das Hemd in die Hose und krempelte die Ärmel bis zu den Ellbogen hoch. Er schnallte sich die Armbanduhr wieder um und kämmte sich. Beim Hinaustreten zündete er sich die erste Fribourg & Treyer des Tages an und ging dann zum Haus.

Nina saß im Frühstückszimmer am Ende der Terrasse, trank Kaffee und sprach mit jemandem, der zum Teil verdeckt wurde durch die Fächer einer kleinen Topfpalme. Ihr Haar, in einem hellen Zimtton, war lose, noch nicht für den Tag aufgesteckt, und sie hatte es auf die eine Seite gelegt, so daß es ihr über die linke Schulter fiel. Sie trug einen einfachen, zinnoberroten Morgenmantel aus Jacquardseide, war ohne Schmuck und Make-up, und Haydon fand wieder einmal, daß sie die ungewöhnlichste, exotischste Frau war, die er jemals gesehen hatte. Er war ganz mit ihrem Anblick beschäftigt, dem köstlichen Schwung ihres Haars und ihren großen, fast mediterranen Augen, und erkannte erst, als er die Glastür zum Frühstücksraum öffnete, daß ihr Gast ein Mann war und daß Nina nicht lächelte.

Lieutenant Bob Dystals Anwesenheit in dem sonnigen Raum erinnerte Haydon an einen Zirkusbären bei einer Kinder-Teegesellschaft. Er war für alles zu groß. Er saß in seinem Sessel mit einer aufrechten Höflichkeit, die zeigte, daß er gut dressiert war und keine bärenhaften Fehler machen würde, die das kultivierte Dekorum der Situation stören könnten. Aber man fühlte auch – vielleicht erkannte man es sogar an den irgendwie zerknirscht hängenden Schultern –, daß er sich lieber in einer bärengerechteren Umgebung aufgehalten hätte. Seine schokoladenbraune Anzugjacke war noch zugeknöpft, was die Revers seltsam abstehen ließ, und sein lehmfarbenes, kurzgeschnittenes Haar wurde durch eine üppige morgendliche Anwendung von Brylcreem in militärische Ordnung gezwungen.

»Hallo, Stu«, sagte Dystal und lächelte. »Tut mir leid, wenn ich Sie da unten beim Rattenfangen gestört habe.« Er legte beide Hände auf die Armlehnen seines Sessels und machte Anstalten, sich zu erheben. Es wirkte so, als würde man höflich an den Schirm der Mütze greifen, ohne sie abzunehmen.

Haydon erwiderte das Lächeln. »Schön, Sie zu sehen, Bob.« Er zog einen Stuhl heran und setzte sich neben Nina, die ihm bereits eine Tasse Kaffee einschenkte. Sie schenkte auch Dystal nach, und er trank sofort den glühendheißen Kaffee, der ihm wie schwacher Tee vorkommen mußte. Haydon wußte, Dystal trank den Kaffee so stark, daß der Löffel darin stehen konnte.

»Was machen die Blumen?« fragte Dystal freundlich. Es wäre kein Zeichen guter Manieren gewesen, wenn der Besuch gleich von Anfang an durch peinliches Schweigen belastet worden wäre. »Nina sagt mir, daß Sie dort unten alles ganz neu arrangiert haben. Ist es jetzt so, wie Sie es haben wollten?«

»Es sieht gut aus«, antwortete Haydon. »Und es wird jeden

Tag besser.« Er gab Sahne in seinen Kaffee und ließ sich Zeit. Legte den Löffel auf die Untertasse und kostete. Es war starker, dunkler, kolumbianischer Kaffee. Nina hatte eine frische Kanne gebraut, um Dystals Geschmack einigermaßen entgegenzukommen.

»Ein schöner Ort, um sich zu erholen«, sagte Dystal und schaute über die Terrasse bis zum Zitruswäldchen. »Die vielen Limonenbäume.« Er schüttelte den Kopf. »Als ich ein Junge war, habe ich meinen Onkel jeden Sommer zwei Wochen lang besuchen dürfen, unten im Valley. Er hatte viele Orangenbäume und auch ein paar Limonen und Zitronen. Es war ein richtiges Paradies für einen Knaben aus West Texas, das kann ich Ihnen sagen. Ich und meine Vettern haben im Schatten der Bäume gelegen, weit weg vom Haus, haben Orangen geschält und gegessen und geredet und den Trauertauben zugehört. Das waren schöne, lange Tage.« Er dachte daran, erinnerte sich, dann hob er die Porzellantasse an, die sehr zerbrechlich wirkte in seinen Bärentatzen, und sagte: »Aber sie waren nicht lang genug.«

Dann tranken alle wie auf ein Stichwort ihren Kaffee.

»Nun, Stu«, sagte Dystal und schob sein Kinn nach vorn. Sein Hemdkragen schnürte den Hals ein wie ein Korsett. »Dachte, ich komme mal vorbei und lasse Sie wissen, daß der alte Mooney gut zurechtkommt. Er ist jetzt in dem Team mit Lapierre. Sie wissen ja, auch Gegensätze können sich befruchten und gute gemeinsame Arbeit leisten, wenn alles richtig läuft. Mooney ist sowieso der geborene Mann fürs Morddezernat. Hätte schon längst bei uns eingesetzt werden müssen. Ich war froh, daß Sie sich so für ihn verwendet haben. Wahrscheinlich ist er deshalb zum Team versetzt worden.« Er warf Haydon einen Seitenblick zu. »Von Hirsch hab' ich lange nichts gehört. Aber ich nehme an, Sie halten Kontakt mit ihm.«

Haydon nickte. »Er ist glücklich. Vielleicht ist es ein bißchen schwer für ihn, nachdem er schon so lange von der Akademie runter ist. Aber er kommt gut voran. Er hat etwas von seinem guten Ruf in den neuen Job hinüberretten können und mußte daher nicht bei Null anfangen.«

»Gut, gut. Der Bursche ist schlau, darüber gibt es keinen Zweifel. Ich hab' ihn nicht gern hergegeben, aber ich verstehe, warum er weggegangen ist. Fälle wie die Sache Guimaraes bekommt man nicht oft in seiner Karriere, aber wenn, dann muß man auch dafür bereit sein. Ich glaube, für ihn ist er ein bißchen früh gekommen. Er hatte nicht genug Erfahrung, um damit fertig zu werden.«

Haydon fiel auf, daß Dystal immer noch die Nadel mit der amerikanischen Flagge anstecken hatte. Er war der einzige, den Haydon kannte und der solche Dinge trug. Jetzt schaute er auf den Aschenbecher, der am Tisch stand. Keine einzige Kippe drin. Dystal wagte es vermutlich nicht, in Ninas Anwesenheit zu rauchen. Er war ein Kavalier der alten Schule. Sein Verhalten gegenüber Frauen und speziell solchen, die er für »Ladies« hielt, war auf komische Weise höflich.

Nina legte ihre Hand auf die von Haydon. »Möchtest du ein Stück warmes Blätterteiggebäck?«

»Fein.«

»Und Sie, Bob?«

»O nein. Nein, danke, Ma'am.«

»Ich bin gleich wieder da«, sagte sie und ging in die Küche.

Dystal rutschte in seinem Sessel hin und her. Es war sein Stichwort. Er hatte die Pflicht, damit zurechtzukommen.

»Nun«, knurrte er, »damit hätten wir die beiden anderen Jungs abgehakt. Und wie geht es Ihnen?«

»Gut. Bis jetzt fehlt mir nichts.«

»Das ist prima.« Dystal zog die Augenbrauen hoch, als er an Haydon vorbei auf die Bäume draußen schaute. Sie hörten Nina in der Küche. Gabriela war bei ihr, und die beiden wechselten zwischen Englisch und Spanisch.

Als Nina zurückkam, stellte sie den Teller mit dem Gebäck neben Haydons Tasse und wandte sich dann an Dystal.

»Wenn Sie mich jetzt entschuldigen wollen, ich muß mich anziehen. Es war nett, daß Sie uns wieder mal besucht haben, Bob.«

»Ich bitte Sie, es war mir ein Vergnügen«, sagte Dystal, beugte sich vor und deutete wieder das Aufstehen an, die Hände auf die Armlehnen des Sessels gestützt.

»Warten Sie nicht so lange bis zum nächstenmal.«

Dystals Lächeln wurde breiter. »Nein, Ma'am. Bestimmt nicht.«

Nina berührte sachte Haydons Hals mit ihrem Handrücken und war weg.

»Eine Frau, die mir außerordentlich gut gefällt«, sagte Dystal. »Das sind die wirklich feinen Leute.«

Haydon schenkte sich und Dystal Kaffee ein und beschäftigte sich dann mit dem Gebäck.

Dystal warf noch einen Blick auf die Baumlinie, dann sagte er: »Ich will nicht lange herumreden, Stu. Wir brauchen Ihre Hilfe in einer bestimmten Angelegenheit.«

Haydon kaute, schluckte den Bissen hinunter und schaute dann Dystal an. Es kam nicht überraschend.

»Ich möchte Ihnen erst darüber berichten.«

Haydon nahm Tasse und Untertasse in die Hände und lehnte sich in seinem Sessel zurück. »Ich habe noch einen Monat frei.«

»Ich weiß.«

»Man war mit sechs Monaten einverstanden.«

»Dabei soll es auch bleiben, Stu. Aber ich wollte trotzdem mit Ihnen darüber reden. Niemand will Ihnen Ihre Freizeit streitig machen und so. Ich habe nur gefragt, ob es okay ist, wenn ich zu Ihnen komme und Sie über das eine oder andere informiere, und Sie haben mir grünes Licht gegeben. Das hier ist ein Gespräch von Mann zu Mann, und es hat nichts mit der Abteilung zu tun. Ich meine, es geht natürlich um einen Fall, aber ich bin ganz inoffiziell bei Ihnen.«

Haydon schaute Dystal an. Der große Mann packte die Sache recht geschickt und cool an. Und er war lange genug Polizeibeamter, um es nicht anders anzufangen. Er war besser in solchen Dingen als jeder andere, den Haydon kannte.

»Ich habe es ehrlich gemeint, als ich sagte, daß mir nichts fehlt, Bob.«

»Das weiß ich, Stu. Und Sie kennen mich gut genug, um zu

wissen, daß ich niemandem Honig ums Maul schmiere. Es ist nur so, daß Sie am besten in der Lage sind, mir in dieser Sache zu helfen, und Sie wissen, daß ich mich nur mit dem besten Weg zufriedengebe, wenn ich einer Sache auf den Grund gehen will. So einfach ist das. Wenn ich dabei ein bißchen Dreck an die Hose kriege – damit werde ich leben können.«

Dystal stellte Tasse und Untertasse sorgfältig beiseite, beugte sich dann nach vorn, die Unterarme auf dem Glastisch, und verschränkte seine dicken Finger ineinander.

»Stu, ich weiß, daß Sie Probleme mit Ihrem Beruf haben und daß Sie entweder versuchen, damit fertig zu werden, oder den Job ganz sein lassen. So ist es nun einmal. Ich schätze, Sie haben sich Ihre Entscheidung gut überlegt und werden sie aufs neue treffen, wenn die sechs Monate vorbei sind. Aber ich möchte Sie, ehrlich gesagt, ein bißchen schubsen. Jetzt hören Sie mich nur mal kurz an, okay? Lassen Sie mich die Regeln bei unserem kleinen Handel erklären.«

Dystal legte eine Pause ein und neigte den Kopf etwas nach vorn, als er durch die Augenbrauen nach oben schaute, um ein Nicken von Haydon zu erwarten, ehe er fortfuhr.

Haydon ließ sich Zeit. Er fühlte eine beunruhigende Mischung aus Eifer und Unlust, als sollte er sich eine Geschichte anhören, die er schon kannte, ein Drama, das verführerisch und schrecklich zugleich war, wie die mittelalterlichen Passionsspiele, die von Trauer, von Schmerz und zuletzt vom Tod handelten. Die ganze Ambivalenz seiner letzten fünf Monate schien zuletzt von seiner Entscheidung abzuhängen, sich wieder einmal die traurige Geschichte anzuhören, die niemals enden würde, bis der Mensch von der Erde verschwunden und die Zeit selbst in Vergessenheit geraten war.

»Berichten Sie«, sagte er.

5

Noch immer hatte er die Unterarme aufgestützt, die Stimme war leise und kam aus der Tiefe seiner breiten Brust. Dystal begann, den Fall zu schildern.

»Haben Sie in den gestrigen Zeitungen den Bericht gelesen über diesen Messermord bei Langer Media, in der City?«

Haydon nickte.

»Der Anruf kam um halb neun Uhr morgens bei uns an«, sagte Dystal. »Das war am Donnerstag. Mooney und Lapierre waren als erste dort und haben die Sache übernommen. Als sie am Tatort waren, hatten die zwei Wachbeamten alles unter Kontrolle, und Mr. William Langer persönlich hatte jeden Angestellten wieder in sein Büro gescheucht, so daß, als Mooney und Lapierre dort auftauchten, keine Nebenschauplätze zu behandeln waren. Es gab auch keine Reporter. Langer, Mann mit Durchblick, der er ist, hatte alles ordentlich zusammengezurrt und bis obenhin zugeknöpft. Zumindest für ein paar Stunden. Ein PR-Betrieb ist nämlich so ziemlich der ungünstigste Platz, wenn man etwas geheimhalten will.

Die Werbeagentur nimmt den ganzen einunddreißigsten Stock ein. Die Aufzüge enden in ihrer Privatlobby, dem Mittelteil des Gebäudes. Der bildet in dem H-förmigen Komplex den Querstrich zwischen den beiden Längsstrichen.«

Dystal zeichnete den Buchstaben mit seinem dicken Daumen auf das Glas und zeigte mit einer Geste auf die Stelle, die er meinte.

»Jede Abteilung der Agentur – die Textredaktion, die Graphik, die Photoabteilung et cetera – hat Ausgänge nach außen, die sich in die zwei Gänge auf beiden Seiten der Lobby öffnen. Aber sie sind auch durch Zwischentüren mit den Nachbarabteilungen verbunden. Langer, immer am Ball, wie ich schätze, hat einen Laufburschen unten auf der Straße stationiert, der den Krankenwagen in die unterirdische Garage leitete und den Leuten dann den Lastenaufzug anwies, um nicht die Aufmerksamkeit der anderen Hausbewohner auf sich zu ziehen. Als die Jungs im zweiunddreißigsten angekommen waren, wurden sie rasch aus dem Lift gescheucht und hinein in das Photolabor, das zufällig genau gegenüber dem Haupteingang gelegen ist.

Im Labor sah es wüst aus. Geräte, die umgestoßen waren, Chemikalien, die man vergossen oder auf dem Boden verstreut hatte. Wayne Powell, der Photograph, saß in voller Kleidung und mit dem Rücken zur Wand in einem der tischhohen Entwicklungstanks. Der Tank war voll und lief über von Entwicklerflüssigkeit und Powells Blut – so ziemlich allem Blut, das er im Leib hatte. Er wies ein paar Stichwunden an der Brust auf, die tiefste unter dem Brustbein, und außerdem hatte man ihm die Kehle aufgeschlitzt. Mooney glaubt, daß man sie ihm erst aufgeschlitzt hat, als er in dem Entwicklertank saß und kämpfte, um herauszukommen, denn der größte Teil des Blutes war in seinem Schoß zu dicken Klecksen zusammengeballt.

Sie fanden seine Brieftasche in dem Durcheinander auf dem Boden. Kein Geld, aber ein kleines Päckchen mit Kokain. Ein Führerschein, ausgestellt vom Staate Kalifornien, Kreditkarten, Telephonnummern auf kleinen Zetteln, ein paar Visitenkarten. Die Leute vom Labor sind alles durchgegangen und haben ihre Nummer abgezogen. Mooney und Lapierre verbrachten den Rest des Vormittags damit, daß sie sich die Aussagen der zwei Mädchen anhörten, die mit Powell zusammengearbeitet hatten, und die vom Leiter der Photoabteilung. Er hat übrigens morgens die Tür zum Labor geöffnet und den Toten entdeckt.«

Dystal richtete sich gerade auf und gab seiner Tasse einen Schubs.

»Kann ich noch einen Schluck haben?«

Haydon goß erst ihm ein, dann sich und aß noch einen Bissen von seinem Gebäck. Dystal trank rasch die noch immer heiße Brühe. Haydon schaute ihm zu und fragte sich, wie er das Zeug so heiß hinunterbrachte.

»Dieser Powell hat, wie sich zeigt, seit mehr als sechs Monaten für Langer Media gearbeitet«, fuhr Dystal fort. »Etwa zu der Zeit ist er von der Westküste nach Texas gekommen. Er hatte wundervolle Empfehlungen von seiner früheren Firma. Und für Langer war er in erster Linie der Mann, der die Filme machte. Er hatte zwar zwei junge Mitarbeiter, aber ich glaube, die haben ihm nur die Geräte getragen.«

Dystal trank seinen Kaffee mit zwei letzten, großen Schlucken aus, wischte sich den Mund mit der blauen Leinenserviette ab und schob dann beides zur Seite. Er strich sich mit seiner wuchtigen Hand über das Gesicht, das so glattrasiert war, daß es glänzte.

»Okay, jetzt kommen die entscheidenden Stellen. Lapierre wollte gestern seine Fragen, die er einem der kleinen Mädchen gestellt hatte, durchgehen, die für Powell arbeiteten, und sie brachten mich darauf, daß Powell praktisch aus dem Nichts hier aufgetaucht ist. Ich meine, er ist nicht den normalen Weg gegangen, über die Personalabteilung und den üblichen Prozeß mit den Vorstellungsgesprächen, den hier jeder andere über sich ergehen lassen muß. Ihr früherer Film-Mann war gefeuert worden, und eines Tages kam Mr. Langer zu dem Mann, der die Photoabteilung leitete, einem Kerl namens Warner, teilte ihm mit, daß sie Powell engagiert hätten und daß er in Kürze hier anfangen würde. Das machte Warner stocksauer, weil er nicht einmal den Hauch einer Chance bekommen hatte, sich einen eigenen Mann auszusuchen. Wie sich zeigte, kamen die zwei in der Folge nicht gut miteinander aus.

Das Mädchen sagt, Powell war noch keine zwei Monate da, als er einen Zusammenstoß mit Warner hatte, weil Powell sich nachts im Büro aufhielt und an eigenen Dingen arbeitete. Das ist in der Firma strikt verboten. Warner ist damit zu Langer gegangen und kam völlig vernichtet aus der Besprechung. Powell setzte seine Nachtarbeit fort, und ein paar Wochen danach hat Warner gekündigt.

Lapierre hat Langer dazu ein paar Fragen gestellt, aber der hat die Sache mit einem Achselzucken abgetan. Er hätte Powell aufgrund der geradezu überschwenglichen Empfehlung eines Geschäftsfreunds in Kalifornien eingestellt, und Powells Nachtarbeit habe mit ein paar Sonderprojekten zu tun, bei denen Langer Media mit einer kalifornischen Firma zusammenarbeite. Wir haben den Mann aus Kalifornien angerufen, und es hat sich alles bestätigt.

Natürlich haben wir Powells Personalien durch die Computernetze gejagt: beim FBI, bei der Staatspolizei in Kalifornien, beim zentralen Datendienst für Festnahmen und Steckbriefe – nichts. Wir dachten, vielleicht hat er ein bißchen mit schmutzigen Filmen gedealt, also sind wir in seine Wohnung gegangen und haben sie gründlich gefilzt. Es ist ein kleines Dreizimmer-Apartment. Eines der Schlafzimmer war das einer Frau. Das seine ist durchwühlt worden. Nichts Dramatisches, nicht, daß es vandalisiert worden wäre, aber man konnte sehen, daß jemand die Schubladen durchsucht und die Kommoden- und Schranktüren offengelassen hat. Es sah auch nicht nach Einbruch aus, weil die Stereoanlage noch da war, außerdem Powells ziemlich kostspielig aussehende Kameraausrüstung. Im Zimmer der Frau war alles in Ordnung, aber es machte den Eindruck, als ob sie weggegangen wäre. Im Schrank war weder ein Koffer noch ein Make-up-Koffer zu finden. Im Medizinschrank im Bad keine Zahnpasta, keine Zahnbürste, kein Rasierapparat. Sie fanden ein Antibiotikum im Medizinschrank, das einer Jennifer Quinn verschrieben worden war. Unsere Leute sind gerade dabei, diese Jennifer Quinn ausfindig zu machen.«

Dystal strich sich wieder über das Kinn und schob seinen Sessel ein Stück vom Tisch zurück, um etwas Spielraum zu bekommen für seine Beine, die in den Stiefeln steckten. Er schaute nachdenklich aus dem Fenster und auf die Terrasse, wo Cinco im Schatten döste.

»Wie alt ist der Hund jetzt?« fragte er.

»Fünfzehn.«

»Also hundertfünf. Macht einen etwas müden Eindruck.«

Haydon nickte.

»Die Sache ist die«, sagte Dystal und betrachtete immer noch den Hund, »ich finde, das riecht alles irgendwie oberfaul. Keine Zeichen für gewaltsames Eindringen, weder bei der Agentur noch in der Wohnung. Höchstwahrscheinlich hat Powell selbst seinen Mörder eingelassen, oder es war jemand, der Zugang hatte zu der Firma, jemand, der dort arbeitet. Aber Powell war hier ein Einzelgänger... Es sei denn, er hatte irgendwelche Beziehungen privater Natur zu Langer. Langer bringt den Mann praktisch aus dem Nichts, und dann stirbt er eines unnatürlichen Todes, ausgerechnet in seinen Geschäftsräumen. Ich meine, daß wir in dieser Richtung ermitteln sollten, und es könnte sein, daß Powell nur eine Randfigur in einer größeren, interessanteren Sache war. Ich weiß, es ist nicht mehr als eine Vermutung, aber doch eine ziemlich starke.«

Draußen auf der Terrasse begann Cinco, sich langsam und mit steifen Beinen zu strecken, ohne dabei den Kopf zu heben. Er kratzte sich die Schnauze, rieb sie dazu an einem Pflasterstein. Dann leckte er sich die Lippen, wedelte zweimal mit dem Schwanz zum Zeichen seiner Zufriedenheit und legte sich wieder schlafen, als ob er gar nicht aufgewacht wäre.

Dystal seufzte schwer. »Und hier ist unser Vorschlag: Sie kommen überhaupt nicht ins Büro. Alles, was diesen Fall betrifft, wird im Duplikat ausgefertigt, so daß eine Kopie zu Ihnen hierhergeliefert wird. Ihr Büro ist hier, und Sie haben nur mit diesem einen, einzigen Fall zu tun. Sie haben Mooney und Lapierre zur Verfügung, wenn Sie sie brauchen, aber Sie können auch allein arbeiten, falls Sie das wollen. Sie haben vollen Zugang zu unseren technischen Diensten und Einrichtungen. Geben Sie lediglich Mooney und Lapierre die entsprechenden Anweisungen. Wenn der Fall irgendwo öffentlich erwähnt wird, tauchen nur Mooney und Lapierre als die untersuchenden Beamten auf, und das gilt auch für die Medien. Das können gute Bewertungen sein oder schlechte – wir haben es mit ihnen durchdiskutiert, und sie haben zugestimmt.« Er grinste. »Lapierre war ein bißchen zurückhaltend, aber so ist der Mann nun mal. Mooney hielt es schlicht und einfach für Quark.«

Haydon lächelte ein wenig, aber nicht über Lapierre. Er zweifelte nicht daran, daß es Dystals Idee gewesen war, zu ihm zu kommen, aber das mit der Presse und den Medien überraschte ihn. Vermutlich hatte die Verwaltung ihn aufgefordert, es Haydon klarzumachen. Es gab natürlich keine Garantien in einer solchen Sache, aber es war für Haydon immerhin die nur dezent verschleierte Botschaft, daß sie ihn nicht mehr den Medien zum Fraß vorwerfen würden wie früher schon einmal. Andererseits war es mit dezent verschleierten Botschaften wie mit dezent verschleierten Versprechungen: Ihre Einhaltung lag auch unter einem dezenten Schleier.

Dystal schlug die Beine übereinander und massierte sich den Rist des Stiefels, der auf seinem Knie lag, so daß das Leder knarrte. Dazu schaute er Haydon wissend an.

»Eine Menge Bockmist in dieser Sache, nicht wahr? Aber alle, der Captain und der Chief und alle anderen Jungs sind der Meinung, daß es sich um eine etwas delikate Situation handelt. Sie wissen, was Langer darstellt. Seine Firma betreibt Werbung für ein paar sehr einflußreiche Leute, und er selbst steht auch persönlich mit ziemlich wichtigen Persönlichkeiten in Verbindung. Ich könnte mir denken, daß unsere Verwaltung sich in die Hosen macht bei der Vorstellung, daß durch diese kleine Untersuchung die Titten des Departments in einen Schraubstock geraten könnten. Es sieht nicht besonders gut aus für Langer, und es könnte von ihm aus noch weiter gehen. Gott allein weiß, was dann noch für Peinlichkeiten zutage treten. Einige glauben immer noch, daß es um Pornofilme geht, und eine solche Sache behandelt man bekanntlich, was die Gesellschaft angeht, mit äußerst spitzen Fingern. Es ist also so, daß wir an diesen Fall auf besondere Weise rangehen müssen. Falls nötig, lassen wir etwas verwirrenden Scheißdreck für die Medien durchsickern, weil sich die Untersuchung so dahinzieht, jammern vielleicht auch über die spärlichen Hinweise und so weiter. Inzwischen sollen Sie sich nach dem Wunsch von ganz oben reinhängen wie eine Bulldogge. Niemand, mit dem Sie sprechen, kann den Medienleuten sagen, daß sie von Ihnen in einer Mordsache verhört worden sind, so daß Sie in relativer Isolation arbeiten können. Mooney und Lapierre nehmen alles auf sich, was von der Presse über uns hereinbrechen könnte.«

Er stellte den zweiten Fuß wieder auf den Boden, atmete tief ein und stieß dann langsam die Luft aus. »Das ist es in groben Umrissen.«

Haydon wollte eine Zigarette. Er nahm das resedagrüne und goldene Etui aus der Tasche und legte es auf den Tisch, bediente sich aber nicht daraus.

»Ich nehme an, es war Ihre Idee, die Geschichte so anzupakken?« fragte er.

»Ja, sicher.«

»Es wundert mich, daß die Abteilung bei so etwas mitmacht.«

»Mich auch.« Dystal grinste fast.

Haydon warf einen Blick auf das Zigarettenetui. Er berührte es, in Gedanken versunken, mit seinen langen Fingern und schob es in einen Fleck des Morgenlichts, das sich wie ein Laserstrahl durch das Fenster schnitt. Die goldenen Initialen funkelten vor dem Grün.

»Und wenn ich nein sage, Bob?« fragte Haydon und konzentrierte sich auf das Zigarettenetui.

Dystal brummte und dachte einen Moment lang nach. »Schätze, dann warten Sie erst einmal Ihre sechs Monate ab. Ich sage Ihnen ja, es sind keine Verpflichtungen damit verbunden.«

Haydon kannte Dystal schon sehr lange und zweifelte nicht an dem Wort des großen Kriminalbeamten. Dystal legte sein Zögern falsch aus, aber Haydon dachte nicht daran, den Irrtum aufzuklären, obwohl es sicher freundschaftlicher gewesen wäre. Statt dessen verbarg er sich hinter diesem Irrtum des anderen, versuchte, damit seine eigenen Zweifel und seine Verwirrung zu verschleiern. Es war ihm lieber, wenn der Lieutenant glaubte, er zögerte mit seiner Antwort aus kaltschnäuziger Kalkulation, nicht aus der Unsicherheit, die den wirklichen Grund dafür bildete.

Bob Dystal war kein Mann, der sich der Introspektive und der Seelenerforschung hingab, und er empfand auch wenig Verständnis für diejenigen, die das taten. Fragen der Ethik und Moral, Probleme der Theodizee, der Rechtfertigung Gottes im Hinblick auf das Böse in dieser Welt, die haarscharf an philosophische Überlegungen heranführten und dann doch nicht durch den gesunden Menschenverstand gelöst werden konnten, waren für ihn wertlos. Er war der Meinung, daß die Betrachtung solcher Fragen nichts weiter als ein angeberisches Sich-in-Szene-Setzen war, nutzlos für ihn selbst und ohne praktischen Wert für das Leben, das er lebte. Die Wahrheit, dachte Haydon, wäre letztlich so unbequem für Dystal wie für ihn selbst, wenn auch aus verschiedenen Gründen.

Es gab keinen Grund für Haydon, zum Department zurückzukehren. Gar keinen. Als er sich sechs Monate Urlaub erbeten hatte, war das mit dem Bewußtsein geschehen, daß die sechs Monate nur ein Vorspiel zur endgültigen Trennung sein würden, eine vorläufige Trennung ohne die Konsequenzen der Scheidung. Darüber wollte er später nachdenken. Aber nun hatte ihn Dystal in einem unvorbereiteten Augenblick überrascht, und er war erstaunt und verwirrt über die einander entgegenstrebenden Emotionen von Eifer und Befürchtung, von Erregung und plötzlicher Müdigkeit. Er konnte sie nicht auseinanderhalten. Aber er entkam auch nicht dem unangenehmen Gefühl, daß es von Anfang an niemals zur Debatte gestanden hatte, ob er die Polizeiarbeit aufgeben sollte oder nicht. Es war vielmehr sein fester Entschluß gewesen, den Dienst nach Ablauf dieser sechs Monate zu quittieren.

Haydon nahm eine Zigarette aus dem Etui, dann schob er es offen zu Dystal hinüber. Sie rauchten in völligem Schweigen, bevor Haydon ihm antwortete.

6

Haydon stand an der Haustür und schaute Dystals Wagen nach, der über die mit feiner Schlacke bedeckte Auffahrt und durch das schmiedeeiserne Tor auf den Boulevard fuhr. Er blieb noch lange stehen, nachdem der Wagen unter einem dichten Dach von Eichen verschwunden war, die an beiden Seiten des Boulevards standen, und er sah nichts als die sich bewegenden Lichtteiche der Morgensonne, die ihn an Monet denken ließen.

Als er sich umdrehte und wieder in die große Diele trat, kam Nina gerade die Treppe herunter, ihr Haar jetzt zum vertrauten Chignon geschlungen, die Füße in den Sandalen, die bei jedem Schritt unter dem langen cremefarbenen Baumwollhemd hervorschauten. Er wartete auf sie.

»Es war nett, ihn mal wiederzusehen«, sagte sie.

Haydon nickte, und sie gingen durch die Diele und den weiten Bogengang ins Wohnzimmer. Die hohe Decke unterstrich das leichte, luftige Gefühl dieses weißen Raums, genau wie die großen Fenster, durch die man hinaussehen konnte auf die Wendeschleife der Auffahrt.

Nina ging zu einem tizianroten Sofa und setzte sich, während Haydon an eines der Fenster trat und hinausschaute. Nach einer Weile drehte er sich um und kam herüber; dabei starrte er auf eine Rötelzeichnung. Sie war gut im späten Morgenlicht zu sehen und gehörte zu mehreren, die er im Lauf der Jahre erworben hatte, überwiegend Akte. Sie hingen überall im Haus. Nach ein paar Sekunden ging er über den mit einem Sisalteppich bedeckten Boden und setzte sich in die entgegengesetzte Ecke von Ninas Sofa. Er wandte sich ihr zu und schlug die langen Beine übereinander, während er sich mit den Schultern in die Ecke lehnte.

»Ja, und ich glaube, ich gehe zu ihnen zurück«, sagte er.

Sie schaute ihn an. »Was ist? Etwas Besonderes?«

Er berichtete ihr alles, was Dystal gesagt hatte, und auch seinen Verdacht, daß seine Vorgesetzten mit ihm Frieden schließen wollten, weil sie Dystal mit einem so ungewöhnlichen Vorschlag gewähren ließen. Der Besuch des Lieutenants war völlig in Ordnung. Er wollte einfach dieser prekären Sache auf den Grund gehen, und er fühlte, daß Haydon der beste Mann dafür war.

»Sie sind vermutlich davon ausgegangen, daß meine Entscheidung am Ende von fünf Monaten nicht anders ausfallen würde als nach sechs«, sagte Haydon. »Und damit haben sie wahrscheinlich recht.«

»Du hattest dich bereits entschlossen, in den Polizeidienst zurückzukehren?« fragte Nina. Sie nahm eines der Sofakissen auf ihren Schoß und begann an einem losen Faden zu zupfen. »Wir haben nie darüber gesprochen.«

»Nein, und ich selbst habe in den fünf Monaten so gut wie gar nicht an meine bevorstehende Entscheidung gedacht. Ich hatte alles andere im Kopf, glaube mir, nur nicht, ob mir danach ist, die Polizeiarbeit an den Nagel zu hängen oder nicht, wenn es zu dieser Entscheidung kommt.«

»Und was wird aus – aus deinen anderen Interessen? Die Dinge, mit denen du dich in den letzten fünf Monaten beschäftigt hast?«

»Ich habe dabei nichts Neues entwickelt, keine Interessen, die nicht schon vorhanden waren«, erinnerte sie Haydon.

»Ich weiß«, sagte sie. »Ich hoffte nur, daß du etwas finden würdest, das... etwas, das dein Interesse ganz für sich beanspruchen würde.«

Haydons Augen wanderten durch den Raum. Er fühlte sich nicht wohl, wenn sie so um die Sache herumredete. Es war nicht typisch für sie. Das Ausweichen war eher seine Stärke. Aber er brauchte nicht mehr lange zuzuhören. Als er ihr keine Antwort gab, rückte Nina mit dem heraus, was sie auf dem Herzen hatte.

»Stuart«, sagte sie gleichmütig, »glaubst du, daß du bereits stabil genug bist, um zurückkehren zu können?«

Er ließ seinen Blick auf dem Stutzflügel seiner Mutter ruhen, der schwarz in dem hellen Raum glänzte und auf dem Unmengen von Familienphotos in einer Sammlung aus Silber- und Perlmuttrahmen standen.

»Was ist das für ein Wort?« fragte er. »Stabil?«

»Wie würdest du es ausdrücken?« Ihre Stimme war ruhig.

»Anders.«

Sie wartete, dann sagte sie: »Stuart, in den letzten fünf Monaten hast du dich entspannt, du warst weniger entrückt, weniger geheimnisvoll. Es wäre mir schrecklich, erleben zu müssen, wie alles, was vorher war, zurückkommt.«

»Wäre es dir lieber, wenn ich kündigen würde?« Es war keine herausfordernde Frage. Er wollte es wirklich wissen.

»Ich möchte nicht, daß du dich veränderst. Diese Arbeit verändert dich. In der Vergangenheit habe ich es immer für mich behalten und nie gesagt, daß ich wünschte, du würdest kündigen. Ich wollte nicht, daß zwischen deiner Arbeit und mir Diskrepanzen entstehen. Das wäre ein zusätzlicher Konflikt gewesen, den du ganz und gar nicht hättest brauchen können. Jetzt ist das ein bißchen anders. Ja, ich wünschte mir, du würdest nicht zurückgehen. Ich glaube, es ist nicht das Opfer wert, das es bedeutet. Es nimmt so viel von dir weg, und es nimmt auch so viel von uns beiden.«

Haydon wartete einen Moment, stellte die Beine nebeneinander auf den Boden, beugte sich nach vorn und warf das Zigarettenetui auf den niedrigen Rosenholztisch, der vor ihnen stand. Dann stützte er die Ellbogen auf die Knie, verschlang die Finger seiner Hände und schaute darauf.

»Nina, ich muß es tun. Ich hatte genügend Zeit, um mich zu sammeln. Jetzt bin ich bereit, wieder zu arbeiten.« Er hielt inne, wollte seine Worte sehr sorgfältig wählen. »Ich brauche die Arbeit, Nina. Diese Arbeit. Ich fände es nicht richtig, wenn ich mich jetzt davon abwenden würde. Nicht nach all diesen Jahren, und schon gar nicht auf diese Weise. Ich kenne weiß Gott die psychologischen – Probleme, die dabei für mich drin sind. Wenn ich es dir erklären könnte, würde ich es tun. Ich werde lernen müssen, mit den Problemen besser fertig zu werden.«

»Aber das kannst du nicht, Stuart.« Ihre Stimme war flach, fast tonlos. Sie stellte eine Tatsache fest, eine unverrückbare Tatsache. »Für dich ist diese Art von Arbeit zerstörerisch.«

»Eine starke Behauptung.«

»Es ist keine ›Behauptung‹.«

»Ich muß es tun, ich brauche diese Arbeit«, sagte er. »Wenn sie für mich anstrengend ist – damit muß ich leben. Ich wüßte nicht, was ich sonst tun sollte.«

»Du könntest *kündigen*, Stu, *aufhören*.« Sie legte das Kissen weg und beugte sich zu ihm, als sie weitersprach. »Du könntest dich auf Beraterbasis zur Verfügung stellen für spezielle Fälle, aber nicht für jedes Tötungsdelikt, das Tag für Tag, Woche für

Woche, Monat für Monat auf deinen Schreibtisch kommt. Du bist nicht geschaffen für einen solchen Nonstop-Druck.«

»Die anderen schaffen es auch damit zu leben.«

»Du solltest eigentlich wissen, daß du mir nicht mit einer solchen Rechtfertigung kommen kannst«, sagte sie.

»Dystal bietet mir ein Sonder-Arrangement. Ich habe nur diesen einen Fall, und der interessiert mich wirklich. An dem ist etwas, das mich speziell interessiert, weißt du.«

Nina schaute ihn lange an. »Weißt du, wie oft du das bei einem neuen Fall gesagt hast?«

Haydon wußte nicht, was er darauf antworten sollte. Er saß einfach da.

»Okay, Stuart, kommen wir zum Kern des Problems.«

Er schaute sie an und wußte, was kommen würde.

»Ich weiß nicht, wie oft ich dich noch abschirmen kann... In den Zeiten, wo du einfach verschwindest, wenn der Druck auf dich zu stark wird. Ich bin auch nicht unerschütterlich, Stuart. Erwarte nicht zuviel von mir, setze nicht zuviel voraus. Eines Tages werden diese – Episoden einen von uns zerbrechen. Früher habe ich immer gedacht, daß du es wärst. Aber jetzt bin ich mir nicht mehr so sicher. Ich weiß nicht, was du durchmachst, wenn du fort bist, aber ich weiß, was ich dabei durchmache. Stuart, bitte mich nicht, dir so lange Zeit zu geben, bis ich leer bin. Teile diese Sache mit mir, gib mir einen sinnvollen Grund für das, was ich tue.«

Er betrachtete ihre Miene und war sich bewußt, daß er allein daran schuld war.

»Es wird nicht wieder geschehen«, sagte er.

Nina war deprimiert. Sie schaute ihn nur an.

»Es kommt nicht wieder vor«, wiederholte er. »Ich sagte dir, dieser Urlaub war genau das, was ich gebraucht habe. Er hat mir Zeit gegeben, um mich selbst zu finden und zu entscheiden, ob und wie ich mit dem Streß meines Jobs leben kann. Es ist nicht unmöglich. Ich werde es schaffen. Und ich bitte dich nicht, noch einmal mit mir eine von diesen Episoden durchzumachen. Wirklich nicht.«

Das war es. Er wandte sich von ihr ab, aber er fühlte ihren Blick auf sich, als er zum Fenster hinausschaute auf den grünen Rasen und den schwungvollen Bogen der Auffahrt, die zum Tor führte. Er fühlte, wie sie ihn an sich zog, ein überwältigender Magnet, und er haßte sich, weil er ihr nicht geben konnte, was sie sich von ihm wünschte. Plötzlich schien alle Intensität von ihr geschwunden zu sein, und sie langte an ihren Hinterkopf und fummelte an ihrem Chignon herum. Sie brauchte lange dazu, um das zurechtzuzupfen, was sie zurechtzupfen wollte, und dabei waren ihre Blicke abgewandt. Haydon drehte sich um und erkannte die leichte Röte ihrer Wangen. Schließlich war sie mit der Frisur fertig, ließ die Arme sinken und schaute ihn wieder an.

»Ich hätte es nicht ansprechen sollen«, sagte sie. »Lassen wir es, brechen wir es an dieser Stelle ab. Es bringt uns nicht weiter.«

In ihrer Stimme schwang ein Unterton mit, der ihn beunruhigte. Und es war nicht nur der Ton selbst, sondern die Tatsache, daß wieder einmal Nina angesichts seines undurchdringlichen Schweigens nachgegeben hatte. Nur, daß es diesmal einen kleinen Unterschied gab. Als sie die Diskussion jetzt friedlich abbrach, hatte sie zweifellos die Sicherheit ihrer Beziehung in seine Hände gelegt. Er war von nun an verantwortlich für die Konsequenzen. Kein Zweifel, sie wollte sich zurückziehen in ihr eigenes Schweigen, um einer Auseinandersetzung zu entgehen, die keiner von ihnen wünschte. Aber damit gab sie ihm auch die Möglichkeit, die Spannung abzubauen, ohne daß er dabei das Gesicht verlor.

Er hätte sich mit ihr aussprechen, hätte mit ihr seine Gründe diskutieren können, weshalb er zurückging in einen Beruf, der ihn zum Nervenzusammenbruch getrieben hatte, nicht nur einmal, sondern mehrmals: Zusammenbrüche, bei denen sie allein ihn zur Genesung geführt und die sie auf eigene Verantwortung geheimgehalten hatte, ohne daß er sie darum hatte bitten müssen.

Und trotzdem war er nicht bereit, alles mit ihr zu besprechen. Seine Zurückhaltung war ein größer werdender Riß, eine Spalte, ebenso schrecklich wegen ihrer selbst wie auch wegen dem, was sie noch verhüllte. In den vergangenen fünf Monaten hatte er das ändern und ihr alles sagen wollen. Er hatte es gewollt, aber es war ihm nicht gelungen. Damals nicht – und jetzt auch nicht.

7

Die Unterlagen zum Mordfall Powell trafen am Spätnachmittag ein, zusammen mit einer Notiz von Dystal, in der er Haydon mitteilte, daß er mit Mooney und Lapierre noch einmal gesprochen habe und sie darauf warteten, daß sich Haydon mit ihnen in Verbindung setzte. Haydon saß in der Bibliothek und las die Akten durch, unterstrich hier und da einen Punkt, machte sich Randnotizen über eine Querverbindung, auf die er später zurückkommen wollte. Lapierre hatte die Einführung geschrieben, eine Zusammenfassung der Erkenntnisse am Tatort, und er hatte den Bericht des Coroners übertragen; Mooney hatte die Zeugen interviewt und die Protokolle beigefügt. Es gab wenig, was Dystal ihm nicht bereits gesagt hatte.

Als er mit der Lektüre fertig war, ging Haydon zur Stereoanlage und legte eine Platte mit einer Auswahl aus Bachs *Wohltemperiertem Klavier* auf. Dann nahm er die Schachtel mit den Photos vom Tatort und begann sie auf dem Refektoriumstisch auszubreiten. Erst arrangierte er sie in einer Folge, die er als ein mögliches Szenario für den Ablauf des Mordes ansah. Eine komplizierte Szene: Das Blut, das auf den Boden gespritzt war, wies mehrere Fußspuren des Killers auf – oder eines anderen, der zur selben Zeit oder kurz danach dortgewesen war. Es würde einige Zeit dauern, bis es den Labortechnikern – wenn überhaupt – gelingen würde, festzustellen, welche Schritte in welcher Richtung die anderen überlagerten, und auf diese Weise eine Sequenz der Bewegungen zu konstruieren.

Nachdem er einige der möglichen Szenarios studiert hatte, arrangierte Haydon die Photos in Gruppen nach dem Standort, von dem aus sie aufgenommen worden waren: alle Bilder, die von der Tür her photographiert worden waren, alle von der Seite, wo die Band-Schneidemaschine stand und wo das meiste Blut verspritzt war, mit Ausnahme des Entwicklertanks und seiner näheren Umgebung. Es war durchaus möglich, daß der erste

Angriff erfolgte, während Powell am Schneidetisch saß. Allerdings hatte sich kein Band im Schneidegerät befunden.

Es gab über ein Dutzend Photos von den Fußabdrücken im Blut und von den verschieden großen Blutspritzern an den Wänden und dem Gerät. Außerdem hatten sie einen Videofilm angefertigt von der Szene. Haydon ging mit der Kassette in den Fernsehraum und steckte sie in den Videorecorder. Statisches Schwarzweiß, dann die Identifikation des Houston Police Departments, und dann die Aufnahmen vom Tatort. Die Kamera bewegte sich vom Gang durch die Tür in das Labor und schwenkte von links, wo das Schneidegerät stand. Haydon war froh, daß sie es so geschickt gemacht hatten. Die Kamera schwenkte in einem Vollkreis durch den Raum und endete wieder an der Tür; dann näherte sich der Kameramann dem Toten, von wo aus er einen zweiten, ähnlichen Schwenk begann, wieder von der Tür zum Schneidegerät, das jetzt auf der rechten Seite war, und im Kreis, bis die Kamera wieder die Tür erfaßte. Ein dritter und letzter Schwenk wurde vom Schneidegerät aus gemacht, wieder an der Tür beginnend und sich im Uhrzeigersinn um den Raum drehend.

Haydon nahm das Band aus dem Recorder, ging zurück in die Bibliothek und setzte sich an das eine Ende des Refektoriumstischs, wo die Skizze lag, die Lapierre vom Tatort angefertigt hatte. Die Haupttür zu dem Labor, in dem Powell gearbeitet hatte und gestorben war, öffnete sich in einen Korridor des Langer-Komplexes. Es war kein besonders großer Raum, und die Entwicklertanks, wo man ihn gefunden hatte, wurden von ihm bei seiner Videoarbeit gar nicht benützt. Sie waren offenbar Zusatzmöglichkeiten für das größere Photolabor nebenan, das man durch eine Tür neben dem Ausguß erreichte. In Lapierres Skizze befand sich der Eingang vom Korridor dort, wo auf der Uhr sechs war, das Schneidegerät bei acht, die Tür ins Photolabor etwa bei zehn und Powells Leichnam und die Entwicklertanks sowie der Ausguß bei eins. Von eins bis sechs erstreckte sich eine Wand mit Regalen, die zusätzliche Geräte und Ersatzmaterial enthielten. Die blutigen Fußabdrücke kreuzten sich ungefähr in der Mitte des Raums, und sie endeten bei einem Haufen Papierhandtüchern etwa drei Meter vor der Tür zum Gang. Eine einzige Spur war noch rechts von der Schwelle zu sehen; von da an war der Killer mit sauberen Schuhsohlen weitergegangen.

Es gab den Bericht des Coroners mit der Unterschrift von Dr. Harl Vanstraten. Demnach war Powell an der Halsverletzung gestorben, nicht an den vielfachen Einstichen in der Gegend des Thorax. Allerdings hätte ein jeder für sich tödlich sein können. Die Obduktion ergab keine Spuren von Rauschgift oder Drogen, obwohl etwas Alkohol im Blut gefunden worden war. Powell war ein starker Raucher gewesen. Er litt an Prostatitis. In fünfzehn Jahren, wenn nicht früher, hätte er sich einen dreifachen Bypass legen lassen müssen, und seine Leber war durch zuviel Alkohol geschädigt. Er hatte eine sehr gut ausgeführte Tätowierung einer *Phthirus pubis* (Vanstraten war sich zu fein gewesen, das Tierchen eine Filzlaus zu nennen), gerade da, wo an seiner linken Lende das Schamhaar begann. Bestimmt gab es dazu eine komische Geschichte. Er hatte nur einen Hoden. Die Geschichte, die dahintersteckte, war vermutlich nicht so komisch. Aber was immer Wayne Powell in seinem Leben gewesen war, als Toter stellte er nur einen mittelprächtig interessanten Kadaver dar.

Haydon erfuhr, daß Vanstraten die ungefähre Todeszeit auf zwei Uhr morgens festgelegt hatte. Er schob den Bericht des Coroners zur Seite und befaßte sich mit Mooneys Interviews.

Raymond Tease, der Direktor der Abteilung Photographie bei Langer Media, hatte den Toten gefunden. Er war an diesem Donnerstagmorgen kurz nach acht ins Haus gekommen und hatte die Tür zum Photolabor geöffnet. Nachdem er nach Post und Aktennotizen auf seinem Schreibtisch geschaut hatte, nahm er die Kaffeemaschine heraus, gab Wasser und Kaffeepulver hinein, schaltete sie ein, ging dann auf den Korridor und hinunter zum Imbißstand, um sich erst einmal eine schnelle Tasse aus dem Verkaufsautomaten zu ziehen. Unterwegs entschloß er sich, nachzusehen, ob Powell schon da war, und dabei fand er ihn. Er knallte die Tür zu und rannte zurück zum Empfang, gerade als Mr. Langer hereinkam.

Zu dritt gingen sie dann zum Labor, und die Empfangsdame und Tease blieben an der Tür stehen, während Langer vorsichtig den Raum betrat, um festzustellen, ob Powell noch Lebenszeichen von sich gab. Als er wieder herauskam, plazierte er Tease an der Tür, damit niemand den Raum betrat, und beauftragte die Empfangsdame, die Polizei zu benachrichtigen.

Die Empfangsdame bestätigte die Geschichte von Tease und hatte ihr nichts hinzuzufügen. Sie hatte die Büros an diesem Morgen aufgesperrt und nichts Ungewöhnliches bemerkt.

William D. Langer bestätigte ebenfalls den Ablauf der Ereignisse und fügte hinzu, er habe die Entdeckung so dezent wie möglich behandelt und sie, so gut es ging, den anderen, die nach und nach hereinkamen, verschwiegen, zumindest bis die Polizei eintraf. Mooney hatte sich Notizen darüber gemacht, in welchem Maße Langer sich bemüht hatte, die Aufregung und die Publicity dieses Falles auf ein Minimum zu beschränken.

Es hatte noch ein paar kurze Gespräche mit Tease und Langer gegeben und mit einem Mädchen namens Patricia Beamon, die mit Tease und Powell in der Photoabteilung gearbeitet hatte. Ein anderes Mädchen, Alice Parnas, hatte ebenfalls mit der Beamon und den anderen gearbeitet, weigerte sich aber, irgendwelche Aussagen zu machen. Die Zweitverhöre waren genauso, wie Dystal sie geschildert hatte. Er hatte nichts von Bedeutung ausgelassen. Immerhin gab es ein paar zusätzliche Punkte, denen Haydon weiter nachgehen wollte, und er begann sich Notizen zu machen. Er listete die Fragen unter den Namen der Personen auf, die er verhören wollte, und ordnete die Namen alphabetisch an.

Und dann war da natürlich noch Jennifer Quinn. Mooney und Lapierre waren dabei, sie zu suchen, und es gab eine Wache vor Powells Haus für den Fall, daß sie zurückkehrte. Sie sollten ihn, Haydon, sofort benachrichtigen.

Haydon lehnte sich in seinem Sessel zurück und schaute auf das Untersuchungsmaterial, das sich auf dem Tisch häufte. Bachs wohltemperiertes Klavier war längst verstummt, und das Licht, das durch die Terrassentüren hereinfiel, hatte sein strahlendes Weiß verloren und den gedämpfteren Tönen des Spätnachmittags Platz gemacht. Die Farbphotos von Wayne Powells gewaltsamem Dahinscheiden lagen vor ihm ausgebreitet, und selbst ihre starken Farben schwanden dahin mit dem schwächer werdenden Licht.

Als er wieder auf die Ansammlung schauderhafter Photographien blickte, fiel Haydon auf, daß es mehr war als das Stehlen fremden Lebens, was einen Mord so verabscheuungswürdig machte. Es war vielleicht ein noch grausamerer Aspekt dieses Aktes, daß der Mörder auf diese Weise in den Tod des Opfers eindrang. Nichts im Leben war intimer, heiliger und privater als der Prozeß des aus dem Leben Scheidens. Dadurch, daß er sich in diesen Prozeß einmischte, verletzte der Mörder die Intimität und zwang das Opfer, an einer brutalen Herabwürdigung seines Dahinscheidens teilzunehmen. In den wilden, brandmarkenden Augenblicken des Tötens wurde der intimste Akt des Menschen zu einem schreienden Spektakel gemacht und auf tragische Weise erniedrigt durch furchtbare, wütende Gewalt.

Haydon dachte darüber nach, als er die Lichter ausschaltete und sich fragte, warum Powell in dem Entwicklertank saß.

8

Der Tag danach war Sonntag, und Haydon ging mit Nina und Gabriela zur Frühmesse. Seine Familie war immer früh zur Messe gegangen, und Gabriela war der festen Meinung, daß alles, was die Familie vor dem Tod seiner Eltern getan hatte, nach deren Dahinscheiden automatisch in die Kategorie eherner Tradition fiel. Eine Stunde lang beobachtete er die Sonne auf den Buntglasfenstern, stand auf, wenn alle anderen aufstanden, setzte sich, wenn sich alle anderen setzten, verneigte sich, wenn alle anderen sich verneigten und versuchte, nicht an Powell zu denken.

Auf der Heimfahrt blieb er in Gedanken versunken, während sich der königsblaue Jaguar Vanden Plas mit den Saccharindüften des Juicy Fruit-Kaugummis füllte, den Gabriela, sparsam, wie sie war, in halben Stücken vom Rücksitz aus verteilte, wie sie es jeden Sonntag getan hatte, seit Haydon ein kleiner Junge war. Er und Nina nahmen die Stücke von der alten Mexikanerin und kauten sie pflichtgetreu, während sie ihrer Kritik lauschten über Einzelheiten der Kleider der Frauen, die sie in der Kirche gesehen hatte. Nina zeigte viel Geduld mit ihr, achtete auf ihre Bemerkungen und ergänzte sie sogar durch eigene Feststellungen. Als sie durch das Tor in die Einfahrt einbogen und den Kreis zur Wendestelle am Ende der Auffahrt beschrieben, wechselte Gabriela das Thema und gab eine einzelne, aber pointierte Meinung zu einem besonderen Aspekt der Predigt kund. Das geschah immer als Abschluß der Heimfahrt und in einer Weise, mit der sie betonen wollte, daß ihr Morgen in der Kirche nicht allein der oberflächlichen Begutachtung der Damenmoden gegolten hatte.

Während des ganzen Nachmittags zeigte sich Nina zurückhaltend. Sie nahm Block und Stifte mit in den Wohnraum, um in seinem guten und reichlichen Nordlicht Skizzen anzufertigen, während Haydon in der Bibliothek kramte, Bücher katalogisierte, die neuen Erwerbungen durchblätterte, die noch nicht in den Regalen standen, und weiter Bachs wohltemperiertem Klavier lauschte.

Am Montagvormittag traf sich Haydon mit Dystal, Mooney und Lapierre zu einem von Dystals berühmten Frühstücken im »Jojos'« am Loop 610, nicht weit von der Galleria. Alle drei Männer waren bereits da, als Haydon hereinkam. Er hatte sich absichtlich ein bißchen verspätet, wollte sie alle drei beisammensehen, um vielleicht ein Gefühl von der allgemeinen Haltung der Gruppe ihm gegenüber und gegenüber dem höchst ungewöhnlichen Arrangement, das Dystal getroffen hatte, zu bekommen. Und wenn Haydon in den vergangenen fünf Monaten ein paarmal mit Mooney gesprochen hatte, so sah er Lapierre zum erstenmal seit seiner Freistellung. Es ging ihm sehr darum, daß Lapierre mit den Rollen, die jeder von ihnen zu spielen hatte, einverstanden war.

Sie bestellten, kamen aber nicht gleich zu den beruflichen Dingen, die sie besprechen wollten. Statt dessen gab es erst einmal unverbindliches Geplauder während der ersten Tassen Kaffee und dem Frühstück. Die Kriminalbeamten berichteten Haydon über Veränderungen in der Politik des Departments und über personelle Veränderungen und Aussichten, die sich ergeben hatten, seit Haydon weg war. Lapierre berichtete, daß sie die neue Decke des Wachraums noch einmal heruntergerissen hatten, weil das neue Belüftungssystem nicht mit den Baunormen übereinstimmte. Das hatte zur Folge, daß der Raum wieder einen Sommer als Baustelle erleben mußte, mit Telephon- und Computerkabeln, die von einer provisorischen Zwischendecke hingen, während die einzige Kühlung von den Tunnel-Ventilatoren kam, die auf den Gängen standen. Mooney berichtete ein paar Klatschdetails über das Privatleben einiger in der Abteilung bekannter Don Juans und von zwei angeblich geplanten Scheidungen. Über diese spekulierte er mit ein paar eigenen Theorien, die er hinzufügte, um die Gerüchte zu bestärken. Dystal hörte sich das alles mit gutmütiger Distanziertheit an.

Nicht nötig, zu sagen, daß die Spekulationen über Haydons Freistellung wochenlang Hauptthema der Gerüchte nach seinem Fortgang gewesen war. Er konnte sich das Ausmaß der dabei genannten Theorien gut vorstellen.

Als sie mit dem Essen fertig waren und Dystal Kaffee nachgeschenkt hatte, war es endlich Zeit, zum Geschäftlichen zu kommen.

Haydon schaute Mooney und Lapierre an.

»Ich weiß, daß wir alle informiert sind, wie diese Sache laufen soll, daher brauchen wir nicht mehr das Arrangement besprechen, das Bob ohnehin bereits in die Wege geleitet hat. Aber ich wollte Sie beide wissen lassen, daß ich Ihre Bereitschaft, unter diesen Umständen mit mir zu arbeiten, sehr schätze. Wir haben schon früher zusammengearbeitet, deshalb denke ich, daß es keine Überraschungen gibt, was das Verfahren betrifft. Ich bin mir bewußt, wie sehr Sie der Presse und den Medien ausgesetzt sind, und Sie kennen ja meine diesbezügliche Meinung. Falls Sie irgendwann im Lauf dieser Untersuchung mit der Art, wie ich die Dinge anpacke, unzufrieden oder unglücklich sein sollten, haben Sie jederzeit die Freiheit, zu mir zu kommen und darüber zu sprechen. Ich meine jederzeit.«

Haydon schaute Mooney an. »Okay?«

Mooney nickte; ihm schien das Ganze ein bißchen peinlich zu sein, er nahm die Sache aber ernst. Jetzt räusperte er sich. »Ich finde, das hört sich alles gut an.«

Er schaute Lapierre an. Um den vorsichtigen, zurückhaltenden Lapierre hatte sich Haydon die meisten Sorgen gemacht, aber trotz Dystals vorheriger Versicherung wollte Haydon das Thema mit allen gemeinsam besprechen. Es war entscheidend wichtig, daß sie sich wohl fühlten angesichts der Position, die Haydon in diesem Fall einnahm.

Pete Lapierre war mittelgroß und untersetzt, mit dichtem schwarzem Haar, das er kurz trug, um es unter Kontrolle zu halten. Er hatte rauchgraue Augen, die niemals etwas anderes als gelassene Selbstzufriedenheit zeigten. In seinem Verhalten war er so umsichtig und behutsam wie Mooney locker war, und obwohl er sich ordentlich kleidete, zeigten seine Anzüge eher Sinn für Sparsamkeit als für Stil. Er war bekannt dafür, daß er die klarsten Berichte der ganzen Abteilung verfaßte, und er war für seine Genauigkeit berühmt. Manche hielten ihn für humorlos und zu ernst, aber Haydon verstand seine Ungeduld gegenüber dem Gequassel und den rüden Späßen in den Umkleideräumen, die nun mal zu der Wachstubenatmosphäre gehörten. Er war einfallsreich und nachdenklich und immer bereit, seine Hilfe oder sein Mitleid anzubieten, wenn es darauf ankam. Obwohl er gern allein war, wurde er von allen gemocht und respektiert.

»Ich habe keine Probleme damit«, sagte Lapierre jetzt, schaute Haydon in die Augen und schien zu verstehen, was der andere tat. »Ich freue mich darauf.«

»Gut«, erklärte Dystal mit seiner etwas schwerfälligen Überschwenglichkeit. Er war erleichtert, daß sie es hinter sich hatten. »Ich finde, wir sollten uns jetzt mit dieser Powell-Sache beschäftigen.« Er nahm die Kaffeekanne aus Glas, aber alle anderen lehnten dankend ab. Also schenkte er sich eine Tasse ein. »Na dann, Ed, schlage ich vor, du fängst mit dem Neuesten über Jennifer Quinn an.«

Mooney rutschte zurück, um seinen Bauch von der harten Tischkante zu entfernen, froh darüber, daß es nun losgehen konnte, nahm einen Zahnstocher aus der Hemdtasche und steckte ihn sich in den Mund. »Okay. Der Grund, weshalb sich die Quinn noch nicht gezeigt hat, liegt darin, daß sie sich beruflich in einem anderen Staat aufhält. Sie ist auch Kameramann – Kamerafrau? – und arbeitet für eine andere Werbeagentur, Cline, Lacey und Lee. Eine wesentlich kleinere Firma als Langer. Sie ist seit einer Woche in New Orleans, zu einem Auftrag, der zwei Wochen dauern wird. Sie war schon drei Tage weg, als Powell umgebracht worden ist. Wir haben mit der dortigen Polizei Kontakt aufgenommen, und sie behalten die Quinn im Auge. Sie scheint weiterzuarbeiten, als wenn nichts geschehen wäre.

Nach Auskunft eines Mädchens, das mit ihr arbeitet, lebt sie seit ungefähr sechs Monaten bei Powell, das heißt fast so lange, wie er sich hier in der Stadt aufhielt. Das Mädchen wußte nicht, ob die Quinn Powell schon von früher kannte. Die Quinn arbeitet seit über einem Jahr bei der Agentur. Jeder scheint sie zu mögen. Es heißt, sie ist eine fleißige Arbeiterin, schlau und gut bei dem, was sie tut, außerdem hat sie keine unangenehmen Angewohnheiten. Sie ist ein Mädchen aus Houston, also können wir vermutlich soviel Hintergrundmaterial bekommen, wie wir wollen. Es gibt ein Bild von ihr in ihrem kleinen Bungalow. Sie ist eine gutaussehende Rothaarige.

Das ist so ungefähr alles – bis auf die Tatsache, daß einige von den Leuten, mit denen ich in ihrer Firma gesprochen habe, Powell kennengelernt haben und ihn für ein Arschloch hielten. Ich fragte, ob einer von ihnen über Powells Tod gesprochen hätte, und sie verneinten. Das war allerdings am Freitag. Ich nehme an, inzwischen haben sie darüber gesprochen.«

Haydon nickte. »Da haben Sie vermutlich recht. Die Polizei von New Orleans soll mit ihr Kontakt aufnehmen und sie herschicken. Sie darf sich nicht bedroht fühlen. Nur eine Nachricht von der Polizei, daß es zu Hause Ärger gegeben hat und sie nach Houston zurückkommen soll.«

»Okay«, sagte Mooney.

»Sie haben ein Photo von ihr in ihrem Haus gesehen. Wo ist es aufgenommen worden?«

»Im Wohnzimmer.«

»Gab es andere Photos von ihr in Powells Zimmer?«

»Ich kann mich nicht erinnern. An einer Wand waren mehrere Photos mit Reißnägeln befestigt. Ich kann mich nicht erinnern, ob ihres dabei war. Sie wissen ja, man hat sein Apartment gefilzt, aber abgesehen davon habe ich den Eindruck, daß es zuvor schon ein ziemliches Durcheinander gegeben haben muß, denn er war meiner Meinung nach ein schlampiger Kerl.«

Haydon schaute Lapierre an. »Und was haben Sie ermittelt, Pete?«

»Bis jetzt stammt das Blut sämtlicher Proben, die genommen wurden, von Powell«, sagte Lapierre und richtete unbewußt das Besteck neben dem Teller schnurgerade aus, »obwohl sie noch ein bißchen weitermachen müssen bei ihren Tests. Es hat sehr viel Blut gegeben. Die Fußabdrücke in den Blutlachen scheinen von zwei Paar Schuhen verschiedener Größen zu stammen. Beides normale Lederschuhe mit Ledersohlen. Keine synthetischen Sohlen, nichts Verrücktes oder Ungewöhnliches. Anzugschuhe. Von dem kleineren Schuh gibt es nur fünf Abdrücke. Sie führen von der Tür zum Schneidegerät und zurück zur Tür. Drei hin, zwei zurück. Keiner davon hat besonders auffallende Spuren hinterlassen. Genau gesagt, hat man die zwei, die zur Tür zurückführen, kaum noch identifizieren können.

Die Abdrücke, die von der größten Blutlache kommen, waren die von den größeren Schuhen und führen zum Videorecorder. Und das sind die einzigen von dieser Größe, die man als einzelne Abdrücke erkennen kann, ohne daß mehrfach darüber getreten worden wäre. Sieht so aus, als wäre er vom Videorecorder zum Regal mit den Filmen und dort viel auf und ab gegangen. Danach ist er von den Regalen noch einmal zum Recorder und zurück. Einmal ist er zu der Tür gegangen, die in das Labor nebenan führt. Und jedesmal, wenn er an den Becken vorbeikam, ist er wieder ins Blut getreten. Bevor er ging, hat er versucht, das Blut mit den Papierhandtüchern abzuwischen.«

»Aber die Papierhandtücher mußte er doch mit den Händen anfassen«, sagte Haydon. »Gibt es da keine Abdrücke?«

Lapierre schüttelte den Kopf. »Nichts. Alle Fingerabdrücke, die sie bisher untersucht haben, stammen von Angestellten des Hauses. Aber noch ist längst nicht das ganze Material überprüft.«

»Im Bericht hieß es, daß kein Band im Schneidegerät war. Fehlt etwas aus dem Labor?«

»Wir haben die Leute im Labor gebeten, die Arbeiten, mit denen Powell beschäftigt war, mit den Filmen und Bändern zu vergleichen, die er in den Regalen hatte.«

»Und es gab keine Verletzung des Sicherheitssystems?«

»Nicht, daß es irgend jemand festgestellt hätte. Die Agentur hat eines von den üblichen Arrangements mit einer privaten Wach- und Schließgesellschaft, und die Leute sagen, daß es kein Zeichen für einen Einbruch gegeben hat. Trotzdem scheinen mir mehrere Möglichkeiten zu bestehen.«

Er legte die geschlossene Faust auf den Tisch und streckte zu jedem Punkt einen Finger nach oben.

»Entweder der Täter hatte einen Schlüssel. Oder er hat sich irgendwo im Gebäude bis nach Geschäftsschluß versteckt und auf Powell gewartet. Oder sie haben Powell irgendwo draußen überfallen, zum Beispiel in der Parkgarage, und ihn gezwungen, hereinzukommen, sei es mit einem Messer oder einer Handfeuerwaffe. Oder Powell hat sie gekannt und freiwillig hingebracht. Oder sie wußten, wie man das Warnsystem manipuliert.«

»Vielleicht hat Powell eine Puppe hier oben getroffen«, meinte Mooney. »Schließlich war die Quinn nicht in der Stadt.«

Die Kellnerin kam und servierte die leeren Teller ab, und Dystal schenkte sich noch Kaffee aus seiner privaten Reserve ein, die immer an seinem Tisch stand. Das Restaurant war bis auf den letzten Platz besetzt, aber niemand drängte die vier.

Haydon hatte oft schon bewundert, wie schlau es von Dystal

war, über eine solche Routine so etwas wie vertraute Atmosphäre entstehen zu lassen. Es war eine ganz natürliche Sache für den hünenhaften Lieutenant, aber Haydon dachte oft, wie leicht es für jeden, der ihm übelwollte, gewesen wäre, ihn hier zu finden. Im Lauf der Jahre machte sich ein jeder Polizeibeamte ein paar Feinde. Und einige davon waren verrückt...

Sie besprachen noch andere Möglichkeiten und Hinweise, stellten Theorien auf und rätselten, wie es weitergehen sollte. Haydon stellte ein paar Fragen über die Interviews bei Langer Media. Nachdem eine weitere halbe Stunde vergangen war, nahm sich Haydon seinen Mont Blanc aus der Tasche und begann auf das Papier seines Platzdeckchens zu schreiben. Während er schrieb, erläuterte er die Methode, nach der sie insgesamt weitermachen wollten, und skizzierte die Richtungen, in denen Mooney und Lapierre fortschreiten sollten. Er sagte ihnen, was er selbst tun würde, und fragte sie dann, was sie von seinen Plänen hielten. Sie tauschten noch ein paar Ideen, fügten das eine oder andere hinzu, veränderten dies und das, dann waren sie fertig. Haydon riß das Platzdeckchen auseinander und steckte die Hälfte, die er beschrieben hatte, in seine Tasche. Um zehn Uhr waren sie draußen.

9

Das Vorstandsmitglied betrachtete das Profil des Mannes, der vor ihm saß. Die scharfe Silhouette war löwenhaft und bemerkenswert vornehm, obwohl die Einzelheiten seiner Züge durch den Widerschein der offenen Fensterflügel in den Schatten getaucht wurden. Das Vorstandsmitglied sah, daß das Haar des Mannes, das in langen, dichten Wellen von seiner gutgeformten Stirn nach hinten gekämmt war, am Ansatz ein wenig auffrisiert war. Er wußte, daß das Haar auch um Hals und Ohren makellos frisiert war. Jetzt betrachtete er den geraden Nasenrücken, den kleinen Schnurrbart, die Rundung des Kinns mit dem Grübchen in der Mitte. Er wußte auch, daß der feste Kiefer und die Wangen, auf denen ein kräftiger schwarzer Bart sproß, zweimal täglich von einem Friseur glattrasiert wurde und dennoch stets einen Hauch von Holzkohlenschwarz aufwies.

Keiner der beiden Männer hatte in den letzten Minuten etwas gesagt, und der weitläufige Raum, in dem der Mann am Schreibtisch seine seltsam disziplinierten Tage verbrachte, war still wie ein Grab. Das Vorstandsmitglied bewegte sich vor dem Schreibtisch hin und her, um dem strahlenden Licht des Fensters zu entkommen, eines von vieren an der langen Wand, die derzeit für die einzige Beleuchtung des Raums sorgten. Die Wände zwischen den Fenstern waren mit Photographien in Farbe und in Schwarzweiß bedeckt.

Jetzt blieb das Vorstandsmitglied direkt vor dem anderen Mann stehen und konnte nur die linke Hälfte seines Gesichts sehen, während der Mann etwas studierte, was vor ihm auf dem Schreibtisch lag. Die rechte Hälfte blieb im Dunkeln.

»Soll ich die anderen warnen?« fragte das Vorstandsmitglied schließlich. »Man sollte ihnen vielleicht irgend etwas mitteilen. Was ist, wenn –«

»Z-*z*... *z-z*... *z-z*...« Der andere Mann blickte auf und lächelte; das leise Geräusch war verstummt.

Als er nichts weiter sagte, unternahm das Vorstandsmitglied einen zweiten Versuch. »Heute nacht waren wir zu fünft. Sollte ich nicht –«

»Z-*z*... *z-z*... *z-z*...«

Das Vorstandsmitglied hielt sich zurück, innerlich frustriert, sogar wütend, aber nach außen hin ruhig.

Der andere setzte sein Lächeln mit entwaffnender Offenheit fort und nahm nicht die Gelegenheit wahr, die er sich geschaffen hatte, um selbst zu sprechen. Die Haltung, seine Miene und der erwartungsvoll geneigte Kopf schienen den Beauftragten aufzufordern, er möge fortfahren, auch wenn er, der Chef, gerade interveniert hatte. Das Vorstandsmitglied betrachtete die Gesichtshälfte des Mannes, die im Licht war, und sah die weißen Zähne hinter dem Lächeln. Er sah auch ein Auge, dessen Iris so dunkel war, daß man sie nicht von der Pupille unterscheiden konnte, so daß ihn der Mann aus einem schwarzen Loch anstarrte, das dem Auge jegliche persönliche Ausdrucksfähigkeit und jedes Gefühl einer Kommunikation raubte. Sein lächelnder Mund öffnete sich noch etwas weiter, sein gutaussehender Kopf neigte sich noch weiter nach hinten, die Augenbrauen gingen nach oben und forderten das Vorstandsmitglied zum Sprechen auf.

Aber das Vorstandsmitglied sprach nicht.

Es war eine vertraute, wenngleich irgendwie peinliche Situation. Er hatte sie viele Male erlebt, hatte sie als Zeuge mit anderen Beauftragten erlebt, die Zugang zu diesem Mann hatten. Das edle Haupt kippte nach hinten, und schon setzte das leise »*Z-z... z-z...*« ein, fast unhörbar zunächst, so daß der Sprechende nicht darauf achtete. Wenn es blieb, wenn es lauter wurde, dachte sich das Vorstandsmitglied, daß es auf höfliche Weise unterbrochen wurde, und hielt selbst inne. Schweigen. Verwirrt überlegte sich das Vorstandsmitglied, was da vor sich gehen mochte. Wenn sich das Schweigen ausdehnte, nahm er an, daß die Unterbrechung zu Ende sei, und er begann von neuem, wurde aber wieder von den leisen Zischlauten unterbrochen, dem nach hinten geneigten Haupt und dem Lächeln, das dem Beauftragten den Verdacht nahelegte, er sollte in irgendeiner Weise veräppelt werden. Danach weiteres Schweigen, welches das Vorstandsmitglied diesmal nicht brechen wollte.

Schließlich begann dann der Mann selbst zu sprechen, mit einer so leisen Stimme, daß das Vorstandsmitglied betete, kein noch so schwaches Geräusch, das Schließen einer Tür oder ein Hüsteln würde ein Wort oder gar einen Satz übertönen. Die Anstrengung, sich auf jedes Wort zu konzentrieren, ja sogar von den Lippen zu lesen, verstärkte die Spannung dieser Besprechungen. Das Redemuster war rätselhaft, vielleicht auch beliebig: Phrasen folgten halben Sätzen, dann kamen wieder die Zischlaute, das Lächeln. Das Vorstandsmitglied war gezwungen, einen guten Teil des Gesprächsinhalts durch Rückschlüsse herauszufinden. Aber niemand hatte jemals darauf hingewiesen, daß sie Schwierigkeiten hatten, ihn zu hören.

Jetzt, als er wartete und in das Nichts der schwarzen Augen schaute, verstand das Vorstandsmitglied diese seltsame Methode der Kommunikation nicht besser als damals, als er sie zum erstenmal erlebt hatte. Immerhin hatte er Dutzende solcher Begegnungen hinter sich. Aber jetzt war er müde. Die Ungeduld spielte einen zunehmend größeren Teil in der Reihenfolge der Emotionen, die ihn berührten, wenn er in diesen eigenartigen Besitz inmitten eines bewaldeten Teils der Stadt gerufen wurde.

Er wartete, die Hände auf dem Rücken verschränkt. Er spannte die Arme an und stemmte und lockerte die Muskeln, die den unteren Teil seines Rückgrats umgaben, während er den Blick des Mannes hinter den unordentlichen Stapeln von Papieren erwiderte, die ineinanderflossen und wackelige Berge aus einzelnen Blättern bildeten, die sich vom einen Ende des halbmondförmigen Schreibtischs zum anderen erstreckten. Papierklammern an den Ecken mancher Seiten hatten sich mit anderen Seiten verheddert und ragten aus den Stapeln heraus, drohten sie zum Einsturz zu bringen. Eine Porzellantasse samt Untertasse war halb verborgen unter der Papierflut, und der Pumpkran einer Miniatur-Bohrstation aus Kupfer, wie man sie auf Kunsthandwerksmärkten findet, war fast ganz untergegangen. Mitten unter den weißen Blättern sah das Vorstandsmitglied hellgrüne und blaue Zettel, uneingereichte Schecks, wie er wußte. Sie lagen manchmal monatelang hier auf dem Schreibtisch herum, bis ihre Aussteller neue schickten, die ebenfalls in dem weißen Durcheinander untergingen. Die Leute, die diese Schecks schickten, waren naiv und uneingeweiht.

»Das Filmmaterial ist das Problem«, sagte der Mann leise.

Das Vorstandsmitglied kam einen Schritt näher. »Das weiß ich. Ich werde –«

Der Mann lächelte und tätschelte die Filmdosen, die am einen Ende seines Schreibtischs aufgebaut waren.

»Ich meinte diese. Ich wollte Ihnen diese hier zeigen … *z-z* … aber Bechtel hat sie nicht rechtzeitig aus dem Safe gebracht und – äh – ich muß sie zum Aufwärmen in die Luftschleuse geben. Wir können sie erst morgen ansehen.« Er lachte ein wenig. »Sie sind faszinierend. Aus – äh – Sri Lanka. Die ersten von dort. Ein singhalesischer Kameramann hat versucht, sie dem Reporter eines öffentlichen Senders zu verkaufen. Aber die wollten sie nicht anfassen. *Zz ... zz ...* Bechtel hat sie auf seiner letzten Reise nach Paris gekauft.«

Der Mann spielte mit ihm, kein Zweifel. Erst hatte er sich tatsächlich auf die anderen Filme bezogen, dann tat er so, als hätte er es nicht getan.

»Aber wir sehen etwas anderes heute«, sagte der Mann.

Das Herz des Vorstandsmitglieds sank. Er hatte gehofft, daß er dieses eine Mal keinen Film anzusehen brauchte. Er wollte sie nicht sehen, ganz gleich, welche Greuel darauf zu erkennen waren. Vor allem heute hätte er sich gewünscht, daß ihm diese wahnwitzigen Gewalttätigkeiten erspart bleiben würden.

Der Mann stand auf und sammelte die Filmdosen ein. Das Vorstandsmitglied sah zu, wie er um den Schreibtisch herumkam und den langen Raum durchquerte. In den beiden letzten Jahren hatte er sich an das Aussehen des Mannes gewöhnt, hatte fast aufgehört, seine Ungewöhnlichkeit zur Kenntnis zu nehmen. Aber heute sah er ihn wie beim erstenmal und war erschüttert von der Diskrepanz: das edle, maskuline Haupt, auf so dramatische Weise größer als der leichte, unausgereifte Körper, auf dem es so fragwürdig ausbalanciert war. Der ganze Körper des Mannes schien vor der Mannesreife aufgehört haben zu wachsen, bevor die Veränderungen der Pubertät die Zellen beunruhigten und mit den Hormonen füllten, die bei der Entwicklung zum Mann notwendig waren. Seinen Schultern fehlten die Kanten, und sein Brustkorb hatte nicht das muskulöse Gewicht des Erwachsenen. Den Händen fehlten die kennzeichnenden Sehnen und Adern; sie waren pummelig an der Innenseite, mit kleinen Fingern, die sich gegen Ende zu verjüngten. Und dennoch war sein Körper nicht schlecht proportioniert oder gar weibisch, sondern einfach knabenhaft und ohne irgendein Zeichen von Kraft und männlicher Reife. Im Gegensatz dazu zeigte sein Haupt alles, was seinem Körper fehlte. Die physische Disharmonie des Ganzen war erschreckend.

Das Vorstandsmitglied folgte ihm und kam sich absurd vor, als er hinter dem kleinen Jungen/Mann herschlich, der gewohnheitsmäßig winzige, schwarze Abendslipper aus Lackleder, eine Smokinghose mit Satinstreifen an den Seiten, ein Smokinghemd mit Stehkragen ohne Fliege oder Krawatte und Hosenträger trug. Es war die einzige Kleidung, die er anhatte, wenn er zu Hause war, und sie war immer fleckig und unsauber. Die Hemdbrust war steif von alten Flecken, und die Hose, etwas staubig an den ausgebeulten Knien, war in einem ständigen Faltenwurf um den Zwickel zerknittert.

Der Mann öffnete eine Holztür in der Mitte der Wand, die den Fenstern gegenüberlag. Dahinter war eine Stahltür. Auch diese öffnete er und betrat einen kleineren Raum mit einer Regalwand, in der Dutzende von Filmdosen lagen. Die Temperatur in dem Raum betrug genau zwölf Grad. Der Mann legte die Dosen von seinem Schreibtisch in eines der Regale, nahm einen dicken Mantel von einem Haken an der Wand und zog ihn an. Dann öffnete er eine zweite Tür und betrat einen weiteren Saferaum. Das Vorstandsmitglied folgte und machte sich nicht die Mühe, einen von mehreren ähnlichen, aber größeren Mänteln anzuziehen, achtete aber darauf, daß die Luftschleuse hinter ihnen geschlossen war.

Der Saferaum hinter der Luftschleuse war etwa viermal so groß, mit Hunderten laufender Meter Regalflächen, auf denen sich Filmdosen stapelten, manche aus Aluminium, manche aus Plastik, was vom Alter und vom Typ des Films abhing, der in ihnen steckte. Hier herrschte eine Temperatur von fünf Grad bei dreißig Prozent relativer Luftfeuchtigkeit. Die Filme in den Regalen waren nach Jahren angeordnet, mit Unterabteilungen geographischer Standorte in alphabetischer Ordnung. Jede Filmdose war beschriftet mit Datum, Kameramann (falls bekannt), Quelle, Drehort, Zusammenhang und einer kurzen Beschreibung, worum es darin ging.

Der Mann verschwand rasch um die Ecke einer Reihe von Regalen. Das Vorstandsmitglied stand nahe der Tür, die Hände in den Hosentaschen, und wartete. Er konnte hören, wie der Mann

Filmdosen von Regalen nahm, sie wieder zurücksteckte, die Zeit totschlug. Ein paar Minuten danach tauchte der Mann am Ende einer anderen Regalreihe auf, sechs Meter von der ersten entfernt, blieb im Durchgang stehen und schaute das Vorstandsmitglied an. In dem Raum herrschte dieselbe Stille wie im Kühlhaus einer Schlachterei.

»Z-*z*... *z-z*... Und Sie glauben, Toy hat auch den Rest davon?« fragte er. Der Atem hing ihm wie Rauchwölkchen vor dem Mund.

Das Vorstandsmitglied schaute den Durchgang entlang auf den Mann. »Aber natürlich hat er ihn.«

Der Mann dachte einen Moment lang nach. Sein kleiner, zierlicher Körper wirkte aufgebläht durch den dicken Mantel, und der Pelzkragen, den er hochgestellt trug, verbarg seinen kindlichen Nacken.

»Glauben Sie, er hat auch alle unsere Gesichter?«

»Wenn nicht, hätte das Ganze nicht viel Sinn für ihn.«

»Er wird vermutlich eine Menge Duplikate anfertigen«, sagte er leise und nachdenklich.

»Davon bin ich überzeugt«, bestätigte das Vorstandsmitglied müde.

»Glauben Sie, daß er an jeden von uns herantritt? Oder nur an mich?«

»Vielleicht an jeden – ich weiß es nicht.«

»Vermutlich wird er sehr viel Geld verlangen.« Die schwarzen Augen blickten an der Schulter des Vorstandsmitglieds vorbei.

Das Vorstandsmitglied gab keine Antwort. Er wollte sich nicht darauf einlassen. Er wollte lediglich wissen, was er selbst tun sollte.

»Wieviel, würden Sie sagen, ist das Filmmaterial wert?« Der Mann verschränkte die kleinen Füßchen in den schwarzen Lack-Slippern und lehnte sich gegen das Regal, die kleinen Hände in den großen Manteltaschen.

Dem Vorstandsmitglied wurde allmählich kalt, und er zog die Schultern hoch. Der verdammte Film war unbezahlbar, und der Mann wußte es. Eine alberne Frage, die er da stellte.

»Was würden Sie dafür bezahlen?« fragte der Mann, dazu lächelte er. »Z-z... z-z... z-z...«

»Soviel, wie verlangt wird.«

»Aber es gibt doch einen Punkt, über den hinaus Sie nicht mehr bezahlen würden?«

»Sicher. Ach, ich weiß nicht. Ich müßte erst einmal hören, was er verlangt.«

Der Mann zuckte irgendwo unter dem Mantel mit den Schultern. »Wir werden wohl warten müssen, bis er Kontakt aufnimmt mit uns.«

Wieder gab das Vorstandsmitglied keine Antwort. Er wußte seit langem, daß ihm diese undeutlichen Bemerkungen auf die Nerven fielen. Der Mann wußte verdammt genau, daß er sich darum kümmerte, schon seit Donnerstagmorgen, genau gesagt.

Die untere Gesichtshälfte des Mannes war bläulich, nicht nur von den Bartstoppeln, sondern auch von der Kälte, und an jeder Wange war ein hellroter Fleck erschienen. Er schien so zerbrechlich, daß das Vorstandsmitglied annahm, es würde nicht viel brauchen, um ihn erfrieren zu lassen.

»Toy war ein großartiger Kameramann«, sagte der Mann.

Das Vorstandsmitglied stimmte zu. Er fühlte, wie sein Kinn vor Kälte zitterte, während er den Mann anschaute, um zu sehen, ob er irgend etwas in den schwarzen Löchern erkennen konnte, die der Mann als Augen benützte. Es war natürlich nichts da, nichts, was das Vorstandsmitglied erkennen ließ, ob der Mann die Vergangenheitsform absichtlich oder zufällig benützt hatte. Wer konnte ahnen, was für byzantinische Arrangements und Intrigen er bereits anderweitig getroffen hatte? Sein Leben war strikt in verschiedene Arbeitsbereiche unterteilt, und für das Vorstandsmitglied war es ein Wunder, daß sich der Mann nicht im Labyrinth seiner eigenen Planungen verirrte. Doch genau das war seine Methode, den notwendigen Abstand zu halten. Die Hände des Mannes blieben immer sauber, weil die Vorstandsmitglieder seine Ersatzhände waren, und die Ersatzhände gehorchten dem Gehirn, soweit sie seine Gedanken lesen konnten. Aber wenn sie etwas Falsches lasen und übereifrig wurden in ihrem Bemühen, ihm alles recht zu machen? Was konnte er dagegen tun? Sicherlich konnte man ihm nicht die Fehler der anderen anlasten.

All diese Doppelzüngigkeit verbarg sich hinter den schwarzen Brunnen seiner Augen. Einem Mann mit solchen Augen konnte man gar nichts anlasten.

»Wir hätten ihn diese Dinge von Anfang an kopieren lassen sollen«, sagte der Mann jetzt. »Damit wären wir dieser Sache zuvorgekommen und hätten die Umstände selbst kontrollieren können. Und er hätte nicht die Leute gefilmt, die er nicht filmen sollte«, fügte er mit einem etwas schiefen Lächeln hinzu.

Sie standen da und schauten sich an. Der Mann schürzte die Lippen und stieß einen Strom von nebligem Atem aus, als wäre es der Rauch einer Zigarette. »Nun«, sagte er und schaute sich ziellos in dem Saferaum um, auf dessen Regalen sich die Filmrollen stapelten, Millionen Meter von Gemetzel und Blutbädern. Es schien, als wollte er sich halbherzig entscheiden, was er als nächstes tun sollte.

Schließlich bewegte er sich, ging an dem Vorstandsmitglied vorbei und hinaus in die Luftschleuse. Das Vorstandsmitglied folgte ihm und schloß die Safetür hinter ihnen. Sie blieben an den Regalen in der Luftschleuse stehen, und der Mann betrachtete die Stapel von Dosen, die schon vierundzwanzig Stunden und länger hier drinnen waren. Sie mußten langsam erwärmt werden, damit sich auch nicht die geringste Kondensfeuchtigkeit auf dem Filmmaterial bilden konnte.

»Wir haben ein paar Lahore-Filme aus den sechziger Jahren«, sagte der Mann. »Und Idi Amin-Verhöre, außerdem einige argentinische Verhöre beim La Tablada-Militärputsch von 1977... Ein besonders bestialischer Streifen, mit nackten Mädchen und Spielzeugratten.« Er grinste über den Scherz und kehrte dann zu seiner Aufzählung zurück. »Wir haben einen Lynchmord durch den Ku Klux Klan, ein paar nette Sachen aus Beirut...« Er versuchte, sich zu entscheiden, stand da, die Arme verschränkt, immer noch in dem schweren Mantel. Schließlich streckte er den Arm aus und zog eine Dose unter mehreren anderen heraus. »Wir haben über Mr. Toy gesprochen. Sehen wir uns einen seiner Filme aus Guatemala an. Huehuetenango. Da sind interessante Stellen drin.«

Der Mann reichte dem Vorstandsmitglied die Spule, hängte seinen Mantel an den Haken und ging ihm voraus, zurück in den großen Raum. Das Vorstandsmitglied schloß die Türen hinter ihnen und ging zu einem Projektor, der in einem Gehäuse in der Mitte des Raums fest installiert war. Der Mann kroch auf eines von mehreren Sofas, die in einem Halbkreis vor dem Projektor aufgestellt waren und auf das entgegengesetzte Ende des Raums ausgerichtet waren. Das Vorstandsmitglied betätigte einen Schalter, woraufhin sich mit leisem elektrischem Sirren die riesige Leinwand von der Decke senkte. Sie nahm die ganze gegenüberliegende Seite des Raums ein.

Das Vorstandsmitglied fädelte den Film ein und drückte dann eine Taste am Gehäuse des Projektors, was zur Folge hatte, daß sich die gewaltigen, dicken Vorhänge der Fenster langsam schlossen. Dann schaltete er den Projektor an, und der Film begann zu laufen.

Die erste Einstellung zeigte die Luftaufnahme eines Dschungels, und der Horizont kippte erst ein wenig in die eine, dann in die andere Richtung, als das Fluggerät in eine Kurve ging. Dann zoomte die Kamera nach vorne und erfaßte eine Reihe von vier weißblauen Jet Ranger-Hubschraubern, die in einem ausladenden, schwingenden Bogen den Dschungel überflogen. Die Kamera befand sich offensichtlich im letzten Hubschrauber. Das Bild vibrierte ein wenig von den sich drehenden, schweren Rotoren. Es war eine gute Einstellung; sie zeigte, wie die unheimlichen Fluggeräte sich in ein Tal senkten, über einen Fluß und zwischen dschungelbewachsenen Hängen. Aus der offenen Tür des ersten Hubschraubers kamen Rauchwölkchen, dann auch aus den anderen, bis der Film heftig zitterte und die Kamera herumschwenkte, um die Schützen an den Türen zu filmen, die sich nur wenige Meter über den Bäumen befanden.

Und dann, plötzlich, zeichnete die Kamera das Chaos auf, als die Maschine unerwartet schnell landete und Soldaten ausspie.

Man sah ein Stück Himmel, schließlich Bilder vom Erdboden, von guatemaltekischen Soldaten, die in das hohe Gras des Hochlands rannten, einander etwas zuschrien, nach oben zeigten und rannten. Ein Schuß, und die Hubschrauber erhoben sich in einem Hurrikan aus Staub. Ein Helm segelte durch das Bild, und die Maschinen waren weg. Der Film wurde unscharf, und dann, als die Einstellung wieder stimmte, sah man, kaum zu glauben, die Nahaufnahme eines alten Indianers, der versuchte, seinen abgetrennten Arm hochzuheben, während das Blut aus den Ganglien seiner Schulter spritzte. Er schaffte es nicht und wandte sich hilflos der Kamera zu, schrie dabei mit offenem Mund wie ein Kind. Dann kam eine alte Frau, die ein zerfetztes Kleid trug, herangelaufen und half dem Mann; danach liefen sie ein paar Meter weit miteinander, bis die Frau plötzlich festgehalten und hochgehoben wurde, dann vorwärtsgestoßen, ohne daß ihre Füße den Boden berührten, und schließlich nicht weit von dem Arm des Mannes zu Boden stürzte. Der Alte vollzog einen hysterischen, hüpfenden Tanz um ihren zusammengekrümmten Körper, bückte sich dann und nahm seinen Arm an den Fingern, aber er konnte ihn nicht hochheben und zog ihn hinter sich her über den Boden, als er wieder zu rennen begann, bis ihm die Beine weich wurden und er in den Dreck fiel. Die Kamera machte einen schnellen Schwenk und hielt bei zwei Indianern, die am Boden knieten und die Hände auf dem Rücken gefesselt hatten. Sie waren jung, fast noch junge Burschen. Ein Soldat kam ins Bild und sägte dem einen von ihnen mit einem Messer die Kehle durch. Er traf auf die Schlagader, und das Blut schoß heraus und übergoß den Soldaten. Er sprang zurück und stieß mit dem Stiefel nach dem Jungen, der sich wand und aufbäumte, als könnte er seinem Tod auf diese Weise entkommen. Der zweite Gefangene fiel unerklärlicherweise nach vorn, und ein zweiter Soldat tauchte auf und trat nach seinem Kopf, als wäre er eine Bierdose, so lange, bis er völlig mißgestaltet und rot war und keine Ähnlichkeit mehr mit einem menschlichen Haupt aufwies. Im Hintergrund rannten Leute in Rauch und Feuer hin und her. Die Kamera schwenkte zur Seite und folgte zwei Soldaten, die eine nackte Indianerin an den Füßen über den Boden schleiften. Ihr Gesicht zeigte die passive Gelassenheit des Schocks, als sie versuchte, sich aufzusetzen und ihre Innereien davor zu schützen, daß sie durch den Dreck gezerrt wurde.

Das Vorstandsmitglied wandte sich beim Rest des Films ab. Ein kleiner, strahlender Lichtpfeil kam durch die Fenster, wo die Vorhänge sich nicht ganz überdeckten, oben, kurz unter der Schiene. Er richtete die Augen auf diesen Lichtschaft und konzentrierte sich darauf. Auch sein Herz konzentrierte sich darauf, zusammen mit den Augen, als wäre dieser Sonnenstrahl das einzige auf der Welt, was ihn retten könnte.

10

Sie war einverstanden gewesen, ihn in James' Hotdog-Insel zu treffen, im Zentrum zwischen der Travis und der Dallas Street, gegenüber des Kaufhauses Foley's. Das wäre das beste, hatte sie gemeint, weil es weit genug von ihrem Büro entfernt war, so daß sie nicht damit rechnen mußte, jemandem in die Arme zu laufen, den sie kannte, und doch nahe genug, daß sie zu Fuß hin- und zurückkommen konnte in der Zeit, die ihr zum Lunch zur Verfügung stand, und obendrein war auch noch Gelegenheit, einen Bissen zu essen.

Haydon war als erster dortgewesen und hatte sich an einen Fenstertisch gesetzt, hatte die Leute beobachtet, die hereinkamen, und sich gefragt, ob er sie in der Menge erkennen würde, bevor sie sich nach allen Seiten umschaute und auf diese Weise verriet. Es gelang ihm. Draußen auf dem Gehsteig war sie einen Moment an der Tür stehengeblieben, hatte eine entschlossene Miene aufgesetzt, sich dann gegen die Chromstange der Tür gelehnt und sie aufgestoßen.

Er erhob sich halb; sie sah ihn und kam auf ihn zu. Er beobachtete sie, wie sie sich einen Weg durch die Tische bahnte. Sie trug ein lavendelfarbenes, vorne wie ein Hemd geknöpftes

Kleid, das bis eine Handbreit über die Knie reichte, und die Schulterpolster erinnerten an die Mode der vierziger Jahre. Das karamelbraune Haar war nach hinten und an den Schläfen nach oben frisiert und mit Kämmen festgesteckt, wie man es von Betty Grable kannte. Eine mit weißen Perlen besetzte Handtasche klemmte sie sich unter den einen Arm, als sie näher kam.

»Kann ich Ihren Ausweis sehen, bitte«, platzte sie heraus. Sie sagte es mit der mechanischen Entschlossenheit eines vielgeübten Satzes, der nun einmal unumgänglich war.

»Aber natürlich«, sagte Haydon. »Aber vielleicht setzen wir uns erst einmal.« Er langte in seine Brusttasche und legte unauffällig die Brieftasche auf den Tisch. Sie beugte sich darüber und schaute hinein. Ihr Gesicht war oval, und ihre Augenwimpern waren genauso karamelbraun wie ihr Haar.

»Entschuldigen Sie«, sagte sie erleichtert und schob ihm die Brieftasche zurück, während sie hochschaute. »Ich nehme allerdings an, so was kann man auch fälschen. Ich hab's zumindest schon in einem Fernsehfilm gesehen.« Sie lachte kurz und zeigte dann ein kleines, etwas törichtes Grinsen. »Deshalb habe ich bei der Polizei angerufen, um sicherzugehen, daß es Sie wirklich gibt.«

»Es macht nichts«, sagte Haydon. »Im Gegenteil, ich bin froh, daß Sie es überprüft haben. Wir haben vermutlich nicht viel Zeit. Was darf ich Ihnen holen?«

»Ach, einfach einen Hot Dog und ein zuckerfreies Seven-Up. Vielleicht eine Tüte Chips.«

Er stellte sich in die Reihe, schnappte sich ein Plastiktablett, ließ es an der Theke entlangrutschen und nahm sich von allem zwei: Servietten und Strohhalme. Die schwarzen Köche mit den weißen Papiermützen arbeiteten mit den ökonomischen Bewegungen und der Geschicklichkeit von Maschinen; dabei schauten sie niemals hoch, während sie in den fast sichtbaren Gerüchen heißer Würstchen, Senf und Zwiebeln schwitzten. Am Ende der Reihe zahlte er, kam an den Tisch zurück und lud das Tablett ab. Sie wartete.

»Na los«, sagte er. »Ich rede, während Sie essen, und dann reden Sie, während ich esse. Ich habe schon vor langer Zeit gelernt, daß das am besten ist, wenn man Zeit sparen möchte.« Er lächelte.

»Schon möglich.« Sie schaute ihn etwas neugierig an, dann begann sie ihren Hot Dog zu essen. Dabei schossen ihre Blicke mehrmals durch den stark besuchten Speiseraum. Es war ein praktisches Lokal für einen kleinen Imbiß, und an den Tischen herrschte ein ständiger Wechsel von Frauen und Männern, die zur Mittagspause aus den Büros in der Umgebung kamen, um die Beine auszustrecken, draußen auf der Terrasse ein bißchen Sonne zu tanken und einen Bissen zu essen.

»Ich habe das Protokoll Ihres Gesprächs mit den Kriminalbeamten Mooney und Lapierre gelesen«, sagte Haydon. »Ein paar Punkte daraus möchte ich gern genauer mit Ihnen besprechen. Ich mache es kurz, und Sie können antworten, wenn Sie mögen, sobald Sie fertig sind.« Er ließ eine Pause entstehen, und sie nickte, kaute und schaute ihn aus großen, erwartungsvollen Augen an. »Ich möchte wissen, ob Wayne Powell jemals Leute ins Büro mitgebracht hat. Zum Beispiel einen Freund, einen, der am Abend auf ihn gewartet hat, bis er fertig war, damit sie gemeinsam heimgehen konnten. Irgend jemand nach Dienstschluß. Waren Sie jemals da, wenn er nachts arbeitete? Kannten Sie seine Freundin, ein Mädchen namens Jennifer Quinn?«

Er hielt inne, um gerade diesen Punkt etwas einsickern zu lassen, dann fuhr er fort. »Haben Sie jemals mitbekommen, was das war, woran Powell nachts arbeitete? Wie war seine Einstellung zu diesen Überstunden? War es ihm egal? Haben Sie mitbekommen, daß sich Mr. Langer und Powell getroffen haben? Haben Sie die beiden miteinander reden gesehen? Wenn ja, wissen Sie, worum es dabei ging? Wie ist Powell mit Tease zurechtgekommen? Hat es zwischen ihnen Spannungen gegeben? Wissen Sie, ob Tease mit Powell über seine Nachtarbeit gesprochen hat?«

Patricia Beamon hob eine Hand, um ihm Einhalt zu gebieten, während sie schnell kaute, schluckte und sich den Mund abwischte. Dann trank sie einen Schluck von ihrem Seven-Up.

»Ich schlage vor, Sie stoppen an dieser Stelle und lassen mich die Fragen beantworten, so gut ich kann. Ich weiß allerdings nicht, ob ich alle Ihre Fragen beantworten kann.«

Sie trank noch einen Schluck, schaute durch das Fenster auf den strahlend hellen Gehsteig und zog die Stirn in Falten, während sie versuchte, ihre Gedanken zu ordnen.

»Fangen wir mit den negativen Punkten an. Ich habe Wayne nie mit Mr. Langer sprechen gesehen. Ich war nie nachts da, wenn er gearbeitet hat. Es gab keine Spannung zwischen Wayne und Tease, aber ich würde sagen, das kommt eher daher, daß Ray weich war wie ein Marshmallow. Wenn Mr. Langer ihm befahl, er sollte die Hände von Wayne lassen, dann wäre es Ray nicht im Traum eingefallen, etwas dagegen zu unternehmen, und wenn Wayne noch so viel in seine Tasche gearbeitet hätte.«

»Hat denn Langer Tease den Befehl gegeben, Wayne in Ruhe zu lassen?«

»Ich nehme an, es war etwas in der Art. Das hat Ray jedenfalls zu Dean gesagt.«

»Dean Warner?«

»Richtig.«

»Und Warner hat es Ihnen gesagt?«

»Wir – das heißt Alice und ich – nehmen an, daß so etwas geschehen sein mußte. Ich meine, nachdem Dean mit Mr. Langer gesprochen hatte, hat sich Wayne um nichts mehr gekümmert und das getan, was *er* tun wollte. Es hat Dean wütend gemacht, aber er hat nichts dagegen unternommen. Und dabei hat es ihm Wayne auch noch unter die Nase gerieben, wenn Dean in Hörweite war. Er machte kleine Bemerkungen über ›anderes Material‹, das er ›später‹ bearbeiten würde. Wayne hatte die Tendenz zum echten Widerling. Er und Dean sind von Anfang an nicht gut miteinander ausgekommen. Natürlich konnte auch dieses Arrangement nicht lange gutgehen. Dean hat, wie Sie wissen, kurz nach seinem Gespräch mit Mr. Langer gekündigt.«

»Hat Tease jemals über Powells Nachtarbeit gesprochen?« Haydon hatte jetzt zu essen begonnen. Der Hot Dog war gut, mit süßen Zwiebeln.

»Nein.«

Die musikalischen Sessel im Speiseraum hatten an Tempo zugelegt, als sich die Zwölf-Uhr-Lunchzeit mit der um eins überlappte und die Leute verstärkt hereindrängten. Chromsessel schabten dutzendweise über den Boden, und Leute riefen ihren Freunden zu, wenn sie sahen, daß ein Tisch freiwurde. Die Schlange vor der Theke dehnte sich bis zum Eingang aus, wo sich die Leute so dicht drängten, daß sie noch draußen auf dem hellen Gehsteig stehen mußten.

»Haben Sie jemals danach gefragt oder Andeutungen gemacht?« Haydon mußte die Stimme erheben, um verstanden zu werden.

Sie schüttelte den Kopf.

»Sie haben nie gesehen, daß Powell jemanden ins Büro mitgebracht hat? Und niemand hat ihn aus irgendeinem Grund besucht?«

»Ich habe einmal seine Freundin gesehen. Das war vor zwei Monaten. Alice ist ins Labor gekommen und hat mir gesagt, daß sie an der Snack Bar gewesen ist, als das Mädchen zum Empfang kam und nach Wayne gefragt hat. Alice sagte, daß sie sich da draußen hingesetzt hat, um auf Wayne zu warten. Also ging ich hinaus und tat so, als ob ich etwas holen müßte. Junge, mir ist fast die Spucke weggeblieben.«

»Warum?«

»Sie war jung und wirklich sehr hübsch. Gute Figur, eine wunderbare, weiße Haut, die fast geschimmert hat, dazu fabelhaftes, rotgoldenes Haar, das sie weiß Gott wie pflegte. Grüne Augen. Ich meine, richtig grün. Und klasse angezogen. Wenn ich mich richtig erinnere, ein hübsches, rostfarbenes, gestreiftes Kleid mit einem V-Ausschnitt und weiten Ärmeln.« Patricia Beamon schüttelte den Kopf, und ihre Augen funkelten vor Bewunderung. »Sie hat ausgesehen wie 'ne Million Dollar. Wirklich heiß.« Dazu nickte sie.

»Und warum hat Sie das so überrascht?«

»Na ja, Wayne... Es ist ein bißchen unheimlich, wenn wir jetzt über ihn reden.« Sie zuckte mit den Schultern. »Wayne war in gewisser Weise ein verschlampter Typ. Er wollte cool sein, doch die Art, wie er sich cool gab, war schon seit zwanzig Jahren aus der Mode. Ich würde sagen, er war ein drittklassiger Typ. Ein Verlierer.« Sie schüttelte den Kopf. »Aber dieses Mädchen – das war was ganz anderes. Ich konnte sie mir einfach nicht zusammen vorstellen. Aber so was kommt ja oft vor. Wirklich tolle Mädchen mit irgend so 'nem mickerigen Typ. Ist Ihnen das nicht auch schon aufgefallen?« Sie beugte sich mit ernster Miene zu ihm herüber und wartete auf seine Zustimmung.

»Manchmal ja«, sagte Haydon. »Aber Sie haben nie jemanden bei ihm im Büro gesehen, der ihn besuchte?«

»Unsere Kunden sind wohl manchmal zu ihm gekommen, aber die kenne ich alle. Die einzige, die gekommen ist, war diese Freundin, und die war ja auch nur ein einziges Mal da.«

»Und was ist mit Alice?«

»Was soll mit ihr sein?«

»Hat sie nicht einmal davon gesprochen, jemanden bei ihm gesehen zu haben?«

Das Mädchen zuckte mit der einen Gesichtshälfte, als wollte sie damit ausdrücken, daß das mit Alice eine ganz andere Geschichte sei.

»Ich weiß nicht, ob Alice so gut aufpaßt«, erklärte sie. »Alice ist wie ein Mäuschen, ich meine, was ihren Charakter angeht. Schüchtern und still. Sie ist ein nettes Mädchen, aber sie kapiert einfach die gesellschaftlichen Nuancen nicht. Ich meine, sie würde nie irgend etwas nur Angedeutetes kapieren, zum Beispiel geheime Liebeleien zwischen den Angestellten. Die bedeutenden Blicke, die dabei gewechselt werden, und so weiter.«

»Sie sagten, Sie waren nie da, wenn Powell nachts arbeitete. Haben Sie denn mitbekommen, woran er dabei gearbeitet hat?«

Sie zog lässig einen Kartoffelchip aus der Tüte und zermalmte ihn mit den Schneidezähnen, während sie über die Frage nachdachte. Eine dünne Strähne ihres Haars hatte sich von den Kämmen gelöst und wallte wie eine Alge vor ihren Augen.

»Ich weiß nicht«, sagte sie, schnitt eine Grimasse und machte dazu eine Schulterbewegung, als gehe sie auf Eierschalen.

»Wie meinen Sie das?«

»Nun…« Sie hielt inne und überlegte sich, wie sie es im besten Licht darstellen konnte. »Eines Morgens war ich die erste, die ins Labor kam. Wer als erstes kommt, setzt alles in Betrieb. Sie verstehen schon. Ich gehe also herum, mach' den Kaffee, lasse das Wasser in die Entwicklungs- und Wässerungstanks laufen, schalte die Trockentrommeln ein und so weiter, und dann bin ich in Waynes Büro gegangen. Eigentlich hatte ich nichts dort zu tun, und ich habe auch nur, Sie verstehen schon, einen Blick hineingeworfen. Na ja, ich war neugierig. Das Videogerät stand auf dem Tisch, und ich habe einfach auf den Knopf gedrückt. Es war ein Film mit Nachrichtenmaterial aus Vietnam. Von irgendwelchen Kämpfen. Ziemlich hartes Zeug. Man konnte sehen, wie Leute erschossen wurden, wie die Soldaten sie umbrachten. Es war abscheulich. Ich habe nicht viel davon gesehen, habe die Maschine wieder abgeschaltet und ein Stück zurücklaufen lassen in der Hoffnung, daß Wayne es nicht merkte. Ich glaube auch nicht, daß er etwas gemerkt hat; jedenfalls hat er nie etwas darüber gesagt. Aber das war das einzige Mal, daß ich einen Videofilm gesehen habe, der nichts mit der Firma zu tun hatte. Wahrscheinlich hat er in der Nacht gearbeitet und versehentlich das Band drinnengelassen. Ich weiß es nicht. Es ist auch nie wieder vorgekommen.«

»Waren Sie überrascht, als Sie den Film sahen?«

»Na ja, doch. Sicher.«

»Was dachten Sie, daß er damit macht?«

Sie aß wieder einen Chip und trank einen Schluck Seven-Up. »Ich weiß es nicht.« Sie neigte den Kopf ein bißchen zur Seite. »Vielleicht hat er für jemanden einen Dokumentarfilm zusammengeschnitten.« Das klang gut. »Ja, das habe ich vermutet.«

Haydon aß seinen Hot Dog auf, während das Mädchen die Chips kaute.

»Das ist wirklich aufregend«, sagte sie. »Ich habe noch nie zuvor mit so etwas zu tun gehabt. Wissen Sie denn schon, wer ihn umgebracht hat?«

»Wir stecken noch in der Untersuchung«, erklärte Haydon.

Das Mädchen betrachtete ihn. Dann, als hätte sie sich entschlossen, das Thema zu ändern, sagte sie: »Für uns ist es ganz unheimlich geworden. Um fünf nach fünf ist die Firma wie ausgestorben. Niemand hält sich länger dort auf. Die arme Alice ist erst gar nicht zur Arbeit erschienen; sie behauptet, daß sie eine Erkältung erwischt hat.« Plötzlich schaute sie auf ihre Armbanduhr. »Sagen Sie, haben Sie noch mehr Fragen? Ich muß nämlich zurück.«

»Nein, das ist vorerst alles«, sagte Haydon. »Ich bin Ihnen sehr dankbar, daß Sie sich die Zeit genommen haben.« Er langte in seine Tasche und gab ihr seine Visitenkarte. »Rufen Sie mich an, wenn Sie dem, was Sie mir bereits erzählt haben, noch etwas hinzufügen wollen?«

Sie schaute erst die Karte, dann ihn an. »Klar.« Ihre Augen blieben einen Moment lang auf ihn gerichtet. »Oh, ich bin Ihnen noch Geld schuldig für den Hot Dog«, sagte sie und grub in ihrer Handtasche.

Haydon schüttelte den Kopf. »Es war mir ein Vergnügen.«

Patricia Beamon blickte wieder zu ihm auf. Haydon sah, wie ihre Gedanken arbeiteten. »Wette, Sie hätten gern meine private Telephonnummer, oder?«

»Schon gut, ich kann sie ja übers Büro erfragen.«

»Ach ja«, erklärte sie ein wenig enttäuscht. »Aber ich geb' sie Ihnen gern.« Sie berührte die Kämme, die in ihrem Haar steckten.

»Nicht nötig«, sagte Haydon. Er stand auf, und sie erhob sich ebenfalls; dabei klemmte sie sich wieder die Handtasche unter den Arm. Dann wischte sie sich die algenartige Strähne aus dem Gesicht.

»Na ja, dann sehen wir uns ja wohl später.« Sie zögerte.

»Danke«, antwortete Haydon.

Er schaute ihr nach, wie sie sich durch den überfüllten Speiseraum bewegte, durch die Menschenansammlung vor der Tür und hinaus auf den Gehsteig. Von dort aus warf sie ihm noch einen Blick zu und lächelte, bevor sie um die nächste Kurve verschwand.

11

Die grelle Nachmittagssonne schnitt die Kanten der Gebäude zu scharfen Linien, als Haydon auf der Ostseite der Louisiana Street stand, mit den Pennzoil Towers hinter sich, und hinüberschaute zu dem Mammutbogen, der den Eingang zur RepublicBank bildete. Das jüngste der Wunder moderner Architektur im Zentrum der City und Haydons Lieblingsgebäude war das RepublicBank Center, einer von zwei sehr unterschiedlichen Wolkenkratzern, die das Johnson/Burgee-Team geplant und eben erst fertiggestellt hatte. Die beiden Bauwerke hatten inzwischen genügend Aufmerksamkeit in der Presse wachgerufen, um bereits als nationale Sehenswürdigkeiten zu gelten.

Haydon fädelte sich vorsichtig zu Fuß durch den nicht allzu dichten Verkehr, überquerte die Straße in der Mitte des Blocks und ging geradewegs auf den Haupteingang der Bank zu, der so wuchtig und drohend über ihm aufragte mit seinem maßlosen Bogen aus fächerförmig angeordnetem Stein, als ob er aus einem Berg von Granit gehauen wäre. Sobald er allerdings im Inneren war, erleichterte sich die Last dieses Gebirges auf magische Weise, wobei die helle Texassonne die Bankhalle überflutete mit schrägen Strahlen aus einer Überfülle von Dachfenstern im Giebeldach elf Stockwerke weiter oben, die sich über das ganze Gebäude erstreckten.

Haydon ging auf die Aufzüge zu, jenseits der gewaltigen Normaluhr mit den vier Zifferblättern, die an der Kreuzung der beiden Arkaden stand und der riesigen Lobby das Gefühl eines europäischen Stadtplatzes vermittelte. Drei oder vier Stockwerke weiter oben kreuzten offene Gänge mit schmiedeeisernen Gittern die weiten, sonnenhellen Räume unter der Bogendecke. Das Echo Hunderter von Schritten auf dem Mosaik aus weißem und rotem Granit rief bei Haydon ein Lächeln hervor. Das Echo schien mit dem Stein importiert worden zu sein und war wie der Stein dem amerikanischen Lebensstil angepaßt worden. Von der Kathedrale der Vergangenheit zur Bank der Zukunft – die einzige Möglichkeit nach vorn.

Frank Siddons' Anwaltskanzlei befand sich in einem Stockwerk im obersten Drittel des Gebäudes. Die Fenster gingen hinaus auf die Rusk Street mit vollem Ausblick auf das Zentrum und einer ziemlich klaren Sicht auf das, was ein zweites Zentrum zu sein schien, sechs Meilen weiter im Südwesten.

Siddons stand am Fenster neben Haydon und machte eine ausladende Bewegung mit einem etwas unruhigen Arm.

»Mein Gott, Stuart, ein Mann in meinem Alter erwartet eigentlich nicht mehr, so viel Wahnsinn in geballter Form zu sehen.«

Haydon war zum erstenmal in Siddons' neuer Kanzlei, und der alte Mann genoß zweifellos das Schauspiel, das sich ihm vor seinen Fenstern bot.

»Wir alten Männer sollten manchmal darüber nachdenken, wie die Welt sein wird, wenn wir nicht mehr da sind«, sagte er nachdenklich. »Es kommt mir so vor, wie das Pfeifen im Dunkeln, wenn man über einen Friedhof geht. Wir müssen uns selbst beweisen, daß wir uns nicht davor fürchten, solche fabelhaften Konzepte zu entwickeln. Nach etwas Übung schaffen wir es wenigstens mit einem Schein von gleichgültigem Pragmatismus.« In seiner Stimme lag ein Ton von Amüsement, dem ein etwas nüchternerer Ausdruck folgte, als er sagte: »Aber es ist verdammt beunruhigend, das kann ich Ihnen sagen, wenn man morgens aufwacht und entdeckt, daß die Zukunft das eigene Dahinscheiden nicht einmal als eine Sache ansieht, auf die es sich zu warten lohnt.«

Er deutete mit einem altersgekrümmten Finger auf die City zu ihrer Linken.

»Dort drinnen, gleich hinter dieser Straße, wollen die Heißsporne von deutschen Architekten das zweitgrößte Gebäude der Welt hochziehen. Wundervoll. Ich habe den Entwurf gesehen. Wirklich aufsehenerregend. Er erstreckt sich nach oben mit beleuchteten Stufen, die vermutlich bis Moskau zu sehen sein werden. Glas und Marmor, schwarzer und weißer Stahl.« Er schüttelte den Kopf, und seine alten Augen richteten sich auf die darunterliegende Straße. »Ich sage Ihnen, mein Sohn, das ist Oz, das Märchenland, und jeder denkt, daß es wirklich ist. Ihr Daddy hätte einiges dazu zu sagen gehabt. Ich wünschte, es wäre mir vergönnt, jetzt seine Bemerkungen darüber hören zu können.«

Der Alte brummte gutmütig und gönnte sich einen letzten Blick auf das, was da unten vor ihm lag, dann drehte er sich zu seinem Schreibtisch um.

»Setzen Sie sich, Stuart. Reden wir.«

Frank Siddons war der letzte noch lebende Gründungspartner von Houstons zweitgrößter Anwaltskanzlei, Siddons, Wayberry und Wright. Alle drei Männer waren eng mit Haydons Vater befreundet gewesen, dem die Kanzlei das bleibende Angebot gemacht hatte, ihn als vierten Partner aufzunehmen. Webster Haydon hatte diese Option nie wahrgenommen. Wie sein Sohn hatte auch er die Unabhängigkeit vorgezogen. Dennoch hatten die vier Männer eine Art unorganisierter Firma dargestellt, wobei sie sich regelmäßig beim Lunch oder zum Dinner in einem der verschiedenen Privatklubs trafen, denen sie jeweils angehörten. Und gemeinsam verfügten sie über ein riesiges Wissen, sowohl auf juristischem Gebiet als auch anderweitig, und über mehr Insider-Informationen, was die Vergangenheit, Gegenwart und Zukunft Houstons betraf, als alle anderen Vereinigungen dieser Art in der City.

Jetzt war nur noch der zerbrechliche, aber trotzdem unbeugsame und hartgesottene Siddons übrig. Der alte Mann lehnte sich in seinem ledernen Armsessel zurück und hörte Haydon zu, wie ihm dieser die Umstände schilderte, die ihn dazu brachten, den Freund der Familie um Rat und Information zu bitten. Siddons lieh ihm seine Aufmerksamkeit mit einem undurchsichtigen Pokergesicht und grauen, nicht blinzelnden Augen, die tief in einem bereits an den darunterliegenden Schädel erinnernden Gesicht lagen. Seine helle Haut war von Leberflecken übersät, und das schüttere, graue Haar war scharf ausrasiert und glatt von der blassen Stirn nach hinten gekämmt.

Als Haydon aufgehört hatte zu sprechen, bewegte Siddons seine magere Hand zum Mund und nahm die Zigarre heraus. An seinem feinen Handgelenk unter den gestärkten französischen Manschetten waren feine blaue Adern zu sehen. Bevor er sprach, begannen seine Augen zu funkeln.

»William Hemsley Langer der Vierte. Ein sehr wichtiger Mann, wie er dir bereitwillig erklären wird. Du erinnerst dich bestimmt, daß er etwa in deinem Alter ist. Er und Sean haben zusammen auf der Rice-Universität studiert.«

»Ja, wirklich, ich hab' ihn sogar ein paarmal bei dir getroffen, wenn ich auf Ferien nach Hause gekommen bin und Sean besucht habe. Wenn ich mich recht erinnere, war er groß, stämmig und blond.«

»Stimmt. Bill war der athletische Typ. Kräftig, fast ein bißchen untersetzt. Das alte Blut der Familie. Sie hatten bereits einen enormen Reichtum aus Grundstücksspekulationen angehäuft, als dein Daddy in den vierziger Jahren hierhergezogen ist. Sie hatten die Grundstücke gekauft, als man noch Tausende von Acres innerhalb eines Fünfzig-Meilen-Radius um die Stadt zu vernünftigen Preisen erwerben konnte. Schlaue Leute, die Langers. Im Lauf der vielen Jahre haben sie es immer fertiggebracht, sich selbst die schönsten Besitztümer zu reservieren. Die Jahre vergingen, die Grenzen der Stadt erweiterten sich immer mehr, und die Bevölkerung vervielfachte sich. Sie haben sich ungeheure Kapitalanlagen gesichert, und das meiste davon besitzen sie heute noch.«

Er zog eine Schnute, entspannte sich, schürzte die Lippen, entspannte sie wieder und genoß den Nachgeschmack des Tabaks in der Art alter Männer.

»Bills Großvater und sein Vater waren Einzelkinder, mußt du wissen. Die Lenden der Familie waren so knickerig wie ihre Brieftaschen. So blieb alles beisammen im Familiengeschäft. Dann kam Bill und schlug über die Stränge. Nach dem College weigerte er sich, das Imperium zu übernehmen. Er benützte die ihm zustehenden Dollars, um sich eine Werbe- und Public Relations-Firma aufzubauen in der Meinung – die durchaus richtig war, wie sich zeigen sollte –, daß in den siebziger Jahren ein bedeutendes industrielles Wachstum einsetzen würde. Nachdem er das Handwerk ordentlich gelernt hatte, gründete er seine eigene Firma, Langer Media. Er zeigte viel Mut. Er kämpfte, klammerte sich an Errungenes, heulte mit den Wölfen, wie es nötig war, und seine Firma wurde nach und nach zu einem riesigen Erfolg. Außerdem hat er sich verdammt unbeliebt gemacht.«

Das Telephon auf Siddons' Schreibtisch klingelte, und er beugte sich vor und nahm den Hörer ab. Lauschte, hielt seine Zigarre in der rechten Hand, sagte »Nein« und legte wieder auf. Dann lehnte er sich erneut zurück und zupfte nachdenklich an einem seiner lang herabhängenden Ohrläppchen.

»Aber das Rad hat sich gedreht. Langer Media geriet in Schwierigkeiten. Den Bogen überspannt, oder was man eben falsch machen kann beim Werbe- und PR-Geschäft. Bill hat viel Geld verloren und war nahe daran, auch die Firma zu verlieren. Und jetzt, nachdem er in den fetten Jahren so sehr damit geprotzt hatte, ein Selfmademan im wahrsten Sinne des Wortes zu sein und es ohne Hilfe der Familie geschafft zu haben, brachte er es einfach nicht fertig, in dieser Situation zur Familie zu gehen und sich aus der Patsche helfen zu lassen.«

Siddons steckte sich die Zigarre wieder in den Mund und klemmte sie zwischen den Zähnen fest. Er saß in seinem Sessel mit der hohen Lehne aus altem Leder und blickte auf etwas, das weder Haydon noch jemand anders sehen konnte. Er war wie ein kleiner Vogel in Männerkleidung. Sein Kragen steif und korrekt, aber viel zu groß für den mageren Hals. Haydon wartete. Frank Siddons hatte nicht vergessen, wo er war, und er war zu alt, als daß es ihn kümmerte, ob es so aussah. Er dachte einfach nach, und seine Gedanken liefen in den köstlichen, fein nuancierten Strömen und Schichten seiner eigenen, dahinschwindenden Welt.

»Er hat das Schlimmste getan, was er tun konnte«, sagte er abrupt und sprach dabei um die Zigarre herum. Dann nahm er sie aus dem Mund. »Es war die klassische Reaktion eines eitlen und verzweifelten Mannes. Er verkaufte seine Seele für etwas unendlich weniger Wertvolles, die hohle Bewunderung seiner eigenen Zeiten. Josef Roeg kaufte sich insgeheim in Lager Media ein, erwarb einen Mehrheitsanteil an der Firma und brachte Langer Media damit wieder in die schwarzen Zahlen. Ich vermute, die Nacht, bevor er den Vertrag unterschrieb, war die letzte, in der Bill Langer gut geschlafen hat.«

Haydon brauchte keine Hintergrundinformationen von Siddons über Josef Roeg. Roeg International war eine multinationale Gesellschaft, die für sich selbst sprach. Die Zentrale befand sich in Houston, und das »Flaggschiff-Gebäude« war direkt hinter dem Rücken des alten Juristen.

»Wann ist das geschehen?«

»Ich schätze, vor etwa vier Jahren. Vielleicht ist es schon etwas länger her.«

»Aber die Geschäfte florieren, oder?«

»Das stimmt, Stuart«, sagte Siddons und nickte nachdenklich. »Die Geschäfte florieren. Aber da ist noch ein Punkt. Wenn einer wie Josef Roeg eine Firma kauft, dann werden die leitenden Direktoren auf der Stelle lebendig gefressen. Sie erreichen dem Namen nach eine Riesenstellung in der Geschäftswelt, aber in Wirklichkeit sind sie viel weniger wert als zu der Zeit, als sie den Vertrag unterschrieben haben. Sie sind geschäftlich praktisch tot. Und Roeg benützt ihre Leichen, wie es ihm beliebt. Die Seelen wirft er weg. Er hat wenig Verwendung für etwas so Amorphes. Wenn sie jemals wieder zum Leben erweckt werden wollen, müssen sie alles aufgeben. Für immer. Roeg wird sich darum kümmern, daß sie nie wieder ihre geschäftliche Position erreichen, weder bei einer seiner Firmen noch bei den anderen. Es ist erstaunlich, wie viele Männer bereit sind, unter solchen Bedingungen zu verhandeln. Aber Gier und Eitelkeit sind wundervolle Dinge.«

»Hat ihm denn Langers Werbeagentur so viel bedeutet?«

Frank Siddons setzte sich ein wenig auf in seinem Sessel und legte die Unterarme auf die lederbespannte Oberfläche des massiven alten Schreibtischs, den er in seinen mittleren Jahren gekauft und überallhin mitgenommen hatte, als die Firma wuchs und in größere Räume umzog. Auch er hatte ein Vermögen gemacht, als er noch jung war, und ihm war ein langes Leben geschenkt, um es genießen zu können. Das hatte ihn zum nachdenklichen alten Mann werden lassen.

Er lächelte, was seiner Nase, die im Alter hakenförmig geworden war, einen freundlicheren Ausdruck verlieh.

»Weißt du, Stuart, du und dein Daddy, ihr habt die Welt nie wie die meisten Menschen gesehen; übrigens auch Cordelia nicht, was das betrifft. Du bist ein echter Exzentriker, mein Sohn. Du bist dazu erzogen worden.«

Der Alte nahm seine abgelutschte Zigarre aus dem Mund und warf sie in den Papierkorb. Dann langte er nach seinem gealterten Humidor aus Amboina-Kiefernholz, der auf dem Schreibtisch stand, solange sich Haydon erinnern konnte, und öffnete den Deckel. Er nahm eine seiner schweren Maduros heraus, bot sie Haydon an, der dankend ablehnte, und schloß behutsam wieder den Deckel. Da er die Zigarre nicht rauchte, brauchte er sich nicht die Mühe zu machen, die Spitze abzubeißen. Er steckte sich die Zigarre in den Mund, drehte sie ein wenig mit den Fingern, um sie anzufeuchten, und kaute dann leicht daran. Haydon beobachtete die gewohnheitsmäßigen Bewegungen. Für den Alten waren sie ebenso selbstverständlich wie das Atmen.

»Ich möchte einen Moment philosophisch werden«, verkündete er. »Bill Langer ist ein ausgezeichnetes, ein typisches Produkt des zwanzigsten Jahrhunderts. Damit will ich nicht sagen, daß das unbedingt lobenswert ist, sondern nur, daß er das Ergebnis ist, sozusagen das Destillat seiner Zeit und der Umgebung, in der er lebt. Er ist das Inbild von Kommerz, sowohl des Handels als auch der Ideen. Kann sein, daß er vielen ein bißchen voraus ist, aber nur weil der Kommerz von Natur aus eine vorausschauende Funktion hat, und vielleicht schaut er auch zurück, aber nur bis zu seinem Urgroßvater. Er hat keinen Sinn für Geschichte. Bill lebt für das, was er jetzt gerade ist, und jetzt ist er ein ›Geschäftsmann‹. Nun, ich glaube, daß der ›Geschäftsmann‹ und der ›Politiker‹ die Riesen der Vergangenheit und des gegenwärtigen Jahrhunderts sind. Noch einmal, das ist nicht unbedingt lobenswert, es ist nur eine Tatsache. Das sind die Leute, die derzeit die Richtung der Weltgeschichte bestimmen. Vielleicht klingt das etwas übertrieben, aber ich bin ein alter Mann, und es macht mir heute nicht mehr so viel aus wie früher, zu sagen, was ich denke.

Jedenfalls kommen übertriebener Stolz und übertriebene Gier nicht gerade selten vor in dieser Stadt, und das schon seit langer Zeit. Ich habe viele Vertreter beider Eigenschaften gerade hier, mir gegenüber an diesem Schreibtisch gesehen, und ich selbst habe sie gefühlt, wenn ich in diesem Stuhl gesessen habe.

Also, Bill Langer hielt sich an die Regeln des Spiels, und diese Regeln sind hart. Er ist jetzt nicht mehr sein eigener Herr, aber er ist ungeheuer erfolgreich.« Siddons lächelte darüber, als hätte er etwas Naheliegendes gesehen, was alle anderen bisher übersehen hatten.

»Und was heißt das alles im einzelnen?« fragte Haydon.

»Daß er ein Kriecher ist, ein Speichellecker.«

»Ist er an fragwürdigen Unternehmungen mit Roeg beteiligt?«

»Roeg hat zumindest nicht den besten Ruf.«

»Weißt du ein Beispiel dafür?«

»Nein.«

»Aber du kannst etwas vermuten.«

»Endlos, und dennoch werde ich es nicht tun. Es würde nichts nützen. Ich will nicht den Eindruck hinterlassen, daß ich glaube, Bills Unternehmungen sind ein Sumpf der Korruption. Ich habe keinen Grund zu dieser Vermutung. Ich weiß, daß Josef Roeg kein Mann ist, mit dem man gute Geschäfte machen kann. Er verhandelt nicht, bevor die andere Partei in einen verzweifelten, aussichtslosen Nachteil geraten ist. In einer solchen Situation gibt der Verhandlungspartner mehr preis, als er es unter anderen Umständen tun würde. Ein guter, erfolgreicher Geschäftsmann ist schlau, hart und opportunistisch, aber er muß nicht unbedingt ein Scheusal sein. Roeg ist eines.«

Hinter Siddons' Rücken fiel die Nachmittagssonne in einem Winkel ein, daß sie mit ihrem weißen Feuer das Roegsche Gebäude umschloß – die riesigen Scheiben aus blau getöntem, abschirmendem Glas. Das Ganze wurde zu einem kolossalen Spiegel, der nichts von sich selbst preisgab, aber die umgebenden Gebäude reflektierte. Eine passende Metapher für den Mann, der es gebaut hatte.

»Wie kann ich mehr über ihn erfahren?« fragte Haydon.

Siddons beugte sich wieder nach vorn, nahm einen Füllfederhalter von seinem Schreibtisch und schrieb etwas auf ein Notizblatt. Haydon konnte von seinem Platz aus den gravierten Namen der Anwaltskanzlei auf dem Zettel lesen.

»Wir vertreten diesen Mann hier seit ungefähr zwei Jahren. Ich gebe dir meine Unterschrift, und er wird wissen, daß es mir recht ist, wenn er mit dir spricht. Ob es ihm recht ist, das allerdings ist eine andere Frage.«

Der Alte blieb sitzen, als Haydon aufstand und den Zettel aus der zitternden, faltigen Hand nahm. Sie tauschten noch ein paar Worte, und Haydon wollte schon gehen, blieb dann aber auf dem Weg zur Tür kurz stehen.

»Wie geht es Sean?« fragte er leise.

Siddons' Augen richteten sich direkt auf Haydons Gesicht. »Er redet von den Huren in Saigon und erzählt schmutzige Witze. Nicht die ganzen Witze, nur die Pointen. Er ist völlig ausgemergelt. Letztes Jahr fingen seine Muskeln aus irgendeinem Grund an, sich zusammenzuziehen. Er ist jetzt ganz verkrümmt und klein. Der größte Teil seines Haars ist ausgefallen. Er sieht wie ein Affe aus. Genau wie ein Affe.«

Der alte Mann hielt inne, bevor seine Stimme brach, und schaute immer noch Haydon an. Haydon stand da und fühlte, wie ein leerer, hoffnungsloser Ausdruck sein Gesicht überzog; dann drehte Siddons seinen Sessel rasch zum Fenster. Haydon starrte ein paar Sekunden auf den Rücken des Alten, bevor er hinausging und sachte die Tür schloß.

12

Haydon lenkte den Jaguar Vanden Plas an den Randstein gegenüber dem Fahrradgeschäft und parkte im Schatten der Gebäude, die die Nachmittagssonne blockierten. Er war weit draußen auf der Bissonnet Road, nicht mehr weit von der Fondren Road, und der heiße Asphalt stieß schimmernde, dampfartige Wellen aus, die nur zu dick zu sein schienen, als daß man sie anzünden konnte. Der Verkehr stadtauswärts war jetzt, gegen vier Uhr nachmittags, bereits ziemlich dicht, und der lavagleiche Strom aus Chrom und Glas ließ das Sonnenlicht in der brütenden Hitze zersplittern.

Er blieb mit laufendem Motor einen Augenblick lang im Wagen sitzen – die Klimaanlage war eingeschaltet – und warf einen Blick auf die Kunden hinter dem Schaufenster. Zwei junge Burschen, die um die Reihen von Fahrrädern strichen, und eine Frau in dunklem Rock und heller Bluse, die an der Theke stand und mit dem Mann dahinter sprach. Es war keineswegs ein teurer Laden mit Ausrüstungen für berühmte Rennfahrer in engen schwarzen Stretchanzügen und mit kostspieligen Leichtmetallrädern. Haydon nahm an, es war eher der Typ von Fahrradladen, wo man notfalls einen Reifen repariert oder die Gangschaltung eingestellt bekam.

Jetzt schaltete Haydon den Motor ab, stieg aus und versperrte den Wagen, dann ging er zum Ende des Blocks, überquerte die Straße an einer Verkehrsampel und kam auf der anderen Seite zurück zu dem Fahrradladen. Ein Schild, das auf den Gehsteig heraushing, trug die Aufschrift FELTNER FAHRRÄDER und die graphische Darstellung eines schlanken Rennfahrers, der gebückt dahinfuhr und sich auf den nach unten gebogenen Lenker stützte.

Als Haydon die Tür öffnete, um hineinzugehen, kam die Frau heraus und stopfte etwas in ihre bereits ziemlich vollgestopfte Handtasche. Sie hatte ihr Haar nach hinten frisiert und mit einem Band zusammengehalten, und über das glatte Haar hatte sie sich die Sonnenbrille gesteckt. Haydon hielt ihr die Tür auf, als sie an ihm vorbeikam und noch immer nach etwas in ihrer Handtasche kramte. Dabei blickte sie überhaupt nicht auf.

Haydon nahm seine Sonnenbrille ab und rieb sich die Augen, während er sich zur Verkaufstheke begab.

»Müßt ihr zwei an jedem Fahrrad die Bremsen drücken?«

Der Mann lehnte sich mit den Unterarmen über die Registrierkasse und hatte sich an die beiden Jungen gewandt. Sie hörten auf, untersuchten aber weiter die Fahrräder.

Haydon ging auf den Mann zu, der den Kopf schüttelte und verstohlen grinste. »Kleine Banditen«, sagte er.

Haydon warf einen Blick auf die Jungen, die sich jetzt in die fernste Ecke des Geschäfts zurückgezogen hatten, wo sie einer allzu gründlichen Beobachtung zu entgehen hofften. »Sind das nicht die Kunden der Zukunft?« fragte er.

»Nee. Das sind Sommerferien-Herumtreiber. Die Klimaanlage hier drinnen ist angenehm bei dieser Hitze. Wenn sie wirklich neue Fahrräder kaufen wollen, fahren sie mit ihren Eltern zu diesen Discount-Märkten. Keine Garantie, kein Kundendienst. Na ja, ich laß' mir dann wenigstens die Reparaturen bezahlen.« Er seufzte. »Was kann ich für Sie tun?«

»Sind Sie Jack Feltner?«

»Klar, der bin ich.«

Haydon langte in seine Tasche und reichte dem Mann Siddons Zettel mit der geprägten Schrift der Anwaltskanzlei. Als der Fahrradhändler den Zettel gesehen hatte, zeigte ihm Haydon auch noch seinen Ausweis.

»Haben Sie ein paar Minuten Zeit für mich?« fragte er.

Feltner schaute Haydon an. Seine Augen verrieten nichts. Sie gehörten einem Mann, der sich nicht so leicht überraschen ließ; er hatte schon alles gesehen, gehört und erlebt.

»Worüber wollen wir denn reden?«

»Über Josef Roeg.«

»In welcher Beziehung?«

»Bill Langer.«

Feltner warf wieder einen Blick auf den Notizzettel und klopfte nachdenklich damit gegen den Daumen der anderen Hand. Er war ein paar Zentimeter kleiner als Haydon und trug ein kariertes Hemd, das so aussah, als würde es bei der nächsten Wäsche am Kragen ausfransen. Sein Haar, das so braun war wie eine Einkaufstüte, hatte nicht mehr den Schnitt des leitenden Angestellten, lief aber im Nacken spitz zu, was die Zeitspanne zwischen den einzelnen Gängen zum Friseur verlängerte. Wie bei vielen Männern Ende Dreißig war sein Gesicht in einem Stadium der Veränderung, wo man, wenn man genau hinschaute, noch den hoffnungsvollen Jungen hinter dem ernüchterten Gesicht des Mannes in mittleren Jahren erkennen konnte.

Er schloß die Augen und ließ den Kopf auf den Schultern rollen, was die Spannungen in seinem Nacken lösen sollte, dann hörte er auf damit.

»Essen wir einen vietnamesischen Krapfen und sehen wir, wohin uns das bringt«, sagte er.

Er drehte sich um und ging um eine Ecke in den hinteren Teil des Ladens. Haydon beobachtete die zwei Jungen, die sämtliche Satteltaschen der Fahrräder öffneten und hineinschauten. Sie machten sie danach nicht mehr ordentlich zu.

Feltner war lange genug weg, um ein Telephongespräch geführt haben zu können, und als er zurückkam, sprach er mit einem Burschen, der ihm mit einem Ausdruck extremer Trostlosigkeit folgte.

»Und hab' ein Auge auf die zwei Herumtreiber da hinten«, sagte Feltner. Der Bursche, der sich jetzt die Hände an einem roten Lumpen abwischte, war gut einen Kopf größer als sein Boß. Er war mager, hatte hängende Schultern und einen Adamsapfel von wahrhaft heroischen Ausmaßen. Offenbar war eine Talgdrüse zwischen den Augenbrauen außer Kontrolle geraten, so daß er ein wenig an Dr. Frankensteins Ungeheuer erinnerte. Er hatte ein T-Shirt an, und wenn er sich seitwärts drehte, konnte man die nach innen gewölbten Kurven seiner Brust und seines Magens erkennen.

Haydon und Feltner gingen hinaus in die Hitze und einen halben Block weit den Gehsteig entlang bis zu einem Dunkin-Doughnuts-Laden. Es war zu heiß und außerdem die falsche Tageszeit, daher war die Bude leer. Von hinten, aus der Küche, hörten sie das blecherne Plärren von Musik, als Feltner auf die Glocke an der Theke schlug. Ein Vietnamese in mittleren Jahren kam nach vorn und wischte sich die Hände an seiner Schürze ab. Sein eifriges Gesicht teilte sich zu einem Lächeln, als er Feltner sah, der ihn bei seinem Namen anredete. Sie tauschten ein paar Worte über nichts im besonderen, während der Mann holte, was sie bestellt hatten, dabei den Kopf in rhythmischer Gefälligkeit bewegte und mutig lächelte, als ob sie gehen würden, ohne zu zahlen, wenn er sich auch nur ein kleines bißchen entspannte.

Haydon setzte sich an einen der Bank-Tische aus gelbem Plastik nahe dem Eingang.

Sie aßen ein paar Bissen von dem Fettgebäck, das etwas streng schmeckte, und Haydon erklärte, was bei Langer Media passiert war, außerdem einen Teil von dem, was ihm Siddons berichtet hatte. Feltner hörte zu und schob schließlich seinen Doughnut halbgegessen weg.

»Siddons sagt mir, Sie könnten vielleicht etwas hinzufügen von dem, was er mir über die Beziehung zwischen Roeg und Langer sagte«, erklärte Haydon. »Er sagte nur, daß er Sie schon einmal als Anwalt vertreten hat, aber das war alles. Ich nahm an, in einer Angelegenheit, die Roeg oder Langer betraf.«

Feltner nickte. »Ich habe bei Roeg gearbeitet.« Es klang müde. »Ich gehörte in die gleiche privilegierte Gruppe wie Bill. Das ist lange her.« Er verzog den Mund zu einem ironischen Lächeln. »Genau gesagt, es war gestern.«

Plötzlich schien er zusammenzusinken, und die Tränensäcke unter seinen Augen wurden wesentlich größer.

»Roeg ist hart, aber... Ich meine, ich weiß, daß er manchmal das Gesetz ein bißchen gebogen hat, aber meistens war es nur in moralischem Sinne zu verurteilen. Er ging nicht herum und ließ Leute aus dem Weg räumen, aber wenn es um ein gutes Geschäft gegangen ist, hat er notfalls auch nicht vor gewissen illegalen Handlungen einen Rückzieher gemacht. Ich habe gehört, daß

Roegs Anwälte damit befaßt waren, Gelder aus dem Rauschgiftgeschäft reinzuwaschen. Kayman-Inseln-Geschäfte. Es macht ihm nichts aus, Leben zu *ruinieren*; allerdings habe ich nie gehört, daß er einem das Leben *genommen* hätte. Aber was weiß ich schon davon?«

Haydon betrachtete sein Gesicht. »Frank Siddons deutete an, daß Langer einen hohen Preis für seine geschäftliche Verbindung mit Roeg bezahlt hat.«

»Das hat er sicher. Wie wir alle.«

»Was ist das für ein Preis?«

»So etwas haben Sie bestimmt noch nie gehört. Josef Roeg ist keiner, der mit Leuten umgeht – er manipuliert sie. Wenn sie das Geld haben, das er ihnen bezahlt – und er bezahlt außerordentlich gut! –, dann müssen sie sich den unglaublichsten Zwängen unterwerfen. Er spielt seine leitenden Angestellten gegeneinander aus, so daß sie alle unsicher sind, argwöhnisch, voller Angst, aggressiv, eifersüchtig und gierig. Nach einer Weile wird man sich einer bestimmten Hierarchie bewußt. Es gibt einen inneren Kreis von Vorstandsmitgliedern, dicht um Roeg, der sich von Zeit zu Zeit verändert. In Gnade, in Ungnade. Ist man einmal in Ungnade gefallen, gibt es keinen Weg zurück. Sie können sich vorstellen, unter welchem Druck diese Männer stehen, um auf der Ebene zu bleiben, die sie erreicht haben. Geld ist die einzige Belohnung – und das Prestige, direkten Zugang zu Roeg zu haben.«

»Welche Position nimmt Langer dabei ein?«

»Er steht ganz oben. Er hat Zugang, das heißt, in seinem Kreis werden Dinge verhandelt, von denen sonst niemand etwas erfährt. Langer bekommt den großen Mann tatsächlich zu sehen.«

»Die meisten leitenden Angestellten nicht?«

»O nein. Er ist ein Eremit. Wie Howard Hughes«, fügte er spöttisch hinzu.

»Dann wird der größte Teil des Einflusses, den Roeg ausübt, durch seine Untergebenen vermittelt?«

»Absolut.«

»Wie viele Männer haben Zugang zu ihm?«

»Sieben.«
»Weltweit?«

Feltner nickte. »Bill Langer spielt um einen hohen Einsatz.«

Haydon schaute Feltner an. »Wenn Sie raten müßten, wo, würden Sie sagen, bekommt Langer den stärksten Druck in seiner Beziehung zu Roeg zu spüren?«

Feltner schüttelte langsam den Kopf. Er schaute durch das Fenster hinaus auf den Verkehr. Seine Unterarme lagen auf dem Plastiktisch, und sein Kaffeebecher war zwischen seinen Händen. Er schwieg lange, und sein Gesichtsausdruck war die Maske eines erschöpften Mannes, der die Bitterkeit literweise hatte schlucken müssen und es überlebt hatte, wenn auch nicht ohne lebensverkürzende Schäden.

»Den *stärksten* Druck?« sagte Feltner. »Das kann ich nicht sagen. Ich bin nicht vertraut mit den inneren Vorgängen auf dieser Stufe. Aber ich kenne Bill recht gut und kann vermuten, wo die Spannungen liegen. Diese paar Männer in unmittelbarer Nähe von Roeg sind wie Clowns. Man muß schon einen ganz bestimmten Charakter haben, um so arschkriechen zu können, wie sie das tun, und dabei auch noch zu glauben, daß man trotz allem bedeutend ist, und sich nicht erniedrigt zu fühlen, wenn man ständig sein persönliches Ehrgefühl gegen Geld eintauscht. Diese Männer sind außerordentlich intelligent, egoistisch, hochnäsig und dazu erstaunlich kleinlich. Sie kommen der allgemeinen Vorstellung der knallharten Manager in großen Konzernen so nahe, wie man sich das nur denken kann.

Bill kann so sein, ja, er ist so, aber für ihn ist es nicht natürlich. Neben seiner Verpflichtung, in der vierten Generation erfolgreich zu sein, hat er auch noch eine Frau geheiratet, die vermutlich noch mehr von ihm verlangt als Roeg. Sie war eine Merriam. Ihre Familie ist schon so lange in der Stadt wie die seine. Ihre Heirat war eine Art Vereinigung, von der die Eltern träumten. Louise ein begehrtes, schönes Mädchen, und Bill – nun, er hat gewußt, daß es genau der Weg war, den er gehen mußte. Wenn Roeg nicht gekommen wäre, um Druck auf Bill auszuüben, hätten die Jahre mit Louise wohl das gleiche bewirkt. Jetzt hat er beides. Und das Dumme ist, er kann nie mehr zurück. Er kann einen Herzinfarkt bekommen, einen Nervenzusammenbruch, aber er kann nicht zurück – nicht mit diesem Hintergrund.«

Draußen war der Verkehr zum Stillstand gekommen. Sie saßen hinter der Scheibe und schauten hinaus auf die frustrierten Fahrer, die acht Meter von ihnen entfernt in ihren Autos saßen.

Feltner schob die Kaffeetasse zur Seite und wandte sich wieder an Haydon. »Langers Situation würde die meisten dieser Top-Manager eher noch härter machen, unerreichbarer, während sie mit den Ellbogen alles zur Seite stoßen, was sich ihnen nähert. Aber Bill hat einen entscheidenden Fehler, der es unmöglich macht, auf diese Weise zu überleben. Er will, daß die Leute ihn mögen. Keiner von den anderen kümmert sich einen Dreck darum, solange sie das bekommen, was sie wollen. Bill steht zwar auf beiden Beinen, aber manchmal schaut er hinunter, um zu sehen, wessen Blut er da an seinen Schuhsohlen hat. Nach den Spielregeln ist das ein Fehler.«

»Seit wann ist er in dem inneren Kreis um Roeg?« fragte Haydon.

»Er hat ungefähr vor vier Jahren an Roeg verkauft, aber in den inneren Kreis ist er erst vor etwa zwei Jahren gekommen. Wahrscheinlich hat Roeg in ihm etwas gesehen, was er liebt. Vielleicht hat er Bills Schwäche erkannt.«

»Und Langer Media ist die einzige Verbindung zwischen ihnen?«

»Sie war es – ursprünglich. Ich schätze, inzwischen ist die Beziehung weit darüber hinaus gediehen. Wenn Roeg eine Neuerwerbung macht, denkt er schon daran, wie er sie in seinem Sinne einsetzen wird, auch wenn es eine Weile dauert, bis er sich ganz damit befassen kann. Jede Firma wird erst einmal verjüngt – sie befinden sich ja meistens in ernsten Notlagen, wenn er sie bekommt –, und man läßt sie eine Weile weitermachen und ihr geschäftliches Gleichgewicht zurückgewinnen. Dann erst nützt Roeg ihre Hebelwirkung.«

»Wie meinen Sie das?«

»Roegs Unternehmen umfassen multinationale Erdölproduktion, Bergbau, Transport, Landwirtschaft und Computer-Technologie. Wenn er etwas kauft, dann in verwandten Bereichen: Er kauft Stahlwerke, die das Erz der Minen auskochen können. Diese befinden sich in Ländern der Dritten Welt, wo die Arbeitskraft billiger ist. Seine Ölfirmen befinden sich hier, aber das Öl wird auf seinen Tankern in die Dritte Welt transportiert. Aus seinem Petroleum wird in seinen chemischen Werken Kunstdünger erzeugt, der dann seine Aufzuchten düngt, sowohl hier als auch in Ländern der Dritten Welt. Er besitzt Ranches und Farmen in Lateinamerika. Er stellt eine bedeutende Komponente bei mehreren Forschungskonsortien der Computer-Technologie. Und die Produkte daraus werden wieder bei allen seinen anderen Unternehmen benützt. Er hat seine Interessen so verteilt, daß er gewinnen muß, ganz gleich, was auf der Börse oder auf den Weltmärkten passiert.«

»Also hat Langer vermutlich auch ein paar saftige Verträge mit anderen Roeg-Firmen über Werbung und Promotion«, folgerte Haydon.

»Zweifellos.«

Das führte freilich nicht weiter im Hinblick auf Haydons Interessen.

»Ich sehe schon, das ist keine große Hilfe für Sie«, bemerkte Feltner.

»Man kann nie wissen.«

»Was Sie brauchen, sind die anderen neunzig Prozent«, sagte Feltner. »Den Rest des Eisbergs. Männer wie Langer leben ein anderes Leben, eines, das sich um Roeg dreht. Wie gesagt, da gibt es Geschäfte, von denen sonst niemand etwas weiß.«

»Sie haben gesagt, wenn jemand aus dem inneren Kreis in Ungnade fällt, kann er sich nie wieder erholen. Was geschieht mit so einem?«

Feltner grinste. Haydon sah, daß er auf diese Frage gewartet hatte.

»Es ist der sanfteste Sturz, den man sich denken kann. In diesem, aber nur in diesem Fall benützt Roeg Samthandschuhe. Er will nicht, daß einer aus dieser Gruppe plaudert. Er will auch keinen großen Abschied. Plötzlich wird einem die Existenz eines Josef Roeg entzogen. Aber bis man das auch nur ahnt, hat er einem den unglaublichsten Handel vorgeschlagen, den sich ein jeder Top-Manager nur wünschen kann. Wenn man alt genug ist, dann bietet er Frührentnerschaft mit einem Haufen Aktien und einer umwerfenden Pension. Wenn man in mittleren Jahren ist, bekommt man eine großartig klingende Position, die einem hilft, das Gesicht zu wahren, samt Aussicht auf Pension und einem Haufen Aktien. Wenn die Zeit kommt, weiß er sehr genau, was er tun muß, um das Schweigen zu erkaufen. Er stoßt einen ganz sanft von sich und behandelt einen entzückend. Aber man weiß, daß man draußen ist und daß es sich dabei um eine unwiderrufliche Sache handelt. Man kann dann nur eines tun: sich zurücklehnen und das genießen, was man dafür bekommt. Niemand hat jemals darüber geredet, wie es wirklich ist, wenn man so nahe am Sonnenkreis von Josef Roeg arbeitet.«

»Niemand?«

»Keine Menschenseele.«

Haydon sprach noch ein paar Minuten mit Feltner, dankte ihm für seine Hilfe und legte zwei Dollar auf den Tisch, als er aufstand.

»Kann sein, daß ich Ihnen später noch ein paar Fragen stellen möchte«, sagte Haydon.

»Sie wissen, wo Sie mich finden. Ich bin bis über beide Ohren verschuldet, also werde ich nicht so schnell woanders hinziehen.«

Haydon ging hinaus in die Backofenhitze des Nachmittags und bis zum Ende des Blocks. Die Ampel schaltete um, und der Verkehr stoppte unmutig. Haydon ging auf die andere Straßenseite und stieg in den Vanden Plas ein. Die Klimaanlage blies eine Minute lang heiße Luft aus den Düsen, und dann dauerte es endlos lang, bis jemand Haydon in den Verkehr einfädeln ließ.

13

Er war nach dem Gespräch mit Feltner nicht gleich zurückgefahren, sondern durch die Wohngegenden von Bellaire und West University Place, hatte sich Zeit gelassen, und seine Gedanken waren gewandert, während er den Wagen durch die von Bäumen beschatteten Straßen lenkte. Als er den Kirby Drive erreichte, wendete er, einem Impuls folgend, und bog nach Norden ein. Er blieb vor der Kunstgalerie von Mears, Simon & Company stehen. Die Galerie war geschlossen, aber er wußte, daß jemand da sein mußte, deshalb klopfte er heftiger an die Tür. Spencer kam von hinten, vorsichtig, halb zurückhaltend, halb angriffslustig wegen der Störung nach Geschäftsschluß. Als er Haydon sah, verzog sich sein Gesicht zu einem breiten Grinsen, und er öffnete die Tür.

Haydon blieb fünfunddreißig Minuten, beschäftigte sich dabei überwiegend mit den Bildern der amerikanischen Impressionisten des späten neunzehnten Jahrhunderts, dann ging er wieder und prägte sich ein, die als nächstes geplante Ausstellung der Photographien von Eugene Atget nicht zu verpassen. Danach fuhr er im Halbkreis hinüber zum West Gray und hielt an der Marchand Galerie. Auch sie war geschlossen. Er klopfte und wurde eingelassen, mit herzlicher Freundlichkeit wie zuvor. Er blieb nur kurz, wobei er etwas ruhelos durch die Sammlung der Galerie von modernen lateinamerikanischen Künstlern schlenderte.

Inzwischen hatte der Verkehr beträchtlich nachgelassen, als er zurückfuhr zum Shepherd Drive und zu dem Teil der Bissonnet Road, wo sich an der Zufahrt zum Museum of Fine Arts an der Kreuzung Main Street eine ganze Reihe qualifizierter Galerien eingerichtet hatte. Bei den beiden nächsten Galerien hatte er mit seinem Klopfen keinen Erfolg. In der Anton Busch Galerie fand eine Vernissage statt. Haydon wollte der Menge entgehen und fuhr weiter, ohne anzuhalten. Dann änderte er seinen Entschluß, hielt an und ging die paar Schritte zurück. Er bahnte sich einen Weg durch die Leute, ging direkt zu den ausgestellten Bildern. Der neue Künstler, dem die Ausstellung gewidmet war, fand bei ihm wenig Interesse, daher machte er einen kurzen Rundgang durch die anderen Räume. Er sah zwei kleine Werke von Klimt und war versucht, sie auf der Stelle zu kaufen, doch dann beschloß er, das später nachzuholen. Anschließend sah er die Bilder eines jungen photographischen Realisten namens Wiman, der einen neuen variableren, lockereren Stil des Porträts entwickelt hatte. Die Bilder gefielen ihm; er betrachtete sie eine Weile und ging dann wieder.

Als er sich seinem Heim näherte, war die Sonne zu einem goldenen Streifen geworden, der noch die Bäume entlang der Boulevards färbte und lange Schatten warf, deren Ränder mit einem blauen Abendhimmel verschmolzen. Die Sandsteinsäulen am Tor waren mit rosafarbenem Schein übergossen, der sich rasch in ein Graublau verfärbte. Als er auf die Fernbedienung des Tors drückte, teilten sich die Flügel langsam und bewegten sich wie schwarze Spitze über der dunklen Haut der Dämmerung.

Auf dem Refektoriumstisch in der Bibliothek lagen zwei Notizen. Die eine in Gabrielas Schrift; darauf stand nur *Mooni* und eine Telephonnummer. Die andere war von Nina.

Stuart…
R. Mandel hat WIEDER angerufen. Er will unbedingt, daß ich mit ihm an der Nordstrom-Einrichtung arbeite. Du weißt, ich habe ihn bis jetzt abgewiesen. Aber ich glaube, jetzt ist es Zeit für uns beide, wieder zur Arbeit zu gehen. Ich bin im Studio mit R. Rufe an, wenn Du willst, oder komm vorbei. Ich schätze, ich bin gegen zehn zu Hause.

Ich liebe Dich
Nina

Das R. war die Abkürzung für Race. Haydon mochte weder den Namen noch den Mann, zu dem er gehörte. Mandel wußte das, und Haydon glaubte manchmal, daß Mandels albernes Grinsen, das an den wenig angenehmen Humor eines Mannes erinnerte, der in jeder harmlosen Bemerkung irgendeine Schweinerei entdeckte, ein bewußter Stachel war und daß er auf den Kern dessen abzielte, worin Mandels Zugang zu Nina bestand. Race Mandel war einer der wenigen Menschen, ja vielleicht der einzige, dessen Existenz allein schon beleidigend auf Haydon wirkte.

Er achtete nicht auf die Telephonnummer, die unter Mooneys Namen stand, und rief ihn zu Hause an, wo Mooney, wie Haydon wußte, jetzt sein würde. Es klingelte viermal, bis Mooney den Hörer abnahm. Er war außer Atem.

»Ed, entschuldigen Sie. Hab' ich Sie aus der Dusche geholt?«

»Nein, nein, kein Problem.« Er atmete noch ein paarmal heftig durch. »Hören Sie. Ich wollte Ihnen nur sagen, daß Jennifer Quinn heute abend aus New Orleans zurückkommt. Continental Flug Nummer zweihundertvierundzwanzig, Ankunft hier halb zwölf. Ihre Leute sorgen dafür, daß sie die Maschine nicht verpaßt, und wir lassen sie von jemandem abholen. Wie lange sollen wir sie beschatten?«

»Ich möchte morgen früh mit ihr sprechen. Gleich danach melde ich mich bei Ihnen.«

»Das ist okay«, sagte Mooney.

Haydon legte auf. Jetzt war es schon zu dunkel, um die Zettel mit den Notizen lesen zu können. Draußen am Tor würden die Lampen brennen. Ein gelber Schein fiel vom Korridor durch die Tür der Bibliothek, und er hörte Gabriela in der Küche auf der anderen Seite des Korridors. Das Haus wirkte leer. Er hätte es nicht bemerkt, wenn er die Notiz von Nina nicht gelesen hätte. Ohne diese Notiz hätte er angenommen, daß sie da sei, und das Haus hätte nicht leer gewirkt. Er dachte darüber nach, dachte, daß er glücklicher gewesen wäre mit einem Selbstbetrug. Einem Irrtum.

Er stand auf und ging nach oben, um sich vor dem Dinner frisch zu machen.

Dann aß er allein im Eßzimmer, saß am einen Ende der Tafel, an einer Stelle, die ihm einen Blick auf die Terrasse bot. Es gab nichts zu sehen. Die Terrassenbeleuchtung war eingeschaltet, nicht aber die Lampen, die den Rasen und die Bäume illuminierten. Er konnte nichts jenseits der Balustrade sehen, und im Licht lag nur Cinco, der auf der obersten Treppe, am Rand der Dunkelheit, schlief.

Haydon hob die Weinflasche an und goß sich gerade genug Chablis für ein paar kleine Schlucke in das kleine, geriffelte Bistroglas. Er hob das Glas, nahm einen Schluck und hielt den Wein eine Weile im Mund. War es möglich, daß er vergessen hatte, wie schmutzig eine kriminalistische Untersuchung war? Er hatte sich vorgenommen, den Tod von Wayne Powell als reines Gedankenspiel aufzuklären. Er wollte das Problem erfassen, es durch verschiedene Schritte des Vergleichs führen und bis zu seiner Lösung verfolgen. Genau so hatte er es sehen wollen, genauso hatte er sich eingeredet, daß er es sehen mußte, wenn er überhaupt in der Lage sein würde, es zu bearbeiten. Aber jetzt, nachdem erst ein Tag vergangen war, hatte er bereits begonnen, seiner Absicht, streng analytisch zu bleiben, untreu zu werden. Wie konnte er vergessen haben, daß es sich dabei stets um schmutzige Dinge handelte? Mordfälle waren immer schmutzig. Sie waren es zwangsläufig, denn es ging dabei um Menschen, und Menschen waren unglaublich schmutzige Kreaturen. Ihr Leben in der Öffentlichkeit war schmutzig, ihr Privatleben war schmutzig, ihre Geschäfte waren schmutzig, ihre Affären waren schmutzig... Ihre Gedanken waren schmutzig. Selbst nach den fünf Minuten, in denen er Abstand gewonnen hatte, schien Haydon noch den kupfrig-abgestandenen Geruch von Blut zu wittern, als er seinen Wein hinunterschluckte.

Dennoch fragte er sich, wer denn nun wirklich diesen Wayne Powell in den Tank mit Entwicklerlösung gesteckt, ihm dann die Kehle durchgeschnitten und ihn dort festgehalten hatte, bis sein Leben in seinen Schoß verronnen war. Trotz dieses Schmutzes – oder vielleicht gerade deshalb – wollte er wissen, wer da ein Häufchen Abfall aus einem alternden Beachboy gemacht hatte.

Haydon schaute wieder auf die Terrasse. Cinco war weg. An seiner Stelle stellte er sich Powells verwüsteten Körper vor, den alle im harten, unverhüllten Licht eines unnatürlichen Todes sehen konnten, anklagend und mitleiderregend. Und direkt hinter ihm die Treppen, die nicht immer ins Licht der Wahrheit führten, sondern oft auch unausweichlich in eine Dunkelheit, die in ihren gewaltigen Ausmaßen niemals enttäuschte.

Haydon saß in einem Stuhl mit hoher Lehne vor den Balkontüren im Schlafzimmer. Er hatte sich die Krawatte gelockert und den Kragen aufgeknöpft; seine Schuhe lagen neben dem Stuhl, und die Füße hatte er auf die Kissen eines kleinen Sofas gebettet. Ein Tanqueray mit Limonenscheibe stand auf einem marmornen Beistelltisch an seiner linken Seite. Er hatte einen Ausstellungskatalog mit einer Auswahl aus *Divertimento per li ragazzi* durchgesehen, eine Serie von Zeichnungen, die als *capricci* des aus dem achtzehnten Jahrhundert stammenden venezianischen Malers Giovanni Domenico Tiepolo bekannt waren. Die kleinen Federzeichnungen, die mit Tönen von blond-braun bis rotbraun eingefärbt waren, zeigten Szenen aus dem Leben, dem Tod und der Auferstehung des Harlekins Punchinello.

Er hatte den Katalog sinken lassen und starrte auf einen Kupferstich an der gegenüberliegenden weißen Wand, als Nina die Tür öffnete. Sie hatte eine übergroße Zeichenmappe unter dem einen Arm und hielt vorsichtig einen frischen Drink in der anderen. Sie lächelte ihn an und stieß sachte die Tür mit dem Absatz zu.

»Hast du meinen Zettel gefunden?« fragte sie. Sie kam herüber und küßte ihn, hatte aber immer noch die Zeichenmappe unter dem Arm. Dann legte sie sie auf den Sisalteppich und schleuderte die Schuhe von den Füßen.

»Ja, hab' ich«, antwortete er. »Wie ist es gegangen?«

»Wundervoll.« Sie kam herum, setzte sich auf das Sofa und streckte die Beine aus, um die seinen zu berühren. »Ach, das ist ein wundervolles Gefühl.« Sie trank einen Schluck, dann knöpfte sie seufzend das Taillenband ihres Rocks auf.

»Wie wundervoll?«

»Du weißt ja, es ist ein wichtiger Auftrag für Mandels Firma.

Die Nordstroms haben dafür gesorgt, daß jeder von ihrem neuen Projekt weiß. Das Haus ist monatelang bei verschiedenen gesellschaftlichen Anlässen diskutiert worden. Francis Nordstrom hat ausdrücklich darum gebeten, daß ich den Atriumteil gestalte. Ich habe völlig freie Hand und ein großes Budget.«

»Meinen Glückwunsch«, sagte Haydon. Er hob das Glas darauf.

»Und du? Wie war der erste Tag wieder in den Sielen?«

»Wundervoll.«

»Ach, komm schon.« Sie lachte. Dann stellte sie ihr Glas auf das Tischchen, hob leicht die Hüften und streifte sich den Rock ab. Sie warf ihn auf einen freien Stuhl und begann ihre Bluse aufzuknöpfen.

»Es war, als ob ich nie weggewesen wäre.«

Nina zog sich die Bluse aus und warf sie auf den Rock. »Ist das gut oder schlecht?« fragte sie.

»Beides.« Er stellte fest, daß ihr Slip und ihr BH pfirsichfarben war.

»Zu gleichen Teilen?«

Er sah zu, wie sie nach hinten langte und die Nadeln aus ihrem Chignon zog, sie auf den Schoß legte. Er liebte es, ihr dabei zuzusehen, liebte den Winkel ihres Kopfes, die erhobenen Arme, wie sie das Armgelenk abbog, um das Haar zu halten. Sie erinnerte ihn stets an die Frauen von Dégas. Es war ein schockierender Augenblick, als der scheußliche Leichnam von Powell in sein Gedächtnis zurückkehrte, aber genau das geschah in diesem Augenblick. Er war da, so unerwartet wie der Mord selbst Powell überrascht haben mußte. Sein Gesicht zeigte absoluten Unglauben, so real das Geschehen auch war. Es konnte jedem geschehen sein; niemand war gefeit vor der Möglichkeit, eines plötzlichen, gewaltsamen Todes zu sterben. Dann sah er, im Augenblick, wo sie den Arm so unendlich reizvoll nach oben bewegte, in einem einzigen, brutalen Augenblick Ninas Schoß voll von Blut, ein Gießbach mit purpurnen Klümpchen, der die Seide zwischen ihren Schenkeln füllte, während eine Kette von Tröpfchen über ihren nackten Brustkorb spritzte.

»Zu ziemlich gleichen, ja«, sagte er schnell.

Seine Stimme klang falsch. Sie schaute ihn an, ihre Augen blitzten, hielten inne, dann senkte sie wieder den Kopf, als sie fortfuhr, die Nadeln aus dem Haar zu ziehen. Haydon versuchte, seine Gedanken von dem blutigen, nur allzu lebendigen Bild auf etwas Angenehmeres zu lenken. Er war völlig verblüfft über die Stärke und die Klarheit des Bildes, ein Gedankenspiel, das außer Kontrolle zu geraten schien, das an seinen Platz zurückgeschickt werden mußte wie der Zauberer, der einen bösartigen Dämon, den er herbeigezaubert hat, wieder zurückzwingt an seinen Ursprung.

Nina schaute zu ihm auf. »Wie meinst du das?«

Er konnte nicht sprechen. Zuckte statt dessen mit den Schultern und nahm einen Schluck von seinem Tanqueray, in der Hoffnung, damit den Knoten in seiner Kehle lösen zu können. Er fürchtete, daß sein Gesicht anlaufen würde.

Sie richtete sich auf, und ihr Haar fiel in wundervollen, zimtbraunen Strähnen, jetzt nicht mehr zurückgekämmt, frei und glänzend nach unten.

»Stuart?« Ihre Stimme hatte eine rauhe Kante.

Er biß die Zähne zusammen, schaute sie an und räusperte sich, um die Spannung seiner Stimmbänder zu lockern.

»Ich hab' mich verschluckt«, brachte er gerade noch heraus.

»Geht es dir gut?« Ihr verwirrter Ausdruck verwandelte sich in eine besorgte Miene.

»Klar«, sagte er, stellte das Glas ab und massierte sich das Gesicht. »Klar.«

Nina strich mit den Fingern durch ihr Haar und wartete, während Haydon noch einmal nach seinem Glas langte und einen Schluck trank.

Dann fuhr er fort. »Ich will damit einfach sagen, daß sich nie etwas ändert. Die Arbeit ist immer die gleiche, und jetzt ist ebenso wie in vier Wochen der richtige Moment, um zurückzukehren.«

»Ehrlich gesagt, bin ich nicht der Meinung, daß du schon bereit bist.«

»Bist du denn nicht auch bereit, wieder an deine Arbeit zu gehen?«

»Ja, sicher, aber –«

»Genau wie ich. Wir brauchen es jetzt nicht zu analysieren, oder?«

Nachdem er sich aus der Affäre gezogen hatte, wußte Haydon nicht, wie er weitermachen sollte. Er beugte sich hinüber zum Couchtisch und klappte den Katalog zu, der dort lag. Dabei schaute er kurz auf den Umschlag. Das Bild zeigte einen Ausschnitt aus einer Zeichnung mit dem Titel *›Punchinellos mit Esel vor einem Bauernhaus‹* und war in goldbrauner Tinte gezeichnet und goldbraun konturiert auf schwarzer Kreide. Wie bei vielen Werken aus Tiepolos erzählendem *Divertimento* war es nicht leicht, den Inhalt des Dargestellten zu verstehen. Haydon studierte die zitterigen Striche der Feder, die Färbung, die Schatten und Stimmung ausdrückte, und er schaute in die Gesichter der seltsam gekleideten Harlekine, deren spitznäsige Masken, die Buckel und die hohen, konischen Mützen ihnen das Aussehen von melancholischen Clowns verliehen, Clowns, deren Haltung irgendwie unheimlich vertraut und bekannt war.

»Haydon?« Wieder klang Ninas Stimme ein wenig rauh.

Er blickte sie mit ausdrucksloser Miene an.

»Ich habe dich nach dem Fall gefragt«, sagte sie.

»Was soll damit sein?«

»Wer ist umgebracht worden?«

Er lehnte sich wieder zurück. »Ein Mann, der für Bill Langer gearbeitet hat.«

»Du meinst, im Werbegeschäft?«

»Ja.«

»Jemand, von dem wir gehört haben?«

»Nein, er war einer von Langers Photographen. Und sein Kameramann.«

»Und warum hat man da ausgerechnet dich dazu gebraucht?«

»Er ist in einem ihrer Labors umgebracht worden. Sie glauben, es wäre leichter, die Sache auf diese Weise zu verheimlichen. Langer kommt's darauf an, daß nichts nach außen dringt.«

»Das kann ich mir vorstellen. Gibt es Hinweise?«

»So gut wie gar nichts. Es gibt ein paar Stellen, in die man die Nase stecken könnte, aber keine Beweise. Und nichts am Tatort. Wir werden mit einer Menge von Leuten sprechen müssen.«

Sie hörte ihm aufmerksam zu, als er ihr erklärte, was Dystal vorhatte und wie er Haydon die Sache ausführen lassen wollte. Hier und da trank sie einen Schluck aus ihrem Glas, das sie auf den Schoß gestellt hatte. Das Kondenswasser des Glases hinterließ einen dunklen Kreis auf der pfirsichfarbenen Seide.

Als er fertig war, sagte sie: »Wenn du es schon tun mußt, dann noch am besten so. Es ist jedenfalls gut, daß du nicht wieder in dein Büro gehst.«

»Es ist nur für diesen einen Fall«, sagte er. »Danach geht es im üblichen Fahrplan weiter.«

»Trotzdem, für diesen einen Fall ist es gut. Je länger du den Zeitpunkt, wieder in die Tretmühle zu gehen, hinausschiebst, desto besser.«

Er sagte nichts dazu.

Nina trank aus und stellte das Glas auf den Boden neben dem Sofa.

»Hey, Mister – sind Sie bereits fürs Bett?« Sie massierte seinen Fuß mit ihren Zehen und gab ihm einen Stups.

Sie zogen sich aus, ließen ihre Kleidung auf den Sesseln liegen und gingen ins Bett. Haydon langte nach oben und schaltete das Licht aus. Die Laken waren frisch und kühl. Nina war sehr wählerisch, was die Bettwäsche betraf. Er lag auf dem Rücken und streckte den Arm aus, als sie automatisch zu ihm herüberrollte, einen Arm zwischen sie zwängte und den anderen quer über seine Brust legte. Er fühlte, wie ihre Haut die seine berührte in einer fortgesetzten, ununterbrochenen Linie von seinem Kopf bis zu seinen Zehen. Sie drückte ihre Hüfte an sein Bein, während sie sich an ihn kuschelte.

Er lag da mit offenen Augen, bis er nach und nach die Umrisse der Möbel ausmachen konnte, die zögernd wie unterirdische Geister aus dem Dunkeln hervortraten. Der Deckenventilator brachte eine sachte Luftbewegung. Er merkte an Ninas Atem, daß sie noch nicht schlafen wollte. Sie wartete mit ihm, fühlte – wie er vermutete – seine Spannung, vielleicht sogar seine Verwirrung. Zusammen warteten sie im Saphirlicht, und er fühlte fast, wie ihre Gedanken die seinen suchten, wie sie helfen wollten, schweigend ihre Sympathie anboten für das, was auch immer ihn bedrohen mochte. Er drückte sie fester an sich, als wollte er ihre heitere Gelassenheit ganz in sich aufnehmen, ihre Gesundheit des Geistes.

14

Haydon traf bei Jennifer Quinns Adresse im nördlichen Bellaire kurz nach acht Uhr am nächsten Morgen ein und parkte den Wagen am Randstein vor dem Haus. Weiter unten, auf der anderen Straßenseite, stand ein beigefarbener Wagen unter einem Kampferbaum, und die niedrig stehende Sonne spiegelte sich in seinen schmutzigen Fenstern. Eine Hand und ein Unterarm kamen aus dem Fenster auf der Fahrerseite und machten ein langsames, bogenförmiges Zeichen des Erkennens. Haydon reagierte nicht darauf, sondern schaute durch das Beifahrerfenster des Vanden Plas auf das Haus.

Es befand sich in einer älteren Wohngegend mit kleinen, ordentlichen Häusern, gebaut für die jungen Familien, die nach dem Ende des Zweiten Weltkriegs gegründet worden waren und das Land überflutet hatten. Haydon war auf den ersten Blick davon überzeugt, daß das Haus Powell gehört hatte. Es war ein zinkweißes Holzhaus mit verputzter Fassade in spanischem Stil, das eigentlich ins Glendale der vierziger Jahr gehörte. Es hatte ein Flachdach und eine in einem Bogen zurückgesetzte Haustür mit einer schmiedeeisernen Verandalampe darüber. Zwei etwas ausgefranste mexikanische Fächerpalmen standen zu beiden Seiten eines auf Säulen ruhenden Vordachs. Über eine rote Betontreppe erreichte man die Veranda, die kaum breiter war als der Gehsteig vor dem Haus. Dichtes, grünes Teppichgras war ordentlich gemäht und breitete sich in beiden Richtungen zu den Nachbarhäusern aus, unterbrochen nur von Gehwegen und den beiden parallel verlaufenden Betonbändern, die als Auffahrten dienten. Die Jennifer Quinn, die Patricia Beamon beschrieben hatte, schien trotz allem nicht besonders gut hierherzupassen.

Haydon stieg aus seinem Wagen und ging über den Weg zum Haus. Er war absichtlich früh gekommen, hatte gehofft, sie zu wecken. Weiter unten im selben Block startete jemand einen Rasenmäher. Haydon drückte auf den Klingelknopf, aber die Klingel schien nicht zu funktionieren. Er öffnete die Fliegengittertür und klopfte an das Holz der Haustür. Um die Ecke des Hauses schaltete sich der Kompressor einer in ein Fenster eingebauten Klimaanlage an. Haydon klopfte noch einmal und hörte, wie drinnen im Haus ein Telephon zu klingeln begann und gleich danach abrupt aufhörte. Als er danach wieder klopfte, öffnete sich ein kleiner Schlitz hinter einem Gitter in der Haustür.

»Ja?« Die Stimme des Mädchens war etwas rauchig und völlig emotionslos.

»Jennifer Quinn?«

»Ja.«

Haydon hielt seinen Dienstausweis vor das Gitter und stellte sich vor. »Darf ich reinkommen?«

»Jetzt?«

»Bitte.«

»Ich bin grade erst aufgestanden. Genau gesagt, haben Sie mich geweckt.«

»Das tut mir leid, aber ich bin sicher, daß Sie wissen, weshalb ich mit Ihnen sprechen möchte.«

Danach entstand eine Pause. »Ja. Okay«, sagte sie. »Es dauert nur einen Moment.« Der Schlitz hinter dem Gitter schloß sich.

Haydon warf einen Blick auf den neutralen Wagen weiter unten auf der Straße. Auf der anderen Seite der Straße stand eine Frau im Hausmantel in der Mitte ihres Gartens und las die Schlagzeilen der Zeitung, die sie gerade von der Wiese aufgehoben hatte. Ohne hochzublicken, drehte sie sich um und ging langsam auf ihre offene Haustür zu.

Ein paar Minuten später öffnete sich die Holztür, und Haydon drehte sich um, als das Mädchen die Fliegengittertür öffnete.

»Kommen Sie rein«, sagte sie. Er ging an ihr vorbei durch die Tür, und sie lehnte sich hinaus. »Wo ist Ihr Wagen?«

»Er steht vor dem Gartentor. Es ist kein Dienstwagen.«

»Kann ich mir denken«, erwiderte sie. »Nehmen Sie Platz. Ich kann erst mit Ihnen reden, wenn ich einen Schluck Tee getrunken habe.«

Sie trug ein langärmeliges Safarihemd aus Khakistoff mit Schulterklappen, und die Schöße des Hemds hatte sie in eine Khakihose mit Bügelfalte gesteckt. Auch das Hemd war frisch gebügelt und hatte noch die Falten vom Bügeln an den Ärmeln. Die krempelte sie hoch, während sie in die Küche ging. Das schachtelartige, kleine Haus war umgebaut worden, so daß das Eßzimmer und das Wohnzimmer einen einzigen Wohnbereich bildeten. Die Wand zwischen der Küche und dem Eßzimmer war bis in halbe Höhe abgerissen worden, so daß eine Theke oder Eßbar entstanden war und von der Küche aus praktisch einen freien Blick durch Eß- und Wohnzimmer bot. Außerdem hatte man ein Oberlicht eingebaut, das dem Ganzen ein noch freieres, offeneres Gefühl verlieh. Es gab Bücherregale, einen offenen Kamin, und an einer Wand stand ein großes Konzertxylophon. Kameraausrüstungen, Stative und eine Vielzahl von Linsen standen und lagen auf den Möbeln und in den Ecken.

Haydon sah ihr zu, wie sie sich in der Küche bewegte. Sie gab Wasser in einen Kupferkessel und stellte diesen auf den Herd, um das Wasser zu erhitzen. Dann öffnete sie den Kühlschrank, nahm zwei Eier heraus und schlug sie in ein großes Trinkglas. Anschließend gab sie zwei Teelöffel von etwas hinein, was Haydon für Eiweißpulver hielt, und füllte das Glas mit Milch auf. Zuletzt verquirlte sie die Mischung mit dem Elektromixer, nahm den Deckel ab, hob das Glas an und kippte den Inhalt in einem Zug hinunter.

»Scheußlich!« sagte sie und lehnte sich an die Theke. Mit einem Schauder spülte sie das Glas aus und stellte es in die Geschirrspülmaschine. Sie holte zwei Tassen und zwei Untertassen aus dem Hängeschrank, stellte Sahne und Zucker auf die Bar und verschwand dann in einen hinteren Teil des Hauses. Er hörte Wasser laufen. Gleich darauf war sie wieder zurück in der Küche und tupfte sich das Gesicht mit einem gelben Handtuch ab. Ihre Zeiteinteilung war perfekt: Der Kessel begann gerade zu pfeifen.

»Welchen Tee möchten Sie?« fragte sie. »Es gibt Darjeeling, Ceylon Pekoe, bengalischen Bay Black, Earl Grey und English Breakfast.«

»Earl Grey.«

»Sahne? Zucker?«

»Sahne.«

»Wieviel? Wissen Sie, was? Kommen Sie doch her und bedienen Sie sich nach Geschmack.«

Haydon tat es, dann kam sie um die Theke herum, und sie begaben sich ins Wohnzimmer. Sie bot Haydon Platz auf dem Sofa an und setzte sich links von ihm in einen modernen Chromsessel mit schwarzen Lederstreifen als Sitz, Rücklehne und Armstützen. Sie beugte sich ein bißchen nach vorn auf dem Sessel und balancierte die Teetasse auf ihren Knien.

»Ich habe das Gefühl, daß eigentlich ich die Fragen stellen sollte«, sagte sie rasch. »Das Ganze war ein bißchen irre. Die Polizei von New Orleans hat gestern mit mir Kontakt aufgenommen und mir gesagt, was passiert ist. Ich war mitten in einem Job, und sie sind extra zum Drehort herausgekommen, um es mir zu sagen. Sie legten mir nahe, sofort nach Hause zu kommen, also bin ich direkt in mein Hotel gefahren. Ich mußte mein Büro hier anrufen und veranlassen, daß sie jemand anders hinunterschickten, der meinen Platz einnehmen konnte.«

Sie wollte einen Schluck von ihrem Tee trinken, doch er war noch zu heiß.

»Man hat mir überhaupt nichts gesagt. Können Sie mich ein bißchen aufklären?«

Haydon hatte sie scharf beobachtet. Mooney hatte nicht ganz recht, was ihr Haar betraf. Es war nicht wirklich rot. Sie war vielmehr eine Erdbeer-Blondine, aber auch das stimmte nicht ganz. In ihrem Haar war eher ein Honigton, und es war wunderbar dicht mit einer, wie es schien, natürlichen Welle. Sie trug es schulterlang, und an diesem Morgen hatte sie es rasch nach hinten gebürstet und ließ es zu beiden Seiten eines natürlichen Scheitels nach unten fallen. Ihre Haut war von der Art, die nicht leicht bräunte, und Haydon vermutete, daß sie sie mit religiösem Eifer vor der Sonne schützte. Jedenfalls war die Haut cremeweiß und makellos. Ihre Augen waren so grün, daß man an Eitelkeit denken konnte, und obwohl sie ein kräftiges, fast eckiges Kinn hatte, fehlte ihr doch die hohlwangige Schönheit eines Modells. Sie zeigte keine Härten, sondern weiche Kurven.

»Ich fürchte, ich kann da wenig sagen«, erklärte er. »Wir hofften, daß Sie in der Lage wären, uns zu helfen, damit wir eine Perspektive in die Umstände bekommen.«

»Ich kenne ja noch nicht einmal die Umstände«, sagte sie, und ihre grünen Augen weiteten sich, um das zu betonen. »Wie soll ich Ihnen da eine Perspektive bieten? Meine Güte, ich weiß ja noch nicht einmal, wie er umgekommen ist. Wurde er erschossen?«

»Nein.«

»Was dann?« Sie schaute ihn etwas ungeduldig an. Meistens sind die Leute erst zufrieden, wenn sie die Einzelheiten kennen. Es schien eine psychologische Voraussetzung zur Zusammenarbeit zu sein, so, als könnte es in ihren Gedanken erst dann zur Wirklichkeit werden, wenn sie wußten, wie es geschehen war.

»Man hat ihm die Kehle durchgeschnitten. Es sah aus, als ob es einen Kampf gegeben hätte.«

Sie zeigte keine Reaktion darauf, außer daß sie sich abwandte.

»Leben Sie schon längere Zeit mit ihm zusammen?« fragte er.

Sie schaute ihn an und holte tief Atem, während sie sich gerade aufsetzte. Ihre hohen, vollen Brüste spannten das Khakihemd. Sie schien sich in ihr Schicksal ergeben zu haben und war bereit, Haydon die Szenerie zu schildern.

»Wayne kam im letzten Jahr kurz nach Weihnachten aus Kalifornien hierher. Zwischen Weihnachten und Neujahr. Eine Freundin dort drüben hatte mir von ihm erzählt, daß er nach

Houston kommen würde und daß ich mich um ihn kümmern sollte, weil er diese wunderbare Erfahrung im Filmgeschäft hätte. Ich interessiere mich für das, was *hinter* der Kamera geschieht, verstehen Sie«, fügte sie mit Nachdruck hinzu. »Er war damals mit Scorsese, Spielberg, Coppola und all den anderen in den Filmschulen gewesen, in den sechziger Jahren. Er kannte Scorsese und hatte schon ein paarmal mit Coppola gearbeitet. Meine Freundin meinte, ich könne eine Menge von ihm lernen, weil er so gut sei. Ich sagte okay, und sie gab ihm meine Telephonnummer. Als er in die Stadt kam, hat er mich angerufen.«

Sie trank einen Schluck Tee. »So kam eines zum anderen.« Sie schien darüber nachzudenken. »Natürlich war ich beeindruckt, weil er mit so vielen berühmten Leuten gearbeitet hatte«, sagte sie etwas aufrichtiger. »Er hat bei mir groß angegeben. Wir endeten hier in diesem Haus, aber die Beziehung hat nicht lange gedauert. Wayne war ein unreifer Mensch.« Sie blies auf ihren Tee. »Sobald er es in seinen dicken Schädel gekriegt hat, daß bei mir mit ihm sexuell nichts mehr läuft, sind wir gut miteinander ausgekommen. Immerhin hat unser Arrangement funktioniert, und wir sind dabeigeblieben, aber es war eine rein geschäftliche Abmachung.« Sie schaute Haydon an. »Klärt das eine Menge Fragen bei Ihnen?«

»Ja«, sagte er. »Ich danke Ihnen. Hat er Ihnen den Job besorgt?«

Sie lächelte ein bißchen spöttisch und schüttelte den Kopf. »Nein.«

»Wissen Sie, ob er in irgend etwas verwickelt war, was mit dem Mord in Beziehung stehen könnte? Hat er zum Beispiel mit Rauschgift gedealt, auch wenn es nur kleine Mengen waren? Hat er gespielt? Irgend etwas, das uns eine Richtung angibt?«

»Nein.«

»Er hat kein Rauschgift genommen?«

»Doch, das hat er. Sie haben mich gefragt, ob er gedealt hat.«

»Wer war seine Quelle?«

»Das weiß ich nicht. Ich mach' mir nichts aus dem Zeug. Ich nehme nichts, und er hat mich nie damit belästigt.«

»Sie sagen, er ist nur sechs Monate in der Stadt gewesen. Wie hat er den Job bei Langer bekommen?«

»Ich weiß es nicht.«

»Hatte er ihn schon, als er herkam?«

»Ja.«

»Aber er hat Ihnen nie erzählt, wie er ihn bekommen hat?«

»Okay, mal sehen... Durch einen Freund. Ein Freund hat ihm dabei geholfen. Könnten Sie das nicht einfacher bei den Langer-Leuten erfahren?« fragte sie ungeduldig.

»Kennen Sie Freunde von ihm? Die Leute, mit denen er gearbeitet hat?«

»Ich bin zweimal bei Langer im Büro gewesen, um Wayne zu besuchen. Einmal hab' ich seinen Abteilungsleiter kennengelernt, aber er war der einzige. Ich hatte nicht viel Grund, dorthinzugehen.«

»Hat er sich mit Mädchen getroffen?«

»Jedenfalls hatte er meines Wissens keine feste Freundin. Wayne war ein Mann, der es gern billig hatte. Das war sein gesellschaftliches Element: die Happy Hour. Alle seine Mädchen waren Happy Hour-Mädchen.«

»Ich habe gehört, daß er nebenher freiberuflich gearbeitet hat, wobei er nachts Langers Einrichtungen benützte. Er tat es ja auch, als er umgebracht wurde. Wissen Sie etwas darüber?«

Sie schaute ihn an, aber er konnte ihre Miene nicht deuten. War sie überrascht, oder zögerte sie, über etwas zu sprechen, was sie für riskant hielt? Fiel ihr etwas ein, stellte sie in ihren Gedanken eine Verbindung her, die bis dahin nicht bestanden hatte? Haydons Mund war pelzig von der Gerbsäure im Tee. Er stellte Tasse und Untertasse auf einen Abstelltisch neben dem Sofa.

»Wissen Sie etwas über seine Nachtarbeit?« wiederholte er die Frage.

»Nein, davon weiß ich nichts...« Sie schien nachzudenken, hielt sich dann aber zurück. »Es ist mir nie aufgefallen...«

»Sie haben es nicht bemerkt, wenn er nachts außer Haus war?«

»Sagen wir, ich habe nicht darauf geachtet.« Jetzt war sie wieder kurz angebunden, aber eine hübsche Hand war nach oben an ihre Brust gerutscht und fummelte an einem Knopf ihres Safarihemds herum.

»Können Sie mir zeigen, wo er geschlafen hat?« fragte Haydon plötzlich.

Die grünen Augen weiteten sich kurz, dann entspannten sie sich wieder.

»Klar«, sagte sie. Sie stellte Tasse und Untertasse auf denselben Abstelltisch wie er und stand auf. Er folgte ihr in eine kleine Diele, die in einen größeren Korridor mündete. Fenster bildeten die eine Wand und gewährten Ausblick auf einen Hof.

Sie blieb stehen. »Ich wohne auf dieser Seite.« Sie deutete nach links. »Jeder von uns hat ein großes Schlafzimmer und ein voll eingerichtetes Bad.«

Sie wandten sich nach rechts, und er folgte ihr in Powells Schlafzimmer. Das Zimmer war dunkel und roch muffig, da die Klimaanlage seit mehreren Tagen nicht mehr in Tätigkeit gewesen war. Jennifer Quinn schaltete das Licht ein, trat an das Fenster und öffnete die Jalousien. Das Bett, auf der anderen Seite des Raums, war ungemacht. Darüber beanspruchte ein gigantisches Farbphoto fast die ganze Wand. Es war im Inneren einer riesigen Welle aufgenommen worden, wobei das Wasser einen leuchtenden Tunnel bildete, in dessen Mittelpunkt ein Surfer mit ausgebreiteten Händen an der Wasserwand entlangglitt. Das Photo war so stark vergrößert worden, daß das Korn übergroß erschien.

Unter den Fenstern, die auf den Innenhof gingen, war eine Reihe von Regalen, vollgestopft mit Schallplatten. Die Stereoanlage stand in der Mitte, die Lautsprecher an beiden Enden. Gegenüber gab es Schränke, deren Falttüren offenstanden und fast leere Regale aufwiesen. Powells Bedürfnisse im Hinblick auf Kleidung waren offenbar bescheiden. Es gab Jeans, Hemden im Western-Flair, T-Shirts. Ein Sportsakko, zwei Anzughemden, ein paar Hosen. Und im ganzen Raum lag seine Kameraausrüstung herum.

»Er war kein besonders ordentlicher Mensch«, sagte das Mädchen. Sie hatte die Arme verschränkt und lehnte am Türrahmen.

Haydon ging zum Bett. Eine 33mm-Canon lag obendrauf. Er nahm sie an ihrem Tragegurt und schaute auf den Bildzähler. Die Kamera war ungeladen. Er legte sie wieder auf das Bett. Dann ging er zu einem Sekretär, dessen Schubladen alle herausgezogen waren, und sah in die Schubladen hinein; dabei erkannte er die schwarzen Graphitflecken, welche die Spurensicherungsleute hinterlassen hatten. Auch hier gab es wenig Kleidungsstücke. In einer Schublade waren Pornomagazine, in einer anderen verschiedene Kamerateile, in einer dritten ein paar Briefe von einem Mädchen aus Kalifornien. Oben auf der Kommode war eine ganze Sammlung von Abfall: Bierdeckel, Kaugummistücke, eine Flasche Cologne aus dem Drugstore, ein Streichholzbriefchen von einem Club, eine Packung Schnürsenkel, etwas Kleingeld, ein Aschenbecher mit Bonbonpapieren, die zu kleinen Kügelchen gedreht waren.

»Wissen Sie, wer Cindy Thomas ist?« fragte er und hielt die Briefe hoch, ohne sich umzudrehen.

»Eine alte Flamme. Längst abgebrannt.«

Haydon trat an die Schränke und schob die Türen zurück, die nicht ganz offen waren. Er entdeckte eine elektrische Gitarre in einer Ecke, mit einem verstaubten Verstärker. In der entgegengesetzten Ecke waren Photomagazine gestapelt. Der größte Teil der Schränke war leer. Haydon drehte sich um und betrachtete den Raum. An der Wand neben der Tür war ein Durcheinander von Photos mit Reißnägeln befestigt. Er ging darauf zu.

»Kennen Sie alle diese Leute?«

»Es sind fast alles Freunde von ihm aus Kalifornien.«

»Wissen Sie etwas über sie?«

»Nicht über die aus Kalifornien.«

»Und wer ist nicht aus Kalifornien?«

Sie ging hin und betrachtete die Bilder eine Minute.

»Die da.« Sie zeigte auf ein Mädchen an einem Strand, das eine Shorts und sonst nichts anhatte. Sie hatte eine Bierflasche in der Hand, aus der sie Schaum auf den Photographen spritzte.

»Wer ist das?«

»Ihren Namen kenne ich nicht. Er hat ihn mir nicht gesagt. Ich weiß nur, daß er den Film von einem Weekend-Trip mit ein paar Mädchen mitgebracht hat, und sie gehörte dazu. Er hat mir das Photo gezeigt und gelacht.« Sie beugte sich darüber. »Aber die ist nichts Besonderes, oder?«

»Wann hat er das Photo gemacht?«

»Erst vor kurzem. Vielleicht vor sechs Wochen.«

»Erkennen Sie sonst noch jemanden?«

Sie zeigte mit dem Finger auf ein Photo im Format zehn mal dreizehn, das so aussah, als ob es aus einem anderen Photo herausvergrößert worden wäre. Ein Asiat ohne Hemd mit Sandalen und einer weißen Segeltuchhose stand am Rand eines Swimmingpools zwischen zwei Frauen, die der Kamera den Rücken zugewendet und sich so tief gebückt hatten, daß nur die Rückseiten ihrer Beine zu sehen waren. Der Mann grinste, hatte einen Fuß lässig über den anderen gelegt und die Unterarme auf die Hüften der Mädchen gestützt. Seine Hände waren nicht zu sehen; vermutlich waren sie in ihren Bikinis verschwunden.

»Das ist Ricky Toy. Ich hab' ihn nur ein paarmal getroffen, aber ich weiß, daß er auch einer der Freunde aus Waynes Filmschulen-Zeit ist. Angeblich ist er ein hervorragender Kriegsfilmer mit Vietnam-Erfahrung. Wayne hat ihn ziemlich oft getroffen.«

»Und er lebt in Houston?«

»Ja. Eigentlich ist er aus Kalifornien, aber ich glaube, er ist schon vor mehreren Jahren hierhergezogen.«

»Was macht er?«

Sie zuckte mit den Schultern. »Früher einmal war er bei Reuter. Wayne sagt, er arbeitet jetzt freiberuflich.«

»Aber Sie kennen ihn nicht besonders gut?«

»Nein. Wayne hat uns bekannt gemacht, aber wir haben uns fast nie getroffen. Außerdem glaube ich, daß Wayne allen Leuten erzählt hat, daß das mit uns beiden eine feste Sache ist.«

»Und hat Sie das gestört?«

Sie schüttelte den Kopf. »Die Leute, denen er das gesagt hat, haben mich nicht unbedingt interessiert. Wenn er bei ihnen den großen Macker spielen wollte, war das seine Sache. Ich hätte es ja doch nicht verhindern können.«

»Und wer sind die zwei Mädchen?«

»Sie wohnen bei Ricky. Zwei asiatische Mädchen, deren Gesichter so sinnlich sind wie das, was Sie auf dem Photo sehen.«

»Sonst noch wer?« fragte Haydon und schaute wieder zur Wand.

Sie ging die restlichen Photos durch. »Nein. Aber ich glaube, ein paar von den Mädchen sind aus Houston.«

Haydon begann die Reißnägel von den beiden Photos zu nehmen. »Wo hat Powell alle seine Bilder aufbewahrt? Hat er irgendwo Schachteln oder Behälter mit den Negativen?«

»Er hat vor allem Filme gedreht. Er besaß nicht mehr Photos als jeder normale Mensch. Vielleicht nicht einmal so viele. Und ich nehme an, die Filme hat er im Büro gelassen. Wir haben nicht einmal einen Projektor hier.«

Haydon hielt die beiden Photos in der einen Hand und schaute sich noch einmal um.

»Ja, ich glaube, das wär's dann«, sagte er.

Als sie durch die Diele zum Wohnzimmer gingen, sagte Jennifer Quinn: »Das Haus gehört übrigens ihm. Ich nehme an, ich werde jetzt ausziehen müssen.«

»Wissen Sie, wie er es finanziert hat?«

Sie nickte.

»Dann würde ich an Ihrer Stelle erst mal mit den Leuten von der Bank reden.«

»Und was mache ich mit seinen Sachen?«

»Vorläufig gar nichts«, sagte Haydon. »Kann sein, daß wir alles noch einmal durchgehen wollen. Halten Sie einfach die Tür verschlossen. Wir setzen uns mit seinen Angehörigen an der Westküste in Verbindung, und die können dann überlegen, was sie damit tun.«

»Muß ich in der Stadt bleiben? Was ist, wenn ich einen neuen Auftrag kriege?«

Haydon blieb vor dem Sofa stehen, ehe er zur Haustür ging.

»In dem Fall sollten Sie mich anrufen, bevor Sie abreisen.« Er nahm eine seiner Karten aus der Brieftasche und schrieb seine private Telephonnummer auf die Rückseite. »Versuchen Sie es erst einmal unter dieser Nummer«, sagte er und reichte ihr die Karte.

»Werden Sie noch einmal mit mir sprechen wollen?«

»Vielleicht.«

Sie schaute die Karte an. Er merkte wieder, wie prächtig sie das Safarihemd ausfüllte. Ihre Fingernägel waren sehr gepflegt, unlackiert, aber mit sauberen, kleinen weißen Rändern.

»Okay«, sagte sie und blickte auf. Ihre grünen Augen wirkten aus der Nähe dunkelgrün.

»Ihnen hat nicht besonders viel an Powell gelegen, was?«

Diese Bemerkung brachte sie ein wenig aus dem Gleichgewicht, doch nicht allzusehr. »Sie glauben, ich sollte mehr um ihn trauern?« fragte sie und schaute ihn gelassen an. »Ich kann mir nicht helfen, er war ein fieser Kerl. Vielleicht war er ein großartiger Kameratechniker, aber als Mensch hat er nicht viel getaugt.«

15

Zu der Zeit, als Haydon nach Hause kam, war Nina bereits ins Studio gegangen und hatte bei Gabriela hinterlassen, daß sie zum Lunch zurück sein würde. Haydon ging in die Bibliothek, setzte sich an seinen Schreibtisch und rief Mooney an.

»Ich brauche eine Führerscheinüberprüfung«, sagte Haydon. »Geht das, während wir miteinander sprechen?«

»Pete ist hier«, sagte Mooney. »Ich laß' es ihn gleich eintippen.«

»Gut. Der Name lautet Ricky Toy. T-O-Y. Chinesisch-amerikanisch. Wahrscheinlich Richard.« Er hörte, wie Mooney die Information an Lapierre weitergab. Das Büro war klein und nicht weit von der Kaffeemaschine des Bereitschaftsraums entfernt. Haydon konnte andere Stimmen im Hintergrund hören.

»Okay, er gibt es gleich durch«, sagte Mooney. »Hören Sie, ich habe noch mal mit diesem Ray Tease gesprochen, wie Sie es wollten. Der Kerl ist ein beschissener Jammerlappen. So durcheinander wegen dem armen Wayne. Kommt einfach nicht drüber weg. Was für ein Schock. Da-da, da-da, da-da. Ich hab' also meinen Brechreiz verdrängt und bin auch wirklich mit ihm ins Reden gekommen. Er sagt, er ist ganz prima ausgekommen mit Powell, und, ja, Powell hatte Privilegien, die andere im Haus nicht hatten. Er meinte, daß er nichts Schlimmes dabei gesehen hat, vor allem, da es Mr. Langer abgesegnet hatte, und schließlich ist Mr. Langer immerhin der Besitzer der Firma, nicht wahr? Ich hab' ihn gefragt, ob er weiß, was das für Arbeit war, die Powell nach Feierabend gemacht hat, und er meinte, er hätte nicht die leiseste Ahnung. Es klang so, als ob es unehrenhaft gewesen wäre, so etwas zu wissen. Ob Powell und Mr. Langer tagsüber miteinander sprachen, es sei denn über Dinge, die mit der Arbeit in Beziehung standen? Nein. Woher er das wisse? Weil sie nie miteinander geredet haben. Punkt. Und woher er das nun wieder weiß? Weil es sein Job ist, zu wissen, was seine Untergebenen in der Arbeitszeit tun und weil Powell in dieser Zeit nie mit Langer gesprochen hat...«

»Einen Moment.« Mooney bedeckte die Sprechmuschel mit der Hand, allerdings nur mit halbem Erfolg, und brüllte jemandem zu, er solle gefälligst den Mund halten, weil er am Telephonieren sei und kein Wort verstehen könne.

»Okay, da bin ich wieder. Ich habe ihn gefragt, ob sonst noch jemand nachts Zugang zu dem Büro und den Labors hätte, und er sagte, alle Abteilungsleiter hätten Schlüssel. Ich fragte, ob es üblich sei, daß die Leute nachts arbeiteten, und er meinte, es käme gelegentlich vor, wenn sie einen Termin hätten, der unbedingt eingehalten werden müsse. Aber das geschehe nicht sehr oft. – Moment, nur eine Sekunde.«

Eine Pause. Murmeln.

Dann: »Okay, Pete hat jetzt die Infos über Toy auf dem Bildschirm. Mal sehen. Richard Man Toy, achtunddreißig Jahre alt, einsvierundsiebzig groß, schwarzes Haar, braune Augen, wiegt siebzig Kilo. Keine Einschränkungen auf seiner Fahrerlaubnis. Aber mehrere Verkehrsüberschreitungen in den letzten drei Jahren, eine hier, eine in New Orleans und eine in Van Nuys in Kalifornien. Alles wegen zu schnellen Fahrens. Er hat einen Mercedes-Pkw Baujahr vierundachtzig und einen Audi-Pkw Baujahr dreiundachtzig auf seinen Namen registriert. Adresse: Marquis sechzehn-elf. Das ist alles.«

»Ist man inzwischen fertig mit dem Katalogisieren der Filme in Powells Büro?«

»Ja, und auch da nichts Ungewöhnliches. Alle Filme sind vorhanden; nichts fehlt, nichts ist überzählig.«

»Tease war keine große Hilfe, was?«

»Nein, der kleine Scheißkerl, und von ihm ist auch nichts mehr zu erwarten. Er will sich nicht bei seinem Boß querlegen. Wenn Langer furzt, wittert Tease Veilchenduft.«

»Was ist mit Dean Warner? Hat Pete inzwischen schon mit ihm sprechen können?«

»Er kann ihn nicht finden. Er ist nicht zu Hause, weder bei Tag noch bei Nacht. Haben Sie mit der Quinn gesprochen?«

»Ja. Ihre Beziehung zu Powell war nicht das, was jeder dachte, sondern rein geschäftlich – behauptet sie. Sie weiß nichts über seine Arbeit, aber sie hat mich immerhin auf Toy aufmerksam gemacht, einen Freund von Powell aus seiner kalifornischen Zeit. Auch ein Kameramann.«

»Werden Sie ihn besuchen?«

»Wahrscheinlich. Okay, ich glaube, das wär's bis auf weiteres, Ed. Behalten Sie die anderen Dinge im Auge und rufen Sie mich an, sobald Sie auf etwas gestoßen sind. Ich tippe Berichte über meine Gespräche und lasse Ihnen beiden Kopien zukommen. Wie ist es denn zur Zeit bei euch?«

»Heiß. Es sieht aus wie hinter der Bühne, der ganze Mist hängt von der Decke, auf dem Boden schlängeln sich die Kabel, und die verdammten Elektriker wandern herum und wirken irgendwie verloren. Es ist ein Tollhaus, kann ich Ihnen sagen.«

»Kopf hoch. Es wird ja bald wieder besser werden.«

»Wenn Sie es sagen.«

»Bleiben Sie mit mir in Verbindung.«

Die sich selbst auferlegte Beschränkung, keine Zigaretten vor dem Lunch zu rauchen, ignorierend, griff Haydon nach der grünen Schachtel Fribourg & Treyers, die er absichtlich zu Hause gelassen hatte, als er an diesem Morgen weggefahren war. Er zündete sich eine Zigarette mit dem goldenen, gerippten Feuerzeug an, das ihm Nina geschenkt hatte, und inhalierte langsam und tief. Sein Blick fiel auf zwei Bücherkartons, die er noch nicht geöffnet hatte und die am Ende des Refektoriumstischs standen. Bis er dazukam, sie zu katalogisieren, würden noch mehr eingetroffen sein.

Er drückte die Zigarette aus, ärgerlich auf sich selbst, weil er geraucht hatte. Es wäre keineswegs so schwer gewesen, es sein zu lassen. Und so gut schmeckte es auch wieder nicht.

Er wandte sich den beiden Photos zu, die er aus Powells Schlafzimmer mitgenommen hatte, legte sie nebeneinander und betrachtete erst Ricky Toy. Toy war ein gutaussehender Mann, offenbar quietschvergnügt, glatt, sauber und gepflegt, mit einem offenen Grinsen, das keine Ergebenheit enthielt. Er war muskulös; der Bauch und die Brust zeigte die waschbrettartigen Quermuskeln, und man konnte die trainierten Schenkel durch die von einem geschickten Schneider angefertigte weiße Shorts erkennen. Seine Hände waren über die rundlichen, nach oben gekehrten Hinterteile der beiden Mädchen drapiert, mit dem Selbstvertrauen eines Mannes, der noch nie an seinem Wert gezweifelt hat und der weiß, daß ein Weiberhintern ein Weiberhintern ist. Toy war ein Macho. Toy hatte Spaß mit den Mädchen. Und Haydon hätte gewettet, daß Toy darauf aus war, die Nummer eins zu sein.

Obwohl er es versuchte, konnte Haydon die Gesichter der beiden Mädchen nicht erkennen, deren Beine und herzförmige Hintern einander in Größe und Form so bemerkenswert gleich waren. Beide hatten langes, schwarzes Haar, das ihnen über die Köpfe fiel und beinahe den Rand des Wassers berührte.

Dann betrachtete er das zweite Photo. Jennifer Quinn hatte recht gehabt: das Mädchen war nicht hübsch, aber irgendwie auch nicht unattraktiv. Sie war eben einfach. Schlicht. Während er sie betrachtete, wurde Haydon klar, daß es schwer sein würde, sie zu beschreiben. Sie hatte keine bemerkenswerten äußeren Eigenschaften, nur ein leicht vergeßbares Gesicht, dessen Züge so schwach ausgeprägt waren, daß sie sich beinahe gar nicht auf dem Photo zeigten.

Mit der Figur war es kaum besser. Ihren Beinen fehlten die Sehnen, die erst die flüssigen Linien der feinknochigen Asiatinnen auf dem anderen Photo entstehen ließen. Ihre Schenkel waren gleichförmig dünn, ihre Knie waren zu knochig, ihre schmalen Hüften gingen unter der maßgeschneiderten Shorts in eine androgyne Taille über. Selbst das Sommerlicht hatte sich gegen sie verschworen, weil es voll auf ihr Gesicht und die nackten Brüste fiel und diesen jeden Schatten raubte, der ihnen Fülle und Rundung hätte geben können. Jetzt präsentierten sie sich der Kamera wie zwei Rosinen auf einer knochigen Brust.

Im Lauf der Jahre hatte Haydon Hunderte nackter Frauen gesehen, Opfer, Verdächtige, Zeuginnen oder solche, die in irgendeiner anderen Weise mit einem Fall in Verbindung standen. In jedem dieser Fälle betrachtete er ihre Nacktheit ohne ihr Einverständnis. Ganz gleich, zu welcher Kategorie sie zählten, ihre Nacktheit war nicht für ihn bestimmt. Und er hatte nie das unangenehme Gefühl verloren, ein Eindringling zu sein. Gerade jetzt empfand er es besonders unangenehm. Wenn er diese Frau so abschätzend betrachtete, fühlte er, wie sehr er sie damit erniedrigte. Und andere würden sie natürlich ebenso betrachten. Lauter Fremde, Unbefugte, und alle nahmen die gleiche, kalte Bewertung ihrer Anatomie vor.

Aber seine Betrachtung sagte ihm noch etwas, oder besser, sie rief seine Intuition wach. Das Photo des lachenden Mädchens hatte seinem Gefühl nach einen Moment festgehalten, der für sie untypisch war. Es war etwas in der Art, wie sie lachte, nicht überströmend, nicht locker oder lebhaft, sondern in beinahe ängstlicher Zurückhaltung. Für sie war alles ungewohnt, was sie bei dem Photo tat: sich nackt vor einer Kamera zu zeigen und ihre eigene Stimme lachen zu hören.

Und dann Powells Reaktion. Die Quinn hatte sie einfach wiedergegeben: »Er hat mir das Photo gezeigt und darüber gelacht.« Gelacht? In welcher Weise? Abschätzig? Verliebt? Selbstbewußt? Ärgerlich? Obszön? Lachen war keine einfache Sache, und bestimmt nicht in diesem Fall. Warum hatte Powell ihr Photo dann an die Wand geheftet? Sicher nicht, weil er Mangel an Pin-up-Girls hatte.

Haydon drehte sich in seinem Sessel um. Cinco schaute ihn an, den Kopf leicht gesenkt, als er durch die Terrassentür blickte. Er begann mit dem Schwanz zu wedeln. Haydon stand auf, merkte, daß er noch seine Anzugjacke anhatte und zog sie aus. Er hängte die Jacke über eine Stuhllehne, nahm eine Zigarette aus der Schachtel und das Feuerzeug und ging damit auf die Terrasse. Unterwegs blieb er stehen und brachte das übliche Ritual mit dem alten Collie hinter sich, sprach zu ihm mit leiser Stimme, während er die Hand über den glatten Rücken von Cinco gleiten ließ. Dann richtete er sich auf, zündete sich die Zigarette an und ging zum entgegengesetzten Ende der Terrasse, während Cinco hinter ihm hertrottete.

An die Balustrade gelehnt, schaute Haydon bis zum Ende des Grundstücks. Über die hohe Natursteinmauer wucherten alte und neue Ranken von Passionsblumen, deren malvenfarbene Blüten im späten Vormittagslicht glühten, als wollten sie einen Teil der Sonne in sich aufnehmen und für die Kühle des schattigen Nachmittags bewahren. Eine dickbäuchige Hauskatze kroch durch das gebrochene Licht auf der Mauer und blieb einen Moment in der strahlenden Sonne stehen. Cinco, der sich an Haydons Bein gedrückt hatte, sah die Katze, schloß das Maul und stellte die Ohren nach vorn. Aber der Jagdtrieb war nicht mehr stark genug, seine Ohren entspannten sich, sein Maul fiel wieder auf, und er fuhr fort, leise zu hecheln. Er legte sich nieder, die Augen allerdings noch mit einem neugierigen Funkeln auf die Katze gerichtet. Alte Spiele für junge Hunde. Er war nicht mehr interessiert. Die Katze schlich zurück in den Schatten.

Bis jetzt hatte es Haydon erfolgreich vermieden, über Bill Langer nachzudenken. Es war ihm ausgesprochen unangenehm, mit ihm sprechen zu müssen, aber es war unvermeidlich. Was immer es war, das ihn und Powell zusammengebracht hatte, es konnte nichts Gesundes, Anständiges sein. Langer, der scharfe, aggressive, ehrgeizige Mann, der die Spiele der Großen spielte, stand irgendwie mit einem alternden Beachboy in Verbindung, der es nie so recht geschafft hatte. Konnte es etwas so einfaches wie Erpressung sein? Immerhin eine naheliegende Möglichkeit.

Obwohl Haydon auf einem Teil der Terrasse stand, der von einer riesigen, hohen Eiche überschattet wurde, hatte die nahende Mittagshitze bereits begonnen, in die stille Luft um die Bäume zu sickern. Der Rauch der Zigarette stieg senkrecht in die Höhe. Die Zikaden, die in der größten Hitze am lautesten zirpten, hatten bereits mit dem zitternden Leiern begonnen, das nun den Rest des Tages bis in die frühe Nacht hinein fortgesetzt werden würde. In der Zeit, die es dauerte, bis er die Zigarette geraucht hatte, trat ihm bereits der Schweiß aus den Poren, obwohl er die ganze Zeit völlig ruhig im Schatten gestanden hatte. Es würde ein Rekordsommer werden.

Er ging wieder ins Haus, und Cinco streckte sich auf der Terrasse aus, um die Kühle der Nacht aufzusaugen, die in den Fliesen und Steinen zurückgeblieben war.

Haydon erinnerte sich nicht an Thomas' Nummer. Er blätterte den Buchstaben H in seinem Adressenbuch durch, aber er konnte sie nicht finden. Dann holte er das Telephonbuch, bis ihm einfiel, daß Thomas' Nummer nie dort eingetragen war. Er hatte ihn so lange nicht gesehen, daß er gar nicht sicher war, ob er noch in der Stadt lebte. Er wußte nur, daß es bei ihm ein paar Veränderungen gegeben hatte. Jetzt setzte er sich wieder an seinen Schreibtisch und rief beim Büro von Reuter an. Ein Mädchen kam an den Apparat.

»Ich versuche, Thomas Hennessey zu erreichen – entschuldigen Sie, es ist nicht Hennessey... Äh...« Er hatte tatsächlich den Familiennamen von Thomas vergessen!

»Herrick«, sagte sie.

»Ja, Herrick.«

»Er arbeitet nicht mehr für uns.«

»Das weiß ich, aber er lebt meines Wissens noch in der Stadt, nicht wahr? Ich habe seine Adresse verlegt und dachte mir, daß Sie sie bestimmt in den Akten haben.«

»Ja, das nehme ich an. Einen Moment.«

Sie war länger weg, als Haydon vermutet hatte, und als sie sich wieder meldete, sagte sie: »Wer will seine Adresse wissen?«

»Ich bin ein alter Freund von ihm. Ich –«

»Aber Sie konnten sich nicht an seinen Familiennamen erinnern.«

»Hören Sie, mein Name ist Stuart Haydon. Ich bin Kriminalbeamter beim Morddezernat der Polizei von Houston. Wenn Sie ihn erst anrufen wollen, um sich zu versichern, tun Sie das bitte.«

Sie zögerte einen Moment, dann gab sie ihm Herricks Adresse und Telephonnummer. Er dankte ihr und wollte schon auflegen.

»Ich habe eine Bitte«, sagte das Mädchen. »Wenn Sie mit ihm sprechen, grüßen Sie ihn von Nancy, ja? Er wird sich an mich erinnern. Sagen Sie ihm, er soll mich gelegentlich mal anrufen.«

Haydon versprach es ihr.

Dann rief er die Nummer an, die ihm das Mädchen genannt hatte, und war nicht überrascht, eine Aufzeichnung von Herricks betont britischer Sprechweise zu vernehmen.

»Hallo, hier ist Herrick. Ich bin momentan beschäftigt und kann nicht mit Ihnen sprechen. Wenn Sie Ihre Telephonnummer oder eine Botschaft hinterlassen, werde ich so bald wie möglich zurückrufen. Inzwischen danke ich für Ihren Anruf.«

Haydon lächelte. »Thomas, hier spricht Stuart Haydon. Ich möchte mich mit Ihnen treffen und Ihr Gehirn in einer ganz bestimmten Angelegenheit in Anspruch nehmen. Könnten Sie –«

»Stuart Haydon! Sind Sie der *Kriminalbeamte* Haydon? Großer Gott!«

Herricks Stimme hatte sich in die Aufzeichnung eingeschaltet und gab nun ein volles, dröhnendes Lachen von sich. »Mein Gott, Mann, wo, zum Teufel, sind Sie nur die ganze Zeit gewesen?«

»Lauschen Sie immer auf die Gespräche, die Ihr Anrufbeantworter aufzeichnet?«

»Ich bin in Pyjama und Bademantel, Stuart.« Herrick schien das für eine Erklärung zu halten.

»Ich sehne mich nach einer interessanten Unterhaltung«, sagte Haydon, »und ich glaube, daß Sie derjenige sind, der mir dazu fehlt.«

»Da haben Sie sicher recht. In Houston gibt es verdammt wenig gute Konversationspartner. Sie und ich, Busch und Vanstraten. Aber ich werde auf keinen Fall über Petroleum sprechen. Vermutlich geht Ihnen das ebenso.«

»Erraten. Das Dinner geht auf mich. Heute abend?«

»Unter einer Bedingung.«

»Nennen Sie sie.«

»Daß Sie Nina mitbringen. Sie sind manchmal zu launisch für mein stilles Blut, aber Nina hat mich noch nie enttäuscht.«

»Wird gemacht. Wann dürfen wir Sie abholen?«

»Wohin gehen wir denn?«

»Ins Remington.«

»Dann treffen wir uns dort.«

»Acht Uhr?«

»Superb.«

16

Das Remington Hotel war ein Symbol für Houstons Reichtum und Eleganz vom Allerfeinsten. Es lag in einer bewaldeten Umgebung beim San Felipe Drive in Tennecos fünfzig Morgen großem Post Oak Park, nahe beim River Oaks und genau gegenüber dem Loop 610 in Höhe der Galleria.

Sie fuhren durch das Tor des mit einer Mauer umgebenen Grundstücks und kamen unter beleuchteten Bäumen hindurch zum Eingang, dessen Fassade aus Travertin einen warmen, ambrafarbenen Glanz auszuströmen schien. Der Parkwächter übernahm den Vanden Plas, und sie gingen in den großen Salon, wo Herrick, wie Haydon wußte, auf sie warten würde.

Herrick stand auf und kam ihnen entgegen, als sie den Raum betraten. Er saß in einer Nische mit einem Panoramafenster hinter sich, und die Lichter des Galleria-Viertels funkelten zu ihm herüber. Er trug einen streng geschnittenen, fast edwardianisch anmutenden, englischen Maßanzug.

»Nina, Sie sind umwerfend«, sagte er, lächelte liebenswürdig und streckte die Arme nach ihr aus. Er küßte sie auf beide Wangen, bot ihr einen Platz neben dem seinen an, schüttelte dann Haydon die Hand. Haydon setzte sich den beiden gegenüber. Er schaute auf das Fenster und die von Lichtern funkelnde Nacht.

»Etwas zu trinken? Natürlich.«

Sie bestellten beim befrackten Kellner, der ein Auge auf ihnen hatte ruhen lassen, seit sie auf dem Treppenabsatz angekommen waren, und jetzt seine Helfer nach den Drinks ausschickte.

»Sind die Blumenarrangements hier nicht absolut fabelhaft?« fragte Herrick, zündete sich eine Zigarette an und lehnte sich zurück, wobei er mit einem Arm über den Raum schwenkte. »Üppigste Tischdekorationen, hier, in den Foyers, in den Speiseräumen. Ein Vermögen, nur für Blumen. Ich habe gelesen, wieviel sie monatlich dafür ausgeben. Tausende.«

Herrick war die ideale Verkörperung eines Klischees: ein britischer Auslandskorrespondent. Sein Benehmen war kontinental, seine Ideen waren weltlich, vielleicht ein wenig übersättigt. Sein Lebtag lang Junggeselle, ohne es zu bereuen, war er mit seiner Vergangenheit zufrieden und bereit, es mit der Zukunft aufzunehmen. Jetzt lächelte er Nina zu, freute sich über ihre Anwesenheit, die er immer mit dem offenen Vergnügen eines Kenners genossen hatte, der weiß, daß er sich wieder einmal nur mit dem Besten umgeben hat.

»Sie sehen gut aus, Thomas«, sagte Nina in einer Art von Selbstverteidigung.

»Mein Schneider ist ein verdammter Säufer«, sagte er in gespielter Zerstreutheit.

Nina erwiderte das Lächeln. Meistens ging sie auf seine Abschweifungen nicht ein. Sie hatte gelernt, sie zu übergehen, als wären sie gar nicht geäußert worden. Sie hatte einmal gesagt, da sie ohnehin nur in Herricks Gedanken einen Sinn ergäben, würde sie sich nicht damit befassen. Haydon gelang es hier und da, die Verbindungen zu ahnen oder zu erraten. In diesem Fall wußte er, daß Herricks Schneider, den er bei einer Reise nach London kennengelernt hatte, Alkoholiker war und mit seinem Geld nicht auskam. Herrick bestellte oft bei ihm Sachen, die er gar nicht brauchte, und bezahlte dafür im voraus, in einer Geste von *noblesse oblige*. Das Ergebnis war, daß Herrick weit mehr zum Anziehen besaß, als er anziehen konnte, und da er meistens vom üblichen gelangweilt wurde, bestellte er sich Anzüge und Hemden, die modischer waren, als man sie in seinen Kreisen zu tragen pflegte.

»Und wie lange ist es nun wirklich her?« fragte Herrick, der sich an Haydon gewandt hatte. »Sechs, acht Monate?«

»Fast ein Jahr.«

»Großer Gott! Damals war ich noch bei Reuter, nicht wahr?«

»Ja.«

»Aber Sie haben gewußt, daß ich im Begriff war, wegzugehen?«

Haydon nickte.

»Natürlich wußten Sie es.« Herrick hob die Arme und benützte die Handflächen, um das lange, ergrauende Haar an den Schläfen zu glätten. »Ich war die Sache einfach leid, obwohl ich sagen muß, daß mir der *esprit de corps* und so weiter fehlt. Aber freiberuflich zu sein, hat seine Vorzüge. Und die Jahre bei Reuter haben mir erstklassige Kontakte ermöglicht. Ich fliege alle paar Monate nach London, reise ein wenig, aber meistens bin ich hier.«

»Ich habe gehört, daß es Ihnen gutgeht. Ich habe Ihren Namen auch ein paarmal in der *Newsweek* gesehen, im *U. S. News and World Report*, im *Paris Match* und im *Spiegel.*«

Herrick grinste dankbar. »Sie machen Ihre Hausarbeiten, wie, Stuart? Ja, ich habe Glück gehabt. Eigentlich ist die Situation für

Journalisten wie mich seit Vietnam nicht mehr sehr gut. Es gibt lauter kleine Kriege, viel Sterben, viele tragische Geschichten, große Länder und kleinere, die halb offene Konflikte austragen und einander gegenseitig die sogenannte Friedensmiliz in die Luft jagen. Keiner ist bereit, jemals daraus zu lernen. Wir sind alle Troglodyten, primitiv wie damals die Höhlenbewohner, und genießen es mit perverser Lust, täglich über unsere nie endenden Idiotien in Zeitungen und Magazinen zu lesen.«

»Ich hab' bei Ihrer alten Basis mit jemandem gesprochen und auf diese Weise Ihre Telephonnummer erhalten. Sie hat mich gebeten, Ihnen Grüße zu bestellen, und Sie sollen sie gelegentlich anrufen. Nancy.«

»Da haben wir's. Die Vorteile eines guten Kontakts.«

Haydon hatte Thomas Herrick fast ein Dutzend Jahre früher kennengelernt, als Herrick über den Mordprozeß an einem britischen RAF-Piloten schrieb, der bei der NASA ausgebildet wurde und sich unsterblich in die Frau eines NASA-Offiziers verliebt hatte. Als die Affäre zu Ende ging, überredete der RAF-Pilot die Frau, sich noch einmal mit ihm zu treffen. Sie stritten, er verlor den Verstand und erdrosselte sie, dann versteckte er ihren Leichnam im Kofferraum ihres Wagens, den er in einer verlassenen Sackgasse im Memorial Park stehenließ. Es stellte sich heraus, daß der Pilot der Sohn eines Parlamentsabgeordneten war, was dem darauffolgenden Prozeß zusätzliche Spannung verlieh.

An einem Ende des Raums saß ein magerer junger Mann auf einem Holzstuhl mit gerader Lehne und spielte gedämpft Bearbeitungen für Barockgitarre vor dem Hintergrund eines riesigen, schwarzlackierten chinesischen Wandschirms mit erzählenden Szenen und Schriftreihen in eingelegtem Gold, das im weichen Licht schimmerte. Die meisten der Sessel und Sofas in dem Raum waren jetzt besetzt, und ein leises Murmeln von Stimmen mischte sich mit den Klängen der Gitarre.

Sie ließen noch eine zweite Runde Drinks kommen, die sie bei Geschichten über die vergangenen Jahre und gemeinsame Freunde beendeten. Dann gab Haydon dem Kellner ein Signal, daß sie jetzt zum Essen gehen wollten, und sie setzten ihr angeregtes Gespräch fort, während sie durch die Haupthalle in Beige und Pastell und durch eine Serie von Bogengängen mit Facettenarbeiten aus gebleichter Eiche gingen. Ihre Schritte hallten weich auf dem Boden aus blassem, italienischem Marmor und verstummten ganz, als sie über die in den Stein eingelegten, indischen Dhurry-Teppiche kamen.

Der Majordomus erkannte Haydon, als sie das Foyer vor dem Speisesaal erreicht hatten, und führte sie sofort durch den formellen Teil mit seinen französischen Chinoiserie-Fresken zu ihrem Tisch im Wintergarten. Sie bestellten das Dinner und, zu Herricks Ehre, eine besondere Flasche Château Laville-Haut-Brion.

Als die Kellner gegangen waren, schob Herrick sachte die einzelne blaue Iris beiseite, die in der Mitte des Tischs stand, und lehnte sich bequem in seinem geflochtenen, weißen Armsessel zurück. Er spielte mit einer unangezündeten Zigarette und betrachtete Haydon mit nachdenklichem Lächeln.

»Alles schön und gut, Stuart, aber ich kann dieses höfliche um den Brei Herumreden nicht mehr ertragen. Was hoffen Sie von mir zu erfahren?«

Der Kellner kam mit dem weißen Bordeaux und entkorkte die Flasche. Haydon dankte ihm und sagte, er wolle selbst einschenken, was er tat; dann stellte er die Flasche wieder in den Eiskübel.

»Ich hoffe, daß Sie jemanden kennen, an dem ich interessiert bin«, sagte er und trank kostend einen kleinen Schluck aus seinem Glas. »Als Sie bei Reuter waren, sind Sie da jemals einem Mann namens Ricky Toy begegnet? Er war Photograph, das heißt, eigentlich Kameramann. Er drehte Filme.«

»Ja, das bin ich«, antwortete Herrick etwas geziert und überrascht. »Ein Halbchinese. Aus Kalifornien, glaube ich. Ich hab' einige Male mit ihm gearbeitet. Und ich habe gesehen, wie er einen Kopfschuß bekam.«

»Er wurde getötet?« Haydon war perplex.

»Nein, er ist mit dem Leben davongekommen. Und – eigentlich habe ich den Schuß nur gehört.« Herrick schlug mit einer

Faust gegen die andere Handfläche. »Einfach so. Wir waren alle entsetzt. Es war ein Lager der fünfundzwanzigsten Infanteriedivision in der Nähe des kleinen Bergdorfes Bouk, glaube ich. Wir waren erst am Tag zuvor nach Hue geflogen worden, mehrere Reporter von verschiedenen Nachrichtenagenturen. Ich dachte, es wäre dort so sicher, daß keinem von uns etwas passieren konnte, und deshalb hatte man uns hingeflogen.

Jedenfalls, eines frühen Abends schauten wir von einem dieser riesigen Sandsackwälle hinunter ins Tal, und dieser verrückte Lieutenant gab uns höchst langweilige Informationen darüber, wie sie die Gegend unter Kontrolle gebracht hatten. Toy sah ein halbes Dutzend Bauern in ihren Kuli-Kopfbedeckungen über einen Pfad ins Tal gehen. Immer auf Effekt bedacht, hüpfte er auf den Wall und begann zu filmen. Natürlich hatte man uns vor Heckenschützen gewarnt. Der Lieutenant brüllte ihm etwas zu, und dann« – die Faust klatschte wieder gegen die Handfläche –, »*zack*! Toys Kopf kippte nach hinten, und er stürzte von der Sandsackmauer. Die Sanis kümmerten sich um ihn, ein Hubschrauber kam innerhalb von Minuten, und er wurde weggebracht. Der Lieutenant, außer sich vor Zorn, hielt uns einen langen Vortrag. In den nächsten vierundzwanzig Stunden sprachen wir ernst von Toy – in der Vergangenheitsform. Dann erhielten wir eine Funkmeldung, daß er durchkommen würde. Die verwendete Kugel hatte ihn nur gestreift oder so ähnlich, aber immerhin hatte er einen Schädelbruch davongetragen.«

Endlich zündete sich Herrick die Zigarette an. »Der Ausdruck ›verwendete Kugel‹ in dem Funkspruch ist mir damals seltsam vorgekommen. Sie sagten, es müsse irgendeine primitive, kleinkalibrige Waffe gewesen sein. Ich habe auch danach mehrmals mit ihm gearbeitet; der Schuß hatte ihn nicht verändert.«

»Nein?«

»Toy war für seine Verwegenheit und seinen Leichtsinn bekannt. Deshalb war er bei den Helfern, die man ihm zugeordnet hatte, bei seinen Batterie- und Kabelassistenten, die das ganze Zeug hinter ihm herschleppen mußten, damit er filmen konnte, nicht gerade beliebt. Andererseits machte es ihn interessant für die Journalisten, die immer wußten, daß Toy, wenn es Brisantes zu filmen gab, als erster zur Stelle war, und wenn man mit ihm arbeitete, war man mit seiner Story meistens den anderen um Längen voraus.«

»Er war also gut in seinem Beruf?« fragte Haydon.

»Der allerbeste.«

Haydon überlegte kurz, dann umriß er den Fall für Herrick und erklärte ihm, wie Toys Name ins Spiel gekommen war. Anschließend wurde das Dinner serviert, und Haydon schenkte mehr Wein ein.

Es dauerte eine Weile, bis Herrick sagte: »Ich kann mir eigentlich nicht vorstellen, daß er etwas damit zu tun hat. Ich wüßte wirklich nicht, wie ich Ihnen helfen könnte. Er war natürlich ein extremer Exhibitionist und als solcher ein widersprüchlicher Mensch. Die jüngeren unter uns waren tief beeindruckt, weil er sich weigerte zu glauben, daß ihm bei seinen gewagten Filmarbeiten etwas zustoßen könnte. Aber so etwas findet man häufig bei dieser Art von Kameraleuten. Es ist fast, als wirkten die Szenen von Grausamkeit und äußerster Gewalt durch den kleinen Sucher geradezu hypnotisch auf sie. Ihre Konzentration ist dann vollkommen, und sie vergessen sich selbst. Ich habe erlebt, wie sie mitten in ein Feuergefecht gerannt sind, die verdammte Kamera vor dem Gesicht, während sie diese faszinierenden Dramen filmten. Eine hypnotische Illusion: Sie hielten sich für unsichtbar.« Er lachte. »Die armen Teufel, die mit den Batterietaschen und den Kabeln hinter ihnen herrannten, hatten natürlich nie den talismanischen Schutz des Suchers und waren völlig entsetzt und verängstigt.«

»Ist Toy nur dieses eine Mal verwundet worden?« fragte Nina. »Hat es nicht öfter bei ihm auf Messers Schneide gestanden?«

»Verwundet wurde er nur dieses eine Mal, ja, aber es gab unzählige Situationen, in denen er nur sehr knapp mit dem Leben davongekommen ist. Die Journalisten berichteten haarsträubende Geschichten, wenn sie einen seiner Einsätze im Feld miterlebt hatten. Aber als der Vietnamkrieg sich in die Länge zog, wurden Toys Mätzchen allmählich absurd. Es gab Journalisten, die ihn nicht mehr begleiten wollten. Sie hatten kein Verlangen mitanzusehen, wie der Mann in Fetzen gerissen wurde. Es war nervenzerreißend, ihm bei der Arbeit zuzusehen. Jedesmal, wenn er hinausging, dachten wir, es sei sein letzter Einsatz. Aber wir irrten uns jedesmal. Es hat ihn nie erwischt.«

Herrick beugte sich über sein Lamm nach provençalischer Art.

Bei den ersten, flüssigen Tönen der Flöte richtete Haydon seinen Blick durch die facettierten Scheiben der hohen Fächerfenster, die den Wintergarten vom formelleren Speisesaal trennten. Er sah den Rücken des Mädchens, die Arme, die sie bis in die Höhe ihres Kopfes erhoben hatte, während sie sich die Flöte an die Lippen hielt.

Dann, so plötzlich, wie es ihm mit Nina passiert war, stellte er sich vor, daß es dem Mädchen ebenfalls geschehen würde. Im goldenen Licht, das den Raum durchdrang, kam das Blut, das er in seiner Vision sah, in einem einzigen Bächlein aus dem duftigen Haar am Hinterkopf des Mädchens. Es sah fast schwarz aus. Langsam folgte es einem gewundenen Pfad zwischen ihren Schulterblättern zur leichten Erhebung ihres Rückgrats und weiter in den abgerundeten Ausschnitt ihres Kleids am Ende des Rückens. Ohne es wahrzunehmen, spielte sie weiter, während ein neues Bächlein aus ihrem Haaransatz drang, und dann noch eines, und alle drei bildeten schwarze Pfade auf ihrer elfenbeinweißen Haut, als sie sich beeilten, dem ersten Bächlein am Rückgrat entlang zu folgen.

Er fühlte Ninas Hand auf der seinen. Schaute sie an. Sie lächelte seltsam, fast traurig. Er schaute zu Herrick hinüber, der wie erstarrt seine Serviette zwischen Tisch und Mund hielt. Seine Augen waren auf Haydon fixiert.

»Alles in Ordnung, alter Junge?«

»Entschuldigen Sie, Thomas«, sagte Haydon unsicher. Es gab keinen überzeugenden Ausweg aus dieser Situation. »Sie haben eine Bemerkung gemacht, die mich an etwas erinnert hat. Ich glaube, ich bin einfach in Gedanken davongeglitten. Entschuldigen Sie.«

Herrick zeigte rasch ein verständnisvolles Lächeln. »Die Zerstreutheit eines Sherlock Holmes.« Er versuchte zu lachen, aber Haydon sah, wie er zugleich Nina einen kurzen Blick zuwarf. Er selbst schaute sie nicht an.

Statt dessen nahm er den weißen Bordeaux aus dem Kühler und schenkte allen dreien nach.

»Thomas«, sagte er nach einem Augenblick, »könnten Sie mir Ihre persönlichen Gefühle schildern, was Ricky Toy betrifft? Wie würden Sie ihn beurteilen?«

Herrick war nur allzu bereit, die seltsame Unterbrechung zu vergessen. Er kaute den Bissen, den er im Munde hatte, schluckte und zeigte dann eine nachdenkliche Miene.

»Diese Frage ist nicht so leicht zu beantworten. Ich habe mit ihm hier und da über eine Zeitspanne von etwa fünf Jahren gearbeitet. Wir alle haben uns in dieser Zeit verändert, haben unsere Weltanschauungen entsprechend angepaßt, um den Wandel der Zeiten sinnvoll zu überstehen und die Wege Gottes zu rechtfertigen. Aber Toy hat sich auf geradezu dramatische Weise verändert. Wir haben uns das erstemal 1965 in Saigon getroffen. Seltsamerweise habe ich ihn zehn Jahre danach auch wieder in Saigon zum letztenmal gesehen. Bei jenem Danteschen Höllensturz von Tan Son Nhut. Damals hatte ich allerdings schon einige Jahre lang nicht mehr mit ihm gearbeitet.«

Herrick legte seine Hand an den Stiel des Weinglases und ließ es rotieren; dabei beobachtete er, wie die topasfarbene Flüssigkeit das Licht auffing.

»Ich war damals, fünfundsechzig, schon ein Jahr dort gewesen, und er war gerade angekommen. Schrecklich unverfroren, draufgängerisch und bereit, den besten Film über den Krieg in den Kasten zu kriegen. Es paßte ihm nicht, daß er der Neue war, und er brannte darauf, die Erfahrungen zu sammeln, die ihn zu einem alten Hasen machten. Erfahrung war in jenen Tagen leicht zu sammeln. Toy drehte in den nächsten drei Jahren mehr Meter in den direkten Feuerzonen als jeder andere Kameramann. Und von seinen Filmen wurde auch mehr gesendet, in Amerika und auch in anderen Ländern, als von jedem anderen.

Natürlich eilte ihm schon bald der Ruf voraus, daß er über Nerven aus Stahl verfügte und stets Motive einfing, die den Krieg so zeigten, wie er war. Eine Anekdote:

1969 waren zwei Kabelträger hinter Ricky getötet worden, und einer war schwer verwundet. Es kam so weit, daß keiner mehr mit ihm arbeiten wollte. Die Agentur ermahnte Toy, sich nicht außergewöhnlichen Gefahren auszusetzen et cetera, und von da an konnten die Kabelträger bei einem Auftrag selbst entscheiden, ob sie das Risiko eingehen wollten oder nicht. Mit anderen Worten, Toy konnte nur so abenteuerlich filmen, wie es seine Kabelträger erlaubten. Toy war wütend, aber nicht frustriert. Er ließ sich einfach zusätzliche Kabel kommen und verlängerte auf diese Weise seine Nabelschnur, so daß seine Kabelträger in Deckung gehen konnten, während er sich so weit nach vorn wagte, wie er wollte.«

Sie tranken den Wein aus und verzichteten aufs Dessert. Haydon bestellte Kaffee, und die beiden Männer zündeten sich Zigaretten an. Nina genoß es, Herrick zuzuhören. Er war ein hervorragender Erzähler und wußte es auch, und er erzählte ebenso für sie wie für Haydon. Es lag mehr als nur ein wenig Sinn fürs Theatralische in Herricks Persönlichkeit, und das Gespräch nach dem Dinner war sein *métier*.

»Ich weiß nicht mehr genau, wann es war«, fuhr er fort, »aber irgendwann um siebzig oder einundsiebzig erkannten einige von uns eine allmähliche Veränderung in den Filmen, die Toy lieferte. Es war noch immer gutes Material, großartige Action, vieles davon preiswürdig. Aber es war noch etwas dazugekommen, und seine Kollegen waren nicht die einzigen, denen es auffiel. Die Sender zeigten immer weniger von Toys Filmen.

In den Arbeiten eines jeden Kameramannes gibt es Material, das von den Redakteuren in den Sendern zumindest streckenweise als zu grausam erachtet wird, um gesendet zu werden. Es gibt Tausende von Metern Kriegsfilm in den Archiven der Sender, die nie gezeigt wurden, weil die Redakteure es nicht erlaubten. Zu grausam, um es den Leuten zum Roastbeef bei den Sechs-Uhr-Nachrichten zu servieren. Gegen Ende des Krieges dachten sich zwar einige verantwortliche Redakteure, daß sie vielleicht zuviel moralische Skrupel gehabt hatten, und begannen nun, auch wirkliche Tötungsakte zu zeigen, um durch diesen Journalismus der ›brutalen Wahrheit‹ etwas auszudrücken – vermutlich die ›Unmoral‹ des Krieges schlechthin.

Dennoch, nach einiger Zeit wurden Toys Machwerke nicht mehr gesendet. Sie wurden zu unglaubwürdig. Nicht nur ein Teil seiner Filme war grausam, sie waren es durch und durch. Und im Laufe der Zeit wurden sie immer scheußlicher und gespenstischer. Manches davon war einfach unaussprechlich. Die Agentur forderte ihn strikt auf, damit aufzuhören und brauchbares Material zu produzieren. Er dachte nicht daran. Die Kabelleute weigerten sich wieder, mit ihm zu arbeiten, und schließlich holte ihn die Agentur heim und entließ ihn.«

Herrick gab Zucker in seinen Kaffee und aß ein paar kleine Schokolademinzen von dem Tablett, das der Kellner auf den Tisch gestellt hatte.

»Das ist das Ende von Toys beruflicher Karriere als der beste aller Kriegsfilmer«, sagte Herrick. Dazu breitete er die Hände aus und seufzte.

»Aber ich dachte, Sie sagten, daß Sie ihn beim Fall von Ton Son Nhut zuletzt gesehen haben«, erinnerte ihn Nina.

»Das ist richtig«, antwortete Herrick. »Er war schon eineinhalb Jahre zuvor entlassen worden, aber nach ein paar Monaten war er mit seinen eigenen Kabelträgern wieder dort aufgetaucht und arbeitete jetzt unabhängig. Ich kann mir nicht vorstellen, was er mit den Filmen angefangen hat. Ich wüßte auch nicht, wer sie ihm abgekauft haben könnte. Niemand wollte das, was er jetzt filmte.«

»Haben Sie damals mit ihm gesprochen?« fragte Haydon.

»Großer Gott, nein. Sie wissen, wie es war in diesen letzten Tagen des Krieges. Die absolute, chaotische Hölle. Toy hat natürlich alles gefilmt. Die leckenden Flammen, die verlorenen und verzweifelten Menschen. Alles.«

Haydon hörte die Flöte nicht mehr. Er blickte durch das goldene Licht des Raums – das Mädchen war gegangen.

17

Der MacGregor Way besteht eigentlich aus zwei Teilen. North MacGregor und South MacGregor sind zwei lange Durchgangsstraßen, die vom Brays Bayou und einem Grüngürtel getrennt sind, welcher schließlich am MacGregor Park endet. Dieses Viertel bildet das Herzstück von Houstons größter schwarzer Gemeinde, einem etwa dreieckigen Stadtviertel südlich von Chinatown, wo der staatliche und der interstaatliche Highway in einem breiten Zementband gemeinsam verlaufen, ehe sie sich in einzelne Schnellstraßen spalten.

Es war fast zehn Uhr abends, als der Lincoln am Randstein vor einem zweigeschossigen Backsteinhaus am South MacGregor anhielt. Der Fahrer schaltete die Scheinwerfer ab, aber nicht den Motor. Er wartete. Nach ein paar Augenblicken erlosch das Licht hinter einem Fenster im oberen Stockwerk. Bald danach öffnete sich die Haustür, und ein großer Schwarzer im Anzug stand im Licht des Eingangs und sprach mit seiner Frau. Er beugte sich hinunter, um seinem kleinen Jungen, der sich an den Beinen seiner Mutter festhielt, einen Kuß zu geben, dann drehte er sich um und kam über den Plattenweg auf den Gehsteig und den Wagen zu. Es war ein langer Weg durch einen üppigen Vorgarten. Die Haustür fiel hinter ihm ins Schloß.

Er öffnete die Beifahrertür des Lincoln und setzte sich neben den weißen Fahrer. Beide Männer waren groß und kräftig. Mit ihnen waren die Vordersitze gefüllt. Die Scheinwerfer leuchteten auf, und der Lincoln glitt vom Randstein in die Mitte der Straße, fuhr dann langsam den Grüngürtel entlang.

»Wir haben ein Problem, Grover«, sagte der Fahrer. »Ein ernstes Problem.«

Grover Ellis langte automatisch in seine Jackentasche nach einer Zigarette. Er haßte Gespräche, die so begannen. Zündete sich die Zigarette an und drehte sich leicht in seinem Sitz, um den Fahrer direkt anschauen zu können.

»Ich glaube, du hast es verpatzt«, sagte der Fahrer. Er war aufgedreht, und es fiel ihm schwer, ruhig zu bleiben und nicht diesen verdammten Nigger anzuschreien.

»Und?« fragte Ellis. »Worum geht's?«

»Ein Kerl hat sich neulich nachts in das Lagerhaus geschlichen und die ganze Schau auf Video aufgenommen.«

Ellis wurde es mit einem Schlag eiskalt. Er fühlte, wie die Erde ihren Mittelpunkt verlor, fühlte, wie sie ins Taumeln geriet, und wußte, daß sie in Stücke zerplatzen würde. »Allmächtiger!« sagte er.

»Jetzt kommt eine Erpressung, Grover. Da geht es um viel Geld. Schlimmer noch, um den Ruf der Leute. Und damit bist du dran, Grover.«

»Allmächtiger Gott!«

Der Fahrer trommelte mit den beiden großen Fäusten auf das Lenkrad, so heftig, daß Ellis schon dachte, es würde sich von der Lenksäule lösen. »Du verdammter Dreckskerl – ist das alles, was du sagen kannst?« Er schlug noch einmal mit den Fäusten auf das Lenkrad, und der Wagen kam ins Schlingern. »Was ist denn passiert? Wie ist er da hineingekommen? Und was hast du dabei gemacht?«

»Ich hab' überhaupt nichts gemacht!« Ellis hörte seine eigene Baritonstimme. Sie klang nach Bariton. Nicht immer klang sie nach Bariton. »Wovon redest du überhaupt? Wer hat es denn getan?«

»Willst du mich verarschen, Grover? Du Nigger willst mich verarschen? Du machst das mit einem Weißen, ein Nigger, der die Weißen verarscht?«

Die Stimme des Fahrers klang spöttisch. Er war wütend. Ellis glaubte die Röte seines Gesichts im grünen Schimmer der Armaturenbeleuchtung zu erkennen. Ellis zwang sich zu einer äußerlich gefaßten Haltung; er wollte, daß seine Stimme ruhig blieb. Innerlich hatte er nur das eine Bedürfnis: die Tür des Wagens aufzureißen und hinauszuspringen.

»Wenn du dich nicht beruhigst«, sagte er, »und mir die Sache auf vernünftige Weise erklärst, kommen wir überhaupt nicht weiter. Bist du fertig, hast du den Nigger-Quatsch ausgekotzt?« Er lehnte sich gegen die Wagentür und strich sich mit einem langen, schlanken Finger über den Schnurrbart.

Es gab mehrere Gründe, weshalb Grover Ellis sich nicht einschüchtern ließ durch das rassistische Gerede. Erstens war er einfach nicht der Mann, der sich durch irgend etwas oder irgend jemanden einschüchtern ließ. Gutaussehend, gebildet, klug und ehrgeizig, hatte er mindestens die gleichen positiven Eigenschaften wie der Mann, der neben ihm saß. Nur daß ihre Hautfarbe und ihre Familiengeschichte anders war; abgesehen davon waren sie praktisch Brüder. Außerdem waren sie seit dem College miteinander befreundet. Die Freundschaft war übrigens von dem Weißen ausgegangen, nicht in einer schmeichlerischen Weise, sondern weil ihm das, was er in Ellis gesehen hatte, gefiel. Als Ellis das Jurastudium beendet hatte, schickte ihm sein Freund eine Reihe von Mandanten und eröffnete ihm gute Geschäftsverbindungen. Auch die Verbindung, die ihn in diese verdammte Situation gebracht hatte.

Nein, das rassistische Gedröhn machte ihm nichts aus, weil es einfach nicht den jahrelangen Erfahrungen entsprach, die er mit dem Weißen gemacht hatte. Er war eben ein emotioneller Typ. Wenn die Sache vorbei war, würde er Ellis wahrscheinlich eine Rolex schenken und eine sentimentale Ansprache halten. So war er nun mal. Das war einer der Fehler der Weißen – sie waren so unstet. Erst zogen sie einem mit glühenden Zangen die Fingernägel heraus, und dann schickten sie einen zu den besten Ärzten im Medical Center und ließen einem neue einpflanzen. Vielleicht welche aus Teflon, die besser waren als die zuvor. Oder sie bedachten einen mit einer lebenslangen Pension. Oder einem neuen Wagen.

Der Fahrer brütete schweigend vor sich hin, als er bei der Calhoun links einbog und dann noch einmal links, wobei er zurückfuhr in die Richtung, aus der sie gekommen waren, nur auf der anderen Seite des Bayous, auf dem North MacGregor.

Die Stimme des Fahrers klang jetzt beherrscht – wenngleich es ihn einige Mühe kostete.

»Grover, man ist der Meinung – nachdem du die Details auf dieser Seite arrangiert hast und nachdem es eben auf dieser Seite schiefgelaufen ist –, daß du den Schwarzen Peter in der Hand hältst.«

»Scheiße!« Der Bariton von Ellis wandelte sich zum Alt, und nun hatte *er* Mühe mit seiner Beherrschung. »Könntest du jetzt endlich einmal von vorne anfangen und mir sagen, was da vor sich geht?«

Der Fahrer tat es. Mit spöttischer, langsamer Nachdrücklichkeit, wie man es einem Zurückgebliebenen zu erklären versucht, berichtete er ihm alles – zumindest alles, was er zu wissen brauchte. Als er damit fertig war, schwitzte Ellis am ganzen Körper. Durch seine Gedanken jagten sämtliche Ecken und Kanten der ganzen Angelegenheit, und er versuchte, einen Punkt zu finden, von dem aus man die Situation neu organisieren konnte. Er sagte nichts, und er wußte auch nichts zu sagen.

Sie kamen zu einer Stelle am Grüngürtel, wo sie von der Straße auf eine Parkbucht und Wendestelle mit Blick auf den Bayou abbiegen konnten. Der Fahrer schaltete den Motor ab.

»Grover«, sagte er, »du solltest dich lieber nicht herauszureden versuchen. Du kannst ihn nicht hinters Licht führen.«

»Er glaubt, daß ich dahinterstecke?« Ellis war entsetzt. Er drückte auf die Taste seines Fensterhebers. Er brauchte jetzt Luft, und wenn es die heiße, modrige Luft des Bayous war.

»Ich weiß nicht, was er glaubt, Grover.«

Ellis wußte, daß er diese Sache nur dann überleben konnte, wenn er brauchbare Antworten lieferte. Er mußte nachdenken.

»So ist es von da aus zu sehen, wo ich sitze«, sagte der Fahrer. »Du hast die Arrangements getroffen. Wir haben es in deine Hand gelegt. Du schienst der richtige Mann dafür gewesen zu sein. Dann plötzlich ist Toy mit im Spiel. Der Schwarze Peter bleibt bei dir, Grover. Ich weiß gar nichts davon. Und darüber bin ich verdammt froh.«

»Ich hab' euch nicht verarscht«, sagte Ellis. »Jemand hat da anscheinend furchtbaren Mist gebaut.«

»Davon weiß ich nichts«, sagte der Fahrer, »aber ich nehme

an, du hast jemanden dazu gebracht, etwas zu tun, und der hat auch jemanden, der etwas tut, und... Wie viele Leute sind in die Sache verwickelt, Grover? Was war deine Idee? Hast du vorgehabt, der Hälfte deiner schwarzen Brüder im Bezirk eine verdammte Chance zu geben, daß sie sich die Finger abschmieren können?«

»Willst du wissen, wie ich es arrangiert habe?« fragte Ellis. Es war fast eine Herausforderung. »Du hast nie zuvor irgend etwas wissen wollen. Jeder ist für seine Abteilung verantwortlich, erinnerst du dich? Auf diese Weise wird jeder geschützt. Das predigt er immer wieder. Du predigst es auch. Willst du, daß wir die Abteilungen öffnen?«

»Ich werd' dir mal was sagen, Grover: Wenn diese Scheiße nicht bis *gestern* geklärt wird, dann bin ich ruiniert. Glaubst du vielleicht, ich sage jetzt: ›Bring das gefälligst in Ordnung, Grover‹, fahre davon und vertraue dir meine Zukunft an?«

»Also bitte, wenn du es wissen willst«, sagte Ellis. »Ich bin damit in den Fifth Ward gegangen. Ein guter Ort, um Leute zu finden, wie du sie brauchst. Ich kannte einen Kerl namens Boney Walker. Ich hab' ihn vor ein paar Jahren in einer Totschlagsache verteidigt. Dachte, daß er es schaffen könnte. Ich hab' ihm die Situation erklärt. Mit ein paar Haken und Ösen. Er hat nicht direkt erfahren, worum es geht.« Ellis warf dem Fahrer einen wütenden Blick zu. »Das sollen wir doch nicht, oder? Wir sagen doch nicht, was wir wirklich tun. Wir sagen nicht, wie weit wir gehen für das, was wir haben wollen.«

»Weiter, Grover.«

Ellis hatte es nicht leicht. Er konnte sich nicht mehr erinnern, wie er es vor sich selbst gerechtfertigt hatte, damals, als er die Sache in Gang gebracht hatte.

»Ich habe Walker gesagt, daß der Dollar zählt. Was er bekommt für jede Szene. Ich hab' ihm auch gesagt, daß das Geld für den Sieger aus seinem Anteil kommt. Je billiger er ihn also einkauft, desto mehr bleibt für ihn. Die Summe hat ihn aus dem Gleichgewicht gebracht. Ich sagte ihm, er müßte sich auch um den Verlierer kümmern. Das sei seine Pflicht.«

Ellis zündete sich noch eine Zigarette an und blies den Rauch aus dem Fenster. »Um die Wahrheit zu sagen, ich glaubte, er erledigt auch den Sieger, dann kann er alles Geld behalten.«

»Das wäre noch besser für uns. Denn das ist das einzige, worüber wir uns Gedanken machen müssen«, sagte der Fahrer. »Oder nicht?«

»Ja.«

»Also dann, Boney Walker. Wie, zum Teufel, hat er mit Toy Kontakt aufnehmen können? Da steckt doch noch mehr dahinter, so ergibt das doch keinen Sinn! Was weißt du sonst noch über Walker? Kennt er Toy? Ist das möglich?«

Ellis schwieg und dachte nach. Die Spitze seiner Zigarette leuchtete rot auf und starb dann zu einem schwachen Glühen. Nach einer Minute sagte er: »Ich habe nicht die leiseste Ahnung. Ich kann mir nicht denken, daß das möglich ist.«

»Du hast es doch nicht noch jemandem gesagt?«

»Ich bitte dich! Wem hätte ich es denn sagen sollen? Jedesmal, wenn ich bloß daran denke, fürchte ich, daß jemand meine Gedanken lesen könnte. An dem Tag, als ich der Sache zugestimmt habe, hat es mir schon leid getan. Glaubst du, ich ziehe da noch einen Haufen Leute hinein – in eine Sache wie diese? Jesus Christus!«

»Okay, okay. Also gut. Denken wir darüber nach. Vielleicht hat Walker es jemandem gesagt, und dieser Jemand –«

»Ich kann beim besten Willen nicht erkennen, wie es auf diese Weise Toy zu Ohren gekommen sein kann«, sagte Ellis. »Ich glaube auch nicht, daß diese Sache mit noch weniger Leuten und noch größerer Vorsicht hätte durchgeführt werden können.« Das Ende seiner Zigarette glühte wieder auf. »Ich werde dir etwas sagen: Ich habe volles Vertrauen in die Art und Weise, wie ich diese Geschichte eingefädelt habe. Wenn es wirklich von meiner Seite aus geplatzt ist, dann nur wegen etwas, das kein Mensch vorhersehen und kontrollieren konnte. Es kommt ein Punkt, wenn man eine verdammte Szene wie diese arrangiert, an dem man den Leuten einfach trauen *muß*. Leuten, denen man normalerweise nicht trauen sollte, nicht trauen würde und auch nicht trauen kann. Das liegt an der Natur der Sache.« Sein Bariton wurde leise, war fast nur noch ein Zischen. »Deshalb war ich ein Narr, mich auf so etwas einzulassen. Allmächtiger!«

Danach sagten sie eine Weile gar nichts. Sie saßen im Dunkeln an dem modrigen Bayou, hörten das Rauschen des Verkehrs auf der Schnellstraße neben ihnen und versuchten, das Problem in ihren Köpfen zu klären, versuchten, über dieses Gespräch hinauszuschauen und eine Lösung ins Auge zu fassen.

»Ich weiß einfach nicht, wo die undichte Stelle ist«, sagte Ellis zuletzt. »Ich weiß es nicht, aber ich kann mit dem ersten dafür in Frage kommenden Mann anfangen und versuchen, es herauszufinden.«

»Walker?«

»Klar. Wenn er die Quelle für Toys Plan war, dann krieg' ich es aus ihm raus.«

»Wenn er es war, weiß er, daß er Schwierigkeiten bekommt, und dann wirst du ihn kaum finden.«

»Ich finde ihn.«

»Wann?«

»Jetzt.«

Der Fahrer startete den Motor. »Wohin?«

18

»Dort vorn gibt es eine Kneipe«, sagte Ellis. »Rita's Little Can-Can. Unser Mann hat eine Frau, die dort arbeitet. Dort, bei dem blauen Neonlicht.«

Der Lincoln kroch weiter, rollte an den mit Brettern vernagelten Schaufenstern ehemaliger Geschäfte entlang. Bevor sie zu Rita's kamen, tauchten aus einem der Eingänge drei oder vier Mädchen wie Schatten auf, sprangen vor den langsam fahrenden Wagen, klopften mit den Fäusten an die Fenster.

»Hey! Hey! Uuuuih! Schaut mal, der Wagen! Honey! Honey! Kurble erst mal dein Fenster runter!«

Ein Mädchen stellte sich in das Licht der Scheinwerfer und hob den Rock hoch. Sie neigte sich nach hinten und zeigte, was sie hatte. Eine andere, auf Ellis' Seite, schlug mit dem Schlüssel gegen das Fenster.

»Hey! Hey! Honey!«

Ellis ließ das Fenster herunter.

Das Mädchen hatte lavendelfarbenen Lippenstift aufgelegt und roch, vielleicht deshalb, nach Kerosin. Sie trug ein glänzendrotes Kleid mit spaghettidünnen Trägern. Ihre Brustwarzen drückten sich deutlich in dem hauchdünnen Stoff ab. Sie streckte den Kopf zum Fenster herein.

»Hey! Uuuuih! Weißer Junge! Soll ich euch Jungs einen blasen? Ist das dein Wagen, Weißer? Und der Nigga hat'n Anzug an. Soll ich euch einen blasen? Das kriegt ihr nirgends besser als bei mir.«

»Nein, nein«, sagte Ellis. »Wir suchen jemanden.«

»Wen?« Das Mädchen riß die Augen auf. »Wen? Wen-wen-wen-wen?«

»Ich muß das Fenster zumachen«, sagte Ellis. Er drückte auf den Knopf.

»Hey!« schrie das Mädchen. »Wen?«

»Debbie!« sagte Ellis frustriert.

»Die ist weg!« brüllte das Mädchen.

»Wohin? Wann?«

Das Mädchen vor dem Scheinwerfer ließ ihren Rock wieder herunter und riß statt dessen ihre Bluse auf. Dazu wackelte sie mit den Schultern.

»Ich fahre weiter«, sagte der Fahrer. »Scheiße.«

Zwei von den Mädchen hatten begonnen, an dem Wagen zu rütteln. Sie hielten sich an der hinteren Stoßstange fest und rissen ihn immer wieder hoch.

Plötzlich öffnete sich die Tür hinter dem Fahrer. Ein Mädchen versuchte, einzusteigen. Der Fahrer fuhr herum und stieß sie hinaus, so heftig, daß sie rückwärtstaumelte und über das Pflaster rutschte, während er die Tür zuschlug und auf den Zentralverschluß drückte. Die Mädchen wichen zurück, kreischten und schrien wie Harpyien. Dann kamen sie wieder näher, stießen gegen die Stoßstange und schrien »Arschlöcher! Arschlöcher!« in atonalem Falsett. Der Fahrer ließ den Motor aufheulen und fuhr mit einem Satz los.

»Vorsicht, verdammt, du bringst sie ja um!« schrie Ellis. Das Mädchen im roten Kleid hatte die Hälfte ihres Körpers durch das Fenster gesteckt und stieß einen Schrei aus, der das Blut zum Erstarren brachte. Der Fahrer zuckte zusammen und trat auf die Bremse. Die Harpyien waren hinter ihm und zogen ihre engen Kleider hoch, damit sie besser laufen konnten, knickten dabei freilich auf ihren überhohen Absätzen immer wieder um.

»Laß mich in den Wagen!« kreischte das Mädchen im roten Kleid und zog ihren Kopf aus dem Fenster.

Ellis stieß die Tür auf, und sie hechtete herein, während der Lincoln davonbrauste, um den kreischenden Schwarm der anderen zurückzulassen.

Ellis schubste das Mädchen über sich in die Mitte und riß sie dann mit einer Hand hoch, daß sie dasaß wie eine Puppe.

»Scheieieiße! Ihr spinnt ja, ihr Ficker«, schrie sie. Dabei versuchte sie, ihr hauchdünnes Kleid, das sich bis zu den Hüften hinaufgeschoben hatte, nach unten zu ziehen, aber es gelang ihr nicht. Sie stellte die Plastik-Handtasche auf ihren Schoß. »Was, verdammt noch mal, wollt ihr eigentlich?«

Der Fahrer war so weit wie möglich zu seiner Tür gerutscht, und sie schaute ihn mit großen Augen an; dabei roch sie nach Kerosin und etwas, das ihn an die Geruchssteine in Pissoirs erinnerte.

»Ich hab's doch schon gesagt«, antwortete Ellis. »Wir suchen Debbie.«

»Debbie!« knurrte das Mädchen. »Und was ist mit mir? Ich bin hier.«

»Was verlangst du?« fragte Ellis.

»Wofür?«

»Für alles.«

»Alle zwei? Blasen?«

»Scheiße«, sagte Ellis. »Paß auf, wir wollen keinen Sex. Wir wollen mit Debbie reden, und wir bezahlen dich, wenn du uns sagst, wo sie ist.«

»Wieviel?«

»Fünfundzwanzig Dollar.«

»Zeig sie mir.«

Ellis wühlte in seiner Brieftasche und gab ihr das Geld.

»Weißt du, wie viele Debbies es hier gibt?« sagte sie. »Scheiße.«

»Du hast gesagt, daß du sie kennst«, hielt ihr Ellis vor.

»Hey, ich will ja nur ein bißchen in diesem tollen Wagen fahren. Ich bin noch nie in so einem Wagen gesessen.« Dabei schaute sie sich grinsend um und dachte, daß den beiden der Scherz gefallen würde.

Der Fahrer riß den Wagen nach rechts, fuhr mit den rechten Reifen auf den Gehsteig, und Ellis stieß die Tür auf und packte das Mädchen am Arm.

»Hey, hey, welche denn? Ich kenne sie alle. Alle.«

»Die bei Rita arbeitet. Eine ganz magere.«

»Ohne Titten?«

»Genau.«

»Mit dem roten Pickel auf der Nase?«

»Richtig.«

»Fahren wir weiter«, sagte das Mädchen.

Ellis schloß die Tür, und der Fahrer lenkte den Lincoln wieder auf die Straße. Sie fuhren einen Block weit, und das Mädchen berührte ein paar Knöpfe am Armaturenbrett, schaltete die Stereoanlage ein und fummelte am Stationsknopf herum.

Ellis schaute ihr eine Minute gelassen zu, dann sagte er leise, mit einem gemeinen Unterton: »Jetzt los, drück schon auf die Tube, Puppe.«

»Ihr könnt nicht mit ihr reden.«

»Warum nicht?«

»Weil sie krepiert ist, verdammt. Gestorben.«

Der Fahrer riß den Kopf herum und schaute Ellis an.

»Was ist ihr denn passiert?« Ellis konnte es nicht glauben.

»Krebs.«

»Krebs?«

»Ja. Unterleib.«

»Jesus.« Der Fahrer drehte den Kopf und schaute zum Fenster hinaus.

»Okay, okay.« Ellis wandte sich dem Mädchen zu. »Wann ist es passiert?«

»Gestern abend. Drüben im Ben Taub. Sie hat es schon lang gehabt. Da, die Straße, auf und ab und immer mit den Kerlen, davon hat sie es gekriegt. Das hier bringt einen um.« Sie schauderte.

»Kennst du ihren Macker? Boney?«

»Kann sein.«

Ellis griff wieder zu seiner Brieftasche. »Noch mal fünfundzwanzig. Mehr hab' ich nicht dabei.«

»Laß sehen.«

Ellis reichte ihr die Scheine.

»Boney wohnt bei Debbies Schwester. Wenigstens hat er da gewohnt. Aber vielleicht auch noch woanders.«

Ellis schaute sie an. Plötzlich nahm er ihr Gesicht in eine seiner großen Hände und drehte es zu sich herum.

»Wir bezahlen dich gern, wenn du uns hilfst, ihn zu finden, Honey«, sagte er mit einem coolen Lächeln. »Du findest ihn, und wir legen hundert zu dem, was du schon hast. Aber wenn du uns verarschst, dann nähen wir dir die Votze zu, mit Stacheldraht. Kapiert?«

Sie schielte ihn an, und ihre Lippen wölbten sich nach vorn zwischen Daumen und Zeigefinger seiner Hand.

Sie nickte, atmete nicht. Er drückte ihr Gesicht kurz, um das Gesagte zu unterstreichen und ließ es dann los.

Ein bißchen ernüchtert und nicht mehr ganz so keß, dirigierte das Mädchen sie zu der Stelle, die Pearl Harbor genannt wurde, westlich der Gregg, wo der Verfall und die Zerstörung am schlimmsten waren. In der Green Street, ein paar Blocks von einer Schnellstraßen-Kreuzung entfernt, hielten sie vor einem einsamen, kleinen, verputzten Holzhaus. Die leeren Grundstücke auf beiden Seiten des Hauses waren Müllhaufen. Die eine Seite –

offenbar ein Abfallhaufen für Flaschen – glitzerte wie Brillanten im bläulichen Licht der Schnellstraße darüber.

Das Mädchen stieg aus dem Wagen und stöckelte zu dem Haus. Ihre hohen Absätze machten ihr in dem Müll auf der Straße Mühe beim Gehen. Die Tür war offen, und das verrostete Fliegengitter hing lose wie eine Zeltklappe davor. Das bleiche Licht eines Fernsehers flackerte an den Wänden, und jemand kam an die Tür. Sie sprachen eine Weile, dann kam das Mädchen schwankend zurück durch den Müll.

»Wir müssen in die Worms«, sagte sie. Ellis setzte sie wieder zwischen sich und den Fahrer.

Sie fuhren einen anderen Weg zurück.

Es war ein Doppelhaus in der Worms. Zwei schwarze Brüder saßen auf den Kotflügeln eines alten Plymouth, der davor parkte. Ellis ließ das Mädchen aussteigen und blieb vor dem Lincoln stehen, während sie auf die beiden Jungen zustöckelte und dabei den Arsch herausstreckte, als ob man ihr einen Keil reingerammt hätte. Sie redete mit den beiden. Einer von ihnen lachte. Der andere sagte etwas über Titten. Ellis sah, wie sie sich auf sie zubewegte, nur eine kurze Bewegung, sah, wie ihre Augen die beiden anblitzten. Dann kam sie zurück.

»Wir müssen in die Mystic«, sagte sie. Jetzt roch sie verschwitzt von der Hitze der Nacht und der Spannung, unter der sie stand. Ihre Laune war auf dem Nullpunkt. Sie mußte ihnen sagen, wie sie dorthin kamen. Fast bis zur Kreuzung Denver-Harbor, dann bogen sie links in die Lyons ab.

Ein alter Mann saß auf einem Autositz, den man unter einen Eibischbaum gezerrt hatte, an der Ecke des Hauses. Er trank Wein aus einem Krug. Ein Wagen mit offener Tür stand ein paar Meter von ihm entfernt, und drinnen spielte das Radio. Ellis konnte gerade noch die Silhouette eines Paares ausmachen, das auf dem Rücksitz lag. Er sah etwas Weißes. Die drei bewegten sich nicht, als das Mädchen ausstieg. Sie sprach mit dem alten Mann, während Ellis auf das Stöhnen des Pärchens lauschte. Sie nickte, hörte zu, nickte wieder, dann kam sie zurück und setzte sich wieder in den Wagen.

»Wir müssen in die New Orleans. Nicht auf dieser Seite, zu dem Ende unten an der Gregg.«

Der Fahrer fluchte, und sie drohte ihm mit dem Finger, als sie neben ihn kroch. Ihr machte es ebensowenig Spaß.

Sie waren jetzt wieder in der Nähe von Pearl Harbor, und der rauchige Gestank der schmorenden Müllhaufen sickerte durch die Klimaanlage. Sie kamen an einem Waschsalon vorbei, an einem offenen Hausgang, aus dem Musik drang, an einen Wudu-Hudu-Laden. Die Straße war verlassen. An der Gregg bogen sie rechts ab, dann wieder links an der New Orleans.

»Langsamer«, sagte sie. Sie beugte sich nach vorn und schaute durch die Windschutzscheibe, als der Lincoln durch die dunkle Straße kroch. »Ich erinnere mich nicht genau...«, sagte sie mit belegter, leiser Stimme, wie zu sich selbst. »Ich glaube, es ist weiter unten, fast an der De Chaumes.«

Der Lincoln geriet in ein Schlagloch, und der Fahrer fluchte wieder.

»Hier«, sagte sie.

»Welches?« Ellis beugte sich nach vorn.

Sie deutete auf ein halbverfallenes Holzhaus, das auf vier großen Blöcken stand. Es gab eine kleine Veranda mit Geländer. Im Vordergarten lag eine Öltonne neben einem kaputten Dreirad.

»Er ist da drinnen«, sagte sie. »Der Alte auf dem Autositz hat gesagt, daß er eine Kanone hat.«

Sie parkten auf der gegenüberliegenden Seite der Straße, ein Haus weiter. Beide Männer stiegen aus dem Wagen, zerrten das Mädchen heraus und sperrten den Lincoln ab. Sie warteten, bis sich ihre Augen an die Dunkelheit gewöhnt hatten, dann überquerten sie die Straße. Sie blieben im Schatten einer Mimose stehen und besprachen, wie sie es machen wollten. Sie schwitzten beide. Keinem war nach dem zumute, was sie tun mußten.

Der Fahrer duckte sich so tief, wie sich ein großer Mann dukken kann, und lief zwischen die Häuser, verschwand unter Geklapper im Müll des hinteren Gartens. Ellis ließ ihm eine Minute Zeit, dann ging er auf die Veranda zu. Er konnte den Fernseher hören, sah das Licht, das blaß auf dem Linoleumboden flakkerte. Er wartete, um festzustellen, ob ihn jemand von drinnen sehen konnte, wenn er sich der Tür näherte. Aber das war nicht der Fall, und er ging die Treppe hinauf, verlegte vorsichtig sein Gewicht von einer Stufe auf die andere und fürchtete, sie könnte knarren oder irgendein anderes, verräterisches Geräusch von sich geben. Dann ging er vorsichtig über den Holzboden der Veranda zur Fliegengittertür. Blieb davor stehen. Lauschte. Im Fernsehen *Knight Rider*. Das Geräusch eines Wagens, der davonbrauste, die Stimme eines Roboters.

»Boney.« Seine Stimme war nicht laut. Er wußte nicht, ob sie überhaupt gehört worden war. »Boney, Mann.« Er achtete darauf, daß er mit dem Akzent der Schwarzen sprach. »Boney«, sagte er, streckte den Arm aus und riß die Gittertür auf.

Der Schuß klang wie eine Explosion, und er sah, wie der Blitz des Mündungsfeuers von der Glasscheibe eines Bilds reflektiert wurde, das an der Wand hing. Eine Frau kreischte – ein lange unterdrückter Laut der Hysterie. Er hörte den Mann rennen, hörte, wie er die Hintertür aufriß, und dann das unglaublich laute *Whump*! Inzwischen rannte Ellis durch das Haus, vorbei an der nackten Frau auf dem zusammengesunkenen Sofa, und brach durch die Hintertür ins Freie. Boney war auf Händen und Knien draußen, bückte sich auf den Boden und kotzte. Seine weiße Jokkey-Unterhose leuchtete in der schwarzen Nacht.

»Ach, verdammt!« sagte der Fahrer. »Grover. Verdammt, ich dachte schon, er hätte dich abgeknallt.«

»Mir ist nichts passiert. Und dem da?«

»Ich hab' ihm ein Brett auf den Kopf geschlagen, als er rausgekommen ist.« Er nahm die Munition aus der Pistole.

Boney konnte nicht aufhören, sich zu übergeben. Ein Hund bellte wie wild in der Nähe. Er konnte auch nicht aufhören.

»Wir machen uns besser davon«, sagte der Fahrer. »Irgend jemand wird die Polizei anrufen. Das hat sich angehört wie eine Kanone.«

Sie hoben Boney hoch, hielten ihn auf beiden Seiten, packten seine Arme und zerrten ihn um das Haus herum. Seine Beine funktionierten nicht – sie schleiften über den Dreck. Die beiden rochen das Erbrochene, während sie Boney auf die Straße zerrten.

Als sie zum Wagen kamen, war das Mädchen weg.

19

»Der Park« im Houston Center war ein erst kürzlich fertiggestelltes Einkaufszentrum und der letzte Bau in der ersten Phase eines geplanten, aus dreiunddreißig Blocks bestehenden Komplexes von Bürotürmen, Handelszentren und Innenstadt-Wohnungen am südlichen Rand des eigentlichen Stadtzentrums.

Haydon stand vor der Filiale von Abercrombie & Fitch und schaute auf den offenen Schacht zur dritten Ebene. Die Morgensonne strömte durch die Glasscheiben über ihm, und die weite Leere des Einkaufszentrums war friedlich und angenehm. Erst in einer halben Stunde würden die Geschäfte öffnen, und Haydon beobachtete die Wächter und die Reinigungsleute, die über die noch leere mittlere Esplanade unter ihm schlenderten, geölte Mops vor sich herschoben und Müllkörbe leerten. Einer der Männer ließ den Holzstiel seines Mops fallen, und das Geräusch warf scharfe, klare Echos hinauf zu Haydon, ehe es hoch oben in der Glaskuppel verschluckt wurde. Jemand lachte weit unten, fast am anderen Ende der Einkaufsstraße.

Haydon drehte sich um und schaute zum drittenmal auf die stummen, leeren Rolltreppen. Amüsiert sah er Lapierres Kopf über den Stufen auftauchen, gefolgt von seinen Schultern, dem Oberkörper, den Beinen und Füßen, als er von der Rolltreppe trat und auf Haydon zukam.

»Guten Morgen, Pete«, sagte Haydon.

»Warten Sie schon lange?« fragte Lapierre, sich entschuldigend.

»Ich war ein bißchen früh dran.«

»Ein Unfall auf dem Loop. Ich wollte die Stelle eigentlich an der Neunundfünfzigsten umfahren, aber ich mußte von der

Schnellstraße runter und wurde durch die Innenstadt umgeleitet.«

»Kein Problem.« Haydon steckte seine Hände in die Taschen und ging los. »Ich soll ihn vor Houstons Lederwaren in der nächsten Ebene treffen. Und ich möchte ihn beobachten, wenn er reinkommt.«

Sie gingen langsam durch die stille Straße und schauten mit beiläufigem Interesse gelegentlich in die nächste Ebene hinunter.

»Dean Warner war uns nützlich«, sagte Lapierre und kam damit ohne lange Umschweife zum Punkt ihres Treffens. »Im großen und ganzen ist alles genauso gelaufen, wie wir es von Langer und dem Büropersonal gehört haben. Warner war noch immer wütend darüber. Er sagte, es sei klar aus seinem Gespräch mit Langer hervorgegangen, daß Powell eine Art Sonderstellung einnahm und daß Warner nicht befugt gewesen war, ihn in irgendeiner Weise zu kontrollieren. Powells Persönlichkeit habe diese Situation nicht gerade besser gemacht. Warner sagte, er habe sich eine Woche nach seinem Gespräch mit Langer nach einem anderen Job umgesehen und sich tagsüber bei den betreffenden Firmen unter dem Vorwand, er müsse geschäftlich aus dem Haus, vorgestellt.

Aber natürlich war er auch wegen der Umstände neugierig, unter denen Powell engagiert und dann von Langer in eine Sonderposition gesetzt worden war. Er glaubte nicht recht an die Beziehung zu einer kalifornischen Firma, der Langer diese Gefälligkeit schuldig gewesen wäre. Er rief übrigens dort an, genau wie wir, und erhielt die gleiche Information. Er glaubte es noch immer nicht. Um seine private Neugier zu befriedigen, schnüffelte er in Powells Büro herum, wenn dieser außer Haus war. Als Ergebnis fand Warner zwei Bänder, die Powell bei zwei verschiedenen Gelegenheiten kopiert hatte.«

»Das hat er getan? Er hat Videobänder kopiert?« fragte Haydon.

»Nach Auskunft von Warner müssen Videobänder nicht selten erst einmal irgendwie verstärkt werden, bevor man sie mit klaren Signalen kopieren kann, wenn man professionell arbeitet. Und Powell hat sein Material diesem Prozeß unterworfen. Er hat auch von Band auf Film kopiert.«

Haydon nickte. Sie kamen zu einer modernen Skulptur von vertikalen Stahlrohren, die an der Ebene darunter begannen und sich in einer Serie von abgestuften Schleifen nach unten wanden. Die Skulptur hieß »Der große Baum«.

»Jedenfalls«, sagte Lapierre, als sie stehenblieben und auf die Rohre schauten, »erklärte Warner, daß er folgendes herausgefunden habe: Wenn Powell tagsüber an einem seiner ›Sonderprojekte‹ arbeitete, steckte er das jeweilige Band in eine unmarkierte Box und stellte sie ins Regal zu den anderen Bändern, falls er mal aus dem Haus ging, um einen Bissen zu essen. Warner fand zwei dieser Bänder und sah sie sich an, während Powell außer Haus war. Das eine zeigte einen Dschungelkampf, wie ihn Patricia Beamon beschrieben hatte, nur daß er nicht in Vietnam stattfand. Die Männer auf dem Band waren Lateinamerikaner. Warner sagte, es sei verdammt harter Stoff gewesen. Wer auch immer den Film aufgenommen hatte, er mußte praktisch auf den Gewehrläufen gesessen haben. Es gab grauenvolle Nahaufnahmen. Verstümmelung von menschlichen Körpern, gespenstischer Humor, hat er, glaube ich, gesagt.« Lapierre ließ eine Pause entstehen. »Für mich ist das kein Baum.« Er war ehrlich, und das abstrakte Kunstwerk rührte nichts in ihm an.

Haydon schüttelte den Kopf, und sie gingen weiter am Geländer entlang, von wo aus man die darunterliegende Ebene überblicken konnte.

»Warner sagt, daß das zweite Band ein Verhör war«, fuhr Lapierre fort. »Wieder mit lateinamerikanischer Miliz. Eine äußerst brutale Sache, und der Verhörte wurde schließlich getötet. Warner hat es im Detail geschildert; er war ganz erschüttert. Sagte, daß er dabei an die Sadopornos dachte, von denen er gelesen hatte.«

»Konnte er noch mehr über die Soldaten sagen, als daß sie Lateinamerikaner waren? Konnte er zum Beispiel etwas an den Uniformen erkennen?«

»Das habe ich ihn auch gefragt«, sagte Lapierre. »Er meinte, er hätte den Eindruck, daß es neue Filme seien. Die Soldaten waren gut ausgerüstet und hatten gutsitzende, moderne Uniformen. Er sagte, es hat wie neuestes Filmmaterial ausgesehen.«

Sie blieben vor einem Geschäft für Damenbekleidung stehen und schauten wieder in die dritte Ebene. Jetzt standen sie über einem Wasserfall – auch dieser war eine Serie von Rohren, die sich direkt aus dem untersten Geschoß erhoben und dann in verschiedenen Ebenen horizontal abbogen. Das Wasser strömte aus Löchern am Boden auf die horizontalen Arme und fiel in Hunderten bleistiftdünner Strahlen in ein Bett aus schwarzem, porösem Material, das verhinderte, daß das Wasser spritzte oder plätscherte. Es war ein stiller, sich bewegender, transparenter Wasserschleier, der die eine Seite der Einkaufsstraße von der anderen trennte.

Der Eingang zu Houston Lederwaren befand sich an einer Ecke auf der anderen Seite des Wasserschleiers.

»Und was hat er unternommen?« fragte Haydon.

»Nichts. Er sagte, er hätte erst vorgehabt, zur Polizei zu gehen, aber dann hat er sich überlegt, daß schließlich nichts dabei war, wenn man Kriegsfilme sammelte, und außerdem hatte er anderes zu tun, zum Beispiel einen neuen Job zu finden.«

»War Warner bis dahin mit Langer ausgekommen?«

»Er sagte, es hätte keine Probleme gegeben.«

»Wie verhielt sich Langer im Hinblick auf die Privilegien, die er Powell gab? War er unerbittlich, wurde er nervös, wenn darüber gesprochen wurde?«

»Warner sagte, er sei ganz cool gewesen. Lassen Sie Powell tun, was er zu tun hat – das war alles.«

Haydon stellte einen Fuß auf das Metallgeländer und schaute auf den Wasservorhang. Was ihm nicht gefiel, war die Art, wie die winzigen Wasserspindeln in das poröse Material fielen, ohne ein Geräusch hervorzurufen. Ihnen gegenüber in derselben Ebene schob der Angestellte eines Schallplattengeschäfts die Glasfront beiseite. Die Musik, die hinter dem Glas eingesperrt gewesen war, ergoß sich jetzt in die Einkaufsstraße und wurde lauter, je weiter der Mann die Scheibe öffnete. Schließlich war der schlurfende Beat und die hermaphroditische Stimme von Michael Jackson mindestens zehn Dezibel lauter als erlaubt zu hören. Haydon sah, wie zwei Geschäftsleute aus dem McDonald's in der dritten Ebene rannten und Plastikbecher mit Kaffee in den Händen hatten. Hinter ihnen fühlten und hörten sie das leise Rumpeln, als eine weitere Glaswand zur Seite geschoben wurde. Das Einkaufszentrum erwachte zum Leben.

»Da ist er«, sagte Lapierre ruhig.

Haydon schaute durch den Wasservorhang und sah Bill Langer im Inneren von Houston Lederwaren, wo er sich mit einem Angestellten besprach.

»Hat er nicht früher mal Football für Rice gespielt?« fragte Lapierre.

Haydon nickte. »Verteidiger.«

»War er gut?«

»Nicht so gut, daß sich jemand deshalb an ihn erinnert.«

»Aha.«

»Tun Sie mir einen Gefallen«, sagte Haydon und richtete sich auf. »Stellen Sie den Aufenthaltsort von diesem Ricky Toy fest, über den ich Ihnen und Mooney gestern berichtet habe. Ich möchte mit ihm reden, ihn aber überraschen. Er lebt mit zwei asiatischen Mädchen zusammen, und ich will nicht, daß sie ihm einen Tip geben. Vielleicht können Sie das mit ein bißchen Drumherum schaffen.«

»Okay«, sagte Lapierre, »ich mach' mich gleich dran.«

»Danke«, sagte Haydon. »Und danke für die Information. Wir sehen uns später.«

Er ging an einem Juwelier und einem weiteren Bekleidungsgeschäft vorbei zu den Rolltreppen und fuhr hinunter in eine weite, offene Ebene, die mit Tischen und Stühlen ausgestattet war und wo die Leute alles verzehren konnten, was sie aus dem Schlaraffenland der Fast-Food-Läden auswählten, die sich an dieser Ecke der Einkaufsstraßen drängten. Er ging um ein Blumenbeet herum und vorbei an dem Wasserschleier zur Firma Houston Lederwaren.

Langer blickte auf, als er hereinkam, lächelte gewinnend und streckte dann seine wuchtige Hand aus.

»Hey, lange nicht gesehen, was, Stuart?«

Er schaute Haydon direkt in die Augen, wie man das in einem Beruf tut, bei dem man viel mit Menschen zu tun hat, und redete ihn vertraut beim Vornamen an, wie man es ebenfalls in dieser Branche tut.

»Hören Sie, Stuart, ich bin in einem Moment hier fertig, dann suchen wir uns einen Platz, wo wir in Ruhe miteinander reden können.«

Noch ein breites Lächeln, bevor er sich abwandte und dem Verkäufer sagte, daß die Aktentasche genau das richtige sei, nur müsse sie in einem etwas helleren Leder sein. Wenn er sie bekommen habe, solle er sie ihm ins Büro schicken. Der Verkäufer sagte ein paarmal »Yessir« und »Mr. Langer«, dann waren sie fertig.

»Wenn Sie nichts dagegen haben«, sagte Langer, während sie das Lederwarengeschäft verließen, »gehen wir in die Lounge im dritten Stock des Four Seasons. Die ist nämlich geschlossen, und dort haben wir die Ruhe, die wir brauchen.«

Sie bogen in einen Korridor ein, der an einem Herrenkonfektionsgeschäft vorbeiführte, und kamen auf die verglaste Hochbrücke, die die Lamar Street zum Hotel Four Seasons überquerte. Das Licht der Morgensonne traf sie durch das getönte Glas.

»Eine verrückte Art, sich nach all den Jahren wiederzusehen«, sagte Langer. »Wirklich bedauerlich. Haben Sie in letzter Zeit bei Sean Siddons vorbeigeschaut?«

»Nein. Aber ich habe Frank neulich gesehen. Er hat gesagt, es geht nicht sehr gut.«

»Es ist ein Jammer. Wirklich traurig.«

Sie kamen ins Hotel und bogen nach links ab in die Lounge, die Ausblick auf die Straße und auf die Brücke, über die sie gerade gekommen waren, gewährte. Die Vorhänge waren offen, und das klare Licht der Morgensonne ließ die taubengrauen Polster der Möbel freundlich aussehen. Haydon folgte Langer durch die leere Lounge zu einem Balkon im zweiten Stock und einem Tisch in der Nähe der Fenster.

»Ist es hier recht so?«

Haydon nickte, und sie setzten sich.

»Wie geht es Nina?« fragte Langer und zog sich seinen Sessel etwas zurecht. Dann warf er einen Blick durch die leere Lounge.

»Es geht ihr gut«, sagte Haydon.

»Das höre ich gern.« Langer setzte das Thema nicht fort, zeigte aber ein großes, warmes Lächeln, das unterstrich, wie sehr er sich für Stuart und Nina freute. Haydon sagte nichts dazu, daher ließ Langer sein Lächeln allmählich verblühen, zog die Brauen dann ernst zusammen und fragte: »Wie sieht es im Moment aus, Stuart? Haben Sie Fortschritte in dieser Sache gemacht, in meinem Sinne?«

Die Sonne kam aus der Richtung von Langer, und Haydon mußte den Kopf etwas zur Seite neigen, damit sie ihm nicht in die Augen schien. Er rutschte ein wenig mit seinem Sessel.

»Ich arbeite nicht ›in Ihrem Sinn‹ in dieser Sache«, erklärte Haydon.

Langers zusammengezogene Brauen glätteten sich.

»Übrigens beginne ich zu glauben«, fügte Haydon hinzu, »daß Sie die Hauptursache sind, warum wir noch nicht weitergekommen sind.« Einen Moment lang war Haydon nicht sicher, ob Langer sein Gesicht und dementsprechend seine Antwort neu arrangieren würde. Es schien, daß er erst einen Schock darstellen wollte, sich dann aber für Verblüffung entschied, die er schließlich und klugerweise gegen ein hartes, ausdrucksloses Starren austauschte. Er schwieg.

»Sie halten Informationen zurück«, sagte Haydon. »Sie sind derjenige, der den Mann engagiert hat, und haben dabei die üblichen Prozeduren der Personalabteilung ignoriert. Sie sind der Mann, der ihm besondere Privilegien zugestand, die der Politik der Firma widersprachen. Sie sind der Mann, der sagte, daß Powell für Sie an einem Projekt arbeitete, von dem niemand etwas wußte.« Haydon hielt inne und schaute auf die Straße. Dann seufzte er und schaute wieder Langer an.

»Das klingt alles gar nicht gut«, meinte Langer.

»Nein.«

Langers harter Blick wich einem kurzen, kaum merklichen Amüsement. »Es ist wirklich seltsam, nicht wahr? Wir zwei, in dieser Situation. Damals hätten wir uns niemals vorstellen können, daß es einmal dazu kommen würde, und –«

»So gut haben wir uns ja auch wieder nicht gekannt«, unterbrach ihn Haydon knapp.

Langer schaute Haydon nüchtern an. »Okay, Stuart. Sie sind ehrlich. Also bin ich es auch.«

Einen Augenblick lang sah Haydon nicht den ehrgeizigen Manager, sondern einen nicht allzu schlauen Ex-Footballspieler, der bereits in enttäuschende mittlere Jahre gekommen war und im Schlamassel steckte.

»Ich habe ihn nicht umgebracht«, sagte Langer. »Ich gebe zu, daß ich Lust hatte, es zu tun. Aber, bei Gott, ich hab' es nicht getan.«

20

Das Morgenlicht, das über Langers wuchtige Schulter fiel, ließ den schmalen blaugrauen Streifen, mit dem sein Sommeranzug aus dunklem Wollstoff gemustert war, deutlich hervortreten, und Haydon kam es so vor, als ob die winzigen Staubpartikel, die sonst in der Luft dahintrieben, entfernt worden wären und den Mann mit dem scharfen, klaren Objektiv einer teuren Kamera abbildeten. Ohne diese durchdringende Klarheit des Lichts hätte Haydon sicherlich das seltsame Pulsieren der Schlagader unterhalb von Langers Kieferknochen übersehen. Es war das einzige an ihm, was sich bewegte.

»Er hat mich erpreßt.« Langer sagte es steif, als ob er damit rechnete, daß es auf Haydon wie ein furchtbarer Schlag wirken würde.

Haydon sagte nichts und zeigte nichts.

Langer nahm die Wucht ein bißchen zurück und verminderte die Dramatik.

»Ich war im vergangenen Jahr geschäftlich in Los Angeles. Dort geriet ich in Kontakt mit – äh – einer gewissen Sache –«

»Was für einer Sache?« Haydon war ungeduldig.

»Gruppensex.« Langer spuckte es mit einer Miene wie ein Kind aus, das einen Löffel Medizin schluckt, um es hinter sich zu bringen.

»Wann?«

»Letzten Sommer.«

»Ich brauche die Daten.«

»Ich erinnere mich nicht mehr an die genauen Daten. Im August.«

»Ich muß die Daten haben.«

Langer fragte nicht, warum. »Okay. Ich sehe in meinem Terminkalender nach. Ich war eine Woche dort. Es ist zweimal dazu gekommen. Ich flog nach Hause, und zwei Monate später bekam ich plötzlich ein Päckchen in mein Büro geschickt, aus heiterem Himmel, mit der Aufschrift *Persönlich*. Ich machte es auf, und drinnen waren zwei Videokassetten. Kein Brief, kein Zettel, nichts. Etwa drei Tage später rief mich Powell an. Er stellte sich vor und fragte, ob ich irgendwelche Bänder bekommen hätte. Ich fragte ihn, wieviel er verlangte, und er nannte eine blödsinnige Summe, sagen wir, sechzigtausend. Aber das war noch nicht alles. Er wollte nach Houston ziehen, und er wollte einen Job.

Er meinte, wir sollten uns lieber persönlich treffen, also flog er hierher. Ich bezahlte ihm das Ticket. Wir trafen uns auf dem Flughafen William P. Hobby – er hat nicht einmal den Flughafen verlassen –, und wir haben alles besprochen. Erst habe ich nicht gezogen, was den Job betraf. Ich habe ihm eine Menge Geld angeboten als einmalige Abfindung. Er hatte nichts gegen den Haufen Geld, aber was er wirklich wollte, war der Job, die Sicherheit und die Vorteile, die damit verbunden waren. Ich konnte es kaum glauben.«

Langer sah aus, als ob ihm das alles sehr unangenehm wäre,

dann fuhr er fort. Ein leicht sirupartiger Geruch nach Alkohol durchdrang die leere Lounge.

»Ich habe es mit Drohungen versucht«, sagte Langer. »Ich sagte ihm, daß man mich nur bis zu einem bestimmten Punkt erpressen und ich auf den Gedanken kommen könne, daß es letztlich billiger sei, wenn ich ihn mir für immer vom Halse schaffte. Er meinte, er hätte auch daran gedacht, und deshalb würde er mich ja nicht ganz ausquetschen wollen. Er habe einen Grund dafür, sich um diesen Job in Houston zu bemühen. In meinem Labor gebe es die Ausrüstung, die er für eine andere Sache brauchte.«

»Was für eine Ausrüstung meinte er damit?«

»Das Neueste in der Video-Technologie. Erstklassig. Ein riesiges Investment. Jedenfalls ließ er es sehr harmlos klingen. Nur den Job und die Möglichkeit, die Ausrüstung benützen zu können.«

»Also haben Sie zugesagt«, folgerte Haydon.

Langer nickte. »Ja. Ich wußte nicht, wie ich ihm hätte auskommen können. Also habe ich ihn hierherkommen lassen.«

»Haben Sie die Bänder zurückbekommen?«

»Er hat mir Bänder gegeben und behauptet, daß es die Originale seien. Was durchaus möglich war, aber ich bin sicher, er hat sich Kopien aufbewahrt. Sie waren die Sicherheit für seinen Job. Keiner von uns hat danach noch ein Wort darüber gesprochen. Er hat für mich gearbeitet, und das war alles.«

»Wußten Sie über seine Nebenarbeit Bescheid?«

»Nein, aber es war sicherlich eine schmierige Sache. Es konnte alles mögliche sein. Ich hab' herumgeschnüffelt und versucht, es herauszufinden, aber ich wollte auch nicht das Boot umkippen, Sie verstehen. Er schien zufrieden zu sein, und ich wollte, daß es dabei blieb.«

»Also sagten Sie Warner, als er zu Ihnen kam und Ihnen berichtete, daß Powell die Einrichtungen der Firma für sich privat nutzte, er solle ihn gewähren lassen.«

»Stimmt.«

»Und Sie dachten, daß Sie Powell trauen konnten? Befürchteten Sie nicht, daß er den Einsatz bei passender Gelegenheit erhöhen könnte?«

»O ja, darüber hab' ich viel nachgedacht. Aber zunächst lief alles gut, und ich hatte auch nicht die Zeit, mir ständig Gedanken über ihn zu machen. Ich hatte schließlich noch anderes zu tun.«

»Hatten Sie nicht Angst davor, daß Powell Ihre Firma in irgendeinen Skandal hineinziehen könnte?«

»Auch darüber habe ich nachgedacht.« Er schüttelte den Kopf über seine Zwangslage. »In diesem Geschäft muß man immer auf viele Feuer achtgeben. Er war keine unmittelbare Bedrohung, war sozusagen stabilisiert. Also hab' ich es einfach laufenlassen.«

Ein schwarzes Hausmädchen in einer aprikosenfarbenen Uniform kam mit einem Staubsauger um die Ecke. Sie sah die beiden Männer, zögerte, machte kehrt und verschwand wieder. Gleich danach hörte man den Staubsauger gedämpft brummen, ziemlich weit entfernt.

Langer schaute Haydon an und wartete.

»Aus meiner Sicht befinden Sie sich jetzt in einer noch schlechteren Position als vor unserem Gespräch«, erklärte Haydon.

Langer nickte. Er wußte es. »Andererseits«, sagte Langer, »wissen Sie jetzt sehr gut, daß ich nicht derjenige war, der ihn hätte umlegen lassen. Ich weiß nicht, was er mit der Video-Einrichtung gemacht hat, aber es war bestimmt nichts Legitimes.«

»Das hilft Ihnen gar nichts. Ob er noch jemanden erpreßte, werden wir nie erfahren. Jetzt nicht mehr.«

Langer zuckte nur mit den Schultern und schaute drein, als tue er sich selber leid.

»Sie haben den Kriminalbeamten, die Sie befragt haben, erklärt, daß Powell für eine kalifornische Firma arbeitete und daß das der Grund war, weshalb er auch in der Nacht arbeiten durfte. Meine Kollegen haben dort angerufen, und es wurde ihnen bestätigt.«

»Es tut mir leid, daß ich das getan habe. Ich habe Ihnen den

Namen eines Geschäftsfreunds genannt. Er hat mir einen Gefallen getan, als Sie anriefen. Hören Sie, ich wollte das mit der Erpressung nicht an die große Glocke hängen. Tut mir leid, aber ich habe nicht gewußt, was ich tun soll. Ich wollte nicht, daß es rauskommt, und dachte, daß das eine Möglichkeit sei, die Angelegenheit zu begraben.«

»Wo sind die Bänder jetzt?« fragte Haydon.

»Ich habe sie verbrannt.«

»Jemand hat Powells Schlafzimmer nach dem Mord durchsucht.«

Langer nickte. »Ja, das war ich. Ich bin kurz vor dem Lunch am Donnerstag hingefahren. Dachte, wenn er eine Kopie hat, finde ich sie.«

»Aber Sie haben nichts gefunden?«

»Nein. Entweder er hat mir die Wahrheit gesagt und mir wirklich das Original gegeben, oder er hat die Bänder irgendwo anders aufbewahrt.« Langer schaute einem Paar zu, das an der Lounge vorbeiging. »Wenn Sie sie finden sollten... Sicher, ich nehme an, sie haben eine bestimmte Bedeutung für den Fall, zumindest bis alles geklärt ist. Aber danach – kann ich sie dann zurückhaben? Ich meine, Sie brauchen sie doch nicht aufzuheben, oder?«

»Können Sie nachweisen, wo Sie sich am Mittwochabend aufgehalten haben?« fragte Haydon.

Langers Miene war nicht zu deuten. Er nickte.

»Wo?«

»Am ersten Teil des Abends hatte ich eine geschäftliche Besprechung. Dann fuhr ich nach Hause, und dort blieb ich für den Rest des Abends.«

Das Zimmermädchen mit dem Staubsauger kam näher.

»Und mit wem fand diese geschäftliche Besprechung statt?«

»Mit Josef Roeg.« In Langers Antwort lag eine Mischung aus Selbstbestätigung und Spannung. Der Name rief immer ein gewisses Prestige wach, aber zugleich kam es einem so vor, als wäre er lieber nicht erwähnt worden.

»Seit wann arbeiten Sie bei ihm?« fragte Haydon.

»Etwas länger als vier Jahre.«

»Und welche Position nehmen Sie in Roegs Imperium ein?«

Einen Moment lang war es, als ob Langer über Haydons Fragen protestieren wollte, dann ließ er es sein und antwortete ohne Umschweife.

»Er verfügt über eine entscheidungsfähige Mehrheit der Anteile von Langer Media. Ich führe die Firma in seinem Auftrag.«

»Arbeiten Sie eng mit ihm zusammen?«

»Eigentlich nicht. Er läßt seinen Managern viel Spielraum.«

»Gefällt Ihnen das Arrangement, das Sie mit ihm getroffen haben?«

»Welches Arrangement?«

»Ihre geschäftliche Beziehung zu ihm. Meines Wissens sind Sie einer der wenigen leitenden Manager in seinem Imperium, die regelmäßig Zugang zu ihm haben, auch unter vier Augen.«

»Ich kann mich nicht beklagen.«

Wieder zeigte Langer gemischte Gefühle. Er schaute durch die Fenster auf die Brücke, als sei das Gespräch nicht allzu anregend, aber er begann zu blinzeln und kniff dann die Augen zu. Er blinzelte und entspannte sich zugleich – ein eigenartiger Tick, an den sich Haydon plötzlich von damals, vor fast zwanzig Jahren, erinnerte. Er freute sich darüber. Bis zu diesem Punkt hatte er kein Gefühl für Langers emotionelle Position finden können. Bill Langer schien bis dahin jede Antwort auf jede Frage vorbereitet zu haben, jetzt aber gab er Haydon unbewußt ein von ihm selbst nicht erkanntes Signal der Nervosität.

»Ich höre, Roeg ist exzentrisch. Er stellt ungewöhnliche Forderungen.«

»Warum sprechen wir jetzt plötzlich über Josef Roeg?« Langer hatte sich ein wenig abgewandt. Er wollte seinen Ärger über die Wende, die die Unterhaltung genommen hatte, nicht sehen lassen.

»Warum nicht?«

»Ich finde, wir sollten beim Thema bleiben.«

»Haben wir denn das Thema gewechselt?«

»Das ist meine Meinung.«

»Wissen Sie, wer Powell ermordet hat?«
»Natürlich nicht.«
»Woher wollen Sie dann wissen, daß wir das Thema gewechselt haben?«
»Kommen Sie, Stuart! Glauben Sie wirklich, daß es da eine Verbindung geben könnte?« fuhr ihn Langer an.
Haydon langte in seine Jackettasche und zog ein Photo heraus. Er legte das Bild von Ricky Toy und seinen zwei Mädchen im Bikini vor Langer auf den Tisch.
»Kennen Sie den Mann?«
Langer betrachtete das Photo. Haydon beobachtete seine Augen, die keine Zeit mit den fast nackten Hinterteilen der Mädchen verschwendeten, sondern sich auf Toy richteten und dort blieben. Er ließ sich lange Zeit für seine Antwort. Langer mußte nachdenken und improvisieren.
»Nein.«
»Sind Sie sicher?«
»Er ist ein Asiat, du liebe Zeit«, sagte Langer in ärgerlichem Ton. »Glauben Sie nicht, ich würde mich an einen Asiaten erinnern?«
»Sie haben lange gebraucht, bis Sie sich entschieden haben.«
»Hören Sie, verdammt noch mal, was soll das eigentlich?« Langers Gesicht lief rot an. Er war es nicht gewöhnt, in die Defensive gedrängt zu werden. »Was, glauben Sie, habe ich zu verbergen? Können Sie vielleicht etwas deutlicher werden und mich darüber aufklären, was Sie von mir wollen? Ich will endlich einmal etwas Genaues hören, nicht nur Allgemeines. Worauf wollen Sie mit Ihren Fragen hinaus?«
Haydon sagte nichts, sondern griff noch einmal in seine Jackettasche. Er holte ein zweites Photo heraus und legte es auf den Tisch. Langer schüttelte angewidert den Kopf und betrachtete gelangweilt das Photo. Dann kam er schnell näher mit seinem Kopf und kniff die Augen zusammen.
»Scheiße!«
»Wer ist es?«
Langer schien sich zu überlegen, warum das Mädchen auf

dem Photo zu sehen war, nicht weil sie fast nackt, sondern weil sie überhaupt darauf zu sehen war.

»Sie arbeitet bei der Agentur«, sagte er. »Ja. Woher haben Sie das Bild?«

»Beide Photos stammen aus Powells Schlafzimmer. Sie waren mit Reißnägeln an der Wand befestigt. Es wundert mich, daß Sie sie nicht gesehen haben, als Sie dort waren.«

»Mich auch«, sagte Langer, und es klang eindeutig bedauernd.

»Wer ist sie?«

»Ich glaube, ihr Name ist Alice. Ja«, sagte er und betrachtete das Photo genauer. »Das ist Alice Parnas.«

21

Langer sagte, daß er noch eine Besprechung im Four Seasons hatte. Haydon ging über die verglaste Brücke zurück in »The Park«. Inzwischen war ihm nach einer Tasse Kaffee zumute. Er ging an den Imbißständen in der Einkaufsstraße vorbei und nahm die Tunnels zum First City Tower. Dort hatte er die Wahl zwischen mehreren Coffeeshops in den Korridoren, die von da aus in vier verschiedene Richtungen verliefen.

Er blieb an einem Café stehen, das sich Kip's nannte und sich genau an der Kreuzung der unterirdischen Gänge befand. Der Kaffee stand in einem Glaskrug zur Selbstbedienung bereit, und man konnte die Größe des Plastikbechers wählen. Er nahm einen kleinen, füllte ihn, gab Milch und, ja, verdammt noch mal, Zucker dazu, und das Mädchen an der Kasse nahm sein Kleingeld. Er ging mit dem Becher zu einem Tisch für zwei, der neben dem Geländer stand, welches das Café von der unterirdischen Plaza abtrennte. Gegenüber waren eine Sandwichbar, ein Tabakladen und ein Laden mit Zeitungen und Souvenirs. Zwei junge Führungspersönlichkeiten saßen am nächsten Tisch und tranken Kaffee, mit identischen Anzügen, identischen Krawatten, weißen Button-down-Hemden, gefönten Haar, das kurzgeschnitten war und nicht über die Ohren ging, und mit College-Ringen an den Händen. Einer trug obendrein einen Ehering.

Haydon zündete sich eine Zigarette an und dachte über das Gespräch mit Langer nach. Es hatte irgendwie von vorn bis hinten falsch geklungen. Bill Langer berichtete von der Erpressung mit aller Offenheit, die man erwarten konnte, aber Haydon vermißte eine entscheidende Emotion. Empörung. Langer versuchte, sein Unbehagen darüber zu schildern, daß er die Geisel seiner eigenen Indiskretion geworden war, aber er war ein Schauspieler in einem B-Film. Er versuchte nicht, abzumildern, was er getan hatte, sagte nie, daß es ein ganz blöder Betrug war, schalt sich nicht selbst dafür, daß er in ein solches Schlamassel geraten war. Männer in seiner Situation, aufrichtig oder nicht, hielten es normalerweise für notwendig, entweder ihr Pech oder ihre eigene Dummheit zu verfluchen. Langer hatte niemals auch nur daran gedacht.

Außerdem war seine Zeiteinteilung zu gut. Er machte sich schnell und bereitwillig zu einem der Hauptverdächtigen bei dem Mord an Powell – und zugleich präsentierte er Alibis für diesen Abend. Vielleicht wollte er damit weniger sich selbst in den Mordfall hineinziehen, sondern in erster Linie Powell als Erpresser darstellen. Wenn Powell ihn erpreßte, erpreßte er vielleicht auch andere. Langer hatte sogar darauf hingewiesen. In diesem Fall gab es vielleicht andere Verdächtige, bis jetzt unbekannt gebliebene Personen... Haydon wurde das Gefühl nicht los, daß Powell posthum noch hereingelegt wurde.

Haydon drückte seine Zigarette aus. Langers Strategie roch nach einem Ablenkungsmanöver. Aber wovon wollte er ablenken? Es hatte zwei Momente in ihrem Gespräch gegeben, in denen Langer, wie Haydon fühlte, aufrichtig reagiert hatte: als sie über Roeg sprachen und als er das Photo von Alice Parnas identifizierte. Haydon konnte sich eine beliebige Anzahl von Gründen ausdenken, warum er vermeiden wollte, Roeg in die Sache hineinzuziehen, aber bei der Frage nach Alice Parnas war das etwas anderes.

Haydon wollte nicht mit der Parnas in Langers Büro sprechen, also rief er von einer Telephonzelle in den Tunnels an, um sich anderswo mit ihr zu verabreden. Man sagte ihm, daß Alice nicht da sei. Sie sei seit Donnerstag krank zu Hause. Natürlich – das hatte er vergessen.

Von der Parkgarage neben dem Four Seasons fuhr Haydon durch das Zentrum zur Washington Street, direkt nördlich des Polizeipräsidiums.

Alice Parnas wohnte in der Bayland Street, in einem weißgestrichenen Fachwerkhaus mit grünen Verzierungen. Es war in gutem Zustand, besser als die anderen, mit zwei etwas ausgefransten Baumwollbäumen im Vorgarten, die das Haus längst überragten. Im Augenblick dienten die Bäume als einzige Zuflucht in der Gegend für Dutzende schwarzer Stare, die auf den Zweigen saßen und schnarrten, während ihr Kot auf die Blätter und den Gehsteig darunter fiel.

Haydon stieg aus dem Wagen und ging zur Haustür. Die Tür und alle Fenster des Hauses waren offen. Ein schwarzes Aluminiumgitter in Form einer riesigen Spinnwebe war im Rahmen der Fliegengittertür befestigt. Er warf einen Blick zurück zu seinem Wagen, dann hinauf zu den schnarrenden scheißenden Staren.

Als er sich wieder umdrehte, schaute ihn das kleine, traurige Gesicht von Alice Parnas durch das Spinnwebengitter an.

»Miss Parnas?«

Sie nickte. Ihre Augen schienen größer zu sein als auf dem Photo. Vielleicht kam es von den dunklen Rändern. Sie hatte einen blaßgelben Hausmantel aus Baumwolle an, den sie sich eng um die Taille geschlungen hatte. Die Ärmel waren hochgekrempelt und an den Ellbogen gestopft.

Er machte sich bekannt und sagte ihr, daß er sich gern ein paar Minuten mit ihr unterhalten würde.

»Ich habe den anderen Männern alles gesagt, was ich weiß«, erklärte sie.

»Das ist mir klar, aber ich bin auf neue Informationen gestoßen, zu denen ich Ihnen ein paar Fragen stellen möchte.«

»Neue Informationen?«

»Macht es Ihnen etwas aus, wenn ich hereinkomme, Miss Parnas?«

Sie hielt sich abwehrend mit einer Hand den Kragen ihres Hausmantels zu.

»Ich bleibe nicht lang«, versprach er.

Sie hakte die Gittertür auf und trat zur Seite. Haydon öffnete sie und betrat dann ein kleines Wohnzimmer, ausgestattet mit Dingen, die neu gewesen waren, als man das Haus gebaut hatte. Es war sauber, roch aber nach Alter, nach einer anderen Ära. Er hatte den Eindruck, daß sie nie von zu Hause weggezogen war und daß ihre Eltern, als sie starben, ihr das alles hinterlassen hatten: das alte Haus, die alten Möbel, die ausgewachsenen Baumwollbäume und die schnarrenden Stare.

Er setzte sich auf ein Sofa vor den offenen Fenstern und schaute hinaus auf eine Auffahrt aus Muschelsplit und eine Wacholderhecke, die das Haus der Parnas von dem ihrer Nachbarn trennte. Im Haus brannte kein Licht, aber er konnte gut sehen, als sich seine Augen an das Halbdunkel gewöhnt hatten. Alice Parnas saß an der offenen Haustür, in einem Armsessel im gleichen Stil und mit dem gleichen Bezug wie das Sofa. Die späte Morgensonne begann das Haus aufzuwärmen.

»Es tut mir leid, Sie belästigen zu müssen, wenn Sie sich nicht wohl fühlen«, begann Haydon, »aber ich hoffe, Sie können mir helfen, etwas mehr über Wayne Powell zu erfahren.«

»Ich kannte ihn kaum«, sagte sie. »Ich habe nur mit ihm gearbeitet. Das heißt, nicht einmal mit ihm, sondern im Raum nebenan. Ich kann Ihnen wenig helfen.«

»Ich glaube trotzdem, daß Sie ihn viel besser kannten«, widersprach ihr Haydon. »Und ich wünschte, Sie würden mir wirklich helfen. Ich will nämlich herausfinden, wer ihn ermordet hat.«

»Es tut mir leid«, sagte sie und schüttelte den Kopf. Sie neigte sich auf dem hohen Polster des Armsessels nach vorn, die Füße flach auf dem Boden, die Knie zusammengepreßt, wobei der ausgebleichte gelbe Hausmantel bis zum Boden hing und die Füße bedeckte. Ihr Haar war kurz geschnitten und dünn und sah aus, als ob es seit mehreren Tagen nicht mehr gekämmt worden wäre. Sie hätte ja kurz mit der Bürste darüberfahren können, als sie ihn an der Tür gehört hatte.

Haydon langte in seine Tasche und zog das Photo von ihr am Strand heraus.

»Das da habe ich in seinem Schlafzimmer gefunden«, sagte er und reichte es ihr.

Draußen hörten die Stare auf einen Schlag mit ihrer infernalischen Kakophonie auf, wie Vogelschwärme oft mit einem einzigen Gehirn zu handeln scheinen. In der unerwarteten Stille hörte man den Verkehr auf dem North Freeway, der nur ein paar Blocks entfernt war, vorüberrauschen.

Alice hielt das Photo mit beiden Händen, die auf ihren Knien lagen, und hatte den Rücken leicht nach vorn gebeugt. Einen Moment lang schaute sie es nur an, betrachtete es, erinnerte sich, schien unbewegt zu sein. Dann verzerrte sich ihr Gesicht ganz langsam, und sie begann zu weinen, wobei sie den Blick nicht von dem Photo abwandte. Sie weinte große Tränen, ohne sich die Mühe zu machen, das Gesicht zu bedecken. Ihre Schultern hoben sich, als sie sich in einer anderen Zeit und an einem anderen Ort sah. Sie weinte offen, für sich allein, empfand nicht das, was die Leute dazu brachte, das Gesicht zu bedecken, wenn sie weinten. Tränen funkelten auf ihren flachen Wangen und tropften wie Regen von ihrem Kinn. Das Geräusch ihres Weinens war schmerzvoll und unbeherrscht, es kam tief aus ihr, aus jenem Zentrum der Gefühle, das wir das Herz nennen.

Haydon unternahm nicht den Versuch, sie zu hindern oder zu trösten, und er wandte sich auch nicht von ihr ab.

Die Stare regten sich ohne vorherige Warnung wieder, und ihr Gepfeife drohte, die Bäume zu zerreißen, so laut kam es einem nach der Stille vor. Nach einer langen Weile, in der Alice Parnas nicht den Versuch unternahm, ihr Weinen zu stoppen, begannen die Tränen von selbst zu versiegen, als sei die Quelle erschöpft. Sie wischte sich die Tränen nicht ab, machte keine Anstalten, ihr Gesicht abzutrocknen, schaute einfach auf das Photo, das sie in ihren Händen hielt.

»Er hat mir das Gefühl gegeben, hübsch zu sein«, sagte sie schließlich. »Wenigstens innerlich.« Sie blickte zu ihm auf, und ihre Augen schienen anzuschwellen. »Ich weiß, Sie haben all die schlimmen Dinge über ihn gehört. Ich weiß es. Aber haben Sie auch etwas Gutes gehört? Hat irgend jemand etwas Gutes über ihn gesagt?« Sie schaute wieder das Photo an. »Es macht nichts. Wenn etwas Gutes in einem Menschen ist, kann man es ihm nicht wegnehmen, nur weil man nicht darüber spricht. Es ist trotzdem da.«

»Wollen Sie mir helfen?« fragte Haydon.

»Wir haben uns geliebt«, sagte sie. »Niemand hätte das geahnt, nicht in tausend Jahren. Niemand hat ihn wirklich verstanden. Sie haben nur das gesehen, was er ihnen gezeigt hat. Niemand hat sich die Mühe gemacht, unter die Oberfläche zu schauen. Das tun die Menschen nie, wissen Sie. Wenn man nicht ganz toll aussieht, will keiner etwas mit einem zu tun haben. Nicht hier, nicht in dieser Stadt. Jesus. Nicht in dieser Stadt.«

»Wie lange waren Sie befreundet?« fragte Haydon. Keine Brise regte sich, trotz der offenen Fenster, und er fragte sich, ob sie nicht halb erstickte in dem dicken, alten Hausmantel.

»Fünf Monate. Wir lernten uns in der Mittagspause kennen. Es hat sich einfach so entwickelt. Er brauchte nicht lange um mich zu werben, brauchte nicht anzugeben, weil ich ein einfaches Mädchen bin. Er brauchte mir nichts zu beweisen. Wir kamen uns sehr nahe. Und dann, eines Nachts, haben wir uns gegenseitig das Herz ausgeschüttet. Ich weiß nicht... Es hat uns gewundert, wie ähnlich wir einander waren. Er hat ein völlig neues Verhalten gezeigt, und er – er war so sanft zu mir.« Ihre Stimme zitterte ein wenig. »Wir haben uns ineinander verliebt. Es war um so schöner, weil es geheim blieb. Ich weiß nicht, warum wir es geheimgehalten haben. Es schien uns das Natürlichste auf der Welt zu sein. Es hat uns irgendwie zu etwas Besonderem gemacht, wenn wir unter den anderen waren, bei der Arbeit.«

»Wissen Sie, was für Arbeit Wayne nachts gemacht hat, wenn er im Labor geblieben ist?«

Sie seufzte, ein müdes Seufzen, mit dem sie die Schultern senkte. »Er hat für einen Chinesen namens Ricky Toy gearbeitet.«

»Was war das für Arbeit?«

»Er hat Videobänder kopiert. Die Bänder waren auf Viertel-Inch-Kassetten aufgenommen, und Wayne hat sie auf Dreiviertel-Inch-Bänder kopiert und zu Sendequalität verstärkt. Manchmal hat er sie auch auf Film überspielt, damit sie auf einer größeren Leinwand gezeigt werden konnten.«

»Waren das alles Toys Bänder?«

»Nein. Toy hat sie für jemand anderen aufgenommen. Er hat sie verkauft – das heißt, eigentlich war er dazu engagiert, sie aufzunehmen.«

»Wer hatte ihn engagiert?«

»Das weiß ich nicht.«

»Hat Wayne gewußt, für wen Toy gearbeitet hat?«

Sie schüttelte den Kopf.

»Was waren das für Filme?«

Sie zögerte, schaute ihn an, schaute auf die Gittertür, die hinausführte zum Gehsteig, wo große, von den Staren verschmutzte Blätter lagen. Sie fuhr sich mit der Zunge über die Lippen und straffte die Schultern etwas.

»Dieser Ricky Toy hat Kriegsfilme gedreht. Er war Kriegsphotograph in Vietnam gewesen. Der Mann hat ihn engagiert, damit er weiter Kriegsfilme für ihn dreht. Toy ist nach El Salvador geflogen und hat dort gefilmt. Je blutiger, desto besser. Ich hab' auch ein paar Verhöre gesehen, militärische Verhöre. Von diesen Todesschwadronen. In jedem Film wurden Menschen gequält und getötet. Es war ganz aus der Nähe aufgenommen. Ich habe vielleicht ein Dutzend davon gesehen.«

»Wann haben Sie sie gesehen?«

»Wenn Wayne nachts gearbeitet hat, ist er vorbeigekommen und hat mich abgeholt, und ich habe ihn besucht bei der Arbeit. Es dauerte höchstens zwei Stunden. Niemand hat gemerkt, daß ich dabei war.«

»Waren Sie auch dabei, als er umgebracht wurde?«

Sie schüttelte den Kopf.
»Wie oft hat er diese Videobänder überspielt?«
»Zweimal im Monat. Toy ist alle vierzehn Tage in den Süden gefahren und hat sie dann zu Wayne gebracht.«
»Das hört sich nach einem kostspieligen Unternehmen an.«
»Wayne hat gesagt, daß Toy damit ein Vermögen verdient.«
»Waren das die einzigen Bänder, die Wayne entwickelt hat, während Sie dabei waren?«
»Ja.«
»Hat er Angst gehabt, er könnte in Gefahr kommen wegen seiner Arbeit an diesen Bändern?«
»Er hat nie etwas davon gesagt.«
»Haben Sie gewußt, daß Wayne William Langer erpreßt hat?«
Sie blickte ihn scharf an. »Von wem haben Sie das gehört?«
»Langer selbst hat es mir gesagt.«
»Er lügt.«
»Woher wollen Sie das wissen?«
Sie errötete, ihre Wangen wurden rosa. »Ich kann es einfach nicht glauben.«
»Warum, glauben Sie, hatte Wayne Langers Genehmigung, das Gerät zu benützen?«
Sie dachte darüber nach.
»Haben Sie ihn nie danach gefragt?«
Sie schüttelte den Kopf.
»Kennt Langer diesen Toy?«
»Das weiß ich nicht.«
»Hat Wayne Ihnen einmal gesagt, wie er zu dem Arrangement mit Toy gekommen ist, oder wie Toy in Verbindung stand mit dem Mann, für den er arbeitete?«
Sie gab keine Antwort, schaute wieder auf das Photo. Sie schaute es lange an.
»Und wer hat ihn Ihrer Meinung nach umgebracht?« fragte Haydon sanft.
Sie nahm nicht den Blick von dem Photo, und er sah, daß sich ihre Augen wieder mit Tränen füllten.
»Jeder hat über ihn geredet – hinter seinem Rücken, als ob er

ein Idiot gewesen wäre«, sagte sie. »Nur weil er nicht zur A-Klasse gehörte. Für sie war er ein Verlierer. Sie haben gelacht über ihn, über sein Haar, über seine Kleidung, wie er sich bewegte und verhielt.« Sie schüttelte den Kopf. »Er hat sich nur versteckt. Hatte selbst keine hohe Meinung von sich. Er wußte, daß sie ihn für einen Verlierer hielten, und je mehr er versuchte, nicht wie ein Verlierer aufzutreten, desto mehr hielten sie ihn dafür.«

Die Stare hörten sich an, als ob sie die Zweige der Baumwollbäume zerfetzten. Die Hitze war jetzt im Haus noch deutlicher zu spüren, und sie schien den Geruch des Alters zu verstärken. Altes Holz, alte Stoffe, alte Tapeten.

Alice Parnas betrachtete ihr Photo. Sie blickte zu Haydon auf, dann schaute sie hinaus zu seinem Wagen, dann wieder auf ihn. Ihre Augen füllten sich mit Tränen.

»Sie sind ein gutaussehender Mann. Und Sie wissen es, nicht wahr?«

Er sagte nichts dazu.

»Sie wissen es, ja?« Sie wartete auf seine Antwort.

Er wußte nicht, was er tun sollte. Es war eine höchst unangenehme Situation.

»Und Sie sind reich. Der Wagen da draußen.«

Er wartete.

»Natürlich wissen Sie es. Auch einfache Leute wissen, daß sie einfach sind. Häßliche, daß sie häßlich sind. Und Verlierer wissen, daß sie Verlierer sind. Ich meine, einfache Leute und Verlierer brauchen sich ja nur umzusehen, und sie merken ohne weiteres, daß sie einfach sind und Verlierer, genau wie gutaussehende Gewinner es merken. Sie machen sich nichts vor, wissen Sie. Sie wissen, daß auch die anderen sie für schlichte Gemüter und für Verlierer halten, und das tut weh. Es tut weh, weil sich keiner auch nur die Mühe macht, zu verbergen, wie er über den anderen denkt.«

Die Tränen liefen jetzt wieder über ihre flachen Wangen, und sie saß da, schaute ihn an, weinte wieder, ohne sich das Gesicht zu bedecken.

»Aber innendrin war er kein Verlierer, und ich bin kein schlichtes Gemüt. Wir haben uns behandelt, als ob wir schöne Gewinner gewesen wären, und das war es, was uns zusammengehalten hat. Mehr als alles andere auf der Welt.« Sie schluchzte. »Und, mein Gott, sie haben ihn umgebracht.«

Sie schaute auf ihr Bild in ihren Händen. Die Tränen tropften ihr vom Kinn wie Regen.

22

Haydon ging durch die Gittertür von Alice Parnas' kleinem Haus nach draußen, während ihm ihr Schluchzen folgte und sich mit dem Schnarren der Stare mischte, bis die beiden Geräusche in seinem Kopf völlig durcheinandergerieten. Ein totales Chaos. Er war sicher, es war ein größeres Durcheinander, als sie es geschildert hatte. Er stieg in den Wagen, fuhr weg aus der Bayland Street und achtete nicht darauf, wohin. Einfach fahren und über das Durcheinander nachdenken.

Es überraschte ihn nicht, als er feststellte, daß er tiefer in das Viertel der Lateinamerikaner geriet. Es war kurz vor Mittag, die Hitze hatte die Schatten des Morgens weggebrannt, und die kleinen Häuser standen ungeschützt in der Helligkeit und ließen sich wieder einen Tag lang von der Sonne ausdörren, die auf den mit Teer gestrichenen Schindeln der Dächer kleine Blasen zog und die Farbe weiter trocknete, daß sie abblätterte und das nackte Holz freigab.

Es überraschte ihn auch nicht, als er sich vor dem bewußten Haus wiederfand, den Motor ausschaltete, und es vom Wagen aus betrachtete. Seit damals war er öfter hiergewesen, und es veränderte sich nie, genau wie sich die Ereignisse nicht mehr änderten, ganz gleich, wie oft er sie durchlebte. Die Menschen waren weg, diese Menschen, und es gab wieder Kinder. Seit damals hatte es eine Menge Kinder gegeben. Immer Kinder. Da oder nebenan oder im nächsten Haus oder in den Häusern gegenüber.

Er beobachtete einen kleinen Jungen mit aufgeblähtem Bauch, einen Knirps, der um die Ecke des Hauses herumkam und nichts als eine schmutzige Unterhose anhatte, die ihm unter den Bauch gerutscht war. Er packte gedankenabwesend einen niedrigen, belaubten Zweig einer Honigakazie und zog zugleich einen Stock durch den Staub, während ein Mischlingswelpe versuchte, danach zu schnappen. Der Junge befreite den Zweig von den Blättern und ließ ihn nackt zurückschnappen, so daß ein paar goldgelbe Blüten des Baumes von der leichten Erschütterung abfielen.

Der Junge entdeckte etwas Interessantes im Schmutz des nackten Vorgartens, hockte sich sofort hin und ließ dabei seinen Stock los, den der junge Hund packte und wild schüttelte wie ein Terrier eine Ratte schüttelt. Der unnatürlich aufgeblähte Bauch des Jungen hing zwischen seinen fetten kleinen Knien, während er mit dem spielte, was er entdeckt hatte. Sein gerades, schwarzes Mexikanerhaar fiel ihm in die Stirn, und ein Wirbel mitten auf dem Kopf stand nach oben.

Haydon sah den klebrigen Schmutz auf dem gespannten Bauch des Jungen. Er war wie der Bauch des kleinen Jungen in jener Nacht, der auf dem durchgesessenen Sofa hockte und auf seine am Boden liegende Schwester hinunterschaute. Seine kleine Schwester. So klein. Haydon erinnerte sich, daß auch sie schmutzig war, erinnerte sich an alles andere. Die Fliegen. Die eine, große Kakerlake, die da saß, wo sie nicht hätte sitzen dürfen. Niemals.

Haydon fühlte, wie Panik in ihm hochstieg. Langsam schloß er die Augen und senkte den Kopf, bis er auf dem Lenkrad lag. Bilder, heftig und dunkel, zogen in einer ruckartigen Bewegung durch seine Gedanken, eine schmerzvolle Aneinanderreihung zitternder Szenen aus einer Nacht in diesem Haus, die so lange zurücklag und doch erst gestern gewesen sein konnte.

Er blickte hoch. Ohne die Klimaanlage wurde der Wagen schnell heiß. Er schaute durch die Windschutzscheibe auf die armselige kleine Straße. Niemand hier konnte sich die lauten Klimaanlagen leisten, die man in die Fenster einbaute und die meisten anderen Häuser hier in der Stadt kühl hielten. Hier waren die Häuser dazu da, einen Schatten zu schaffen, einen Platz, um vor der Sonne, nicht vor der Hitze, zu fliehen. Hier konnte man der Hitze nicht entfliehen.

Schließlich nahm der Junge den Hund, drückte ihn an sich. Haydon schaute den Jungen an und stellte sich vor, daß aus seinem Nabel ein dicker Blutstropfen kam, der eine Blase bildete. Die Blase zerplatzte und hinterließ eine dunkelrote Spur auf der Kurve des Bauches, die sich nach unten bewegte, bis sie einen bestimmten Punkt erreicht hatte, von dem aus das Blut in den Sand tropfte.

Haydon startete den Vanden Plas und fuhr weg.

Ninas Wagen war nicht da, also parkte er in der Auffahrt und betrat das Haus durch den Vordereingang. Gabriela hatte ihn kommen hören und traf ihn in der Küche, wo er sich eine Flasche weißen Bordeaux aus dem Regal genommen hatte und entkorkte.

»Sie hatten schon Lunch?« fragte sie; dabei legte sie eine Hand auf das geflieste Regal, während sie die andere in die üppig gepolsterte Hüfte stemmte.

Er zog den Korken aus der Flasche. »Nein. Können Sie mir ein Sandwich machen?«

»Natürlich. Schinken und Schweizer Käse? Es ist geräucherter Schinken, ein sehr guter. Und gutes, frisches Brot von Reginas Bäckerei. Dunkles Brot.«

»Das wäre prima. Könnten Sie es mir in die Bibliothek bringen? Und Oliven dazu?«

»Natürlich. Und die kleinen grünen Zwiebeln.«

Sie beobachtete ihn, wie er eines der Bistrogläser aus dem Schrank nahm, dann durch das Speisezimmer auf die Diele und zu den Terrassentüren ging. Sie kam hinter ihm her.

»Sie geben aber nichts davon dem alten Cinco, oder?«

Haydon ging auf die Terrasse.

Gabriela stand an der Tür, als er Cincos Schüssel holte und sie aus der Sonne in den Schatten stellte. Dei alte Hund stemmte sich mühsam von der Stelle an der Balustrade hoch, wo er geschlafen hatte.

»Wenn Sie ihm Wein geben, dann verkürzen Sie seine Lebenszeit um die Hälfte«, sagte sie von der Tür aus, nun beide Hände in die Hüften gestemmt. »Wein ist für Menschen, nicht für Hunde.«

Haydon kniete sich hin und goß ein Drittel der Flasche in Cincos Schüssel, während der alte Collie auf ihn zukam, mit wedelndem Schweif, Haydon über die Schulter schaute und seinen Hals mit einer kalten Nase berührte. Haydon drehte sich um, kratzte ihn hinter den Ohren und erhob sich. Cinco ging um ihn herum in die Nähe der schattigen Wand und lehnte sich dagegen, als er sich langsam auf die Steinplatten niederließ. Dann blinzelte er die Schüssel an und begann den Wein zu schlabbern.

Gabriela schüttelte den Kopf und ging zurück ins Haus, um das Sandwich zu machen.

Haydon ging in die Bibliothek und stellte Weinflasche und Glas auf den Refektoriumstisch. Er setzte sich an seinen Schreibtisch, zog den Schreibmaschinentisch zu sich herüber und spannte ein Blatt Papier ein. Erst beobachtete er noch Cinco ein paar Minuten lang, dann begann er die Berichte über die Gespräche des Vormittags auszuarbeiten.

Nach einer Weile brachte Gabriela das Sandwich und stellte es mit einer Leinenserviette neben die Flasche und das Glas auf den Tisch. Haydon beendete seine Notizen, bevor er sich dem Sandwich zuwandte. Die Kombination aus geräuchertem Schinken und frischem Brot war köstlich, gerade mit genügend Dijon-Senf, daß es im Geschmack zu den salzigen Oliven paßte. Die grünen Zwiebeln waren frisch und zart. Haydon aß schweigend, trank den Bordeaux, schaute zwischendurch hinaus zu Cinco, der sich neben der leeren Schüssel schlafen gelegt hatte, wobei seine lange Nase auf den Pfoten ruhte.

Zwischen den Bissen zog sich Haydon ein Blatt Papier und einen Bleistift herüber und schrieb Powells Namen in die Mitte des leeren Blatts. Auf die eine Seite des Namens schrieb er *Parnas*, dann verband er sie mit einem Strich, den er an beiden Enden mit einem Pfeil versah. Es gab eine Beziehung zwischen den beiden, und eine, von der sie beide etwas hatten. Dann ging er mit der Hand weiter nach oben und schrieb *Langer*. Diesmal ging der Pfeil von Powell zu Langer: eine Beziehung, von Powell in die Wege geleitet. Weiter im Uhrzeigersinn um Powell schrieb er *Quinn*, und der Pfeil zeigte von Powell zu Quinn: auch dies eine Beziehung in nur einer Richtung. Hier gab es angeblich keine Erwiderung. Weiter im Uhrzeigersinn schrieb er *Toy* auf das Blatt. Der Pfeil zeigte in beide Richtungen, eine Beziehung mit gegenseitigen Vorteilen. Von Toy ging ein zweiter Pfeil aus, der bei einem Fragezeichen endete.

Soviel Haydon wußte, war Langer der einzige, der einen offensichtlichen Grund hatte, Powell zu töten. Aber nach Langers Aussage müßte es mindestens einen oder auch mehrere Pfeile geben, die von Powell ausgingen und an deren Ende Fragezeichen standen. Die Opfer von Powells Erpressungen. Wenn das der Fall war – wo befanden sich dann die Bänder, die Powell für diese Erpressungen benützte? Oder, was das betraf, wo waren die Bänder, mit denen er angeblich Langer erpreßte?

Haydon glaubte nicht an diese Videobänder. Er glaubte auch nicht, daß Powell irgend jemanden sonst erpreßte. Der Gedanke paßte einfach nicht zu dem Bild, das Alice Parnas von Powell gezeichnet hatte. Und was Wayne Powell betraf, neigte Haydon eher dazu, der Parnas zu glauben als Langer. Er radierte die Spitze des Pfeils neben Langer weg und setzte sie ans andere Ende, so daß der Pfeil jetzt auf Powell zeigte. Das, fühlte er, kam der Wahrheit näher.

Wenn Powell aber Langer gar nicht erpreßt hatte, warum hatte Langer sich diese ausführliche Geschichte über seine Seitensprünge in Los Angeles ausgedacht? Als Ablenkungsmanöver? Wovon? Von dem, was Powell tatsächlich nachts in Langers Labor machte. Wenn man der Parnas glauben wollte, dann war das, was Powell dort tat, zwar sehr sonderbar, aber nicht illegal genug, daß er dafür ermordet wurde. Es sei denn, auf den Bändern geschah etwas Unerwartetes, etwas, das nicht hätte gefilmt werden sollen und das Powell auch nicht hätte sehen dürfen. Aber wie konnte Langer darüber Bescheid wissen, und hätte er Powell deshalb getötet?

Vielleicht nicht, aber wenn Langer als Verdächtiger an Platz zwei rückte, übernahm Toy die Spitzenposition. Was auch immer die Ränke und Intrigen der beteiligten Individuen betraf, es schien sehr wahrscheinlich, daß Wayne Powell getötet worden war wegen etwas, das er auf den Videobändern gesehen und bearbeitet hatte. Und wo waren die Bänder? Es gab zwei Möglichkeiten: Sie waren bei demjenigen, der Powell umgebracht hatte, oder Powell hatte sie irgendwo versteckt.

Er mußte mit Mooney und Lapierre sprechen und sehen, was sie inzwischen herausgefunden hatten. Es war Zeit, ihre Notizen zu vergleichen.

23

»Ich komme gerade rein«, sagte Mooney. Er brüllte, während ein elektrischer Bohrer im Hintergrund jaulte. »Wie stehen die Aktien auf Ihrer Seite?«

»Verwirrend. Wir müssen miteinander reden«, sagte Haydon. »Ist Pete da?«

»Nein, er ist gleich zu Toys Wohnung gefahren, nachdem er uns heute vormittag verlassen hat. Wir wollten uns zum Lunch treffen. Haben Sie schon gegessen?«

»Ich habe gerade den letzten Bissen hinuntergeschluckt, aber das macht nichts.«

»Gut. Wie wär's mit Grif's um ein Uhr? Nein, warten Sie, es ist schon fast eins. Sagen wir, halb zwei. Pete wollte mich anrufen, sobald er auf dem Southeast Freeway ist, und ich habe noch keine Notiz auf dem Schreibtisch, daß er angerufen hat. Also wird es mindestens halb zwei.«

»Ich bin um halb zwei da«, sagte Haydon.

Grif's Shillelagh Inn gehörte zu den drei von Mooney bevorzugten Lunchlokalen. Es war einen Block vom Montrose Square entfernt, in einer kleinen Seitenstraße namens Roseland, und so dicht am Konsulat der Volksrepublik China, daß man einen Stein hätte in den Garten werfen können. Grif's war ein angenehmes Lokal mit Faßbier, zwei Fernsehern und einer Klientel, die sich aus Leuten mit Interesse für Sport zusammensetzte – welcher gerade eben »in« war oder Saison hatte.

Haydon traf als erster ein und ging durch den hohen Holzzaun, der die große, erhöhte Terrasse vor dem Eingang umgab, wo nachts Tische und Stühle standen, wenn keine Gefahr mehr bestand, am Hitzschlag zugrunde zu gehen. Er ging hinein und besetzte einen der hölzernen Tische mit Bänken an den zur Straße hinausgehenden Fenstern. Er setzte sich mit dem Rücken zum Fenster, so daß das Licht Mooney und Lapierre ins Gesicht fallen würde, und bestellte ein Miller Bier, das er eigentlich gar nicht wollte.

Als die beiden Kriminalbeamten hereinkamen, etwa eine Viertelstunde später, setzte sich Lapierre zu Haydon auf die Bank, während Mooney erst noch an die Bar ging, um einer der Kellnerinnen etwas zu sagen, etwas, das vertraulich und wohl auch lustig war, nach ihrer Miene zu urteilen. Eine seiner dicken, irischen Hände ruhte auf einem Teil ihrer Anatomie, was die Geste haarscharf in die Nähe eines Falles von Erregung öffentlichen Ärgernisses brachte. Danach kam er herüber, lachte immer noch, zog ein langes, gefaltetes Blatt Papier aus der Innentasche seines Jacketts und warf es auf den Tisch, während er über die Bank kletterte und sich gegenüber von Haydon niederließ.

Mooney und Lapierre bestellten bei der immer noch lächelnden Kellnerin, mit der Mooney gesprochen hatte, und sie gab ihre Bestellungen durch und brachte die Getränke, während Haydon ihnen von seiner Unterhaltung mit Thomas Herrick und seinen Gesprächen mit Langer und Alice Parnas berichtete. Er gab ihnen auch seinen Eindruck wieder, was die Wahrheit sein könnte und was nicht, vor allem im Hinblick auf die beiden letzten Gespräche. Als er fertig war, brachte die Kellnerin die Hamburger. Mooney nahm einen Bissen, kaute ein paarmal und spülte ihn dann mit Milch hinunter.

»Hört sich so an, als ob dieser Toy ein wirklich ernster Fall wäre«, sagte er. »Der Kerl könnte mit allem möglichen Scheißdreck in Verbindung stehen. Ein Bursche mit so einem Hintergrund! Bitte gib mir den Ketchup, Pete.«

»Ich finde, er ist noch lange nicht so unheimlich wie derjenige, der diese Filme in Auftrag gibt«, sagte Lapierre und schob die Flasche, die vor ihm stand, zu Mooney hinüber. »Ich schätze, es ist nicht einmal illegal, aber es hört sich bestimmt nicht besonders geschmackvoll an.«

Mooney schüttete eine gehörige Portion der dicken roten Sauce über seine Pommes und sagte: »Ich meine, wir sollten uns den kleinen Dreckfink schnappen und ihm drohen, daß wir ihn in seine Scheiß-Mongolei zurückschicken, wenn er nicht auspackt und uns sagt, was da vor sich geht.«

»Das dürfte nicht ganz leicht sein«, erwiderte Lapierre, legte den noch nicht gegessenen Teil seines Hamburgers in das Pappdeckelkörbchen und wischte sich die Finger an einer Papierserviette ab.

»Das brauchst du mir nicht zu sagen«, entgegnete Mooney gutmütig, schaute ihn an, während ein langes, vom Ketchup rotes Kartoffelstück an seinem Finger baumelte.

Lapierre nickte. »Ich bin ungefähr um halb elf dort gewesen. Seine Wohnung ist am Greenbriar Drive, nicht weit von der Holcombe. Es ist ein solider Block mit einem einzigen Eingang, und Toys Eigentumswohnung liegt am Ende einer seitlichen Zufahrt, eine Art Atriumhaus. Ich habe auf der anderen Straßenseite geparkt und bin hinübergegangen; dabei hab' ich nachgeschaut, ob entweder der Mercedes oder der Audi auf dem Parkplatz standen. Aber keiner von beiden war da, also bin ich zu der hinteren Einfahrt und habe die Abstellplätze, die mit Toys Nummern gekennzeichnet sind, in der Garage überprüft. Auch dort nichts. Es ist ziemlich ruhig dort, also bin ich wieder hinauf zu seiner Tür. Sie war zwar geschlossen, schien aber aufgebrochen worden zu sein, und das Schloß hing lose am Holz. Die Tür war nicht einmal eingeschnappt. Ich drückte dagegen und ging hinein.«

Er trank einen Schluck Coors Light.

»Die Schranktüren alle offen, ein paar von den Regalen leer. Sah so aus, als ob auch Töpfe und Pfannen verschwunden wären. Sonst war das meiste in der Küche geblieben, aber es machte den Eindruck, als ob alles durchgeschaut worden wäre. Die Schränke in den oberen Schlafzimmern sind ausgeräumt worden, ebenso die meisten Kommoden. Aus den Badezimmern sind die persönlichen Toilettensachen, Zahnbürste und so weiter verschwunden. Unten auf dem Teppich gab es Abdrücke, als ob dort ein Fernseher gestanden hätte, und auf einem Regal war ein Viereck mit dickem Staub, wo wahrscheinlich die Stereoanlage aufgebaut gewesen war. Darunter befand sich das Regal mit den Platten. Unter dem Türschlitz der Haustür lag haufenweise Post. Ich bin nach draußen, um nach den Zeitungen zu sehen. Donnerstag bis heute.

Es sieht so aus, als ob sie rasch mal umgezogen wären. Fast alles andere, was man zum Wohnen braucht, war da. Ich habe an anderen Türen in der Wohnanlage geklopft, aber niemand hat etwas gewußt, bis ich zu einer Frau kam, die sagte, daß sie mit den zwei Chinesinnen recht gut befreundet sei. Sie sagte, sie habe sie seit mehreren Tagen nicht gesehen. Meistens hielten sie sich in der Nähe des Pools auf. Ich versuchte, sie festzunageln, wie lange sie sie nicht mehr gesehen hatte, und sie meinte, das letzte Mal sei wohl Mittwoch gewesen. Also vor einer Woche. Sonst hatte ich bei niemandem Glück.«

»Hat denn jemand außer dieser Frau in der Wohnanlage Toy oder die Mädchen gekannt?« fragte Mooney. Er hatte seinen Hamburger aufgegessen und aß nun mit einem Zahnstocher lässig die restlichen Pommes frites. Im Licht, das durch das Fenster fiel, bemerkte Haydon, daß die kleinen scharlachroten Kapillarvenen an Mooneys Nase und an den Wangen stärker hervortraten. Sein Gesicht wirkte so, als ob er ständig einen leichten Sonnenbrand hätte. Seine irischen Ahnen hätten einem Sonnenstaat wie Texas fernbleiben sollen.

»Nein. Aber es sind acht Bungalows in diesem kompakten Würfel, und ich habe nur mit fünf Bewohnern gesprochen. Bei den zwei anderen war niemand zu Hause, wie ja auch bei Toy. Vielleicht wissen diese Leute etwas.«

»Die Zeitung von Donnerstag«, wiederholte Haydon nachdenklich. »Und die Tür aufgebrochen.«

»Ich nehme an, Toy hat die fraglichen Bänder«, sagte Mooney. »Und er weiß, daß noch jemand anders sie haben will. Was, glauben Sie, hat der kleine Scheißkerl vor?«

»Pete«, erklärte Haydon, »wir sollten die Kennzeichen von diesen zwei Autos so schnell wie möglich an die Verkehrsstreife rausgeben. Lassen Sie Toys Wohnung versiegeln und sprechen Sie mit den restlichen Bewohnern der Anlage. Ed, ich schlage vor, Sie suchen die Wohnung noch einmal durch. Vielleicht finden Sie ja doch noch etwas, das uns einen Hinweis gibt. Irgend etwas. Lassen Sie sich von Dystal die Genehmigung geben, bei den Fluggesellschaften und Busstationen nach Asiaten zu fragen, die an den ersten drei Tagen nach Mittwochabend von dort abgereist sind. Vielleicht sollten wir auch die Leihwagenfirmen fragen. Wenn Toy in der Stadt bleibt, wird er vielleicht nicht im Mercedes oder in seinem Audi herumfahren wollen.«

Lapierre nickte und machte sich ein paar Notizen.

»Haben Sie die Liste der Klienten von der Agentur?« wandte sich Haydon an Mooney.

»Hier ist sie.« Mooney faltete das Blatt auf, das er auf den Tisch gelegt hatte, und reichte es Haydon. »Ziemlich interessant«, sagte er. »Was glauben Sie, wer zu den Kunden zählt? Mrs. Harold Wilshire und Mrs. George Ginsberg. Kaum zu glauben, was? Damen der Gesellschaft, die eine Public Relations-Agentur beauftragen.«

»Das kommt häufig vor«, sagte Haydon und warf einen Blick auf die Liste. »In den nächsten paar Monaten ist es wieder jemand anders.«

Mooney schaute Lapierre an und riß die Augen weit auf. »Na ja, ein paar Politiker sind auch dabei. Das kann ich gerade noch verstehen. Diese Gauner brauchen doch alle Hilfe, die sie bekommen können. Und viele große Firmen. Langer ist anscheinend im ganzen Land eine große Nummer.«

»Haben Sie sich eine Kopie für die Akten angefertigt?« fragte Haydon.

»Klar.«

»Ich werde versuchen, mir über einiges Klarheit zu verschaffen«, sagte Haydon. »Ich weiß zum Beispiel nicht, was Multicorp ist. Und Synco, TechGroup, United Merchantile und ein halbes Dutzend andere. Und ich will nicht zu Langer gehen, um mir diese Informationen geben zu lassen, denn dann könnte er erfahren, woher wir die Liste haben.« Er schaute Mooney an. »Sie haben sie doch unter allen Vorsichtsmaßnahmen bekommen, oder?«

»Ja. Das nette, kleine Ding, das sie für mich besorgt hat, glaubt, daß es, nur wenn sie äußerstes Stillschweigen bewahrt, eine Chance gibt, den verrückten Killer zu schnappen, der sich bei Langer Media herumtreibt. Sie wird bis ans Ende ›Was denn für eine Liste?‹ fragen, falls man sie zur Rede stellt. Ich habe sie sozusagen für uns rekrutiert.«

Frank Siddons warf einen Blick auf den Computerausdruck, der auf seinem Schreibtisch lag, und lächelte. Es machte ihm Spaß, als Bevorzugter einen Blick auf Insider-Informationen zu werfen. Eine der ersten Freuden als junger Anwalt war es für ihn gewesen, zu wissen, daß ihm die Beziehung zwischen Anwalt und Klient eine Welt der Geheimnisse öffnen würde, reine und profane, und daß die Leute, wenn sie seine Dienste in Anspruch nahmen, geneigt, ja gezwungen waren, ihm Dinge mitzuteilen, die sie sonst nicht einmal in der heiligen Abgeschlossenheit eines Beichtstuhls gestehen würden. Geheimnisse waren eine herrliche Sache. Er genoß sie sehr, und es machte ihm sogar Spaß, sie zu bewahren.

Das hier war natürlich eine andere Sache, aber trotzdem freute er sich, Informationen zu erhalten, die ihm eigentlich nicht zustanden. Es belebte ihn geradezu. Er hatte die meisten Kunden von Langer Media bereits identifiziert, hatte Haydon erklärt, was für Geschäfte sie trieben, über die Kontakte spekuliert, die Langer hergestellt und geschmiert haben mochte, damit er den Vertrag erhalten hatte, sie repräsentieren zu können. Eine große, unabhängige Ölgesellschaft, eine junge und sich rasch entwickelnde Computerfirma, eine größere Bank, eine Elektronikfirma, ein Speditionsbetrieb, eine Fluggesellschaft, eine Immobilienfirma, eine industrielle Großbaufirma, eine Hausbaugesellschaft, eine Textilfabrik, eine Holzhandlung, dazu Dutzende von Zwischenhandelsfirmen. Langer war mächtig, mächtiger, als Siddons vermutet hatte.

Aber das Lächeln war für die Entdeckung zweier besonderer Auftraggeber auf der Liste reserviert. Er hatte nicht gewußt, daß es zwei davon sein würden, aber wenigstens eine – damit hatte er gerechnet. Er nahm die unangezündete kalte Zigarre aus dem Mund und hielt sie mit der Linken, während der gichtige Zeigefinger seiner rechten Hand auf die Stellen zeigte.

»Da haben wir's, Stuart. Das, was den Gentleman von dort drüben im wahren Licht zeigt.« Damit deutete er mit dem Daumen über die Schulter auf das spiegelverglaste Gebäude von Roeg International. »Multicorp und Synco.«

»Sie gehören ihm?«

»Multicorp, ja. Eine Elektronikfirma in Denver.« Siddons lehnte sich in seinem alten Sessel zurück. »Vor ein paar Jahren hat das US-Militär unsere israelischen Freunde mit einer neuen Waffe beliefert, weil es sie erproben wollte, sobald sich dazu eine Chance ergab. Da die Israelis damals gerade dabei waren, den Libanon zu besetzen, um die PLO zu vernichten, hatte man die Gelegenheit, die Waffe erstmalig anzuwenden.

Man nennt sie die Vakuumbombe. Die Israelis haben sie bekommen und über einem Gebäude abgeworfen, in dem sich ihrer Meinung nach Yassir Arafat versteckt hielt. Er war nicht dortgewesen. Aber das Ding funktioniert folgendermaßen: Man wirft es aus einem Flugzeug ab, und es detoniert direkt über dem Ziel. Es explodiert, und der Luftdruck läßt das Gebäude *implodieren*, wobei alle Leute, die drinnen sind, auf der Stelle getötet werden, während die Bombe praktisch keinerlei Zerstörung an dem Gebäude und den umliegenden Häusern anrichtet. Genau das sollte sie tun, und das hat sie auch getan. Die Israelis brachten fast dreihundert Menschen um, nur um den Amerikanern zu beweisen, daß ihre Vakuumbombe eine erfolgreiche Waffe war. Sicher werden in Zukunft mehr davon hergestellt, und Multicorp produziert die Zünder. Roeg hat einen lukrativen Vertrag mit der Regierung.«

»Und Langer hat einen vermutlich ebenso lukrativen Vertrag mit Multicorp«, fügte Haydon hinzu.

»Ganz bestimmt. Es ist natürlich überwiegend defensive Public Relations. Die Linken lassen mit Vorliebe regierungsfinanzierte ›Munitionshändler‹ hochgehen, und Langers Firma versucht, Multicorp dabei zu helfen, daß sie nicht auffallen. Am liebsten würden sie die Multicorp unsichtbar machen.«

»Okay. Und was ist Synco?«

Siddons grinste wieder. »Synco ist noch interessanter und beansprucht vermutlich noch mehr Arbeit von Langer Media. Synco, Stuart, ist eine Scheinfirma. Der Strohmann für eine CIA-Desinformationsaktion in Mittelamerika. Speziell in El Salvador. Für die US-Regierung, die sich dort so dringend engagieren möchte, stellt El Salvador ein riesiges PR-Problem dar. Die korrupten Milizen, die wir dort unterstützen, die rechtsradikalen Todesschwadronen, die mit der Regierung konform zu gehen scheinen, unsere zunehmende militärische Präsenz, die geheimnisvollen Todesfälle unter Zivilisten, das alles und mehr muß der amerikanischen Öffentlichkeit schmackhaft gemacht werden, damit sie keine Protestmärsche veranstaltet und den Kongreß zwingt, sich von dort zurückzuziehen. Man kann sehr viel tun, um die Reportagen, die in die Staaten herüberkommen, etwas freundlicher zu frisieren. Langer hat eine ganze Schar von CIA-ausgebildeten Leuten, die dort unten arbeiten und versuchen, die Sache in den Griff zu bekommen.«

»Und warum macht es der CIA nicht gleich selbst?«

»Nun ja, allmählich kommt der CIA ja wieder auf die Sonnenseite, ich glaube, er versucht derzeit ein Comeback. Aber der Kongreß schaut ihm weiterhin auf die Finger. Sie können im Augenblick noch nicht allzu weit gehen. Dennoch wollen sie mehr erreichen. Also geben sie die Aufträge aus, die sie selbst nicht erledigen können. Desinformation und Medienkontrolle sind zwei Gebiete, auf denen das bisher erfolgreich funktioniert hat. Der CIA sagt: Hier ist eine nicht existente Firma, hier sind die Namen von ein paar Leuten, die wir ausgebildet haben, aber nicht mehr beschäftigen, und hier ist ein Auftrag, hier ist der Kontrakt.«

»Und das klappt?«

»Sehr gut sogar. Besser als die amerikanische Öffentlichkeit denkt. Und es funktioniert in zwei Richtungen. Diese Synco-Leute da unten versuchen gleichzeitig, das antiamerikanische Gefühl der Salvadorianer zu zerstreuen, denn sie kommen mit vollen Händen.«

Haydon streckte den Arm aus und drehte den Ausdruck herum, daß er ihn sehen konnte. Er studierte die Liste, während Siddons an seiner Zigarre kaute.

»Dann hat Langer also Kontakte in El Salvador. Leute, die sich dort auskennen und ihn hinbringen können, wo er will, ihm das zeigen können, was er sehen will.«

»O ja. Die meisten davon sind Salvadorianer, also Leute aus Mittelamerika. Der CIA benützt sie, wie er die Kubaner benützt hat. Bei Geheimaktionen ist es immer besser, Einheimische zu benützen. Die kennen sich aus.«

»Danke, Frank«, sagte Haydon und faltete die Liste zusammen. »Du warst mir eine große Hilfe.«

»Mein Vergnügen. Es hat mir Spaß gemacht, deine Liste zu studieren.« Er grinste. »Glaubst du, daß du den Fall lösen kannst, Stuart?«

»Ich bin jetzt zumindest näher dran als zuvor.«

Der alte Mann nickte, ließ die Maduro zwischen seinen Zähnen rotieren. Seine ruhigen Augen waren auf Haydon gerichtet.

Haydon wartete ein paar Sekunden, bevor er aufstand. »Feltner hat mir gesagt, daß keiner von den Managern, die nahe an Roeg herankommen oder die früher zu seinem ausgewählten, inneren Kreis gehörten, berichten würden, wie es ist, für ihn zu arbeiten. Er behauptet, sie seien nicht bereit, Auskunft über seine Macken und Exzentrizitäten zu geben.«

»Das kann ich mir denken.«

»Ich muß jemanden finden, der dazu bereit ist.«

»Vielleicht fährst du einfach hin und sprichst mit ihm«, schlug Siddons vor.

»So weit bin ich noch nicht.«

»Denkst du an etwas ganz Bestimmtes?«

Haydon überlegte, bevor er antwortete. »Wayne Powell hat nachts in Langers Labor Videobänder kopiert. Es gehörte nicht zu seiner eigentlichen Arbeit, sondern war eine Art zweiter Job. Seine Freundin meinte, der Film, den sie einmal gesehen hatte, sei von einem ehemaligen Kriegsreporter aufgenommen, den ›ein Mann‹ engagiert hatte, um an heißen Punkten dieser Welt möglichst grausames Kriegsfilmmaterial zu bekommen, je blutiger, desto besser. Viel davon kam aus Lateinamerika. Langer behauptet, nichts davon zu wissen, und daß er Powell die Einrichtungen benützen ließ, weil er von ihm erpreßt wurde. Er weiß angeblich nicht, was Powell nachts in dem Labor getan hat, und es sei ihm auch egal gewesen.

Ich nehme an, Powell hat auch in der Nacht, als er ermordet wurde, Videobänder bearbeitet, und vermutlich hat ihm das, was auf diesen Bändern dargestellt ist, den Tod gebracht. Der Kriegsreporter und Kameramann ist untergetaucht, und jemand hat in seiner Wohnung eingebrochen und alles durchsucht.«

Haydon fühlte geradezu, wie der alte Mann seine Nervenenden ausstreckte und vorsichtig die Elektrizität in der Luft prüfte.

»Vielleicht sagt Langer sogar die Wahrheit«, fügte Haydon hinzu, »und das, was zwischen Powell und dem Reporter vor sich gegangen ist, hat nichts mit Langer zu tun. Aber ich glaube Langers Geschichte nicht, daß Powell ihn erpreßt hat. Und das eröffnet zumindest in meinen Gedanken eine Menge sehr komplizierter Möglichkeiten, die selbst Josef Roeg mit in die Sache hineinziehen könnten.«

Nach einem Augenblick fragte Siddons: »Du bist ziemlich sicher, nicht wahr?«

»Ich weiß noch nicht genug, um ziemlich sicher sein zu können.«

Siddons schaute ihn an. Er hatte die Zigarette aus dem Mund genommen. Seine bleichen, mit Altersflecken übersäten Hände lagen auf dem dunklen, glänzenden Holz des Schreibtischs. »Vielleicht hat ja auch Jack Feltner keine ganz korrekte Auskunft erteilt«, sagte er.

24

Er wohnte in Hunters Creek, eine aus einer Vielzahl von eingemeindeten Kleinstädten innerhalb des Stadtgebiets von Houston, die als Memorial Villages bekannt waren. Zusammen umfaßten sie elf Quadratmeilen des vornehmsten und teuersten Grundbesitzes westlich des Loop und entlang dem Memorial Drive. Sein Haus lag mitten in zehntausend Quadratmetern üppig bewaldeten Landes an der Pifer Road, einer Querstraße der Beinhorn. Hier standen die Pinien dicht beisammen und bildeten ein undurchdringliches Unterholz. Wenn die Sonne hindurchkam, dann nur in einzelnen Flecken, wenn sie sich mühsam von den Wipfeln zur mulchenen Erde nach unten kämpfen konnte, und dort wurde sie von der grünen Dämmerung verschluckt.

Haydon bog nach dem Zaun aus Halbstämmen in eine Privatstraße ein und folgte ihr, bis sie vor dem flachen Haus endete, das so dicht in den Wald eingepaßt war, daß sich Haydon wunderte, wie die Erbauer das geschafft hatten. Es war ein Heim im Ranchstil, etwa zwanzig Jahre alt, aus walnußbraunen Ziegeln und einem Dach aus Zedernholzschindeln, die verwittert waren und so grau aussahen wie der Waldboden. Das Haus fügte sich großartig in seine Umgebung ein, die es noch einsamer und abgeschlossener erscheinen ließ.

Es standen keine anderen Wagen in der Auffahrt, es gab keine sichtbare Garage, und erst als Haydon den Motor des Vanden Plas abgeschaltet hatte, sah er den schmalen, gepflasterten Pfad, der zwischen den Bäumen hindurch auf die Rückseite des Hauses führte. Am Rand der Auffahrt gab es eine Holzbrücke mit einem Geländer aus einfachen Bohlen, die sich über einen Graben oder ausgetrockneten Creek spannte und auf einen Weg aus Kalksteinplatten und zur Haustür führte. Die Piniennadeln lagen so dicht auf dem Boden, daß es Haydon so vorkam, als überquerte er die Brücke auf einem tiefen Teppich. Als er sich der Haustür näherte, hörte er eine Spottdrossel im dichten Unterholz singen und sog den Duft des Waldes tief in seine Lungen.

Er drückte auf den Klingelknopf an der Tür und wartete.

»Wer da?« Eine Frauenstimme kam aus dem vergitterten Lautsprecher. Eine Frau in mittleren Jahren, dachte Haydon.

»Stuart Haydon, für Mr. Greiner.« Er fragte sich, ob auch seine Stimme ihr als die eines Mannes in mittleren Jahren vorkam.

»Einen Moment, bitte.«

Er wartete, schaute in den Wald auf der rechten, dann auf der linken Seite. Als die Tür geöffnet wurde, stand ein stämmiger, muskulöser junger Mann dahinter, ganz in Weiß gekleidet. Haydon entschied auf den ersten Blick, daß es eine Art Uniform sein mußte: ein engsitzendes, die athletische Figur betonendes T-Shirt, eine weiße Baumwollhose, ein weißer Gürtel, weiße Schuhe mit Kreppsohlen. Ein Krankenpfleger. Der junge Mann sagte Hallo und schaute hinter Haydon hinaus auf die Zufahrt.

»Sie sind allein gekommen.« Es war eine Feststellung, aber Haydon sagte dennoch ja. »Fein – kommen Sie herein.« Er trat zurück, und Haydon gelangte in einen Schwall kühler Luft und den schwachen Duft von Holzfeuern, der vom Winter hängengeblieben war.

Das Haus war riesig. Die Decken waren nicht hoch, aber die Räume breiteten sich aus und verliefen ineinander und in alle Richtungen. Er konnte durch breite Durchgänge in andere Bereiche des Hauses sehen. Direkt vor ihnen war eine Glaswand, die nach draußen ging, und als Haydon den geräuschlosen Schritten des Pflegers folgte, stellte er fest, daß es nur eine von drei Glaswänden war, die einen großen Teil des Waldes sichtbar machten. Das Haus war ganz mit Teppich ausgelegt, was jedes

Geräusch im Inneren schluckte, während der Wald alle Geräusche von draußen dämpfte. Die Stille war fast bedrückend. Haydon fühlte sich ein wenig unbehaglich.

Sie folgten einem breiten Korridor, mit dem Wald hinter Glas auf der einen Seite und hier und da einer Tür auf der anderen. Der Pfleger blieb vor einer Doppel-Kassettentür stehen und zog beide Flügel auf. Als die Türen in die Wände verschwanden, betrat der junge Mann den Raum, und Haydon folgte ihm. Es war der letzte Raum in diesem Flügel des Hauses, lang, mit einer nach außen gewölbten Wand am entgegengesetzten Ende, auch sie war aus Glas. In der Mitte des riesigen Raums saß ein Mann in einem Rollstuhl und schaute hinaus auf die Bäume.

»Hier ist Mr. Haydon, Sir«, sagte der junge Pfleger.

Der Rollstuhl sirrte und drehte sich langsam um. »Philip Greiner«, sagte der Mann, während der Stuhl auf Haydon zurollte. »Frank hat mich angerufen und Sie angekündigt.«

Er hielt vor Haydon an. Offensichtlich war er ein sehr kranker Mann. Haydon schätzte ihn auf Mitte Fünfzig, aber es war schwer zu beurteilen, weil seine Muskeln auf dramatische Weise geschwunden waren, was seine Haut an den Wangen und unter dem Kinn lose hängen und zuviel rotes Gewebe unter den Augäpfeln sehen ließ.

»Amyotrophische laterale Sklerose«, sagte er. »Es fing an, als ich mich von der Arbeit zurückgezogen habe. Als ich versuchte, die Früchte meiner vielen Arbeitsjahre zu genießen.« Er lachte, und es war kein bitteres Lachen. Er schien sogar so etwas wie Humor in dieser Ironie des Schicksals zu finden. Sein Kopf zuckte ein wenig, dann fiel er ihm auf die Brust wie bei einem Baby, das gerade dabei ist zu lernen, wie man den Kopf hochhält, aber noch nicht die Kraft dazu besitzt. Der junge Mann kam zu ihm und half ihm, den Kopf zu heben, bis Philip Greiner Haydon wieder ins Gesicht schauen konnte.

»Das kommt vor«, sagte Greiner. »Hoffentlich ist es Ihnen nicht unangenehm.«

»Ich bin Ihnen dankbar dafür, daß Sie mir Ihre Zeit widmen«, erwiderte Haydon.

»Sie drücken auf den Summer, wenn Sie mich brauchen, Mr. Greiner?« fragte der junge Mann. Er stand zwischen dem Rollstuhl und der Tür.

»O ja. Danke, Mike. Danke.«

Der junge Mann ging hinaus und zog die doppelte Schiebetür hinter sich zu. Greiner bewegte einen Knebelschalter an der Armstütze des Rollstuhls, und der Stuhl drehte sich wie ein Roboter, fuhr bis ans andere Ende des großen Raums.

»Kommen Sie mit hier herüber. Wenn ich in der Nähe der Glaswände bin, habe ich das Gefühl, ich bin draußen im Wald. Das hilft.« Es gab bequeme Sessel in einem lässigen Halbkreis zum Wald, einen Couchtisch, einen Getränkewagen mit einer kleinen Eisbox, Mengen von Zeitschriften und ein paar Romane, die auf dem Boden lagen. Der Mann hielt mit seinem Rollstuhl in einer Lücke zwischen den Sesseln. »Setzen Sie sich, wo Sie mögen, Mr. Haydon. Ein Drink?«

»Nein, danke.«

Greiner lächelte zittrig. »Frank ist gut befreundet mit mir«, sagte er. »Schon seit – seit achtzehn Jahren. Ich habe zehn Jahre für Josef Roeg gearbeitet. Fünf Jahre habe ich gebraucht, um nach oben zu kommen, und fünf Jahre, um in den inneren Kreis zu gelangen.« Er lehnte seinen Kopf zurück auf eine gepolsterte Stütze, die offenbar eigens für ihn in den Stuhl eingebaut worden war. Da er den Kopf nicht ganz gerade hielt, schaute er Haydon durch leicht gesenkte Lider an. »Frank sagte, Sie wollten etwas über das Uhrwerk des Menschen Roeg wissen, und man sagte Ihnen, niemand, der etwas weiß, sei bereit, es zu verraten. Wollen Sie wirklich keinen Drink?«

Haydon schüttelte den Kopf. Es war schwer zu sagen, wie groß Greiner war. Der Rollstuhl wies viele Batterien und Geräte auf, und der Mann, der darinsaß, wirkte relativ klein. Aber vielleicht kam es auch daher, daß der marineblaue Hausmantel, der ihn fast verschluckte, für den Mann gekauft worden war, den er vor seiner Krankheit dargestellt hatte. Sein hellblauer Pyjama mit dunkler Einfassung schaute am Kragen, an den Ärmeln und unten an den Beinen aus dem Hausmantel hervor.

»Frank hat Ihnen gar nichts von mir erzählt, nicht wahr? Er hat Ihnen nicht einmal gesagt, daß ich im Rollstuhl sitze.«

»Das stimmt.«

Greiner fragte: »Sind Sie ein Mensch, der Selbstbeobachtungen anstellt, Mr. Haydon?«

»Das nehme ich an«, antwortete Haydon. »Innerhalb vernünftiger Grenzen.«

Wieder lächelte Greiner. »Innerhalb vernünftiger Grenzen, ja. Nun, ich sage Ihnen, ich habe es nie getan. Aber in den letzten vierzehn Monaten bin ich der introspektivste aller Menschen geworden. Churchill sagt, es konzentriert die Gedanken auf wundervolle Weise, wenn man beschossen wird. Er hatte recht, aber wenn Stücke von einem weggerissen werden, hat das dieselbe Wirkung. Ich meine *wirkliche Stücke*, und nicht nur den Körper.

Ich werde Ihnen erzählen, was in vierzehn Monaten mit einem Mann geschehen kann und wie sehr das seine Gedanken ›auf wundervolle Weise‹ konzentriert. Vor nicht viel mehr als einem Jahr hatte ich alles: eine lukrative Karriere, einen beträchtlichen Status, eine zauberhafte Frau, eine wunderbare Tochter. Im Mai, vor vierzehn Monaten, haben Janet, meine Frau, und ich hier gesessen, gerade da, wo Sie und ich jetzt sitzen. Es war ein Samstagvormittag, und wir hatten eben einen Anruf von Denise, unserer Tochter, erhalten. Sie verließ das Internat Chapel Hill, um über die Sommerferien nach Hause zu kommen, und rief kurz noch einmal an. Janet und ich hatten darüber gesprochen, wie wir uns darauf freuten, sie hier zu haben. Janet nahm ein neues Heft von *National Geographic*, das eben mit der Post gekommen war, in die Hand und sah es durch, als sie plötzlich seufzte und über dem Sofa zusammenbrach. Genau hier. Tot. Herzschlag.«

Er hielt inne, als versuchte er, sich bis in die kleinsten Details daran zu erinnern, wie es geschehen war.

»Wissen Sie, bei mir hätte es niemanden gewundert. Ich habe geraucht, habe ein bißchen getrunken, hatte eine Manager-Position, in der ich ständig unter Streß stand. Nach der Wahrscheinlichkeitsrechnung hätte ich es sein müssen. Ein paar Tage danach saß ich wieder hier. Allein. Ein Witwer. Aber Denise war hier, und wir verbrachten den Sommer zusammen.

Drei Monate später, nachdem ihre Sommerferien zu Ende waren, fuhr Denise im Herbstregen zurück ins Internat. Ihr Wagen wurde aus einer Kurve getragen, und sie war tot. Als ich den Anruf erhielt, bin ich fast selbst gestorben. Wirklich.«

Greiner rollte den Kopf auf die andere Seite und schaute hinaus in den Wald. »Drei Monate danach, kurz vor Weihnachten, hat mich Roeg pensioniert. Sechs Wochen danach entdeckten die Ärzte die amytrophische laterale Sklerose bei mir. Eine Krankheit, für die es keine Heilung gibt.«

Er rollte den Kopf wieder herum und schaute Haydon an. »In den vergangenen fünf Monaten habe ich, sagen wir, etwas mehr als ›innerhalb vernünftiger Grenzen‹ Selbstbeobachtungen angestellt. Sicher haben auch Sie schon über Schicksalsschläge gelesen, die den Menschen begegnen. In den Zeitungen. Jemand erlebt eine Serie von Tragödien, und Sie schütteln den Kopf und blättern weiter zum Sportteil. Ich habe es genauso gemacht – was hätte ich auch tun sollen?«

Danach entstand kurzes Schweigen, dann berührte Greiner den Knebelschalter an seinem Rollstuhl, der ihn in einen besseren Winkel zu Haydon brachte.

»Was wollen Sie über Roeg wissen?« fragte er. Er schien alles gesagt zu haben, was er über die tragischen Ereignisse in den letzten vierzehn Monaten seines Lebens hatte sagen wollen.

Haydon kam es so vor, als sollte er irgendwie auf Greiners Story antworten, auf sie eingehen, aber ihm fiel nichts ein, was im Vergleich zu dem ungeheuerlichen Geschehen nicht trivial geklungen hätte. Also folgte er Greiners goldener Brücke, schlug seine langen Beine übereinander und begann, ihm einen behutsamen Überblick des Falles zu geben, wobei er darauf achtete, genügend Zusammenhänge herzustellen, daß Greiner erkennen konnte, wie Roeg in die Sache paßte und warum Haydon mehr Informationen über ihn brauchte. Er erwähnte nicht Langers Namen, doch es zeigte sich, daß das eine naive Auslassung war. Während er sprach, schloß der kranke Mann die Augen. Er lächelte einmal über irgend etwas, war abgesehen davon aber bewegungslos.

Als Haydon am Ende war, öffnete Greiner die Augen und berührte wieder den Knebelschalter, gerade lange genug, daß der Motor sirrte. Er setzte den Rollstuhl damit nicht in Bewegung; es schien eine Art nervöser Tick zu sein, um seine Gegenwart in der Welt der Lebenden zu bestätigen.

»Sie sprechen natürlich von Bill Langer«, sagte Greiner. »Hören Sie, bevor ich Sie ins Licht setze, könnten Sie herkommen und diese Kopfstütze ein wenig verstellen?«

Haydon stand auf und ging hinüber zum Rollstuhl.

»Auf der Rückseite des verchromten Schafts, der das Ding hält, ist eine Flügelschraube. Lockern Sie sie und neigen Sie das Polster etwas weiter nach vorn. Gut, großartig. Genau richtig. Danke.«

Haydon kehrte zu seinem Sessel zurück und setzte sich wieder.

Greiner berührte den Knebelschalter und wartete einen Moment, bevor er zu sprechen begann. Vielleicht brauchte er ein paar Sekunden, um sich auf das Thema zu konzentrieren.

»Josef Roeg ist in jeder Hinsicht ein sonderbarer Mensch. Er sieht sonderbar aus, er verhält sich sonderbar, und er hat eine der ungewöhnlichsten Zwangsvorstellungen, die es auf der Welt gibt. Er liebt die Gewalt. Das heißt, er liebt es, sie zu beobachten. Ein klugerweise passiv bleibender Beobachter.

Er besitzt ein Filmarchiv in seiner großen Villa drüben beim River Oaks Country Club. Eine Art riesiger Safe mit genau kontrollierter Feuchtigkeit und Temperatur, um die alten Filme ebenso zu bewahren wie die neuesten Magnetbänder in Videotechnik. Er hat Hunderttausende ausgegeben, um dieses Archiv zusammenzustellen. Es enthält die grausamsten Dinge, die jemals auf Film oder Video gebannt wurden. Meistens Kriegsfilmmaterial, natürlich, da das die einzige Art von Gewalttaten enthält, die man legal filmen kann. Er hat Kopien von dem Material, das die meisten Sender niemals zeigen würden. Er hat Filme von Verhören durch die Nazis, von Grausamkeiten der SS in den

Konzentrationslagern, von Vergasungen. Diese Schweinehunde waren die ersten, die ein solches Archiv anlegten: dokumentarisches Material zur Vernichtung von Menschen. Eine Geschichte des Dritten Reiches. Auf diesen Filmen finden entsetzliche Dinge statt, die Sie nicht glauben würden. Die Dokumentarfilme, die man im Fernsehen zu sehen bekommt, kratzen noch nicht einmal an der Oberfläche des Materials, das zur Verfügung steht.

Wie Sie wissen, befindet sich Roegs Verwaltungszentrum in der Innenstadt. Aber er selbst arbeitet von seiner großen Villa aus. Von dort gehen seine Anweisungen hinaus in die wirkliche Welt, wo er die menschliche Schwäche dazu nutzt, seine Firmen zu bewegen. Er arbeitet in einer riesigen, langen Halle. Am einen Ende stehen sein Schreibtisch und seine Computer-Bildschirme, alle elektronischen Geräte, die er braucht, um mit dem Rest der Welt in Verbindung zu treten. Ich wette, in dieser Villa gibt es mehr Kabel als in vielen großen Konzernen. Am anderen Ende des großen Raumes ist eine Filmleinwand in die Decke eingelassen. Das Filmarchiv erreicht man durch zwei Türen, die an einer Seite von der Halle abgehen. In der Mitte des Raums ist ein Filmprojektor fest installiert. Die meisten Videobänder sind auf Filmmaterial übertragen worden, damit er sie auf der großen Leinwand betrachten kann.«

Greiner legte eine Pause ein und hustete; dabei versuchte er, das Gleichgewicht zu halten, den Kopf in der Kopfstütze und den Körper an der Rückenlehne des Rollstuhls. Wenn er zur Seite gerutscht wäre, hätte er von jemandem wieder gerade hingesetzt werden müssen.

»Wissen Sie, die Muskeln werden nach und nach immer schwächer«, erklärte Greiner. »Sie atrophieren. Man wird völlig hilflos. Schließlich kann man nicht einmal mehr sprechen, weil die Stimmbänder sich nicht mehr anspannen, und die Kiefernmuskeln sind nicht mehr in der Lage, den Unterkiefer hochzuziehen. Dann befindet man sich in einem Zustand der völligen Bewegungslosigkeit. Aber natürlich bleibt das Gehirn, bleibt der Geist in fabelhaftem Zustand. Er ist nur eingesperrt. Man kann denken, aber das ist alles, was man kann. Dann, mit der Zeit, versagen die Abwehrkräfte des Körpers. Man bekommt eine Lungenentzündung, eine Niereninfektion oder etwas ähnliches und kann nicht mehr dagegen ankämpfen. Man stirbt an etwas anderem, aber ALS ist die Ursache dafür.«

»Ich kann jederzeit wiederkommen«, sagte Haydon. »Wir brauchen jetzt nicht weiterzusprechen.«

»Lassen Sie es sich lieber sagen, solange es noch geht«, entgegnete Greiner grinsend. »Es handelt sich um eine rasch fortschreitende Krankheit. In meinem Fall ist später nicht gleich besser.«

Er schlug auf den Knebelschalter.

»Wir alle mußten die Filme sehen«, fuhr er fort. »Haben Sie eines dieser Bücher über Hitlers Gefolgschaft in der Reichskanzlei oder auf dem Obersalzberg gelesen? Die endlosen Stunden, in denen sie nach den allzu üppigen Mahlzeiten in weich gepolsterten Sesseln herumsaßen und gelangweilt mit dem Schlaf kämpften, aber blieben, weil es Hitler so wollte? Genau das war es, was Roeg in seiner großen Halle mit seinen privilegierten Managern tat. Nur daß wir, statt gelangweilt vor uns hin zu dösen, stundenlang die entsetzlichsten Grausamkeiten ansehen mußten.

Was ist die Wirkung einer solchen Art von ›Unterhaltung‹? Zuerst, als ich der Weihe dieser Nachmittage und Abende für würdig befunden wurde, war ich fasziniert. Niemand hatte mich aufgeklärt oder vor dieser Seite von Roegs Wesen gewarnt. Gott, ich hatte bis dahin niemals so etwas gesehen. Ich sah jedes Bild, das sich über die Leinwand bewegte. Zuerst kam es mir gar nicht so unheimlich vor, doch dann wurde mir nach und nach unbehaglich. Es war einfach zuviel, es wirkte krankhaft. Ich beobachtete die anderen. Einer, der es geschafft hatte, aus Roegs Sichtlinie zu gelangen, schloß einfach die Augen und schlief. Ein anderer litt deutlich beim Anblick dieser Scheußlichkeiten. Bei mehr als einer Gelegenheit gingen ein paar von uns zwischen den einzelnen Filmen auf die Toilette, und dieser eine mußte sich fast immer übergeben. Er sagte nie etwas darüber, und wir auch nicht. Aber er kam immer zu spät zum nächsten Film.«

»Und keiner außer Roeg selbst hatte Vergnügen an solchen Dingen?«

»O doch. Zwei oder drei von uns hat das sicher sehr erregt. Und ich will die Sache gar nicht mit moralischer Entrüstung betrachten. Keiner von uns wurde ausschließlich abgestoßen von dem, was er sah. Man stellte oft fest, daß man gegen seinen Willen davon fasziniert war. Es war nun einmal unglaubliches Material. Die Intensität der Gewalt wirkte hypnotisch. Nach einer Weile erkennt man, daß es nichts gibt, was die Menschen einander nicht antun können, und daß im Grunde auch auf dem Gebiet der Gewalt nichts Neues mehr erfunden wurde. Es ist alles schon einmal getan worden, in endlosen Variationen. Wir wiederholen die Ungeheuerlichkeiten von Generation zu Generation, von einem Volk zum anderen. Und es fehlt uns nie an Opfern, die wir mit unseren Vorurteilen verfolgen.

Seltsamerweise hat mir dieser ständige Beschuß mit Grausamkeiten sogar eine gewisse Distanz gegeben, ja, und eine neue Perspektive. Man kann nicht leugnen, daß es in gewisser Weise stimulierend wirkt. Gewalt weckt einen primitiven Urinstinkt in uns. Wir nehmen sie auch in der Gesellschaft in regelmäßigen Dosen ein, in Filmen, Büchern, im Fernsehen und aus den Zeitungen. Wir lieben die kleinen Schocks, die wir daraus gewinnen. Aber wenn man stundenlang dasitzt, Tag für Tag, und echte Gewalt betrachtet, nicht nur die verklärende Version Hollywoods, dann sieht man sie als eine reale Größe, eine erkennbare Macht. Es ist, als könnte man das alles destillieren, in ein Reagenzröhrchen füllen und dann in seiner reinsten Form betrachten. Man erkennt, daß es für die Gesellschaft so gefährlich ist wie ein tödlicher Bazillus.«

»Wie hat Roeg die Zeit gerechtfertigt, die er auf diese Weise seinen Managern von den eigentlichen Aufgaben weggenommen hat?«

»Wenn man für Roeg arbeitet, muß man sich daran gewöhnen, daß er einem einen großen Teil der Zeit wegnimmt. Der Mann hat keine Familie und keine gesellschaftlichen Verpflichtungen. Er versteht es nicht, jemanden einzuladen und sich mit ihm zu unterhalten, aber dennoch will er Gesellschaft. Da er keinen einzigen wirklichen Freund hat, soviel man weiß, benützt er seine leitenden Angestellten als Ersatz. Im Grunde sind sie reine Prostituierte. Sie werden hochbezahlt, aber er hat das Recht, sie jederzeit zu sich zu rufen, wenn ihm danach ist. Jederzeit.

Die Zeit, die man ihm opfert, ist nicht die Arbeitszeit. Man muß seinen Job tun, sonst wäre man nicht in dieser Position. Es ist die Zeit, die man normalerweise mit der Familie verbringt und die man ihm opfert. Erst kommt Roeg. Er scheut nicht davor zurück, einen von zu Hause zu sich zu rufen, von einer Party mit Freunden. Jederzeit. Und wenn man hinkommt, kann er vielleicht nicht klarmachen, worüber er mit einem sprechen oder was er tun wollte, also sitzt man wieder da und sieht Filme an.«

»Wie meinen Sie das, er kann nicht klarmachen, was er will?« fragte Haydon.

»Er ist gesellschaftlich völlig ungeschickt«, sagte Greiner und richtete den Blick wieder direkt auf Haydon. »So einfach. Er kann geschäftliche Besprechungen führen, sobald man sich an seine sprunghafte Art der Kommunikation gewöhnt hat, aber wenn das Geschäftliche erledigt ist und er einen noch bei sich halten will, weiß er nicht, wie. Und dann kommen die Filme.« Greiner lehnte den Kopf wieder etwas mehr zurück. »Es ist jämmerlich.«

»Wie viele Leute nehmen an diesen Nachmittags- und Abendsitzungen teil?« fragte Haydon.

»Das ist verschieden. Einige der Leute, die zum inneren Kreis gehören, wohnen außerhalb, so daß sie nicht regelmäßig daran teilnehmen können. Ich würde sagen, meistens vier oder fünf. Abgesehen von Langer und Roeg selbst. Ich glaube, das meiste sind sieben Zuschauer.«

»Hat er Photographen engagiert, als Sie noch dort hingingen?«

»Das weiß ich nicht. Wissen Sie, Roeg hat sein Leben in einzelne Bereiche aufgeteilt. Jeder Manager hatte nicht nur seinen eigenen Bereich im Konzern zu betreuen, sondern auch einen bestimmten Bereich aus dem Leben von Roeg. Der eine war für administrative Arbeiten auf dem Besitz verantwortlich, engagierte die Gärtner, die Angestellten und genehmigte Verbesserungen und Reparaturen. Ein anderer war für alle Transporte zuständig, kümmerte sich um die Limousinen und rüstete sie mit den Extras aus, die Roeg haben wollte, ließ die Lear-Jets auf dem Flughafen warten und engagierte Chauffeure und Piloten. Jeder von uns hatte seinen Bereich. Wir hatten nicht nur unsere Familien, sondern auch einen Teil von Roegs Leben zu betreuen.«

»Und Langer?«

»Wissen Sie, bemerkenswerterweise hat keiner von uns über unsere Verantwortung oder den Ärger, den wir damit hatten, mit den anderen gesprochen. Das ist schwer zu glauben, ich weiß, aber es gab einen sehr guten Grund dafür: Solange man nichts davon wußte, konnte man auch nicht dafür verantwortlich gemacht werden. Und genauso wollte es Roeg haben. Auch er hatte seine Gründe dafür – gesetzliche und praktische.

Aber wir wußten es natürlich.« Greiner lächelte traurig. »Roeg sagte zum Beispiel in Anwesenheit der anderen: ›Phil, haben Sie den neuen Teppich in der Rue LaMarque legen lassen?‹, und damit wußte jeder, daß ich verantwortlich war für Roegs Häuser außerhalb seines Heims. Er mußte häufig reisen und besaß Wohnungen in sechs Metropolen. Ich mußte mich um sie kümmern, um das Personal und darum, daß sie bereit waren, wenn er sie brauchte. Oder er sagte: ›Wes, haben Sie sich um das Ding für Chuck gekümmert?‹ Wir wußten, daß Chuck der Pilot war und daß Wes daher für das Transportwesen zuständig war.«

Er ließ eine Pause entstehen, und sein Blick wanderte auf den Wald. Im ganzen Haus gab es kein Geräusch. Es schien zeitlich und räumlich entrückt zu sein, getrennt von der Welt durch das Glas und den Wald. Haydon kam sich vor wie in einem Museum, wo die Bäume und Büsche ein Diarama waren, in dem Szenen aus der Wildnis dargestellt wurden. Wenn man genau genug hinschaute, sah man ein ausgestopftes Eichhörnchen mit etwas staubigem Fell, Vögel mit ausgebleichten Federn, die unbeweglich auf toten Zweigen saßen, einen erstarrten Waschbären neben einem Teich aus leuchtend blauer Plastikfolie.

Greiner richtete seinen Kopf wieder auf Haydon.

»Ja, Bill war für die Archive zuständig. Und für den Photographen.« Er sagte es, als zöge das Wort seine Lippen zusammen, während er es aussprach, und dabei waren seine Augen auf die von Haydon gerichtet. »Ich bin schwer krank, Mr. Haydon. Ich werde bald sterben. Aber ich bin bei weitem nicht so krank wie damals, als ich für Josef Roeg gearbeitet habe.«

Danach entstand eine lange Pause. Haydon fühlte geradezu, wie der Teppich nach oben langte, um jedes noch so verstohlene Geräusch zu schlucken, sogar seinen eigenen Herzschlag.

»Es ist erstaunlich«, sagte Greiner, »wie erwachsene, intelligente Männer sich manipulieren lassen von – von jemandem wie Josef Roeg. Ihre Bedürfnisse werden zu ihren Schwächen, und auch ein kleiner Mann kann gewaltige Kraft erlangen mit Hilfe dieser Schwächen.«

25

Ricky Toy ging durch den Windfang vom Parkplatz in den von Gebäuden umschlossenen, viereckigen Hof. Er war in Gedanken versunken und hörte die Mädchen, bevor er sie sah. Das heißt, er hörte das dumpfe *whampp* des Sprungbretts, bevor er die Mädchen hörte. Er schaute über die ausgedörrte Grasfläche zum Pool und sah Lai, die gerade aus dem Wasser kletterte. Yue lag auf einem rostigen Liegestuhl mit ausgebleichten grünen Plastikbändern. Und drei Männer saßen in Poolsesseln um sie herum und unterhielten sich mit ihr. Lai kam aus dem Wasser, und ein Kerl mit einem weißen Froschbauch und einer Dose Pearl-Bier kämpfte sich aus seinem Stuhl, um ihr ein Strandhandtuch zu reichen. Lai lächelte strahlend und begann ihre langen, bronzebraunen Arme mit dem Handtuch zu trocknen. Der Kerl mit der Pearl-Dose vergaß, was er wollte, stand da und schaute sie einfach an.

Toy lächelte und folgte dann dem Plattenweg um das Viereck

unter den Balkonen und den Absätzen der Treppen, die zu den Apartments im ersten Stock führten, ging vorbei am Burger Boy-Grill, den bunt zusammengewürfelten Gartenmöbeln, vergilbten Topfpflanzen, die jemand an die Sonne gestellt hatte, einem Motorrad, das überholt wurde, aber vorübergehend verlassen war, und einem Zehngang-Fahrrad, das mit einer Kette an einer der Treppenstützen festgemacht war. Er kam zu ihrer Apartmenttür und ging hinein, drinnen direkt zum Kühlschrank und nahm sich eine Tecate und eine Zitronenscheibe heraus. Dann setzte er sich an den Tisch in der Kochnische und schaute zu, wie die Mädchen die hiesigen Jungs am Pool heiß machten.

Jetzt waren sie schon eine Woche hier. Die Mädchen hatten nicht lange gebraucht, um das Apartment bewohnbar zu machen. Die abrupte, wenn auch vorübergehende Verschlechterung ihrer Lebensverhältnisse hatte sie keineswegs deprimiert. Sie waren jene unvergleichliche Kombination, wie man sie oft bei asiatischen Frauen erlebt: köstlich feminin, aber zugleich überraschend hart und unverwüstlich. Sie waren immer bereit, das Beste aus dem zu machen, was ihnen das Leben bot. Wenn es Überfluß war, dann genossen sie ihn wie erfahrene Genießerinnen, die sich mit den schöpferischen, sybaritischen Freuden auskannten; waren die Zeiten einmal schlechter, ertrugen sie sie mit einem schweigenden Stoizismus, den die meisten Außenstehenden nicht verstanden. Hongkong-Ladys.

Am Tag nachdem sie eingezogen waren, hatte Toy die Kennzeichen an ihren Wagen ausgewechselt, und die Mädchen fuhren mit dem Audi zum Einkaufen. Er sagte ihnen, daß sie nicht sehr lange in dem Apartment wohnen würden, also besorgten sie sich Leihmöbel und ließen sie noch am gleichen Tag liefern. Sie schrubbten die Wohnung von oben bis unten, putzten die Fenster, schamponierten die Teppiche, damit sie auf sauberem Boden barfuß gehen konnten, und brachten es fertig, daß es bald frisch und angenehm in dem Apartment roch. Sie kauften Zierpflanzen, richteten die Kochnische ein und machten es sich bequem. Immer vergnügt, ganz gleich, was einem das Leben brachte. Hongkong-Ladys.

Am dritten Tag setzten sie sich an den Pool, und die Jungs kamen wie die Kakerlaken aus dem hölzernen Geviert. Sie versammelten sich, um den Mädchen zuzuschauen, konnten ihren Augen nicht trauen, konnten nicht glauben, daß diese zwei langbeinigen, fast nackten Mädchen hier in *ihrem* alten Apartmentkomplex wohnten. Sie konnten es auch nicht glauben, als ein Bursche namens Toy, der Stahlwolle auf der Brust, einen Tom-Selleck-Haarschnitt und das Gehirn zwischen den Beinen hatte, völlig aufdrehte und seine Freizeit an Yue verschwenden wollte. Er brachte seine ungeschickte Pfote an eine Stelle, die für ihn nicht zugelassen war, und die beiden Mädchen beendeten sein Abenteuer dadurch, daß sie ihm die Daumen brachen. Man machte nicht eines der Mädchen unglücklich, ohne das andere auch unglücklich zu machen. Die beiden paßten aufeinander auf. Das war Regel Nummer eins. Es ging natürlich auch in der anderen Richtung: was eine von beiden mochte, das mochte auch die andere. Und am meisten mochten sie, mit uneingeschränkter Zuneigung, Ricky Toy. Er lächelte. Hongkong-Ladys.

Vor zwei Tagen hatte Toy die einzelne Dreiviertel-Inch-Kassette abgeschickt. Roeg mußte sie inzwischen bekommen und mit seinem Archiv-Faktotum gesprochen haben, dem vermutlich kein Essen mehr geschmeckt hatte, seit dcr arme, alte Wayne gefunden worden war. Toy hatte die Kassette in einen Umschlag gesteckt. Keinen Zettel, keine Notiz. Und er hatte das Päckchen per Einschreiben geschickt, so daß Roeg selbst bei Empfang unterschreiben mußte, damit es nicht eine Woche lang herumlag. Toy hatte sich entschlossen, ihnen noch diesen Tag und den Abend zu geben. So, wie die Post funktionierte, würde Roeg das Päckchen nicht vor heute nachmittag erhalten. Morgen würde Toy bei Langer anrufen und einen Termin mit Roeg persönlich vereinbaren.

Er ging in Gedanken eine Checkliste durch. Er war bei einem Anwalt gewesen. Nicht bei irgendeinem, sondern bei einer der Kanzleien, deren Name Roeg etwas bedeutete – falls es nötig wurde und die Zeit dafür gekommen war. Er hatte sein Testament aufgesetzt, sich vergewissert, daß er das, was er wollte, auch tun konnte, daß die Bedingungen bis ins kleinste befolgt wurden, daß nichts dazwischenkommen und die Umstände ändern konnte, wobei er die Bedingungen, die er Roeg stellen würde, durch ihre Unmöglichkeit wenig attraktiv erscheinen ließ. Es mußte hundertprozentig stimmen – davon hing sein Leben ab.

Er hatte sich einen Safe bei der TexCorp Bank gemietet und sein nettes kleines Paket dort deponiert. Er hoffte, daß es für immer versiegelt bleiben würde. Nie wieder berührt, es sei denn ohne Öffnung zerstört, nachdem Toy ein langes, glückliches Leben hinter sich hatte. Er war nach Panama geflogen, mit einem Ticket, das er auf den Namen Richard K. Malik gekauft hatte, und alles übrige mit dem gierigen, schmierigen Alvaro Nunez Chamaco arrangiert. Es hatte natürlich kein Problem gegeben, und er war noch am selben Abend zurückgeflogen.

Das einzige, was ihm bei der Sache wirklich Sorgen machte, war die Möglichkeit, daß ihn jemand entdeckte, bevor alles erledigt war. Aber selbst dann – war er nicht trotzdem sicher, jetzt, nachdem das Testament geschrieben, nachdem alles geordnet war? Nein, nur dann, wenn er es Roeg erklärt hatte. Nach dieser Begegnung. Und dann die Mädchen... Wenn Roegs Leute sich die Mädchen schnappten, mußte er einen Rückzieher machen. Vielleicht sollte Richard M. Kaun einen Wagen mieten und die Mädchen wegschicken, bis alles erledigt war. Er dachte darüber nach. Schaute hinaus auf den Pool und überlegte.

Grover Ellis saß auf einem Küchenstuhl aus Holz, bei dem die Lehne fehlte, und schaute auf die Sonne, die durch die schmutzigen, nackten Fenster hereinströmte. Er hatte sich eine Zigarette angezündet, damit er nicht den menschlichen Urin riechen mußte, der das verlassene Apartmenthaus getränkt hatte, welches seit Jahren ein Unterschlupf für Penner und Heroinsüchtige war. Sein weißes Anzughemd hatte große Schweißflecke unter den Armen, seine Krawatte war gelockert, und er schaute auf Boney Walker hinunter, der auf dem Boden lag.

»Läßt du mich eine rauchen?« fragte Boney. Er lag auf der Seite, die Hände mit einer elektrischen Schnur auf dem Rücken gefesselt, die Füße ebenfalls gefesselt und mit den Händen zusammengebunden. Er hatte die ganze Nacht in dieser Stellung verbracht, auf einer Matratze mit Rattenscheiße, die an seiner verschwitzten Haut klebte, wenn er sich bewegte, um seine schmerzenden Muskeln zu lockern. Seine Jockeyunterhose war ebenfalls durchgeschwitzt und gelb, weil er sich während der Nacht bepißt hatte.

Ellis ging hinüber zu ihm, hockte sich hinunter und steckte die Zigarette zwischen Boneys Lippen. Dann zündete er sich selbst eine neue an, erhob sich und ging zurück zu seinem Stuhl.

»Ich hätte nicht gedacht, daß du zurückkommst«, sagte Boney und rollte die Zigarette mit Lippen und Zunge in einen Mundwinkel, damit er auf der anderen Seite sprechen konnte. »Ich hab' nicht geschlafen, hab' mich immer bewegen müssen, um die Ratten zu verscheuchen, Mann. Eine von den kleinen Biestern hat mich trotzdem gebissen. Da unten, an der Zehe. Kannst du die Stelle sehen? Das Blut?«

Ellis schaute hin. »Ich sehe nichts.«

»Ach, Scheiße«, wimmerte Boney. Er sog an der Zigarette. Dabei zitterte er ein wenig. »Was wirst du tun?«

Boney Walker war in seinen ganzen achtunddreißig Jahren ein Gauner gewesen. Zweimal hatte er eingesessen, im Brazoria County. Einheit Ransey II und Einheit Darrington. Er war groß und schlaksig. An seinem nackten Körper waren ein paar Messernarben zu sehen. Der Mann hatte kein leichtes Leben hinter sich, gewiß nicht.

»Ich schätze, ich werde dich umbringen«, sagte Ellis.

»Ach, Scheiße, Mann.« Boneys Stimme zitterte. Er kniff die Augen zu gegen den Zigarettenrauch. »Ich schwöre bei Gott, daß ich nix weiß von einem Chinesen. Wir sind *Brüder*! Du kannst mich doch nicht umbringen, Mann.«

»Boney, ich tu' nur das, was du an meiner Stelle tätest«, sagte Ellis.

»Nein, das *kannst du nicht*!« protestierte Boney.

»Was würdest du denn tun?« Ellis' Stimme war ruhig, gelassen.

»Ich würde mir *glauben*, Mann. Denkst du vielleicht, ich lasse mich von dir umbringen, nur um einem Gelben den Arsch zu retten? Ich will meinen eigenen Arsch retten.«

»Ich weiß nicht, was du tun würdest, Boney. Aber ich weiß, daß du der einzige bist, den ich in die Sache eingeweiht habe. Ich hab' den Mann nicht in das Lagerhaus reingelassen.«

»Ich auch nicht!«

Ellis gefiel das alles nicht. Sie hatten Walker aus dem Fifth Ward hierhergebracht in dieses verlassene Haus, wo sie ihn in einem Zimmer im ersten Stock abgeladen hatten. Er hatte noch einmal gekotzt, und sie hatten dagestanden und auf ihn hinuntergeschaut und sich überlegt, ob er loskommen würde. Ellis hatte Bedenken gehabt, er könnte in seiner eigenen Kotze erstikken, wenn sie ihn allein ließen. Er wollte ihn nicht allein lassen, fürchtete, ein Penner oder Kinder könnten ihn finden und die Polizei verständigen. Er befürchtete, Boney könnte sich irgendwie befreien und abhauen.

Schließlich ließen sie ihn hier liegen, ohne ihn auch nur mit dem Finger zu berühren. Sie hatten ihn eine halbe Stunde lang über Toy ausgefragt, aber er schwor, daß er nie etwas von ihm gehört hätte. Sie hatten ihn bedroht, aber es hatte nichts genützt. Er sagte, er habe keine Ahnung, wovon sie überhaupt redeten. Schließlich hatten sie ihm Ellis' Taschentuch um den Mund gebunden und ihn liegengelassen, waren einfach gegangen, ohne noch etwas zu ihm zu sagen. Aber Ellis mußte am nächsten Tag zurückkommen und die Sache so oder so zu Ende bringen.

Er konnte es kaum glauben, daß er in diesem Rattenloch saß, sich dieses blöde Stück Scheiße anschaute und ihm erklärte, daß er ihn umbringen würde. Er hatte sein ganzes Leben lang gearbeitet, um sich über verwahrloste Menschen, verwahrloste Gebäude und verwahrloste Lebensansichten erheben zu können. Jetzt war er hier und übte Druck auf einen Berufsverbrecher aus, und es fiel ihm nicht einmal schwer. Er merkte, daß er sich gar nicht so weit über Leute wie diesen Boney Walker erhoben hatte.

Er hatte bessere Sachen an als Boney mit seiner Unterhose aus den Restbeständen der Armee, aber dennoch war er hier und trieb schmutzige Geschäfte mit schmutzigen Leuten an schmutzigen Orten.

Seine Gedanken wurden unterbrochen durch blubbernde Geräusche von Boney.

Er weinte und redete mit sich selbst. Der kalte Filter der Zigarette lag auf dem Boden, vor seinem hageren Gesicht.

»Ich bin ja nur 'n armer Nigger. Mein Gott. So weit ist es gekommen. Ich liege in der Rattenscheiße. Hab' meine Unterhose vollgepißt. Nie eine Chance, das war es.«

»Halt's Maul«, sagte Ellis zu ihm. Auf der Schnellstraße, ein paar Blocks entfernt, heulten Lastzüge über den Beton. Und wenn er nichts aus Walker herausbrachte, wie stand er dann da? Dann würde es aussehen, als ob Toy durch ihn diese Falle hätte stellen können. Glaubten sie wirklich, daß er so etwas tun würde? Und glaubte er wirklich, daß Walker nicht wußte, was da vor sich ging?

Er stand auf. Walker zuckte zusammen und schaute ihm nach, als er zur Tür ging.

»Was machst du? Hey, Bruder! Wo gehst du hin?« Seine Augen rollten in den Höhlen wie bei einem schwarzen Darsteller in einem Schmierentheater.

»Fang nicht weiter zu schreien an«, sagte Ellis. »Ich geh' nur runter zum Wagen, bin gleich wieder da.«

Er ging auf einen Gang, um eine Treppensäule und die Treppe hinunter. Dann trat er durch eine Halle auf die schmale Straße hinter dem Haus. Er sperrte den Wagen auf und nahm einen Beutel mit einer Zugschnur aus dem Handschuhfach. Schloß es wieder, sperrte den Wagen ab und ging wieder hinauf.

Walker lag auf dem Rücken und wartete auf ihn. Ellis ging wieder zu dem Stuhl ohne Lehne und öffnete den Beutel. Er nahm einen Smith & Wesson Chief's Special Kaliber .38 heraus und überprüfte ihn. Dann langte er wieder in den Beutel, holte einen langen Zylinder heraus und schraubte ihn auf die Mündung des Revolvers.

»O Scheiße«, wimmerte Walker.

»Was kann ich sonst tun, Boney?« fragte Ellis. »Du hilfst mir in keiner Weise. Ich hab' dir lange genug Gelegenheit dazu geboten. Ich hab' dir ein gutes Geschäft angeboten, und du legst mich rein, und als ich gekommen bin, um mit dir zu reden, hast du versucht, mich wegzublasen. Das war nicht gut, Boney. Das hättest du nicht tun sollen.«

»Aber du wirst mich doch nicht schlagen«, jammerte Walker.

»Nein, ich werde dich nicht schlagen«, sagte Ellis. »Warum sollte ich? Ich hab' mir den Mund fransig geredet, um was aus dir rauszubringen. Das Prügeln ist nicht meine Art.«

Ellis schüttelte den Kopf und drehte den Schalldämpfer fest. Dann ging er zu Walker hinüber und bückte sich über ihn.

»Die Sache ist, Boney, ich würde dir sogar glauben, wenn du nicht durch die Tür geschossen hättest. Du hast mich erwartet, Bruder. Und warum? Weil du etwas getan hast, was du nicht hättest tun sollen. Du hast es ganz genau gewußt. Also bring' ich dich hierher und stell' dir eine Frage. Du willst mir nicht antworten, auch gut. Ich mach' es nicht einmal auf die harte Tour. Ich blas' dir nur die Augen aus, und dann arbeite ich an einer Sache weiter, die mir mehr einbringt.«

Walkers Gesicht war schweißüberströmt. Sein wolliges Haar war mit Staub, Rattendreck und kleinen Holzspänen gespickt. Der Ausdruck auf seinem Gesicht war eine Studie langsamer Erkenntnis.

»Warum hast du auf mich geschossen, Boney?«

»Mann, ich hab' doch nicht gewußt, daß *du* es warst. Ich mache auch Geschäfte mit anderen, bei denen ich meine Knarre brauche.«

»Hast du meine Stimme nicht erkannt?«

»Bestimmt nicht!« Boneys Tonfall war hoch – kurz vor dem Quieken.

Ellis dachte, er sollte vielleicht den Schalldämpfer direkt vor Boneys Gesicht halten, doch dann entschied er sich anders. Es würde besser wirken, wenn er zurücktrat. Also erhob er sich und trat zurück, wobei er den Blick nicht von Walker wandte. Er hob den Revolver an, und der lange Schalldämpfer sah tödlich und gespenstisch aus.

Er hatte die Waffe fast horizontal, als Walker schrie: *»Okay! Aaah! Ohhh!«* Wieder lief ihm Urin aus der Unterhose und an seinem Bein entlang, »Oooooh!« Walker hatte den Bauch eingezogen, den Kopf nach hinten gerissen, und man sah sein Herz gegen den Brustkorb schlagen unter der dünnen Membran schwarzen Fleisches. Er war angespannt wie eine Violinsaite; wenn man an ihm gezupft hätte, dann hätte er vibriert. Ellis senkte den Revolver, und Walkers Muskeln entspannten sich. Er rollte nach vorn, auf den Bauch, in die Pfütze, die er gerade hatte entstehen lassen.

»Verdammt, du Scheinehund!« sagte er schluchzend. »Ich werd' dir sagen, wie es mit Ricky Toy war.«

Ellis blieb stehen, wo er war. Walker schniefte und ließ sich eine Minute Zeit, um sich zusammenzureißen. Er bewegte sich nicht, und sein Gesicht war auf den Dreck und die Rattenscheiße gerichtet.

»Dieses beschissene Lagerhaus in Chinatown.« Er sagte es, als ob es Ellis klar sei, welches Lagerhaus er meinte. Ellis wartete, bis Walker es näher erläuterte. »Am Nachmittag, nach dem zweiten Mal, kommt einer an meine Tür, weckt mich auf und hält mir seine Scheiß-Kanone ins Gesicht, ich soll ihn reinlassen. Er setzt mich hin und zeigt mir ein paar Bilder. Ich bin drauf mit einem Gewinner, und wie ich mit einem Verlierer umgehe. Alles, was gemacht worden ist. Er sagt, er weiß, was da vor sich geht, und er sagt es der Polizei, wenn ich ihm nicht einen Schlüssel gebe. Er will nur einmal nachts dabeisein. Und daß er etwas zahlt. Er macht mir klar, daß ich keine andere Wahl hab', also hab' ich es getan.«

»Du hast ihm den Schlüssel gegeben?«

»Ja. Ich hab' noch einen gehabt.«

»Woher hat er gewußt, daß wir dort waren? Wie ist er überhaupt auf dich gekommen?«

»Das hab' ich ihn auch gefragt. Sagt, es geht mich nix an. Wenn ich sage, daß er kommt, dann kommt er wieder zu mir und bläst mich weg. Er ist ein gemeiner Hund. Hält mir die Mündung der Knarre in die Nase, in ein Nasenloch, dreht sie herum und schiebt sie nach oben. Was hätte ich tun sollen? Wollte, ich hätte nie von euch gehört. Seit ich euch kenne, stecke ich in der Scheiße bis obenhin! Ein armer Nigger, verdammt!«

Auf einmal wurde sich Ellis der erstickenden Hitze in dem Raum bewußt und des überwältigenden Geruchs nach Walkers Urin. Der Schweiß schien ihm aus allen Poren zu brechen. Die Flecken unter den Achseln hatten sich bis zum Hosenbund ausgebreitet. Er hörte Fliegen, sah sie um Walkers Gesicht schwirren.

»Hast du ihn noch mal getroffen?«

»Da kannst du verdammt recht haben. Zwei Nächte später wach' ich auf, mitten in der Nacht, und dieser gelbe Schweinehund war vor meinem Bett und schiebt mir die verdammte Kanone zwischen die Eier. Er fragt mich, ob ich den Mund gehalten habe. Ja, ja, sage ich. Er stößt mir die Kanone in die Eier. Gut, sagt er.«

»Ist das alles?«

»Das reicht. Mir reicht's, Mann, ich will nichts mehr wissen.«

»Du weißt also nicht, wo er ist?«

»Scheiße, nein. Aber er weiß immer, wo ich bin.«

Danach herrschte langes Schweigen; es war still bis auf die Geräusche von der Schnellstraße und dem Sirren der Fliegen.

Walker wandte den Kopf vorsichtig Ellis zu, rollte die Augen so weit herum, wie er konnte, und fragte sich, was jetzt mit ihm passieren würde.

Ellis kam herüber und hockte sich auf die Fersen. »Jetzt zeige ich dir, mit was für Leuten du es hier zu tun hast«, sagte er.

26

Das Gespräch mit Philip Greiner hatte Haydon deprimiert, und zwar aus mehreren Gründen. Greiner hatte mehr als genug private Tragödien erleben müssen, und es war schwer, sich nicht von den herzzerreißenden Details seiner Geschichte beeinflussen zu lassen, obwohl er sein Schicksal mit erstaunlicher, philosophischer Haltung angenommen zu haben schien. Haydon hatte das Gefühl, daß seine eigene Neigung zur Selbstbetrachtung ihn unter ähnlichen Umständen nicht zu einer so distanzierten Sicht der Dinge gebracht hätte. Greiner war ein ganz besonderer Typ von Mensch, der offenbar trotz allem besser überleben konnte als die meisten. Aber was es auch war, das ihn dazu brachte, Haydon empfand dafür keine geistige Verwandtschaft. Dennoch beneidete er den sterbenden Mann um seine Fähigkeit, sich noch tiefer in sich zu versenken und daraus immer wieder Kraft zu gewinnen.

Wieder einmal war Haydon eingekeilt im Verkehr des Spätnachmittags. Dabei war er nicht so unklug, auf den Loop zu fahren. Statt dessen bog er vom Memorial Drive auf den Chimney Rock ab und folgte ihm über den Buffalo Bayou. Hinter Woodway folgte er der breiten Straße nach San Felipe, wo er wieder links abbog und auf die andere Seite des Loop kam. Er war zu sehr in Gedanken versunken, um sich über den Verkehr zu ärgern, der in der glühenden Nachmittagshitze nur sehr zögernd vorankam.

Der andere Grund für seine Deprimiertheit nach seinem Gespräch mit Greiner lag natürlich in dem, was er über Roeg und Langer erfahren hatte. Er fürchtete, daß Langer, ob er es wußte oder nicht, zu tief in der Sache drinnensteckte, als daß er da noch ungeschoren herauskommen konnte. Die Macht, die Roeg seinen Managern bot, war eine enorme Verführung. Jeden Tag unterwarfen sich in dieser Stadt geistig intakte Männer den Mächtigen für weit weniger Verlockungen, als sie Langer geboten wurden. So oder so, Langer steckte bis zum Hals im Schlamassel. Er wußte etwas über Powells Tod, wenn er ihn nicht sogar selbst umgebracht hatte, und er vertuschte sein Wissen, um seine eigenen Interessen und die von Roeg zu wahren, wenn es hier überhaupt einen Unterschied gab.

Haydon bog auf die Briar Oaks Lane ab und folgte der gewundenen Auffahrt zum Eingang des Remington. Er überließ den Vanden Plas dem Parkdiener und ging hinein. Als er durch den Salon kam, schaute er sich schnell bei den Gästen um, ob Siddons dort war. Manchmal nahm der alte Mann hier ein paar Drinks, während er auf seine Frau wartete, die mit ihm dinierte. Aber er war nicht da, und Haydon ging weiter durch den Korridor zur Lounge. Er blieb an der Loge des Geschäftsführers stehen und übergab ihm seinen Piepser. Er mochte es nicht, wenn das Ding losging, während er unter Leuten war. Der Geschäftsführer konnte ihn, wenn notwendig, benachrichtigen.

Bevor er die Lounge betrat, ging er zu den Telephonzimmern und rief zu Hause an. Gabriela kam an den Apparat, und Haydon fragte sie, ob sie von Nina gehört hatte. Ja, Nina würde mit Mr. Mandel und den Nordstroms bei Tony's zum Dinner sein. Sie hoffte, er könnte um acht Uhr dazukommen. Es gab nicht viel Post; sie las ihm die Absender vor. Mr. Clay, der Steuerberater, hatte angerufen, und eine Frau hatte vor zwei Stunden ein Päckchen für ihn abgegeben. Haydon versteifte sich.

»Wer war das?«

»Sie hat keinen Namen gesagt.«

»Haben Sie gefragt?«

»Nein.«

»Was ist in dem Päckchen?«

»Wie soll ich das wissen?«

»Sie hat es nicht gesagt?«

»Nein.«

»Wie hat sie ausgesehen?«

»Eine Frau. Was meinen Sie, wie sie ausgesehen hat? Es war eben eine Frau.«

»Können Sie sie beschreiben?«

Danach entstand eine längere Pause.

»Ich glaube nicht. Sie hat nichts Besonderes an sich gehabt.«

Haydon gab es auf. Er dankte ihr und bat sie, Nina zu bestellen, falls sie noch einmal anrief, daß er es nicht schaffte. Es täte ihm leid. Dann ging er in die Lounge mit der Bar. Die mit dunklem Holz getäfelten, einzelnen Räume mit den niedrigen Balkendecken waren nicht allzu stark besetzt, und er war froh darüber. Er konnte sich nicht entscheiden, ob er einen Tisch wollte oder nicht, und ging durch die Lounge, während er versuchte, einen Entschluß zu fassen. Zwei seiner Lieblingsnischen waren bereits besetzt, also kam er im Bogen wieder zur Bar zurück und wählte einen kleinen Tisch gleich daneben an der Rückwand. Von dort aus hatte er gute Sicht auf die Bar und auf den Eingang. Sein Blick war jetzt in diese allgemeine Richtung gewandt.

Er bestellte sich beim Kellner einen Tanqueray mit Limone und zündete sich eine Zigarette an. Es war ihm fast peinlich, festzustellen, daß ihn das Bedürfnis nach einer Zigarette automatisch überfiel, wenn er einen Drink bestellte. Aber das war gut, das war sehr gut.

Nina wußte, daß er die Einladung zum Dinner nicht annehmen würde, und er mußte lächeln bei dem Gedanken an das panische Entsetzen, das Race überfallen haben mußte, als Nina darauf bestand, ihn einzuladen. Er fragte sich, ob Race versucht hatte, Nina davon abzubringen. Aber wenn, hätte er sie damit höchstens verärgert.

Seine Gedanken wanderten zurück zu Langer. Alice Parnas hatte Haydon eine plausible Verbindung zwischen Powell und Toy und zwischen Toy und lateinamerikanischen Kriegsfilmen geliefert. Die Verbindung zwischen Roeg und Langer und den Kriegsfilmen hatte er von Philip Greiner. Und zusätzlich hatte er diese Verbindung zwischen Roeg und Langer und Lateinamerika bestätigt bekommen durch Siddons' Wissen über deren Aktivitäten in diesen Ländern durch die CIA-Verträge. Es war eine Kombination von vielen Wahrscheinlichkeiten. Es gab keinen direkten Beweis dafür, daß Toy für Roeg arbeitete, aber es schien nahezuliegen, daß es so gewesen war. Und nach dem, was

Greiner über Langers Pflichten gesagt hatte, war Langer höchstwahrscheinlich derjenige, der mit Toy verhandelt und die Toy/Powell-Operation gemanagt hatte. Das brachte ihn allerdings in eine sehr mißliche Lage.

Es stellten sich folgende Fragen: Ist Powell umgebracht worden wegen dem, was er auf dem Material gesehen hatte, das von ihm bearbeitet worden war? Wahrscheinlich. War es Material, das Toy ihm gegeben hatte? Möglich. Aber wenn es die üblichen Kriegsfilme waren, was war dann den Mord an Powell wert gewesen? Etwas, das den CIA belastete? Möglich. Wer hätte es für nötig halten können, Powell umlegen zu lassen? Wenn die Sache mit dem CIA zusammenhing, konnte es praktisch alles mögliche sein. Roeg hätte ihn zum Beispiel töten lassen können, weil die Bänder den Nachweis einer Verbindung zwischen einer seiner Firmen und Geheimaktionen des CIA lieferten. Es wäre alles andere als eine Reklame für seinen Konzern gewesen, wenn herauskam, daß er für den CIA arbeitete. Aber wenn die Antworten in dieser Richtung lagen, warum hatte er dann Powell dieses Material überhaupt erst in die Hand gegeben?

Haydon zündete sich wieder eine Zigarette an und nickte dem Kellner zu für einen zweiten Tanqueray.

Vielleicht hatte Toy nebenher noch ein kleines Privatspielchen laufen, vielleicht ein Erpresserplan mit etwas, das er dort unten in Mittelamerika gefilmt hatte und das Roeg International oder Langer Media belasten würde? Wenn ja, dann hätte er durchaus das Band an Powell zum Bearbeiten geben können – steckte Powell mit drin oder hätte er das Band bearbeitet, ohne etwas davon zu wissen? –, und dann überraschte ihn jemand – Langer? – bei der Arbeit, erkannte die Möglichkeit zur Erpressung und brachte Powell um, weil er ihm den Mund schließen wollte. Danach setzte er seine Leute auf die Spur von Toy... Das würde erklären, warum Toy so plötzlich von der Bildfläche verschwunden war. Aber wenn Toy verschwunden war, dann deshalb, weil er wußte, daß man seinen Erpressungsplan entdeckt hatte. Und wann konnte er das frühestens bemerkt haben? Er hatte die Donnerstags-Zeitung nicht mehr mitgenommen oder gelesen, also mußte er spätestens am Mittwochabend abgehauen sein. In dieser Nacht war Powell ermordet worden.

Was für ein verdammtes Durcheinander. Warum sollte Toy den Mann ermorden wollen, dem er die Bänder zum Bearbeiten gegeben hatte? Brauchte er vielleicht Powells technische Erfahrung und hielt es dann für notwendig, ihn beiseite zu schaffen, nachdem er seinen Zweck erfüllt hatte? Das schien nicht plausibel. Er hätte es anders angestellt. Warum Powell so weit in die Sache hineinziehen, wenn man wußte, daß man ihn nachher dafür umlegen mußte? Es hätte sicher eine bessere Methode gegeben, damit fertig zu werden.

Er mußte unbedingt mit Dystal sprechen. Die ganze Geschichte mit ihm durchgehen, dann konnte der alte Bär darüber nachdenken und grübeln. Aber wie man es auch drehte und wendete, es sah nicht gut aus für William Langer.

Haydon zündete sich die dritte Zigarette an und gab dem Kellner ein Zeichen und bestellte sich einen dritten Tanqueray. Er trank und rauchte, während er zusah, wie sich Lounge und Bar mit den Leuten füllte, die vor dem Essen noch ein bißchen herumsitzen und Cocktails trinken wollten. Manche warteten das Nachlassen des Verkehrs ab, wie er selbst, manche waren Stammgäste an der Bar, die nicht an die weißgedeckten Tische wollten, sondern dasaßen und sich und die anderen in dem langen Spiegel hinter der Bar betrachteten.

Haydon beobachtete ein Paar, das wie er an einem unauffälligen Tisch an der Rückwand saß. Sie waren beide Anfang Vierzig, schätzte er. Die Frau wirkte ein bißchen nervös, wie sie ihren Cocktail trank, der Mann sehr nachdenklich, wobei er mit dem Boden seines betauten Glases immer wieder auf das weiße Tischtuch klopfte. Die Frau sagte etwas, und der Mann schüttelte langsam den Kopf und gab seine Antwort mit hoffnungsloser Resignation. Sie wandte sich ihm zu, wich ihm nicht mehr aus mit den Blicken und legte ihre Hand auf die seine, als sie wieder zu sprechen begann, jetzt mit flehender Miene. Haydon konnte fast schon die Tränen sehen. Der Mann hörte ihr zu, ohne sie dabei anzuschauen; sein Gesicht wurde kalt und gefühllos, als fürchte er, Emotionen zu zeigen. Er ließ sein Glas los und massierte sich das Gesicht mit beiden Händen. Als er die Hände wieder wegnahm, sah sein Gesicht noch müder und leerer aus. Die Frau beugte sich über den Tisch und schaute den Mann an, als wollte sie ihn umarmen und küssen. Sie hatte alle anderen im Raum vergessen. Der Mann nicht. Er sah sich rasch um, und dabei traf sich sein Blick mit dem von Haydon. Die beiden starrten sich einen Moment lang an, dann wandte sich Haydon ab, nahm den letzten Zug aus seiner Zigarette und drückte sie aus.

Als er es wagte, wieder in die Richtung zu schauen, tupfte der Mann gerade sein Glas am Tischtuch ab, und die Frau hatte sich zurückgelehnt und sah nervös aus wie zu Beginn. Haydon hatte schon Hunderte von Affären miterlebt. Sie waren nichts als Fallen. Nur wenige überlebten die erste Hitze der sexuellen Erregung und wurden trotz aller Widrigkeiten mehr, als sie hatten werden sollen. Und alle waren chaotisch.

Haydon wollte noch nicht gehen. Er bestellte ein Dinner, sautiertes Kalbsfilet mit Morcheln und Pfifferlingen, und dazu trank er ein Glas roten Bourgueil. Er war fast fertig damit, als er den Geschäftsführer durch die Tür der Bar kommen sah und etwas zum Barkeeper sagte, der durch das goldene Licht zu Haydon hinüberschaute. Haydons Magen zog sich zusammen, als der Barkeeper auf ihn zukam. Er trank schnell den Bourgueil aus.

»Ihr Piepser gibt Signale von sich, Mr. Haydon. Wollen Sie vom Tisch aus telefonieren?«

»Nein«, erwiderte Haydon und stand auf. »Ich gehe hinaus.«

Ed Mooney stand unter den hohen Baumwollbäumen, und die roten und die blauen Lichtblitze vom Wagen des Coroners und den Streifenwagen fielen abwechselnd auf sein Gesicht, während er sich mit zwei Streifenbeamten unterhielt. Die Nachbarn hatten sich in kleinen Gruppen am Rand des Lichts versammelt und schauten den Männern bei ihren Gesprächen zu. Zwei Jungen ohne Hemden hatten die Hände auf die Lenkstangen ihrer Fahrräder gestemmt, kauten Kaugummi und warteten darauf, die Leiche zu sehen. Jeder wartete, vergaß sein Lieblings-Fernsehprogramm und stand herum in Unterhemden oder Bademänteln, schlug nach den Mücken und wartete auf eine Chance, die Tote zu sehen.

»Sie ist noch genauso, wie die Nachbarsfrau sie gefunden hat«, sagte Mooney, während er sich umdrehte und mit Haydon zur Haustür ging. Er zog die Gittertür mit dem schmiedeeisernen Spinnennetz auf, und sie gingen in den Wohnraum, links durch einen Korridor und über eine winzige Diele ins Schlafzimmer.

Alice Parnas lag auf dem Bett in ihrem kleinen Schlafzimmer unter den Überbleibseln aus einer anderen Generation und dem Geruch nach Alter. Sie lag auf dem Rücken, etwas unelegant ausgestreckt, und ihr ausgebleichter gelber Hausmantel war bis zur Taille offen, mit dem Gürtel zusammengebunden und von der Taille nach unten wieder offen. Schweiß hatte das Haar um ihren Kopf getränkt, und selbst im Tod waren ihre Augen noch geschwollen vom Weinen. Dicht am Gummi ihrer hellblauen Schlüpfer war ein Loch. In der einen ihrer bleichen Hände hatte sie ein braunes Medizinfläschchen aus Plastik ohne Deckel.

Einer der forensischen Techniker aus Vanstratens Büro stand beim geöffneten Fenster, das auf den Vorgarten hinausging. Die Stimmen aus den Funkgeräten knackten in der Hitze draußen.

»Selbstmord«, sagte der Mann, der Ernest Leighton hieß und sich das Haar in fettigen Pomadewellen wie in den fünfziger Jahren kämmte. Er rauchte Kools und ließ manchmal die zerknüllten, leeren Päckchen an den Tatorten liegen, zu denen er gerufen wurde.

»Und das ist alles, was es dazu zu sagen gibt?« fragte Haydon. Er schaute Alice Parnas' geschwollene Augen an, ihre Wangen, die im Tod noch hohler wirkten.

»Genau«, erklärte Mooney.

»Ich habe sie nicht berührt bis jetzt«, erklärte Leighton. »Ich habe nicht einmal ihre Temperatur gemessen.«

Sie schauten sie alle an.

»Schließlich haben sie nicht immer auch noch das Fläschchen in der Hand«, meinte Leighton.

»Jeder will Detektiv spielen«, sagte Mooney, dann schaute er Leighton an. »Die Nachbarin ist herübergekommen und hat sie gefunden«, teilte er Haydon mit. »Sie sagte, der alte Chevy der Parnas hätte in der Einfahrt gestanden, also wußte sie, daß sie hier war. Das Haus war offen. Sie hat mehrmals gerufen, keine Antwort, also ist sie reingegangen und hat sie gefunden. Officer Weingarten da draußen hat den Funkspruch entgegengenommen, ist hergefahren und hat sich per Funk bei der Zentrale gemeldet. Während er wartete, hat er sich im Schlafzimmer umgesehen und Ihre Visitenkarte auf der Kommode dort drüben gefunden. Also hat er es an die Zentrale weitergegeben. Der Lieutenant hat mich angerufen, und ich habe Sie angerufen.«

Haydon hörte jemanden draußen lachen. Das Geräusch blieb in seinem Kopf und mischte sich mit dem Geräusch der schluchzenden Alice, eine Mischung der gegensätzlichsten menschlichen Emotionen in dem kleinen Schlafzimmer, wo Alices Nacktheit noch einmal im Mittelpunkt der gnadenlosen Augen von Fremden stand. Augen, die sie nicht einmal nackt sehen wollten, ja, die sich abwandten, weil sie durch den Tod ohne eine Erklärung ihr Recht, sie daran zu hindern, verspielt hatte.

»Wo ist der Deckel des Medizinfläschchens? fragte Haydon.

Mooney schaute sich um. »Ich weiß es nicht«, sagte er. »Haben Sie es gesehen, Ernie?«

»Wahrscheinlich in dem gelben Mantel oder so«, meinte Leighton. Er machte keine Anstalten, nachzusehen.

»Macht weiter mit ihr und bringt sie dann weg«, sagte Haydon. Er drehte sich um und verließ das Schlafzimmer. Danach stand er in der Mitte des Wohnraums und schaute nach dem schäbigen Sessel, auf dem Alice an jenem Morgen gesessen und geweint hatte. Die roten und blauen Blitze huschten über das Spinnennetzgitter. Haydon zündete sich eine Zigarette an. Er rauchte schon wieder zuviel. In seiner Freizeit hatte er das Rauchen auf sechs Stück pro Tag reduziert; heute hatte er schon die doppelte Menge hinter sich.

»Und was glauben Sie?« fragte Mooney.

Haydon zuckte mit den Schultern. Wenn er sagte, was er wirklich glaubte, würde Mooney denken, daß er die Verbindung mit der Wirklichkeit verloren hätte.

»Ich wollte zurückkommen und noch einmal mit ihr reden«, antwortete Haydon dann. »Sie hat mir eine ganze Menge verschwiegen. Sie wußte mehr über die Bänder, die Powell bearbeitete, als sie mir weismachen wollte. Ich weiß nicht, Ed, aber ich konnte sie heute morgen einfach nicht ausquetschen. Ich hätte es tun sollen. Es war ein großer Fehler.«

Während sie im Wohnzimmer standen, berichtete er Mooney über sein Gespräch mit Philip Greiner.

27

Haydon war auf halbem Weg nach Hause, als ihm einfiel, daß er vergessen hatte, Mooney zu fragen, ob er etwas in Toys Eigentumswohnung gefunden hatte. Aber das konnte bis zum nächsten Morgen warten. Er würde ohnehin Dystal anrufen, wenn er nach Hause gekommen war, und ein Frühstückstreffen vorschlagen. Sie mußten alles durchgehen, was sie inzwischen ermittelt hatten, und feststellen, wie die anderen die Beweise und Ermittlungen beurteilten, was immer von Vorteil war.

Es war kurz nach neun, als er durch die Einfahrt kam und auf dem knirschenden Aschenboden zur Wendestelle fuhr. Wieder war Ninas Wagen nicht da. Er ging durch den Vordereingang ins Haus und nahm sich die Post von dem kleinen Tischchen in der Halle, schaute dabei die Umschläge durch, während er in die Küche ging. Er legte die Post auf ein Küchenschränkchen, war schon dabei, sich eine Flasche Wein aufzumachen und fand dann aber, daß er genug Alkohol getrunken hatte, und langte nach dem Filter und den Tüten. Er gab Wasser für zwei Tassen in den Kessel und erhitzte es, während er zwei Löffel arabischen Mokka in den Filter gab. Als das Wasser kochte, goß er es in den Filter und schaute zu, wie der kräftige Mokka als sirupartige Brühe in die kleine Kanne tropfte.

Als alles Wasser durchgetropft war, stellte er die Kanne, eine Tasse mit Untertasse und das Sahnekännchen auf ein Tablett, legte die Post dazu, trug das Tablett in die Bibliothek und stellte es auf den Refektoriumstisch. Es brannten nur zwei Lampen: eine auf seinem Schreibtisch und eine auf dem alten Tisch. Er schenkte sich eine Tasse Kaffee ein und gab einen Kaffeelöffel Sahne dazu. Als er den ersten Schluck genoß, sah er das Päckchen auf seinem Schreibtisch.

Er hatte es völlig vergessen. Gabriela hatte ihm am Telephon mitgeteilt, daß eine Frau ein Päckchen und einen Brief abgegeben hatte. Ohne den Blick von dem Päckchen zu wenden, ging er mit der Kaffeetasse zu seinem Schreibtisch, zog den Captain's Chair aus Nußbaumholz heraus und setzte sich. Er trank noch einen Schluck Kaffee, die Augen nicht von dem Päckchen gewandt, und hoffte.

Die Größe des Päckchens stimmte, und es war in braunes Papier eingepackt, das früher einmal eine Einkaufstüte gewesen war. Ein Teil des roten Aufdrucks *Safeway* war noch auf der Vorderseite des Päckchens zu erkennen. Ein einfacher weißer Umschlag hing daran, unter einem grünen Gummiband, wie es zum Einpacken von Zeitungen verwendet wird.

Haydon stellte die Kaffeetasse ab und zog den Briefumschlag heraus. Er riß ihn auf und faltete das Blatt auseinander, das drinnen war. Eine mit Maschine geschriebene Seite – so eng beschrieben, daß die Schrift ganz bis zum Rand ging, und auch oben und unten war auf dem Blatt nur wenig Platz freigeblieben. Der Brief war mit ›Alice Parnas‹ unterschrieben.

Lieber Mr. Haydon;
nach Ihrem Besuch heute morgen habe ich darüber nachgedacht, was ich tun soll. Ich habe kein Recht, Ihnen etwas vorzuenthalten, denn ich weiß, daß Sie alles versuchen werden, um den Mörder des armen Wayne zu finden. Ich kann nicht immer weinen, und ich weiß in meinem Inneren, daß das Weinen nicht hilft, den Mörder zu finden, sondern nur egoistische Schwäche ist.

Ich kann nicht an meinen Arbeitsplatz zurück, denn das, was dort geklatscht wird, schmerzt mich so sehr, und das wunderbare Geheimnis, das Wayne und ich geteilt haben, ist jetzt zu einem Alptraum geworden, der immer schlimmer wird. Die anderen wissen natürlich nichts davon, und ich kann es nicht mehr ertragen, ihnen zuzuhören, weil er nicht mehr da ist, der das alles hätte zu nichts machen können. Ich habe eine Tante in New Mexiko, und ich werde zu ihr fahren und eine Weile bei ihr leben, bis ich mich entschieden habe, wie es weitergehen soll. Aber das kann Sie nicht interessieren. Ich werde Ihnen statt dessen sagen, was ich über die Ereignisse der Nacht weiß, in der der arme Wayne getötet wurde.

In der Nacht, als Wayne getötet wurde, sollte Ricky Toy von einer Reise aus El Salvador zurückkommen. Wayne wurde von Ricky Toy kurz nach Mitternacht angerufen; er wollte Wayne bei einer Drive-in-Bank drüben beim Shamrock Hilton Hotel treffen. Ich habe Ihnen ja schon gesagt, daß ich meistens mit Wayne ins Büro gegangen bin, wenn er diese Videobänder bearbeitet hat, aber da Ricky Toy das nicht wissen sollte, hat mich Wayne bei einem Drugstore abgesetzt. Er fuhr, um die Bänder von Ricky Toy abzuholen. Als er zurückkam, sagte er mir, daß da etwas Seltsames vor sich gehe, weil er nicht glaube, daß Ricky Toy überhaupt in El Salvador gewesen sei. Er hätte ihm Bänder von etwas anderem gegeben, ohne daß er sie wie immer nach dem Kopieren an Mr. Langer weitergeben sollte. Ricky Toy wollte nicht, daß Mr. Langer sie sah. Wayne nahm an, Ricky Toy wollte Mr. Langer erpressen. Ricky Toy sagte zu Wayne, er sollte die Bänder bearbeiten und ihn dann anrufen; er würde ihm sagen, was er damit machen sollte.

Wir fuhren ins Labor, und Wayne begann, die Bänder zu bearbeiten. Er sagte, er wolle nichts mit dem zu tun haben, was Ricky Toy da machte. Nur um unter Umständen Mr. Langer beweisen zu können, daß er nichts damit zu tun hatte, hat er von den Bändern eine Kopie für sich selbst gemacht. Er wollte Mr. Langer damit zeigen, auf welcher Seite er stand. Wayne wollte seinen Job nicht verlieren, weil er gut bezahlt wurde und weil er sich hier seßhaft machen wollte. Wir wollten schließlich eines Tages heiraten.

Während er an Ricky Toys Band arbeitete, hörten wir, wie jemand ins Büro kam. Wayne befürchtete, es könnte Ricky Toy sein, der die Bänder holen wollte – Wayne hatte Ricky Toy einen Schlüssel für sein Büro gegeben, schon vor langer Zeit –, also gab er mir die Kopie, die er für sich angefertigt hatte, sagte mir, ich sollte verschwinden, und er würde mich später anrufen. Ich konnte seinen Sportwagen nicht fahren, daher nahm ich einen Bus. Das war ungefähr um 2.30 Uhr.

Und das war das letzte, was ich von dem armen Wayne gesehen habe. Ich weiß zwar nicht, wen wir da ins Büro kommen hörten, aber wer es auch war, er hat Wayne umgebracht.

Ich hoffe, das Band sagt Ihnen etwas. Wir haben es angeschaut, und es schien uns irgendwie sinnlos zu sein, aber Sie kennen sich bestimmt besser aus mit solchen Dingen und können wahrscheinlich etwas sehen, was uns nicht aufgefallen ist.

Ich hoffe, das alles hilft Ihnen, Waynes Mörder zu finden. Ich möchte eigentlich nicht mehr darüber sprechen, aber vielleicht wollen Sie mir noch ein paar Fragen stellen, deshalb schicke ich Ihnen die Adresse meiner Tante, sobald ich dort bin. Ich gebe sie Ihnen nicht jetzt gleich, denn vielleicht gehe ich auch woandershin – ich weiß es noch nicht.

Alice Parnas

Haydon legte das Blatt auf den Tisch und saß ruhig da im weichen Licht seiner Schreibtischlampe. Dann erinnerte er sich daran, wie Alice Parnas auf ihrem schäbigen Bett gelegen hatte, der ausgebleichte, gelbe Hausmantel offen für die Augen der Fremden, ihre Augen noch geschwollen vom Weinen, das gezackte Loch unter dem Elastikbund ihres Schlüpfers. Er betrachtete wieder die Maschinenschrift, vor allem die letzte Zeile: »Vielleicht gehe ich auch woandershin, ich weiß es noch nicht.«

Danach langte er nach dem Päckchen und streifte das grüne Gummiband ab. Er wickelte das braune Papier aus und hatte eine Videokassette in der Hand. Ein Dreiviertel-Inch-Band. Er schaute es an. Es gab keine identifizierenden Markierungen. Plötzlich dachte er an Fingerabdrücke und öffnete eine der unteren Schubladen seines Schreibtisches, nahm einen weißen Gummihandschuh heraus, streifte ihn sich über, sagte sich gleich danach, daß das sinnlos war, zog ihn wieder aus und legte ihn in die Schublade. Dann ging er mit der Kassette in den Fernsehraum.

Er schaltete den Videorecorder und den Fernseher ein, dann steckte er die Kassette in den Schlitz des Recorders und drückte auf PLAY. Auf dem Bildschirm erschien statisches Blitzen. Dann begann die Aufzeichnung. Die erste Einstellung zeigte eine Tür in einem großen Raum. Das Licht war schlecht, und es schien von einer einzigen, nackten Glühbirne zu kommen, die direkt hinter der Tür in einer Fassung an einem Draht hing. Die Tür öffnete sich ein wenig, wurde geschlossen und dann wieder geöffnet. Drei Schwarze kamen herein, blieben dicht hinter der Tür stehen, schlossen sie hinter sich. Sie standen ein paar Minuten lang beisammen, während einer von ihnen auf die anderen einredete, als ob er ihnen Anweisungen gäbe. Seine Stimme war leise und klang wie verstellt. Haydon nahm an, daß der Kameramann zu weit von der Stelle, die er filmte, entfernt war. Hier und da nickten die beiden, als ob sie verstanden hätten. Es schien ihnen irgendwie unbehaglich zumute zu sein; sie schauten in dic noch dunkleren Ecken des Bildes. Alle drei Männer schwitzten. Der eine, der sprach, war groß und mager, noch nicht alt. Einer der anderen war noch jünger, stämmig, und trug ein Netzhemd, unter dem sich seine Muskeln wölbten. Der dritte hatte bunte Zuhälterkleidung an und schien am meisten entspannt zu sein, fast gelangweilt.

Als die drei Männer sich von der Tür entfernten, folgte ihnen die Kamera, aber nicht lange, denn dann verschwanden die Männer in der schmutzigen Dunkelheit. Wie Haydon feststellte, fand das Ganze in einer Art Lagerhaus statt.

In der nächsten Einstellung öffnete sich die Tür des Lagerhauses wieder, und zwei Männer kamen herein. Der erste war ein großer Schwarzer in einem Anzug. Er sah gut aus, mit einem Schnurrbart und einer athletischen Figur. Er kam Haydon irgendwie bekannt vor. Er hielt die Tür auf für einen zweiten Mann, der ebenfalls einen Anzug anhatte und ein wenig nervös wirkte. Die Kamera folgte auch ihnen durch die Gänge, die aus Stapel von Holzkisten gebildet wurden, bis die Dunkelheit sie verschluckte.

Wieder die Einstellung auf die Tür. Als sie diesmal aufging, kam als erster William Langer herein, gefolgt von einem zweiten Mann. Sie wirkten beide lässig, als sie aus dem Bild der Kamera schlenderten. Der Schwarze im Geschäftsanzug kam an ihnen vorbei, ging zur Tür hinaus und kam bald danach mit einem weiteren Mann zurück, der lässig gekleidet war, mit einem grobmaschigen gehäkelten Hemd. Langers Rücken kam ins Bild, und auch er ging hinaus. Als er wiederkam, hatte er ein klein und leicht gebautes Individuum bei sich, das schneller in die Dunkelheit eilte als die anderen.

Es war schwer einzuschätzen, wie lange die ganze Folge gedauert haben mochte, weil sicher zwischen den einzelnen Einstellungen mehrere Minuten vergangen waren. Haydon warf einen Blick auf das Zählwerk des Videorecorders. Es zeigte fast acht Minuten an.

An dieser Stelle gab es einen Schnitt im Band, und von da an änderte sich die Qualität der Bilder schlagartig. Die erste Einstellung war völlig dunkel, und es dauerte ein paar Sekunden, bis Haydon erkannte, daß es in diesem Dunkel Bewegungen gab. Nach und nach konnte er die grauen, rauchigen Umrisse der Männer ausmachen, die er zuvor hatte hereinkommen sehen. Sie schienen beisammenzusitzen oder -zustehen und schauten alle in eine Richtung. Und sie sprachen miteinander. Die Kamera zoomte auf ihre Gesichter, und obwohl die Beleuchtung sehr schlecht war, konnte man jeden erkennen. Die Kamera verweilte auf allen ein paar Sekunden lang, auch auf Langer und dem Schwarzen.

Dann schwenkte die Kamera von der Gegend, wo die Männer saßen, über einen Durchgang zu einer offenen Fläche. Hier wurde das Band fast weiß, Blitze huschten darüber hin und wuschen alle Umrisse fort. Haydon nahm an, daß man ein Objektiv mit großer Lichtempfindlichkeit benützt hatte, um die Männer in dem abgedunkelten Teil des Lagerhauses zu filmen, das dann zuviel Licht einließ, als der Kameramann auf die beleuchtete Gegend schwenkte. Er sah, daß sich jemand in der hellen Zone bewegte, konnte aber nicht erkennen, was dort geschah. Er vermutete, daß es der Schwarze war, der zu Beginn seine Anweisungen gegeben hatte. Die helle Gegend schien von Packkisten umgeben zu sein, und gerade als Haydon das mit ziemlicher Sicherheit erkannt hatte, richtete sich die Kamera wieder auf die Männer im Finstern und zoomte auf jedes der Gesichter. Dann war nichts mehr auf dem Band zu sehen.

Haydon schaute auf das Zählwerk. Das Band war sechzehn Minuten lang gelaufen.

Er drückte auf die Rückspultaste und lehnte sich zurück, um zu warten. Was hatte er da gerade gesehen? Im Grunde nichts, womit man jemanden erpressen konnte. Selbst wenn die Männer, mit denen Langer da gesehen wurde, bekannte Kriminelle wären, konnte er seine Anwesenheit auf ein Dutzend verschiedene Weisen erklären. Warum sie dortgewesen waren? Weil sie etwas sehen wollten. Sie wandten sich der hellen Stelle zu und warteten. Frage war, was sie zu sehen bekamen, und warum Toy das nicht gefilmt hatte.

Der Recorder hatte das Band zurückgespult und schaltete den Schnellauf aus; Haydon drückte auf die Taste EJECT und nahm die Kassette heraus. Er schaltete das Fernsehgerät und den Videorecorder aus und ging in die Bibliothek zurück. Dort nahm er seine Kaffeetasse, goß den kalten Kaffee in eine der Topfpflanzen an der Tür und schenkte sich eine frische Tasse aus der Kanne ein. Nachdem er Sahne hineingegeben hatte, war der Kaffee nur noch lauwarm. Er setzte sich damit an seinen Schreibtisch.

Vielleicht hatte er hier nur einen Teil dessen, was Toy in dem Lagerhaus aufgenommen hatte. Das würde einen Sinn ergeben. Er hatte nur einen Teil davon an Powell gegeben, für den Fall, daß etwas damit passierte, während sich das Band in Powells Besitz befand. Wer auch immer Powell umgebracht hatte, er besaß das Original; wußte er, daß noch weitere Bänder existierten? Vielleicht, vielleicht auch nicht. Aber es gab sicher noch welche, und wahrscheinlich befanden sie sich bei Toy. Haydon hatte sozusagen nur das Vorspiel vor sich liegen. Ricky Toy hatte den Rest der Geschichte.

Langer war schlau gewesen. Er wurde tatsächlich erpreßt, aber er legte die Schuld dafür an die falsche Schwelle. Halbwahrheiten. So etwas kam oft vor. Menschen, die versuchten, sich aus einer Zwangslage durch Lügen zu befreien, benützten oft Teile der Wahrheit, mischten sie mit Lügen und versuchten, das Ganze als *die* Wahrheit zu verkaufen. Aber auf lange Sicht arbeitete das gegen sie, weil sie die genaue Zusammensetzung der Zutaten vergaßen. In den seltensten Fällen konnten sie das Rezept präzise wiederholen. Es wäre oft besser, wenn sie das Ganze erfinden würden, aber das kam selten vor. Es war merkwürdig, wie sie sich an die Fragmente der Wahrheit klammerten, als ob sie so etwas wie ein Talisman wären.

Haydons Augen fielen auf die Kartons mit den Büchern auf der anderen Seite der Bibliothek, und dann beschäftigte er sich noch einmal mit dem Brief von Alice Parnas.

»Vielleicht gehe ich auch woandershin – ich weiß es noch nicht.«

Plötzlich stellte er die Tasse weg. Alice Parnas war nicht die Frau, die mit Andeutungen spielte, und sie würde das auch nicht so kurz vor ihrem geplanten Tod tun. Sie hatte keineswegs Selbstmord im Sinn, als sie diese letzte Zeile schrieb.

Er nahm ein Stück Papier von seinem Schreibtisch und kritzelte rasch eine Notiz für Nina darauf, daß er vielleicht erst spät nach Hause kommen würde. Dann klebte er den Zettel an den Lampenschirm und verließ das Haus.

28

Alice Parnas' Haus war versiegelt und dunkel. Es gab keine Polizei, keine gaffenden Nachbarn, kein Geräusch von den Staren. Nichts als Stille.

Haydon parkte vor dem Haus und schaltete den Motor ab. Mrs. Spiegler wohnte in dem Haus auf der Seite der Auffahrt, hinter der Wacholderhecke. Haydon ging über den Gehsteig zu dem Gartentor der Nachbarin. Ihr Haus stand offen, vermutlich, um die heiße Luft etwas zirkulieren zu lassen. Mrs. Spiegler hatte die Scheinwerfer seines Wagens gesehen und stand jetzt an der Haustür, wobei sie den Kopf gegen die Fliegengittertür drückte, um zu sehen, was draußen vor sich ging.

»Mrs. Spiegler?« fragte Haydon, als er sich der Tür näherte. Er hörte, wie sie den Riegel der Gittertür einschnappen ließ.

»Ja«, antwortete sie. Sie hatte eine betaute Dose Bier in der Hand. Irgendwo hinter ihr im Wohnzimmer spielte das Radio.

Er machte sich bekannt, sagte, daß er schon zuvor hiergewesen sei, aber leider nicht mit ihr habe sprechen können, und fragte, ob sie bereit sei, ihm ein paar Minuten ihrer Zeit zu schenken. Sie schaute ihn an, dann betrachtete sie die Dienstmarke, die er ihr hinhielt.

»Können Sie nicht bei Tag wiederkommen? Das ist nicht gerade die ideale Zeit für solche Besprechungen. Kann das denn nicht bis morgen früh warten?«

»Es dauert nur ein paar Minuten. Und es wäre für die Ermittlungen besser, wenn ich noch heute abend mit Ihnen sprechen könnte.«

Sie trug eine grün und weiß gestreifte Hose, die unter ihren Knien in kleinen Rüschen endete, dazu eine kurzärmelige Baumwollbluse mit offenem Kragen, die über die Hose fiel. An dem Gelenk der Hand, mit der sie die Bierdose hielt, war eine Digitaluhr aus Plastik, wobei ein Stückchen Stoff unter das Armband geklemmt war. Ihr Gesicht war unglaublich runzelig, und sie hatte dicke Tränensäcke unter den Augen. Ihre lockere Unterlippe hatte die Tendenz, sich vom Unterkiefer zu entfernen.

»Es ist wegen Alice«, sagte sie fast ehrfürchtig und mit unerwarteter Zartheit.

»Ja, Ma'am.«

»Gott, das arme kleine Ding.« Ihre Augen richteten sich auf das Haus von Alice Parnas. Dann plötzlich schaute sie Haydon an, und ihre Augen waren rund und erschreckt. »War sie eigentlich katholisch? Ich hab' sie nie danach gefragt. Ihre Familie war es nicht, aber Sie wissen ja, die Kinder gehen manchmal einen anderen Weg. Wenn sie nicht katholisch war – wo soll ich sie dann beerdigen lassen? Der Papst würde sie nicht auf einen katholischen Friedhof lassen, wissen Sie. Sie sind komisch bei so was.« Dazu neigte sie den Kopf in Richtung auf das Nachbarhaus.

»Ich weiß es wirklich nicht«, sagte Haydon. »Darf ich reinkommen?«

Sie schaute ihn an. »Muß ich irgendwas unterschreiben?«

»Nein, Ma'am.«

»Gut«, sagte sie und ließ die Verriegelung aufschnappen. »Denn das tue ich auf keinen Fall.«

Sie stieß die Gittertür auf, und Haydon folgte ihr in ihren Wohnraum. Das Haus glich dem der Parnas', obwohl Mrs. Spiegler ihr Sofa an die gegenüberliegende Wand gestellt hatte und den Sessel ans andere Ende des Raums. Das Radio war laut; sie ging zu dem kleinen Bücherregal, auf dem es stand, und schaltete es ab. Haydon stellte fest, daß sie O-Beine hatte und sich in der selbstsicheren Weise einer Frau bewegte, die es gewohnt war, selbst für sich zu sorgen.

»Ich hab' nicht einmal Lust gehabt zum Fernsehen«, sagte sie. »War nicht in der Stimmung für irgendso 'ne blöde Komik-Show.«

Haydon setzte sich auf das Sofa und Mrs. Spiegler in einem bequemen Sessel daneben. Die beiden schauten auf den leeren Bildschirm. Haydon mußte sich etwas drehen, wenn er sie beim Sprechen ansehen wollte. Ein alter, schwarzer Ventilator stand auf dem Boden vor einem der offenen Fenster und drehte sich hin und her. Immer wenn er sich nach links drehte, kratzte er an dem Gitter vor dem Rotorblatt.

»Möchten Sie ein Blue Ribbon?« Sie hob die Bierdose an.

»Nein, danke.«

»Was wollen Sie mich denn fragen?«

»Wissen Sie, es gibt eine Menge Papierkram, den wir erledigen müssen, nach einem unnatürlichen Todesfall ohne Zeugen. Es wird nicht lange dauern.«

»Dann schießen Sie los«, sagte sie und trank einen Schluck Bier.

»Haben Sie eine Ahnung, ob Miss Parnas Verwandte in New Mexiko hatte?«

»Nein, ich meine, nein, ich weiß es nicht. Ich dachte, sie hätte gar keine Verwandten gehabt, zumindest keine hier in der Stadt. Ich wohne schon seit zehn Jahren neben ihnen, und ich habe sie nie über Verwandte in der Stadt reden hören. Alices Mama ist vor fünf, sechs Jahren gestorben. Danach war ihr Dad nicht mehr der alte, und er ist zwei Jahre später auch dahingegangen. Griechen. Sie haben auch griechisch ausgeschaut. Alice nicht. Ich hab' oft darüber nachgedacht und schon fragen wollen, ob sie vielleicht ein adoptiertes Kind ist, aber ich hab' es lieber bleibenlassen, weil sie doch so sensibel war, und ich dachte, ich könnte sie damit beleidigen. Das hätte ich nie und nimmer gewollt. Das Mädchen war so ein Engel…«

Mrs. Spieglers Stimme klang ein wenig rauh, und sie trank wieder einen Schluck Bier.

»War Alice in letzter Zeit oft depressiv?«

»Na ja, sie war krank. Seit einer Woche schon, ist auch nicht zur Arbeit gegangen. Hat sich da drüben eingeschlossen.«

»Hat sie Ihnen gesagt, daß sie krank war?«

»Ja.«

»Sonst hat sie Ihnen nichts dazu gesagt?«

»Nein. Was hätte sie auch dazu sagen sollen?«

»Ich frage mich nur, ob sie Ihnen den Grund für ihre Krankheit erklärt hat.«

»Sie ist nicht ins Detail gegangen, wenn Sie das meinen. Sie war keine Klatschbase. Sie hat mir auch nie von den Geschichten und Problemen erzählt, über die die meisten Frauen mit Vorliebe reden. Nein, das mochte Alice nicht.«

»Hat sie Sie häufig besucht in der Woche, seit sie krank war?

»Nee. Als ich sah, daß sie ein paar Tage lang nicht aus dem Haus gegangen war, bin ich mal rübergegangen, um nachzuschauen. Wir haben ein gutes nachbarschaftliches Verhältnis, seit Jahren. Sie hat gesagt, sie ist krank. Ich hab' nicht lange herumgestochert. Aber am Abend hab' ich einen Teller Fleischsuppe gebracht. Ganz gleich, was man hat, einen Kater oder Polio oder was weiß ich, ein Löffel Brühe ist immer gut. Komisch, wie komm' ich auf Polio? Das kriegt man doch nicht mehr heutzutage, oder? Jedenfalls, ich hab' jeden Tag nach ihr geschaut, damit sie wußte, daß ich hier war, wenn sie mich brauchte.«

»Waren Sie heute auch bei ihr?«

Sie schien zusammenzusinken, und ihr Gesicht wurde sehr traurig. »Nein, aber ich wünschte bei Gott, ich hätte sie besucht. Ich meine, ich hab' sie ja gefunden, aber zuvor bin ich nicht bei ihr gewesen.«

»Sind Sie den ganzen Tag über zu Hause, Mrs. Spiegler?«

»Die meiste Zeit.«

»Und heute?«

»Bis auf eineinhalb Stunden heute vormittag. Ich war beim Einkaufen, Lebensmittel für die Woche.«

»Wann war das?«

Sie kniff die Augen zusammen. »Halb zehn bis halb elf oder elf.«

Haydon war ungefähr von zehn bis elf dagewesen.

»Bitte überlegen Sie gut: Können Sie mir sagen, wen Sie in Alices Haus gehen sahen, von der Zeit, als Sie nach Hause kamen, bis zu der Zeit, als Sie sie gefunden haben?«

Mrs. Spiegler schaute ihn an. Sie dachte einen Moment lang nach, dann trank sie wieder einen Schluck aus der Bierdose.

»Warum?«

»Das Gesetz des Staates erfordert es, daß immer dann, wenn

eine Person Selbstmord begeht oder die Umstände des Todes so sind, daß ein Verdacht auf Selbstmord besteht, der Leichnam der Person einer routinemäßigen Obduktion unterzogen wird und die Umstände untersucht werden, um diesen Verdacht zu bestätigen. Wie gesagt, es ist reine Routine.«

Sie schien das für plausibel zu halten.

»Sie meinen, jeden, der in der Nähe war?«

»Richtig. Der Postbote, Lieferanten, andere Nachbarn. Jeden.«

Sie überlegte eine Minute lang. Der alte Ventilator vibrierte rhythmisch und mischte die muffige Luft mit einer Julihitze, die gewöhnlich erst in den frühen Morgenstunden zu weichen begann.

»Der Postbote war um halb zwei da. Das war ziemlich früh für ihn. Erinnern Sie sich an die Zeiten, als man die Post noch am Morgen bekommen hat? Dann ist ein Lastwagen von der Heilsarmee vorbeigekommen und hat einen alten Sessel abgeholt, den sie seit einem Monat auf ihrer hinteren Veranda stehen hatte. Ich glaube, das war um zwei, halb drei. Ein Negerjunge war da und hat Zeitungsabonnements verkauft, um davon sein Studium zu bezahlen. Ich glaube den Jungs kein Wort, aber ich habe *Field & Stream* und *Cosmopolitan* abonniert. Die Frau von der Volkszählung ist um drei dagewesen. Sonst kann ich mich an nichts erinnern.«

»Der Briefträger wirft einfach die Post ein und geht dann weiter?«

»Ja.«

»Wie war es mit den Leuten von der Heilsarmee? Sind die hineingegangen?«

»Nein. Sie sind über die Auffahrt bis zum Haus gefahren, haben den Sessel abgeholt, und weg waren sie.«

»Das haben Sie gesehen?«

Mrs. Spiegler entschloß sich, nicht empört zu sein wegen der Andeutung, sie könnte geschnüffelt haben. »Ja, das hab' ich gesehen«, sagte sie etwas verteidigend. Dann trank sie ihre Bierdose aus.

»Und der schwarze Student?«

»Stand an ihrer Tür, genau wie hier. Sie hat ihm auch etwas abgekauft. Ich habe ihn schreiben sehen, und wie er ihr eine von diesen Quittungen gegeben hat. Ich selbst konnte die Handschrift des Jungen kaum lesen. Außerdem dauert es sechs Monate, bis man die Zeitschriften kriegt.«

»Aber er ist nicht hineingegangen?«

»Nee.«

»Und die Frau von der Volkszählung?«

»Die war natürlich drinnen, genau wie hier.« Mrs. Spiegler stand auf und ging in die Küche. »Wollen Sie wirklich kein Blue Ribbon?«

»Nein, danke.«

Sie kam zurück und legte eine Papierserviette um den Boden der Dose. »Alles schwitzt bei diesem Wetter. Die Dosen. Die Menschen. Alles.«

»Ist die Frau von der Volkszählung, nachdem sie von Ihnen weggegangen ist, in das Nachbarhaus gegangen, zu Alice Parnas?«

»Nein. Sie ist von drüben gekommen.«

»Sie hat also zuerst mit Alice Parnas gesprochen?«

»Ja. Genau gesagt, sie hat vor ihrem Haus geparkt. Ich hab' gesehen, wie sie vorgefahren ist, ihr Schreibbrett aus dem Wagen geholt hat und zur Tür gegangen ist. Sie hat kurz mit Alice gesprochen und ist dann hineingegangen.«

»Wie lange ist sie geblieben?«

»Fast eine Stunde.«

»Ist sie hier auch so lange geblieben?«

»Nein. Sie sagte, bei Alice hätte es ein paar schwierige Familienfragen zu klären gegeben. Vermutlich meinte sie den Tod ihrer Eltern seit der letzten Zählung. Ich weiß es nicht, und ich hab' auch nicht danach gefragt.«

»Warum hat sie es dann erwähnt?«

»Sie wollte damit nur erklären, warum sie so lange drüben war, vermute ich.«

»Und wie lange ist sie bei Ihnen geblieben?«

»Vielleicht eine Viertelstunde.«

»Was für einen Wagen hat sie gefahren?«

»Ein sportlich aussehendes Ding. Ausländisch. Ich hab' es nicht erkannt.«

»Welche Farbe?«

»Weiß. Ein ziemlich kleines Auto.«

»Und wie hat die Frau ausgesehen?«

»Schick. Sie war eigentlich ein Mädchen, keine Frau. Frauen sind nach meinem Begriff älter. Rötlichblondes Haar. Helle Haut. Nicht ausgesprochen dünn. Und sehr gut gekleidet.«

»Was für Fragen hat sie Ihnen gestellt?«

»Die typischen Volkszählungsfragen. Alter, Anzahl der Personen im Haus, Familienfragen.«

»Hat sie dabei ein Formular ausgefüllt?«

»Ja.«

»Haben Sie das gesehen?«

»Ich habe gesehen, daß sie alles aufgeschrieben hat. Vermutlich auf ein Formular. So genau hab' ich nicht hingeschaut.«

»Hat sie eine Visitenkarte oder etwas hiergelassen?«

»Nein.«

»Woher wußten Sie überhaupt, daß die junge Frau von der Volkszählung war?«

Mrs. Spiegler betrachtete Haydon eine Weile, und ihre Unterlippe hing noch etwas lockerer als zuvor.

»Das ist eine gute Frage«, erwiderte sie. »Ich hab' ihr einfach geglaubt. Sie schien – okay zu sein. Sie war wirklich sehr gut gekleidet. Ich hab' ihr einfach geglaubt. Es war nichts Verdächtiges an ihr.«

»Würden Sie sie wiedererkennen, wenn Sie ein Foto von ihr sähen?«

»Klar. Sie hat da gesessen, wo Sie jetzt sitzen, und ich habe eine Viertelstunde mit ihr geredet.«

»Ist sie danach weiter die Straße entlanggefahren, als sie von Ihnen wegging?«

»Nein. Sie ist zurück zum Wagen und stieg ein, ist dann aber ganz weggefahren. Wahrscheinlich hat sie ihr Soll an Befragungen für einen Tag hinter sich gebracht«, sagte Mrs. Spiegler hilfsbereit. »Wissen Sie, eine wirklich nette Frau. Sie war...«

Haydon hörte ihr nicht zu; seine Augen hatten sich auf den halboffenen Mund gerichtet. Er stellte sich fast gegen seinen Willen vor, wie das dunkle, arterielle Blut aus ihrer Nase lief. Es kam erst aus dem rechten Nasenloch und lief ihr über die Oberlippe. Er dachte, dabei würde es aufhören, und bemühte sich wieder, ihr zuzuhören, aber dann begann auch das andere Nasenloch zu bluten. Das Blut suchte die Falten und Grübchen um ihren Mund, und als sie einen Schluck aus der Bierdose trank, geriet das Blut auch auf die Dose und wurde rosa, dort, wo es sich mit dem Bier am Rand der Dose mischte. Dann verschwand es innerhalb ihrer abstehenden Unterlippe.

»Ich bin Ihnen dankbar, daß Sie sich die Zeit genommen haben, mit mir zu reden«, sagte er und stand schnell auf. »Hier ist meine Karte. Wenn Ihnen noch etwas einfällt, sind Sie so nett und rufen mich an? Alles, was Ihnen in den Kopf kommt, könnte uns helfen.«

»Klar«, sagte sie und wunderte sich über seine Abruptheit, stand aber ebenfalls auf. »Wie lange dauert denn von Ihrer Seite aus so eine Routineuntersuchung?«

»Meistens ist sie in ein paar Tagen erledigt.« Haydon merkte, daß ihm etwas schwindlig geworden war.

Sie nickte und warf einen Blick auf die Karte. »Hier steht ›Morddezernat‹.« Er stellte sich vor, daß etwas Blut von ihrer Unterlippe auf die Bluse tropfte. Sie hätte es gar nicht bemerkt.

»Wir machen das alles in unserer Freizeit«, erklärte er.

Sie nickte wieder. »Es wird hier komisch werden, jetzt, da sie weg ist, wissen Sie. Schätze, jetzt kriege ich neue Nachbarn. Wahrscheinlich Mexikaner oder Neger; die machen sich hier ja überall breit. Minderheiten. Natürlich, die Parnas' waren ja auch griechisch. Ich hab' nix gegen Minderheiten. Es gibt nur allmählich nicht mehr so viele Leute von der Mehrheit als früher.« Sie hob ihre Bierdose und prostete Haydon damit zu, als trinke sie auf den Gedanken. *»Tempus fugit«*, sagte sie und lächelte bedauernd.

Sie ging mit ihm zur Tür, redete noch auf ihn ein, als er auf den kleinen Vorhof mit Betonboden getreten war. Er sagte ihr gute Nacht und drehte sich um, ging über den Gehsteig, als er hörte, wie das Schloß der Fliegengittertür wieder einschnappte. Als er an ihrem Haus vorbeifuhr, stand sie unter der Haustür.

29

Haydon senkte die Fenster des Vanden Plas und fuhr über den Heights Boulevard.

Wenn er sich immer wieder das Blut vorstellte, würde er es bald nicht mehr ertragen können. Er konnte mit den Alpträumen leben, mit der Spannung, die ihn ergriff, immer wenn er sich ein bißchen elend fühlte und fürchtete, daß es das langsame, gefährliche Vorspiel zu einer ausgewachsenen Depression sein könnte. An das alles konnte er sich gewöhnen, wie man sich an chronische Schmerzen gewöhnte. Aber nicht an das Blut. Es war rätselhaft und zerrte an den Nerven. Es war, als ob sich die Vorstellung von fließendem Blut in seinen Gedanken festgesetzt hätte, wie schreckliche und erschreckende Szenen zum Trauma werden und sich in die Gehirne derjenigen einbrennen, die sie erlebt haben, um ungebeten und unerwünscht bei völlig unerwarteten Gelegenheiten in ihr Bewußtsein zurückzukehren. Mächtige Erinnerungen. Szenen, die man unterdrücken, aber nie vergessen konnte.

Als Haydon nach längerer Fahrt feststellte, wohin er sich hatte treiben lassen, fand er sich wieder einmal in der Straße mit dem kleinen Holzhaus – dort, wo er früher am Tag den kleinen Jungen im Vorgarten gesehen hatte. Die Haustür war weit geöffnet. Durch die Fenster des vorn liegenden Schlafzimmers konnte er weiter in das Haus schauen. Stumme Bewegungen. Nackte Bewegungen. Er wußte, daß es ein hinteres Schlafzimmer gab und eine Hintertür, die in die Küche führte. *Blitz-blitz-blitz-blitz-blitz!* Nicht die Schönheit einer Zeitlupenbewegung im Film.

Ganz und gar nicht. *Blitz-blitz-blitz!* Keine Zeit zum Denken... Und dann eine unerwartete Sekunde der Klarheit, Zeit zum Denken... Und zum Handeln. BLITZ! Und alles war vorbei. Und war doch nicht vorbei und würde es niemals sein.

Er konnte keineswegs gut damit leben, obwohl er es zunächst gedacht hatte. Andererseits war es jetzt elf Jahre her, fast lang genug für ihn, daß er sich einreden konnte, es sei nie geschehen, nur daß er es einfach nicht schaffte. Er hatte es, weiß Gott, versucht. Er hatte seine Gedanken, hatte die Ohren davor verschlossen, hatte gebetet, daß die dröhnende Erinnerung ihn nicht taub machen würde, daß es nicht aus der Peripherie seines Bewußtseins auftauchen würde wie irgendein schreckliches Wesen aus einem Gemälde von Hieronymus Bosch. Er rannte, lief davon, und manchmal war er auch der Sieger, aber es war gnadenlos und kam unermüdlich zurück. Es gab nur Zeiten der Erleichterung, nie den Trost einer Absolution.

Während er im Wagen saß, betrachtete er das Haus. Er hatte seine Anzugjacke ausgezogen und über den Sitz geworfen. Wischte sich jetzt mit dem Taschentuch den Schweiß von der Stirn. Die Straße war still bis auf das ferne und stetige Brummen des North Freeways. Er konnte das abgestandene Wasser des Little White Oak Bayous riechen, der sich durch das Viertel und durch den Friedhof schlängelte wie ein morastiger Bandwurm.

Der Geruch hatte sich nicht verändert, würde sich wohl nie verändern. Auch damals war es eine Julinacht gewesen. Ein ungewöhnlich feuchtes Frühjahr hatte den Bayou unter üppiger Vegetation versteckt: Gräser und Schößlinge hingen schwer von neuen Trieben über das schwarze Wasser, auf dem die Moskitos schwirrten. Er rannte und jagte den Teufel, der ihn jagte, in das schwüle Dunkel der Straßen mit den Blumennamen, Jessamine, Marigold, Lilac und Goldenrod, in die schicksalhafte Hyacinth Street, über die Cosmos und dahinter in die stille Welt der Grabmäler und Gruften und Heiligen, Geister über Geister, soweit man sehen konnte, fast wieder bis zum Bayou und zum Moody Park weit draußen in der Nacht. *Ich kann selbst nicht verstehen, was ich tue. Denn ich tue nicht das, was ich möchte, sondern was ich am meisten hasse.*

Und dann ging er nicht weiter, stellte sich ihm, dem Atemlosen, wie er sich voller Angst fünf Gräber von ihm entfernt an einen sich neigenden Grabstein lehnte, geduckt die Luft einsaugend, die drückende Luft vom Bayou. Er konnte seine Augen sehen, weiß wie die Grabsteine, die überall herumstanden, Augen, die eben noch glasig waren vom Entsetzen der Hyacinth Street und jetzt das Entsetzen von der anderen Seite auf sich zukommen sahen. Auch er selbst lehnte da und schaute und wartete, während das Nichtglaubenwollen seine Augen hervortreten ließ. Und während der andere wartete, ging er auf ihn zu, kam näher, damit er keinen Fehler machte, stolperte über die Gräber, verringerte den Abstand zwischen dem Jetzt und seiner schwarzen Sekunde. *Denn ich tue nicht das Gute, das ich tun will, nein, es ist das Übel, das ich nicht will und das ich dennoch tue.*

Er war froh, Ninas Wagen in der Auffahrt zu sehen. Hielt dahinter an, sperrte den Vanden Plas ab und betrat dann das Haus durch den Vordereingang. Um drei Uhr morgens war das Haus so still, wie es nur sein konnte. Seine Schritte echoten in beiden Hallen, als er sie durchquerte und dann die Steintreppe hinaufging. Auf halbem Weg zum oberen Treppenabsatz sah er schon das Licht auf dem Marmorboden des breiten Korridors, das aus dem Schlafzimmer kam. Nina wartete auf ihn. Sie war vielleicht eingedöst, aber sie hatte den Wagen wohl schon am Tor gehört, und nun schaute sie auf die Tür, wartete darauf, daß er sie öffnete, warf dann besorgt einen Blick auf sein Gesicht, um zu sehen, was es ihr über ihn sagen würde... Unbewußt massierte er die beiden vertikalen Falten zwischen seinen Augenbrauen, die ihm ihrer Meinung nach einen angespannten Ausdruck verliehen, auch dann, wenn er es gar nicht war, und ihn älter aussehen ließ, als er in Wirklichkeit war.

Sie lag im Bett, ein Buch gegen die hochgestellten Knie gelehnt, und schaute ihm entgegen.

»Wenn du ›spät‹ sagst, meinst du es auch.« Sie lächelte, aber ihr Blick verfing sich mit dem seinen und entdeckte alle seine Züge, als wären sie die sensitiven Finger einer Blinden, die wissend die Konturen seines Gesichts betasteten.

»Entschuldige«, sagte er. Er kam herum auf ihre Bettseite und küßte sie, freute sich schon im voraus auf den Duft ihres Badeöls. »Es drängt jetzt alles ein bißchen, und ich halte die Dinge nicht gern auf, wenn es so weit gekommen ist.«

»Ich weiß.«

Er ging zu seinem Garderobenschrank und begann sich auszuziehen. »Und wie war es bei dir?«

»Ach, es war ein Spaß. Bei Tony's ist es eigentlich immer nett. Ich war überrascht, daß du nicht gekommen bist.«

Er schaute sie an. Sie grinste. »Ich wette, Race war zutiefst enttäuscht«, sagte er, während er sich die Schuhe auszog.

»Nein, Race nicht. Er war auch nicht amüsant. Aber ich habe viel Spaß mit den Nordstroms gehabt.«

»Wie ist sie eigentlich?« Haydon nahm die Stäbchen aus seinem Hemdkragen. Das Hemd war in der Bayou-Hitze gedämpft worden und hatte davon tausend Falten bekommen.

Nina klemmte einen Einmerker in ihr Buch und legte es dann auf den Nachttisch. »Sie ist Anfang Dreißig. Scharfe, deutliche Züge, aber zierlich. Keine große Frau, obwohl sie einem das Gefühl vermittelt, größer zu sein, als sie ist. Auf einer Photographie wäre sie kein ›hübsches, kleines Ding‹. Naturblond. Ich mag sie. Bisher hatte ich nur einmal mit ihr gegessen, aber diesmal kam sie mir nicht vor wie die Opportunistin, für die sie der Gesellschaftsklatsch hält. Die beiden scheinen eines der vernünftigsten Paare zu sein, die ich seit langer Zeit erlebt habe. Sie ist wesentlich jünger als er, aber keiner von beiden fällt unter die negative Kategorie, an die man bei einer solchen Situation meistens denkt. Sie waren wirklich sehr nett, und sie machten mir den Eindruck, außerdem sehr gutherzig zu sein.«

»Mit anderen Worten, ganz fabelhafte Leute«, sagte Haydon und nahm den ausgebeulten, weißen *calzones* von seinem Haken im Schrank, während er ins Bad ging.

»Ja, es waren lauter nette Leute«, bestätigte sie ihm.

Er nahm rasch eine Dusche, wusch sich das Haar und massierte es dann mit dem Handtuch trocken. Er putzte sich die Zähne, zog seinen *calzones* an und ging zurück ins Schlafzimmer, wobei er den Gürtel um die Taille knotete.

»Und dein Tag?« fragte sie.

»Ich hab' auch viele nette Leute kennengelernt«, sagte er in sarkastischem Ton.

Sie lachte. »Der Zettel im Lampenschirm war in Eile geschrieben. Fahrige Schrift.«

»Ich war in Eile.«

Er hielt inne, steckte die Schuhspanner in seine Schuhe und stellte sie dann in den Garderobenschrank. Den Gürtel hängte er an den dafür vorgesehenen Haken, dann nahm er die Manschettenknöpfe von der Kommodenplatte und legte sie in ihre Schatulle; danach trat er einen Moment ans Fenster und schaute auf die Terrasse. Die frühen Morgenstunden waren bläulich.

Er mußte länger dortgestanden haben, als ihm klar war.

»Warum war er in Eile geschrieben?« fragte sie.

»Ed hatte am frühen Abend angerufen. Eine Frau, die für Langer arbeitete und die ich am Vormittag gesprochen hatte, war tot in ihrem Haus aufgefunden worden. Ich mußte hin.«

»Ist sie ermordet worden?«

»Es sieht nach Selbstmord aus.«

»Sieht aus...?«

»Tabletten. Sie war sehr deprimiert, als ich am Vormittag mit ihr sprach.« Er wandte sich vom Fenster ab und ging zum Lichtschalter. »Kann ich?«

Sie nickte.

Er schaltete das Licht aus, ging hinüber zu seiner Seite des Betts und legte sich hin. Nina schlug ihre Bettdecke zurück und legte sich mit ihm auf das Laken.

»Kommst du voran?« fragte sie.

»Ich glaube, ja.«

»Ist Langer aus dem Schneider?«

»Ganz und gar nicht.«

Haydon lag da und fühlte, wie sich die Funktionen seines Körpers allmählich verlangsamten. Sein Herzschlag kehrte zu einem langsameren, leichteren Rhythmus zurück. Er hätte nicht mit dem Joggen aufhören sollen. Vor nicht allzulanger Zeit war die Erholungsphase kürzer gewesen. Aber er kam rasch wieder in Fahrt. Obwohl er erschöpft war, freute es ihn, zu fühlen, daß er eigentlich ziemlich gut in Form war.

Nina rollte auf ihre Seite hinüber und legte einen Arm über seine Brust.

»Und du? Bist du aus dem Schneider?

Die Frage machte ihn augenblicklich wütend, aber er sagte nichts. Lag nur da, ließ ihre Worte in der Luft hängen, unsicher, abwartend. Was war los mit ihm? Wollte er nicht, daß sie sich darum sorgte? Wäre er glücklicher, wenn sie es nicht täte? Was verlangte er eigentlich von ihr? Daß sie sich um ihn sorgte, wenn er es wünschte, und sich nicht um ihn kümmerte, wenn ihm das lieber war? Konnte er ihr nie gestatten, ihm gegenüber auch nur menschlich zu empfinden? Er mußte sich zusammenreißen, damit er nicht etwas sagte, was er zwei Minuten danach bereute. Aber warum? Er verstand nicht, warum er immer wieder ihre Sorge mit Bitterkeit erwiderte. Warum, in Gottes Namen, kostete es ihn so viel, völlig aufrichtig zu ihr zu sein?

»Es ist rasch wieder wie früher«, hörte er sich sagen.

Sie machte eine kleine Bewegung mit ihrer Hand auf seiner Brust, dann lag sie still.

»Es gefällt mir«, fügte er hinzu. »Aber ich stecke zu schnell wieder ganz ernsthaft drin. Man wird von fremdem Leben gefangengenommen. Von dem Schlamassel, das sie sich selbst angerichtet haben. Man schaut sich dieses Schlamassel genauer an, muß es ja tun, und dann stellt man fest, daß man eigentlich gar nicht so anders ist. Ich halte mich für sehr heuchlerisch, wenn ich sie unter dem Mikroskop der Ermittlung betrachte.«

Er schaute auf die blauen Fenster, auf die schwarzen Wipfel der Bäume, die sich jenseits der Scheiben allmählich vor dem Blau abzeichneten.

»Was meinst du damit?« fragte sie. Ihre Stimme war ganz

leise, fast nur ein Flüstern. Es war, als wollte sie nicht weiter in seine Gedanken eindringen, als diese Frage reichte.

»In gewisser Weise«, sagte er, »verleiht ein unerklärter Tod einem untersuchenden Detektiv außergewöhnliche Rechte. Das Privatleben vieler Leute wird in die Öffentlichkeit gezerrt, zumindest möglicherweise und immer auch de facto, soweit es den Detektiv selbst betrifft. Als Fremder darfst du mitten ins Herz der persönlichsten Dinge gehen, kannst in Bereiche eindringen, in denen du normalerweise keine Fragen stellen dürftest, und du würdest sie auch jetzt nicht stellen, wenn da nicht die Notwendigkeit wäre, alles zu erfahren, was du deiner Meinung nach wissen mußt. Plötzlich hast du die Freiheit, in die hintersten Ecken des Lebens von fremden Leuten zu schauen, zu studieren, was du dort findest, und ein Urteil abzugeben über das, was du entdeckt hast. Du siehst Dinge, die du nie hättest sehen dürfen und nicht einmal mit dem Fall in unmittelbarer Beziehung stehen, sondern einfach private, persönliche Dinge, die dich eigentlich gar nichts angehen, die du nicht entdecken solltest, und wenn du es tust, dann tut es dir leid.«

Er wartete, aber sie sagte nichts. Er fragte sich, was sie dachte und ob sie überlegte, worauf er mit all dem hinauswollte. Er war schon dabei, zu sagen: ›Einen Penny für das, was du gerade denkst‹, aber er sagte es nicht. Sie kuschelte sich an ihn, als wäre sie ein Teil von ihm. Sie gehörte hierher, atmete mit ihm, tauschte einen Atemzug nach dem anderen, hielt ihn am Leben. Er stellte sich vor, daß er, wenn man sie ihm plötzlich wegnähme, in ein Vakuum gesogen würde, mit so gewaltiger Kraft, daß er es nicht überleben würde.

Nichts anderes schien jetzt noch wichtig zu sein. Er hielt sie im Arm, und der Schlaf überraschte ihn schnell.

30

Am nächsten Morgen verschliefen sie beide. Als der Wecker klingelte, schaltete ihn Haydon automatisch aus, bevor er sie beide völlig geweckt hatte. Eine Stunde später kam Gabriela mit einer Kanne heißen Kaffees und weckte sie, und als sie nach unten kamen, stand das Frühstück bereit. Nina fuhr rasch ins Studio, wo sie wieder Francis Nordstrom treffen wollte, und Haydon rief Dystal an und verabredete sich mit dem Lieutenant, Lapierre und Mooney für elf Uhr. Dann ging Haydon auf die Terrasse, um Cinco zu streicheln, der bereits sein Vormittagsschläfchen hielt, mit dem Rücken an den kühlen Stein der Balustrade gelehnt. Nach einer Weile ging Haydon in die Bibliothek, nahm ein Photo aus der Langer-Akte und fuhr in die Bayland Street.

Mrs. Spiegler kam an ihre Gittertür und betrachtete Haydon, der auf ihrer kleinen betonierten Veranda stand. Sie hatte einen Hausmantel an und hielt einen weißen Glasbecher mit Kaffee in der einen Hand und die Zeitung, aufgeschlagen auf der Kreuzworträtselseite, in der anderen. Ihre Stimme war rauh vom Schlaf und mußte es mit dem Geschnarre der Stare aufnehmen, die schon wieder in den Baumwollbäumen nebenan saßen.

»Großer Gott, und mir fällt nicht einmal mehr Ihr Name ein.«

»Haydon.«

»Stimmt. Der Detektiv«, sagte sie. »Sie sind aber fleißig am Ackern in Ihrem Beruf, was?«

»Ich bitte Sie, sich ein Photo anzuschauen und mir zu sagen, ob Sie diese Person schon einmal gesehen haben«, erklärte er ohne Umschweife.

»Wollen Sie keinen Kaffee? Ich gebe immer Zichorie hinein.«

»Nein, danke.«

Er hielt ihr die Photographie hin, und Mrs. Spiegler schaute sie mit zugekniffenen Augen durch die Gittertür an. Sie brauchte nur einen Moment, dann sagte sie: »Ja, die Lady von der Volkszählung. Hübsches, adrettes Ding, was?«

»Ja. Sind Sie sicher, daß sie es ist?«

Mrs. Spiegler schaute noch einmal darauf, neigte dann den Kopf nach hinten, als ob sie eine Zweischärfenbrille trage, was nicht der Fall war. Sie trug überhaupt keine Brille.

»Klar ist sie es. Ich kenne sonst niemanden, der auch nur annähernd so aussieht.«

»Danke«, sagte Haydon. »Sie waren eine große Hilfe.«

»Die Stare machen vielleicht einen Lärm«, schalt sie. »Werden Sie auch mit der Lady von der Volkszählung reden?«

»Wahrscheinlich«, antwortete Haydon. Er ließ sie hinter der Gittertür stehen wie in der Nacht zuvor. Sie schaute zu den Staren in den Baumwipfeln.

»Die Überprüfung der Wagennummer hat bisher gar nichts ergeben«, sagte Lapierre. »Aber die Fahndung läuft erst vierundzwanzig Stunden. Jetzt gerade fangen die zweiten Schichten an. Vielleicht, daß sie etwas bringen.«

Die vier Männer saßen in Haydons Bibliothek. Gabriela hatte ihnen eine Kanne Kaffee und Gebäck gebracht.

»Vielleicht sollten wir ihnen nicht sagen, daß sie die Augen offenhalten nach den zwei Wagen«, meinte Haydon, »sondern sie richtig danach *suchen* lassen. Haben wir die Informationen von der Zulassungsstelle?«

Lapierre nickte. »Modell, Farbe und so weiter.«

»Gut. Sonst was in dieser Hinsicht?«

»Autoverleiher – negativ; Flughäfen – negativ; Charterflüge – negativ; Busbahnhöfe – negativ. Aber wir haben sein Konto gefunden, bei Intel Bancshares. Er hat etwas über sechzigtausend auf verschiedenen Sparkonten und ein Girokonto, das um die Fünftausend schwankt. Am Freitag hat er davon viertausend abgehoben.«

»Aber die Sparkonten hat er nicht angetastet?«

»Nein.«

»Okay. Setzen Sie sich mit der Bank in Verbindung, und wenn er von seinem Konto etwas abhebt, soll sie uns anrufen, und sie sollen ihn so lange wie möglich hinhalten.«

»Okay.«

»Und die Nachbarn, die zuvor nicht dagewesen waren?«

»Sie wußten über nichts Bescheid. Das heißt, einer konnte mir wenigstens die Farben der Wagen angeben. Wir haben sie mit denen der Zulassungsbehörde verglichen.«

»Ed, Sie haben nichts Brauchbares in der Eigentumswohnung gefunden?«

Mooney schüttelte den Kopf. »Gar nichts. Toy hat gründlich aufgeräumt. Bei dem gibt es keine losen Enden.«

Haydon berichtete ausführlich über sein Gespräch mit Frank Siddons, nachdem er sie tags zuvor bei Grif's getroffen hatte. Er berichtete ihnen von seinem Besuch bei Philip Greiner, von seiner Rückkehr nach Hause, wo er den Brief und die Kassette vorgefunden hatte, von seinem Gespräch mit Mrs. Spiegler, von dem erneuten Besuch bei ihr und dem zweiten Gespräch an diesem Vormittag.

»Bevor ich Ihnen jetzt aber verrate, was ich heute morgen erfahren habe, gehen wir nach nebenan und schauen uns die Videokassette an.«

Sie schauten sie, genau gesagt, zweimal an, bevor Haydon das Licht ausschaltete und das Band zurückspulte.

»Jesus«, sagte Mooney.

»Kennt jemand den Schwarzen im Anzug?« fragte Haydon. »Ich hab' ihn schon irgendwo gesehen.«

»Ja, ich auch«, bestätigte Lapierre. »Ich glaube, er ist Anwalt. Vielleicht hat er am Rande mit Stadtpolitik zu tun oder so.«

»Und die anderen Männer?«

»Ich möchte wetten, einer davon ist Roeg«, sagte Mooney. »Sie sollten das Band Greiner vorspielen. Mal sehen, was er sagt. Wenn diese Kerle Manager von Roeg sind, kann Greiner ihnen allen Namen geben, mit denen wir weiterarbeiten können.«

»Gute Idee.«

»Es sah wie in einem Lagerhaus aus«, bemerkte Lapierre.

»Ja, ein Lagerhaus«, sagte Mooney. »Großartig, nicht wahr? Das engt in dieser Stadt die Möglichkeiten genauso ein wie ein Apartment, also gar nicht.«

»Ich wette, die Burschen haben sich da breitgemacht, etwas anzuschauen, was nichts mit ihren Geschäften zu tun hat«, bemerkte Dystal. »Vielleicht irgendeine verdammte Nackedei-Sache. Da Roeg die Gewalt liebt, vielleicht einen S-und-M-Film.«

»Ich habe keine Frauen gesehen«, erklärte Mooney. »Nur diese drei Schwarzen. Einer von ihnen schien den anderen Anweisungen zu geben oder so.«

»Verdammt komischer Film«, sagte Dystal. »Was danach kommt, muß wie Dynamit sein. Schließlich hat sich Powell große Mühe gegeben, zu zeigen, wer alles dabei war.«

»Was meinen Sie geht da vor, Stuart?« fragte Lapierre.

»Wenn Roeg tatsächlich einer der Männer ist, die wir in dem Film gesehen haben, dann ist das, was er sehen wollte, ganz bestimmt keine leichte Unterhaltung – angesichts der Art, wie er sich sonst zu unterhalten pflegt.«

Das Band war zurückgelaufen, und Haydon ließ die Kassette aus dem Gerät gleiten. Sie kehrten in die Bibliothek zurück und bedienten sich mit Kaffee, während Haydon zu seinem Schreibtisch ging, den braunen Briefumschlag nahm, das Photo herausholte und es hochhielt.

»Das hier ist die ›Lady von der Volkszählung‹«, sagte er.

Dystal gab ein knurrendes Geräusch von sich.

»Leck mich«, sagte Mooney.

Lapierre stellte seine Tasse ab. »Ist Mrs. Spiegler sicher, oder glaubt sie nur, daß sie so ausgesehen hat?«

»Sie war ganz sicher«, antwortete Haydon. »Jennifer Quinn war vermutlich die letzte, die Alice Parnas lebend gesehen hat.«

Alle dachten darüber eine Minute lang nach.

»Ich weiß nicht, ob wir uns davon zu sehr verwirren lassen sollten«, erklärte Dystal nach der längeren Pause. »Es scheint alles, was dieses Mädchen sagt, in die Gegend des Zweifelhaften zu schieben, Stu. Wenn sie in die Sache verwickelt ist, dann hat sie sie in die Wüste geschickt. Es gibt folgende Möglichkeiten: Erstens, Roeg und/oder Langer werden erpreßt; zweitens, vermutlich von Toy; drittens, das Band oder die in Frage kommenden Bänder befinden sich noch in Toys Besitz; viertens, auf den

Bändern ist vermutlich eine Straftat zu sehen. Welche von diesen Nüssen können von uns am leichtesten geknackt werden, wo können wir einen Keil ansetzen?«

»Sie glauben, Jennifer Quinn ist nicht wichtig?« fragte Mooney.

»Sie könnte möglicherweise wichtig sein«, betonte Dystal. »Wir wissen aber, daß diese anderen vier Punkte wichtig *sind.* Ich weiß nicht, vielleicht kommen wir auch zum Kern, wenn wir uns auf die Quinn konzentrieren, aber es kann auch sein, daß wir dabei eine Menge Zeit vergeuden. Vielleicht hat Powell ihr einmal gesteckt, was er tat, und sie hat eins und eins zusammengezählt und gedacht, sie könnte ein paar Filmrollen bekommen, die Powell bei seiner Freundin deponiert hatte. Vielleicht wollte sie der Parnas auch aus einem anderen Grund ein paar Fragen stellen, vielleicht dachte sie, daß die Parnas ein paar Photos besaß, die für sie peinlich werden könnten. Ich weiß es nicht. Das ist meine Meinung: Bei Jennifer Quinn haben wir nichts Hartes, nichts Greifbares, um weiterzumachen. Wir wissen aber, daß uns die anderen erwähnten Punkte zum Ziel bringen, falls es uns gelingt, sie zu knacken.«

»Ich glaube, ich stimme Bob zu«, sagte Haydon. »Aber es interessiert mich trotzdem, wieso die Quinn überhaupt etwas von der Parnas wußte. Sie sagte mir, daß sie das Mädchen auf dem Photo nicht kannte. Und soviel ich weiß, gibt es nur eine einzige Person außer uns, die von dem Verhältnis Powell/Parnas wußte.«

»Langer«, ergänzte Lapierre.

»Richtig. Er ist dahintergekommen, als er das Photo der Parnas für mich identifiziert hat. Als ich zur Mrs. Spiegler gefahren bin, um mit ihr zu sprechen, rechnete ich damit, daß sie meinen Verdacht, daß Langer bei Alice Parnas zu Besuch war, bestätigen würde. Sei es, daß er nach den Bändern suchte oder irgendwelche Informationen über sie einholen wollte oder daß er vermutete, die Parnas wisse viel mehr, als sie tatsächlich wußte. Statt dessen habe ich herausgefunden, daß die Quinn bei ihr gewesen ist.«

»Vielleicht hat die Quinn gelogen, als sie Ihnen sagte, daß sie die Parnas nicht kannte«, meinte Lapierre. »Das wäre eine einfache Erklärung.«

»Aber warum hätte sie das tun sollen?«

»Vielleicht, um Zeit zu gewinnen und Ihnen bei der Parnas zuvorzukommen. Oder aus allen möglichen Gründen«, gab Mooney zu bedenken.

»Aber ich habe mit ihr am Dienstagvormittag gesprochen. Wenn sie es eilig gehabt hätte, mit der Parnas zu reden, warum hat sie dann bis Mittwochnachmittag mit ihrem Besuch gewartet? Die Parnas war schon seit mehreren Tagen zu Hause.«

»Also, was denken Sie?« fragte Dystal. Er grinste, denn er wußte die Antwort.

»Wenn wir den Zeitablauf betrachten, glaube ich, daß wir auf ein Verhältnis zwischen der Quinn und Langer gestoßen sind.«

Mooney verzog sein Gesicht. Lapierre wartete auf die Erklärung, und Dystal fuhr fort zu grinsen.

»Jack Feltner sagte mir, daß die Person, die wahrscheinlich den stärksten Druck auf Langer ausübt, seine Frau ist. Er schien zu glauben, daß sie keine sehr glückliche Ehe führen. Langer braucht nicht diese Art von Antrieb, um eine Affäre zu haben, ich weiß, aber es ist eine Sache, die wir in Betracht ziehen sollten. Ich glaube nicht, daß die Quinn mich belogen hat, als sie sagte, daß sie die Parnas nicht kannte – zumindest als ich das Photo von der Wand nahm, wußte sie nicht, wer das Mädchen ist.

Aber ich halte ihre Geschichte von ihrer Beziehung zu Powell für eine Lüge. Es erscheint mir einfach nicht sinnvoll, daß ein so anspruchsvolles Mädchen wie sie mit einem Kerl wie Powell zusammenlebte, wenn es für sie keinen Vorteil in dieser Beziehung gab. Beruflich gab es keinen. Powell konnte ihr auch nicht bei jemand anderem in irgendeiner Weise helfen. Sie hatten keine gemeinsamen Freunde, und auch ihre Charaktere paßten alles andere als gut zusammen. Sie brauchte sich nicht mit ihm die Miete zu teilen, um Geld zu sparen. Sie zieht sich gut an und fährt einen Porsche. Er hatte ihr nichts zu bieten, und dennoch ist sie mit ihm zusammengeblieben.«

»Sie hat mit Powell zusammengelebt, um im Auftrag von Langer ein Auge auf ihn zu werfen«, meinte Mooney.

»Das ist sehr wahrscheinlich. Langer hielt Powell für einen unsicheren Kantonisten, ein schwaches Glied in der Kette dieser Operation. Toy war ein lebender Beweis seiner Fähigkeiten als echter Profi. Powell hatte nicht diese persönliche Stabilität aufzuweisen.«

»Aber Langer brauchte keine Affäre mit der Quinn zu haben, um sie für eine solche Arbeit zu gewinnen«, bemerkte Lapierre.

»Nein, da haben Sie recht, Pete. Und sie hat höchstwahrscheinlich gelogen, als sie erzählte, wie sie Powell kennengelernt hat. Ich bezweifle stark, daß er ein Freund aus Kalifornien war. Ich bin sicher, Langer hat das irgendwie arrangiert.«

»Das halte ich für eine sehr gute Rekonstruktion«, erklärte Dystal. Er saß in einem der grünen Ohrensessel, und das Leder knarrte, als er sich bewegte. »Aber was können wir tun, um die Sache ein bißchen in Bewegung zu bringen?«

Haydon schaute einen nach dem anderen an. Sie warteten auf seine Anweisungen.

»Also schön«, sagte Haydon. »Wie wär's mit folgendem: Pete, tun Sie, was immer Sie tun müssen, um die Spur dieses Schwarzen aufzunehmen. Versuchen Sie, etwas Hintergrundmaterial zu beschaffen, damit wir mit ihm sprechen können. Bringen Sie das Videoband zu Murray, und lassen Sie sich Kopien davon machen, sagen wir, vier Stück. Und Ausschnittsphotos von jedem der Männer, die in dem Band auftauchen. Vielleicht kann man das Band Stück für Stück durchgehen und jede Markierung auf den Kisten notieren, die in dem Lagerhaus gestapelt sind, oder sonst etwas, das uns auf den Ort des Geschehens hinweist. Wenn Murray damit angefangen hat, stellen Sie fest, welche Lagerhäuser in der Stadt zu Roeg International gehören. Ich weiß, es werden viele sein. Aber stellen Sie sie einfach fest, und tragen Sie sie auf einem Stadtplan ein.

Ed, Sie bringen eine Kopie zu Greiner und hören, was er darüber zu sagen hat. Lassen Sie sich von ihm alles sagen, was Sie über diese Kerle erfahren können.«

Er wandte sich an Dystal. »Können wir den GB noch vierundzwanzig Stunden verlängern? Jetzt, wo die Leute mit Hintergrundmaterial arbeiten können?«

Dystal nickte.

»Ich hoffe, wir können das Band benützen, um sie in Panik zu treiben. Diesen Schwarzen, die anderen, wenn Greiner sie identifizieren kann, Langer und die Quinn. Alle. Einer verliert vielleicht die Nerven und spuckt alles aus. Möglicherweise könnte man auch einen von ihnen überzeugen, daß er als Kronzeuge auftritt. Aber die Nachteile liegen auf der Hand. Wenn wir unsere Trümpfe zeigen, wissen sie, daß es eigentlich nur sehr schlechte Karten sind, und dann machen sie uns fertig. Keiner ist dann bereit, auszupacken, und wir sind gezwungen, mit wirklich handfesten Beweisen aufzuwarten. Vielleicht gelingt uns das nie.

Überlegen wir das noch einmal, wenn wir diese Männer identifiziert haben. Sobald Sie etwas wissen, kommen Sie auf mich zurück. In der Zwischenzeit, glaube ich, sollte ich noch einmal Jennifer Quinn einen Besuch abstatten.«

31

Ricky Toy stand im durchsichtigen Plastikwürfel einer Telephonzelle an der Bissonnet Road und hörte auf das Rufzeichen.

»Langer Media. Bitte bleiben Sie am Apparat.«

Er fragte sich, warum sie darum baten. Denn ob man ja oder nein sagte – man vernahm eine besonders reich instrumentierte Version von *Raindrops Keep Fallin' on My Head.* Die Telephonzelle stand an der Seitenwand eines Gemischtwarenladens. Zehn Meter entfernt war eine Mülltonne, und ihr schwerer Metalldeckel stand offen. Ein Penner saß in dem Müll und schaute heraus. Er erinnerte Toy an einen Affen, der mit blinzelnden, erstaunten großen Augen den vorbeifließenden Verkehr betrachtete.

»Wir danken für Ihre Geduld. Kann ich Ihnen helfen?«

»Hier spricht Mr. Toy, bitte Mr. Langer.«

»Erwartet er Ihren Anruf?«

Toy grinste. »Ich wette.«

»Danke...«

Sie legte ihn wieder auf Eis, aber diesmal dauerte es nicht lange.

»Langer hier.« Die Stimme klang fast brüsk, so, als ob ihr die Identität des Anrufers nicht vertraut wäre.

»Und hier ist Toy.«

Langer zögerte für den Bruchteil einer Sekunde, als er die Stimme mit der in seiner Erinnerung verglich.

»Wo sind Sie?«

»Hat Roeg mein Band bekommen?«

»Wovon reden Sie?«

»Hören Sie, wie ich mich auskenne, verfügen Sie über eine Möglichkeit, meinen Anschluß, von dem aus ich dieses Gespräch führe, in kurzer Zeit zu orten, also vergeuden Sie keine Zeit mit gescheitem oder weniger gescheitem Gerede, ja? Hat er das Band bekommen?«

»Ja.«

»Ich möchte mit ihm sprechen.«

»Sie müssen sich mit mir abfinden, wie immer.«

»Nein. Ich spreche nur mit Roeg persönlich.«

»Er denkt nicht daran.«

»Das ist komisch. Warum lassen Sie den Mann nicht selbst entscheiden? Ich hänge jetzt ein und rufe in genau fünfzehn Minuten zurück, dann teilen Sie mir mit, was er denkt. Das heißt, wann und wo wir uns sprechen.«

Toy hängte ein. Er schaute auf seine Uhr.

Der Penner kroch aus der Mülltonne. Es gelang ihm nur langsam; er hatte Mühe, auf dem Boden nicht auszugleiten. Mit vorsichtig gespreizten Beinen ging er an die Seite der Mülltonne und knöpfte seine Hose auf, um zu urinieren. Er brauchte eine ganze Weile dazu, daher waren alle Autofahrer, die am Rotlicht hielten, in der Lage, die Aktion zu beobachten. Endlich war er fertig, schüttelte seinen Penis mit größerer Sorgfalt, als unbedingt nötig gewesen wäre, machte schließlich eine Serie von sich duckenden und hüpfenden Bewegungen, um den Penis wieder in die Hose zu stecken und den Reißverschluß zuzuziehen. Dann ging er zur Vorderseite der Tonne und kroch wieder hinein.

Toy hatte gute Laune. Er hatte an Langers Stimme erkennen können, daß der Mann Angst hatte. Mein Gott, er hatte Angst, seit Toy ihn kannte. Ein großer Macker wie er! Er hatte Angst, daß irgend etwas in seinem kostbaren Job schieflaufen könnte, daß jemand seine Verbindung zum CIA herausfand, Angst, daß man von Toys filmischen Beutezügen erfuhr, Angst, daß Roeg ihn eines Tages feuern würde. Wenn er irgend etwas gegen den Willen seines Bosses tat, würde er einen tödlichen Unfall haben.

Bei Roeg war das etwas anderes. Es machte Toy natürlich Spaß, dem Mann die Daumenschrauben anzuziehen. Leute wie er hielten sich für unverwundbar. Toy hatte ihn und seine Umgebung lange Zeit beobachtet, und alles lief so, wie er es geplant hatte. Die Sache mit Powell hätte beinahe alles zum Scheitern gebracht, aber jetzt war alles wieder in Ordnung. Er war wieder genau im Zeitplan. Er war imstande, die Sache durchzuziehen. Er fühlte es in seinem Saft. Es würde klappen.

Toy schaute auf seine Armbanduhr, dann warf er wieder einen Quarter in den Schlitz des Telephons und rief Langer noch einmal an.

»Langer Media.«

»Mr. Toy für Mr. Langer.«

»O ja, *Sir!*« Langer hatte ihr offenbar ein bißchen Dampf gemacht.

»Langer hier.«

»Wann und wo?«

»Im River Oaks-Einkaufszentrum gibt es ein kleines Restaurant, die Wine Press. Es ist am Nordteil der Straße, auf der östlichen Seite des Einkaufszentrums, wo der Portiko des Laufbands auf den Gehsteig herauskommt. Ich parke unter der Reihe von Palmen gegenüber dem Restaurant. Sie kennen meinen Wagen. Kommen Sie einfach darauf zu, und steigen Sie ein. Zwei Uhr.«

»Ich bin da«, sagte Toy. »Ach ja, noch eines, Langer. Sie sollten wissen, daß ich mich nach allen Seiten und hundert verschiedenen Methoden abgesichert habe. Wenn mir etwas passiert, ist bei euch die Scheiße im Ventilator. Klar?«

»Zwei Uhr«, sagte Langer und unterbrach die Verbindung.

Toy kam eine Stunde zu früh im Einkaufszentrum an. Er richtete sich an einem Fenstertisch im Birraporetti's ein und trank ein mexikanisches Bier. Er wurde ein paarmal auf gutgekleidete Frauen aufmerksam, die an seinem Fenster vorbeikamen, lang und schlank in ihren modischen Sommerkleidern, hochmütig und liebestoll hinter ihren Sommersonnenbrillen. Was immer er zu sehen erwartete, und weswegen er so früh hergekommen war, er sah es nicht, und erst um Viertel vor zwei glitt Langers auffallender Lincoln durch die Gray zur Duffie Street, bog dort nach links ab und ordnete sich in den Verkehr zum Einkaufszentrum ein. Im Schrittempo fahrend, fand er schließlich einen Parkplatz genau gegenüber dem Portico und stellte den Wagen dort ab.

Toy ließ ein größeres Trinkgeld als üblich auf dem Tisch, ging hinaus, blieb eine Minute an der Ecke des Birraporetti's stehen und beobachtete den Lincoln. Er mußte lachen. Auch Langer dachte, früh genug gekommen zu sein, um die Umgebung filzen zu können. Eine Viertelstunde zu früh. Was für ein verrückter Vogel! Toy warf einen Blick auf seine Armbanduhr. Um fünf vor zwei ging er um die Ecke und über den Gehsteig zur River Oaks-Buchhandlung. Er schaute in das Fenster, sah in der Spiegelung den Lincoln hinter sich. Pünktlich um zwei drehte er sich um, sprang mitten durch den Verkehr und öffnete die Tür des Lincoln.

»Fahren wir«, sagte er, während er einstieg und die Tür zuzog.

Langer hatte sich ihm zugewandt und starrte ihn an. Er trug eine dunkle Sonnenbrille, nicht die modernen, die sich selbst verdunkeln oder aufhellen, sondern eine mit gleichbleibend dunklen Gläsern, die ihn aussehen ließen wie eine der drei blinden Mäuse. Er schaute Toy an, machte aber keine Anstalten, den Wagen zu starten.

»Ich hoffe, Sie wissen, was Sie da tun«, sagte er.

Toy gab keine Antwort. Es war ja auch keine Frage gewesen.

»Haben Sie eine Vorstellung, wie blöd Sie sein müssen, zu glauben, daß Sie das schaffen, was Sie vorhaben?«

Das war nun eine Frage, aber keine sehr nette. »Ich habe immerhin eine Vorstellung davon, wieviel Geld ich daraus machen werde.« Toy grinste.

Langers dunkle Brillengläser bewegten sich nicht.

»Warum fahren wir nicht?« fragte Toy.

»Er hat mich beauftragt, Ihnen einen Vorschlag zu machen. Einen einzigen, und es gibt keine weitere Gelegenheit.« Dabei schaute er tiefernst drein, richtig beschissen, und es hörte sich an, als hätte er Mühe, seine Stimme zu beherrschen. »Sie übergeben uns die Bänder, er gibt Ihnen fünfhunderttausend, und wir vergessen die Sache. Wir sehen nichts mehr von Ihnen, wir hören nichts mehr von Ihnen, und wenn Sie einen Fehler machen, werden Sie dafür büßen. Es ist ein gutes Angebot, und es ist das letzte Angebot. Es ist nur fünf Minuten gültig. Wenn ich den Wagen anlasse, sind Sie erledigt – für immer.«

Toy warf einen Blick auf die Skyline von Houston hinter Langers Kopf. Milliarden und Abermilliarden. Roeg steckte mittendrin, er hatte ein großes Stück davon. Milliarden. Toys Bänder würden ihn das alles kosten, alle seine Milliarden. Alles. War es wirklich ein fairer Wettkampf?

»Fahren wir«, sagte er.

Sie verließen das Einkaufszentrum und fuhren zwischen den Steinsäulen auf beiden Seiten durch die Zufahrt nach Inwood. Der Wagen machte ein paar schnelle Kurven, die sie weiter in die bewaldeten Besitztümer brachten, die hochmütig von der Straße zurückgesetzt in großen Rasenflächen standen. Toy wußte, wohin sie fuhren. Die Neugier hatte ihn vor langer Zeit hierhergelockt, und er war oft daran vorbeigefahren, hatte in die dichten Wälder geschaut, um einen Blick auf das gewaltige Anwesen des Mannes zu werfen, dem er jetzt begegnen würde. Er fühlte das gleiche, zittrige Verlangen, eine Vorfreude wie bei seinen Raubzügen mit der Kamera, auf denen er nie wußte, was er sehen würde, nur daß es der Tod war, und bei denen er sich fragte, wie es diesmal geschehen würde und wann und wo dieser Tod aus dem Niemandsland auftauchen würde wie ein Teufel, der seine Beute fordert.

An der Einfahrt traten zwei Männer in Geschäftsanzügen und mit Piloten-Sonnenbrillen aus dem klimatisierten Häuschen neben dem Tor. Einer von ihnen blieb lässig vor dem großen Wagen stehen, während der andere Langer mit seinem Namen ansprach, in den Wagen schaute, eine Liste auf einem Schreibbrett kontrollierte und dann zurücktrat und den Wagen durch das Tor winkte. Beide Männer trugen Maschinenpistolen. Ein schmiedeeiserner Zaun erstreckte sich in beiden Richtungen vom Tor und verschwand in einer abgeflachten Kurve an der Avenue. Toy hatte eine Bank mit elektronischen Geräten und Fernseh-Monitoren hinter den Fenstern des Wachhauses am Tor gesehen und wußte, daß der Zaun elektronisch gesichert war. Sie fuhren ein kurzes Stück über eine gepflasterte Auffahrt, die sich durch dichten Wald und Unterholz erstreckte; das Haus war nur gelegentlich und kurz zu sehen.

Es war ein dreistöckiges Gebäude, das früher einmal aus graubraunem Backstein gewesen sein mußte, den die Zeit dunkel aprikosenfarben hatte werden lassen. Der Stil wies eine Neigung zum England aus der Zeit König Georgs IV. auf, wenn er auch nicht streng eingehalten wurde, mit Sandsteinnischen und verzierten Fensterstürzen und einem Dach aus ambrafarben gebackenen Schindeln. Den mittleren Teil des Hauses flankierten zwei Flügel, die ebenfalls dreistöckig waren und sich im rechten Winkel nach vorn erstreckten, so daß ein auf drei Seiten eingefaßter Hof entstand. Die kleinen, verfilzten Ranken des Efeus hatten in den unteren Stockwerken den größten Teil der Ziegelmauer überwuchert und waren um die Fenster und Türen sorgfältig gestutzt. Der Rasen, der das Haus umgab, bestand aus feinstem Zoysia-Gras, das oft auf den Greens von Golfplätzen gepflanzt wird und einen tiefen smaragdgrünen Ton aufweist.

Langer fuhr auf den Hof und parkte den Lincoln neben mehreren anderen Wagen, die bereits dort standen. Er stieg aus, schaute sich kurz um, als er die Tür schloß, und ging auf den

Haupteingang zu. Toy sah einen weiteren Wachmann in Zivil, der mit einem Funkgerät unter dem überdachten Eingang von einem der Flügel stand. Als sie das Pflaster überquerten, war das gedämpfte Geräusch einer elektrischen Heckenschere das einzige Zeichen von Leben, abgesehen von ihren eigenen Schritten.

Langer betätigte nicht die Klingel, sondern öffnete selbst die schwere Tür und betrat eine ziemlich dunkle, große Halle, in der es gut fünfzehn Grad Celsius kühler war als draußen. Er zog die Tür hinter Toy zu und ging durch die Halle des südlichen Flügels, wobei er Toys Gegenwart völlig ignorierte. Er war sauer, stocksauer. Toy stellte sich vor, daß ihn das zu einem gemeinen Hund gemacht hätte, damals, als er noch im Football-Team der Rice-Universität gespielt hatte, doch jetzt war er doch wesentlich älter, und das Ganze brachte seiner ohnehin gestreßten Pumpe nur noch zusätzliche Anstrengungen. Sie kamen zu einer weiß getäfelten Holztür auf der linken Seite der Halle, und Langer blieb stehen. Er klopfte zweimal, zögerte, dann drehte er den Knopf, stieß die Tür auf und trat zur Seite, damit Toy vor ihm den Raum betreten konnte.

32

Der Raum mußte einen großen Teil des Erdgeschosses im Südflügel einnehmen. Er war lang, wies aber auch eine durchaus komfortable Breite auf und hatte hohe Fenster, die auf eine Rasenfläche und dahinter den Wald zeigten. Links befand sich ein großer, halbrunder Schreibtisch, der an beiden Seiten von Computereinheiten samt Keyboards und Monitoren flankiert wurde. Einer der Monitoren zeigte ständig die neuesten Börsennotierungen. Der Schreibtisch selbst war ein chaotisches Durcheinander. Und jeder freie Fleck an den Wänden zwischen den Fenstern war mit harten Kriegsphotos besetzt. Manche davon waren körnige Riesenvergrößerungen, darunter auch viele ›Klassiker‹.

Toy erkannte das berühmte Photo eines spanischen Soldaten,

den Capa photographiert hatte in dem Augenblick, als ein Geschoß in seinem Kopf explodierte, während er über ein Feld rannte; das Photo eines US-Soldaten, Opfer eines Heckenschützen, in einer Pfütze seines eigenen Bluts auf dem Balkon einer Villa in Frankreich sterbend; Adams' erstaunliches Photo, das Brigadier General Loan bei der Exekution eines vermutlichen Vietkong-Kommandoführers im Cholon-Viertel von Saigon mit gezücktem Revolver zeigt; ›Nick‹ Uts Photo des südvietnamesischen Mädchens, das nackt und schreiend in der Mitte der Route 1 dahinläuft und beide Arme vom Körper abstreckt, der schwere Napalm-Verbrennungen zeigt; Prices Photo von der Hinrichtung der liberischen Kabinettsmitglieder des Präsidenten William Tolbert durch Sergeant Samuel Does Befreiungstruppen beim Staatsstreich von 1981.

Und so weiter, Hunderte in dieser Art. Toy kannte die meisten.

In der Mitte des Raums summte ein Projektor und spulte einen Film zurück, den er gerade auf die riesige Leinwand am anderen Ende des Raums projiziert hatte.

»Kommen Sie herüber, Mr. Toy.«

Die Stimme war leise, kaum hörbar beim Klappern des Projektors im schnellen Rücklauf. Toy schaute sich um, sah aber niemanden. Als ob er Toys Überraschung fühlte, hob sich ein Arm mit weißem Ärmel über die Rückseite von einem der Sofas, die in Richtung auf die Leinwand aufgestellt waren, und winkte ihn her. Toy ging an dem Projektor vorbei und umrundete das Ende des großen Sofas.

Josef Roeg hatte sich auf einem mit Seide bezogenen Sofa ausgestreckt, das groß genug war, daß er dort bequem hätte schlafen können. Er trug einen Smoking ohne das Jackett und die Fliege, und seine kleinen Füße in den Slippern vergruben sich in die Plüschpolster und die Kissen. Es sah aus, als ob er in dem Anzug geschlafen hätte. Toy brauchte einen Moment, um seinen eigenartigen Körper zu registrieren.

Roeg saß unbewegt da, schaute Toy an und schien zu warten, bis Toy sich an seinen Anblick gewöhnt hatte.

»Ich habe Ihre Arbeit bewundert, Mr. Toy. Wir arbeiten nun schon eine ganze Weile zusammen... Ohne daß wir uns je persönlich kennengelernt hätten. Vielleicht hätten wir damit nicht so lange warten sollen.«

Toy zeigte keinen Sinn für diese Art von Humor. »Ich kann es nicht bedauern«, sagte er grob.

»Nein, natürlich nicht«, antwortete Roeg. Die Aufnehmerspule hatte endlich den ganzen Film abgespult, und das Vorlaufband klapperte laut, woraufhin Langer mit einem Satz bei der Maschine war und sie abschaltete. Roeg wartete, bis das alles erledigt war, bevor er weitersprach.

»Vielleicht wollen Sie sich setzen, äh, Mr. Toy. Wo Sie wollen.«

Toy setzte sich auf ein anderes Sofa, das schräg gegenüber von Roeg stand und Blick auf die Fenster und die Wände mit den Photographien bot.

»Ich bedauere es aufrichtig, ein solches Ende unserer Beziehungen erleben zu müssen, Mr. Toy. Sie besitzen ein unwahrscheinliches Talent, das Sie... das Sie befähigt, das aufregendste Material mit Ihrer Kamera einzufangen.«

»Es hilft auch, wenn man dafür die richtigen Kontakte hat«, sagte Toy etwas unbestimmt. Er lächelte nicht dazu.

»Waren Ihnen unsere Leute hilfreich?«

»Natürlich. Sie hatten da unten mit einigen der schlimmsten Dinge zu tun. Oder sie wußten, wo sie sich ereignen würden.«

Es gab eine Bewegung von Langer, der sich ans Ende von Roegs Sofa gesetzt hatte.

Roeg lächelte über die unbeabsichtigte, vielleicht auch beabsichtigte Anklage, die darin steckte.

Toy betrachtete das Lächeln von Roeg. Es hätte ihn interessiert, Roeg zu photographieren. Noch nie hatte er eine solche Kombination aus maskuliner, kraftvoller Männlichkeit und Kindhaftigkeit gesehen. Was versuchte dieser kleine Scheißkerl mit seinem blöden Grinsen zu erreichen? Wollte er ihn damit in Angst und Panik treiben? Toy traf eine Entscheidung. Er dachte nicht daran, selbst einen Vorschlag einzubringen. Wenn Roeg vorhatte, ihn in die Verteidigung zu drängen, würde er viel mehr aufwenden müssen, als nur auf seinem Arsch zu sitzen und dämlich zu grinsen. Mit solch einem Kerl brauchte man nicht deutlich zu werden. Wenn er zum Geschäft bereit war, würde er es Toy schon wissen lassen. Also saß er da und betrachtete ausdruckslos den grinsenden Roeg.

»Was fühlen Sie, wenn Sie... Wenn Sie den Tod filmen?« fragte Roeg.

»Nichts«, sagte Toy rasch. Eine solche Frage hatte er eigentlich nicht erwartet. In seinem Bemühen, ungerührt zu erscheinen, hatte er zu schnell geantwortet.

Roeg nickte langsam. Sein Grinsen war zu etwas wie stillem Amüsement verblaßt.

»Warum tun Sie es dann?« fragte er. »Ich weiß, wie ihr Kameraleute bezahlt werdet. Es ist nicht genug, um das Leben dafür zu riskieren.«

»Sie haben mich wesentlich besser bezahlt«, gab Toy zu bedenken.

»Aber es war offensichtlich nicht genug«, sagte Roeg.

»Was?« Toy neigte sich ein bißchen in Roegs Richtung. Warum, zum Teufel, flüsterte er eigentlich dabei?

»Es war offensichtlich nicht genug«, wiederholte Roeg nicht sehr viel lauter.

»Niemand bekommt jemals genug«, sagte Toy. »Finden Sie, daß Sie genug Geld besitzen?«

Roeg grinste und schüttelte langsam den Kopf.

Toy zuckte mit den Schultern; das war der Beweis für seine Behauptung.

»Sie fühlen also überhaupt nichts, wenn Sie den Tod filmen?« kam Roeg wieder zu seiner ursprünglichen Frage zurück. »Ich habe gehört, daß sich dabei... Daß sich während des Filmens der Adrenalinspiegel stark erhöht.«

Toy schaute Roeg an. Was sollte das? Als nächstes würde er ihn fragen, wie es war, wenn man eine Asiatin vögelte. Roeg versuchte, ihn durcheinanderzubringen. Das funktionierte nicht.

»Ja, sicher, man wird schon ein bißchen *high* dabei.«

»Reuter hat Sie gehen lassen, weil Sie sich auf Filmmaterial spezialisiert hatten, das zu viele Gewalttätigkeiten zeigte. Was haben Sie gemacht?«

Das hatte Toy auch nicht erwartet. Machte sich der Kerl keine Sorgen über das Geld, das er verlieren würde? Wozu wollte er all den Quatsch wissen?

»Ich bin der Heuchelei überdrüssig geworden. Sie wollten nur GI-Joe-Comicbuch-Filme zeigen. Das macht mir keinen Spaß.«

»Also haben Sie den Krieg gefilmt, wie er ist.«

»Stimmt. Sie wissen das. Sie haben alles alte Material gekauft, das ich aufgehoben hatte.«

»Sie haben die Aufregung geliebt, die Gefahr?«

Toy schaute Roeg an. Er kaute an der Innenseite seiner Wangen. »Wenn man sich daran gewöhnt hat, beginnt man, sich darauf zu freuen.«

»Haben Sie jemals etwas so Entsetzliches gesehen, daß Sie es nicht filmen wollten?«

»Nein.«

»Was ist das Entsetzlichste, das Sie jemals gefilmt haben?«

Toy disponierte um. Er machte es nicht gern, aber er wollte nicht, daß der andere glaubte, er würde weich werden. Wenn es so weiterging, befand er sich demnächst in einer defensiven Position. Also brach er die Sache an dieser Stelle ab.

»Vermutlich das Entsetzlichste, was ich jemals gefilmt habe, war das, was Sie in diesem Lagerhaus arrangiert haben.« Er schaute Roeg direkt in die schwarze Iris seiner Augen. »Das war das Entsetzlichste, ja.«

Augenblicklich schwand alles aus Roegs Gesicht: die Neugier, der Humor, das Amüsement. Der dunkle Schatten des glattrasierten Barts war nicht mehr schwarz, sondern aschgrau. Aber er war ein Mann, der seine Mittel beherrschte; er verlor nicht die Fassung.

»Was sind Ihre – äh – Ihre Bedingungen, Mr. Toy?«

»Ich verlange zwei Millionen Dollar.«

Etwas ereignete sich in der Iris seiner Augen. Toy begriff nicht ganz, was es war.

»Und Ihr Angebot, Mr. Toy?«

»Als Gegenwert für das Geld händige ich Ihnen sämtliche Originalfilme aus. Ich habe zum Filmen einen zweiten Kameramann gebraucht. Wir haben die Filme mit der neuen Hitachi SR-1 geschossen, also mußten wir Acht-Minuten-Kassetten verwenden. Wir haben sieben Kassetten gedreht, also insgesamt fast eine Stunde. Aus verschiedenen Blickwinkeln.«

Das ließ er so nebenbei fallen, ohne weiter darauf einzugehen. Es war ihm egal. Langers Spannung war fast greifbar. Es gefiel Toy, dieses aufgeblasene Arschloch mit dem Rücken zur Wand zu erleben.

»Also gut«, fuhr er fort. »Ich übergebe Ihnen sämtliche Originale. Aber ich brauche natürlich auch eine gewisse Sicherheit.« Bei dieser Bemerkung überzogen sich Roegs Augen mit einem Schleier. »Ich will leben, um die zwei Millionen ausgeben zu können. Ich bin zu Scurlock, Meins und Collins gegangen und habe dort ein Testament aufgesetzt. In diesem Testament habe ich Anweisungen hinterlassen, daß meine Testamentsvollstrekker, die nur im Testament namentlich erwähnt werden und ansonsten unbekannt bleiben, für den Fall, daß ich auf ungewöhnliche oder ungeklärte Weise verschwinde und daß innerhalb von einhundertzwanzig Tagen keine ausreichende Erklärung dafür zu finden ist, bei Scurlock, Meins und Collins einen versiegelten Umschlag anfordern werden. In diesem Umschlag ist die Nummer eines Banksafes.«

Toy drehte sich zur Seite und schaute Langer an, der jetzt neben Roeg stand. Langer sah aus wie eine Kleiderpuppe.

»Dieser Banksafe befindet sich in einer der Großbanken dieser Stadt. Er enthält eine einzige Kopie der Originalbänder, die ich Ihnen übergeben werde, zusammengeschnitten wie das Band, das ich Ihnen mit der Post geschickt habe. Bei dieser Kopie liegt ein Dokument, das berichtet, worum es sich bei dem Film handelt, wie er aufgenommen wurde, wie ich dazukam, den Film herzustellen. Es berichtet über die Umstände meines Arrangements mit Ihnen, und daß Sie mir für mein Stillschweigen zwei Millionen Dollar bezahlt haben. Alles. Es sagt auch, daß meine Vollstrecker, wenn sie so weit gekommen sind, davon ausgehen müssen, daß Sie beide verdächtig sind, meinen Tod verursacht zu haben. Ich habe mich vor wenigen Tagen ausführlich untersuchen lassen. Alle meine Untersuchungsergebnisse, die Berichte des Zahnarzts und so weiter, liegen in diesem Safe. Außerdem der Name meines Arztes und meines Zahnarzts.«

»Ich nehme an, Sie befinden sich bei bester Gesundheit«, sagte Roeg.

»Bei allerbester«, bestätigte Toy.

»Aber wenn Sie aus völlig normalen Gründen sterben?« fragte Roeg leise. »Dieser Banksafe stellt für mich eine ständige Bedrohung dar.«

»Nein«, entgegnete Toy. »Wenn mein Tod unter nicht verdächtigen Umständen stattfindet – und meine Vollstrecker sind berechtigt, darüber zu entscheiden –, dann haben sie die Anweisung, das Päckchen in dem Banksafe abzuholen und es zu vernichten, ohne es zuvor zu öffnen.«

Alles schwieg für einen Augenblick. Roeg nahm mit seinem kleinen Körper eine andere Stellung auf dem Sofa ein, warf einen Blick auf Langer, lächelte ein bißchen und schaute Toy an.

»Und was ist, wenn die Vollstrecker, die Sie genannt haben – wenn sie vor Ihnen sterben?«

»Ich habe sechs Vollstrecker benannt. Es wäre ein unglaublicher Zufall. Genau gesagt, handelt es sich um sozusagen handverlesene Personen. Sie gehören nicht zu denen, die sich leicht kaufen lassen. Ich würde Ihnen liebend gern sagen, wer sie sind, nur um Ihnen zu beweisen, wie gut alles geplant ist, aber in diesem Fall scheint mir Diskretion doch das klügste zu sein.«

»Wie immer, Mr. Toy, wie immer«, antwortete Roeg. Er dachte eine Minute nach. »Wie wollen Sie das Geld?«

»Ich habe ein Konto bei einer Bank in Panama. Ich nenne Ihnen die Nummer. Sobald mein Banker mich benachrichtigen, daß auf das Konto ein Betrag über zwei Millionen Dollar von Ihnen eingegangen ist, überreiche ich Ihnen das einzige existierende Bandmaterial, natürlich abgesehen von dem Zusammenschnitt im Banksafe, der als meine Lebensversicherung dienen muß.«

»Und woher soll ich wissen, daß es keine weiteren Kopien gibt?« fragte Roeg. »Sie hätten Dutzende davon anfertigen und überall verteilen können. Sie könnten nach einer Weile wieder zu mir kommen, um weitere – äh – Beiträge zu Ihrem finanziellen Wohlergehen zu fordern.«

»Darüber habe ich auch nachgedacht«, sagte Toy. »Über die Frage, wie ich Ihnen hundertprozentig sicher glaubhaft machen kann, daß ich das tue, was ich sage. Die einzige Antwort ist, daß Sie mir vertrauen müssen. Ich meine, das sind nun mal die Dinge, mit denen Sie leben müssen. Alles in der Welt ist ein Geschäft. Sie wollen Ihre sonderbaren Leidenschaften stillen, dafür müssen Sie gewisse Risiken eingehen.«

Roeg nickte und dachte wieder etwas nach.

»Sie sagten zuvor, Sie hätten einen zweiten Kameramann gebraucht, um die Filme zu drehen«, sagte Roeg dann. »Wie kann ich sicher sein, daß Sie immer für diese – diese andere Person eintreten? Was, wenn diese Person sich entschließt, unabhängig von Ihnen zu arbeiten? Dann bin ich genauso in Gefahr wie durch Sie selbst.«

»Sie werden keinerlei Scherereien bekommen mit der Person, die mit mir zusammengearbeitet hat«, erwiderte Toy. »Aber es ist, wie ich sagte. Ich kann es Ihnen nicht hundertprozentig glaubhaft machen. Es ist nicht *meine* Schuld, daß Sie in diese Position geraten sind. Ich schildere Ihnen nur das Arrangement, das ich mit Ihnen zu treffen bereit bin. Wie ich es sehe, stehen Sie ohnehin immer vor diesem Problem, zum Beispiel wegen Ihrer Angestellten, die hiergewesen und Ihre Filme gesehen haben, sogar mit Mr. Langer hier, sollte er sich eines Tages entschließen, sich gegen Sie zu wenden.«

Roeg lächelte. »Sie haben wirklich sehr gut nachgedacht.«

»Es ist nichts Persönliches«, sagte Toy. »Sie haben mich gut bezahlt, aber ein Mann kann so etwas nicht ein Leben lang tun, also habe ich diesen Plan ausgearbeitet. Es ist eine rein geschäftliche Abmachung. Ich kann mir vorstellen, daß Sie schon öfter auf diese Weise Geld verloren haben, weil Sie eine falsche Fusion eingegangen sind oder in schlechte Firmen investiert haben.

Außerdem sind zwei Millionen für Sie keine große Sache. Für mich dagegen bedeuten zwei Millionen, daß ich nicht mehr arbeiten muß. Das ist meine Pensionsversicherung. Und Ihnen wird es nicht einmal fehlen.«

Roeg neigte den Kopf zur Seite und lachte leise. »Mir fehlt immer das Geld, das ich verliere, Mr. Toy.« Er schüttelte langsam den Kopf. »Wann wollen Sie den Austausch vornehmen?«

»Jetzt gleich, wenn Sie wollen. Sie können meinem Banker in Panama ein Telex schicken.«

»Geben Sie mir die Nummer«, sagte Roeg.

Toy langte in seine Jackettasche, zog ein Stück Papier heraus und reichte es Roeg. Roeg betrachtete es und nickte dann.

»Und wann bekomme ich die Bänder? Ich kann von hier aus telexen.« Er wandte seinen schönen, charaktervollen Kopf den Computern zu.

»Sobald ich die Bestätigung von Chamaco erhalten habe.«

»Darum sollen sich die Logistiker kümmern«, sagte Roeg. »Ich schlage vor, Sie gehen jetzt dorthin, wo Sie meine Originalbänder abholen müssen, und morgen um zehn Uhr vormittags treffen Sie Mr. Langer in der Halle der Inland Trust im Zentrum. Sie beide gehen dann in den Privatbereich von einem der Bankdirektoren, der ein Freund von uns ist. Dort haben Sie Zugang zu einem Videorecorder. Mr. Langer wird sich davon überzeugen, daß es die richtigen Bänder sind, mich hier anrufen, und ich leite die Transferierung des Geldes ein. Ich werde Mr. Chamaco sagen, wo er Sie erreichen kann, um Sie von der erfolgten Transaktion zu unterrichten. Sie warten dort auf die Bestätigung. Sobald sie erfolgt ist, können Sie beide gehen: Mr. Langer mit den Kassetten, und Sie mit den zwei Millionen auf Ihrem panamesischen Konto. Irgendwelche Einwände?«

»Es klingt, als wäre es okay«, sagte Toy.

»Dann sind wir mit unserer Besprechung am Ende, Mr. Toy«, sagte Roeg leise. Er nahm einen hellblauen Umschlag, der auf dem Boden neben dem Sofa gelegen hatte, und begann in den grünen Seiten des Computerausdrucks zu blättern.

Toy stand auf und folgte Langer, der schon auf die Tür zuging.

Sie schritten durch die Halle zum Eingang und durch die schwere Tür. Im Freien war es wie in einem Backofen. Sie überquerten den Hof. Gerade als Langer den Lincoln aufsperren wollte, sagte er: »Ach, einen Moment noch«, und ging zu dem Mann, der unter der Tür des Südflügels gestanden hatte, als sie hergekommen waren. Sie sprachen ein paar Minuten miteinander, während Toy in die Helle des Himmels schaute und blinzelte. Plötzlich hörte er ein hohes Jaulen, das bald zu einem mächtigen Donnern wurde, einem schweren, pulsierenden *whump-whump-whump.* Toy grinste und schüttelte den Kopf. Das kleine Arschloch hatte doch tatsächlich einen Hubschrauberlandeplatz irgendwo hinter dem Haus.

Schließlich kam Langer herüber. Sie stiegen in den Lincoln und fuhren die Auffahrt zurück zum Tor. Die beiden Geheimdienstleute kamen nicht aus ihrem Häuschen mit der Klimaanlage, sie winkten ihnen auch nicht zu, beobachteten sie nur.

Langer fuhr den Lincoln den gleichen Weg zurück, den sie gekommen waren. Er hielt genau da, wo Toy in den Wagen eingestiegen war. Er drückte auf einen Knopf, der die Türen entriegelte. Toy stieg aus, knallte die Tür zu und hörte, wie sie wieder verriegelt wurden. Langer fuhr in Richtung Innenstadt los. Er hatte kein Wort mehr mit Toy gesprochen, seit dieser in den Wagen gestiegen und den ersten ›Vorschlag‹ abgelehnt hatte. Und niemand war auch nur mit einer Silbe auf Wayne Powell eingegangen.

Toy ging zurück über die Gray und betrat wieder das Birraporetti. Er telefonierte, verließ das Lokal durch die Hintertür und überquerte die Straße hinter dem Einkaufszentrum. Dort ging er ein paar Blocks weit in Richtung Innenstadt, überquerte wieder die Gray und betrat die Herrentoilette einer Tankstelle. Er war keine fünf Minuten in der Kabine, als er hörte, wie jemand zweimal kurz an die Tür klopfte. Er ging hinaus und stieg in den Fond eines Gelben Taxis, das zwischen der Toilette und der Straße geparkt hatte. Er legte sich auf den Boden des Taxis und schaute Lais Fußknöchel an, während Yue, ihr langes Haar hochgesteckt unter der Taxifahrermütze, auf die Montrose zufuhr.

Nach der Westheimer Road bog Yue in das vierstöckige Parkhaus eines Bürogebäudes ein. Im dritten Stock hielt sie an und ließ Lai und Toy aus dem Wagen steigen, bevor sie wendete, die Rampe hinunterfuhr und draußen in Richtung Sharpstown abbog. Zwanzig Minuten später steckte sich auch Lai das Haar hoch, setzte eine Mütze darüber und legte Make-up auf, um ihr feminines und asiatisches Gesicht zu verändern. Toy legte sich in einem Leihwagen auf den Boden des Fonds, und Lai warf eine Decke über ihn. Minuten später folgten sie zwei anderen Wagen in den allmählich anschwellenden Verkehr.

33

Wieder einmal stand Haydon auf der kleinen Veranda vor dem verputzten Holzbungalow und lauschte auf das Summen der Klimaanlage, die sich in einem der Schlafzimmerfenster auf der Seite des Hauses befand und heftig klapperte. Die Häuser rechts und links von Powells Bungalow hatten auch Kühlaggregate in den Fenstern, und ihre Jalousien und Vorhänge waren dicht zugezogen gegen die Nachmittagshitze. Neben der Tür eierte ein gelber Sprinkler in einer schlechten Fassung und spritzte Wasser in zufälligen, verrückten Mustern, die eigentlich ein Kreis hätten sein sollen.

Er erinnerte sich an den Artikel, den er im *Wall Street Journal* gelesen hatte. In der letzten Nacht hatten die Bewohner Houstons fast dreieinhalb Milliarden Dollar für kalte Luft ausgegeben, mehr als das Bruttosozialprodukt von zweiundvierzig afrikanischen Staaten.

Hitze und Feuchtigkeit. Feuchtigkeit und Hitze.

Er drückte wieder auf den Klingelknopf. Wußte, daß sie da war, weil er in die Zufahrt hinuntergeschaut und den weißen Porsche in der Garage hatte stehen sehen.

Als sie die Tür öffnete, stand sie hinter der Gittertür und trug eine hellgelbe Shorts in der Farbe von Sonnenblumen und eine grüne Baumwollbluse mit kurzen Ärmeln. Die Bluse war ordentlich in die maßgeschneiderten Shorts gesteckt. Sie stemmte den Fuß des einen nackten Beins gegen den Knöchel des anderen Fußes und schaute ihn an. Ihr erdbeerblondes Haar war lässig auf ihrem Kopf hochgesteckt, was ihr einen kühlen, überlegenen Eindruck verlieh. Haydon konnte ihre grünen Augen sogar im Halbdunkel des Türrahmens erkennen.

»Da sind Sie wieder«, stellte sie fest und schien weder besonders überrascht noch allzu glücklich über die Tatsache zu sein.

»Darf ich reinkommen?« fragte er.

Sie sagte nichts, stieß aber die Gittertür auf. Er folgte ihr in den Wohnraum, der in das gedämpfte Licht der Dachfenster gebadet war. Kartons lagen überall herum, einige halb gepackt, andere bereits mit Klebstreifen verschlossen. »Suchen Sie sich einen Platz«, sagte sie und machte eine hoffnungslose Geste mit den Händen. »Kann ich Ihnen etwas anbieten?«

»Nein, danke. Sie haben sich also doch entschlossen, auszuziehen?«

»Richtig. Das Haus jagt mir jetzt Schrecken ein.« Sie pflanzte sich auf einen Barhocker, von dem aus sie in die Küche schauen konnte.

»Wohin ziehen Sie?«

Sie sah ihn an. »Als Detektiv müssen Sie das wissen, oder?«

»Stimmt.«

»Nicht weit. Nur ins Tanglewood-Viertel.«

»Hübsch«, sagte Haydon. »Ein bißchen teurer als hier, nicht wahr?«

Sie hatte ihre langen Beine übereinandergeschlagen und wirkte immer noch völlig entspannt.

»Ja. Ein bißchen. Ein Schritt nach oben, habe ich mir gedacht. Ich habe ein bißchen Glück gehabt. Obwohl das hier auch nicht schlecht war für zwei.«

»Wann werden Sie ganz umgezogen sein?«

»Heute abend. Ich hab' in den letzten Tagen schon das eine oder andere rübergebracht. Das ist jetzt der Rest. Ich bin froh, hier rauszukommen, das können Sie mir glauben.«

»Sicher, das verstehe ich«, sagte Haydon. »Sie arbeiten hart und werden gut dafür bezahlt. Das ist in Ordnung. Aber ich könnte mir vorstellen, daß Sie jetzt doch ziemlich erschöpft sind.« Er warf einen Blick auf den Stapel von Packkartons.

»Eigentlich nicht. Das Umziehen nach und nach war nicht so schlimm.«

»Ich meinte eher die beiden Jobs«, sagte Haydon. »Aber es scheint sich ja gelohnt zu haben. Es hat Sie von hier rausgebracht.«

Sie lächelte, aber es war kein ganz sicheres Lächeln.

»Sie haben doch zwei Jobs momentan, oder?«

»Nein, wieso?«

»Arbeiten Sie denn nicht nebenher für die Volkszählung?«

Einen hinreißenden Augenblick lang zeigte ihr Gesicht erschreckte Verletzlichkeit, und Haydon dachte schon, sie würde die ganze komplizierte Geschichte ausspucken, die hinter dem Tod von Wayne Powell und dem von Alice Parnas steckte. Aber vielleicht hatte er sich das nur eingebildet, denn sobald diese Miene verschwunden war, fragte er sich schon, ob es sich nicht nur um eine Wunschvorstellung gehandelt hatte.

»Nein«, wiederholte sie.

»Ich hatte eine längere Unterhaltung mit William Langer«, sagte Haydon. »Er hat das Mädchen auf dem Photo, das ich aus Powells Schlafzimmer mitgenommen hatte, als Alice Parnas identifiziert, eine Angestellte im Photolabor, in dem Powell arbeitete. Ich habe mit ihr gesprochen, und sie hat mir unter anderem mitgeteilt, daß sie und Powell ineinander verliebt waren. Sie hatte sich furchtbar aufgeregt über seinen Tod. Gestern abend hat sie Selbstmord begangen. Ich habe mit ihrer Nachbarin gesprochen, einer Mrs. Spiegler. Ich wollte von ihr wissen, ob sie jemanden gesehen hatte, der das Haus von Alice Parnas an diesem Tag besuchte. Sie hat ein Photo von Ihnen eindeutig identifiziert als eine Frau, die erst zu Alice Parnas und danach auch in ihr Haus gekommen ist und einen Volkszählungsbogen ausgefüllt hat.«

Jennifer Quinn schüttelte den Kopf. »Das war ich nicht. Die

alte Lady irrt sich. So etwas passiert oft, wenn man blond ist. Für manche sehen wir Blondinen alle gleich aus.«

»Dann macht es Ihnen nichts aus, Mrs. Spiegler notfalls persönlich zu sehen?«

»Nein, sicher nicht, wenn es notwendig ist.« Sie zögerte, legte die Stirn in Falten. »Wenn Sie dachten, daß ich das war, was hätte ich dann Ihrer Meinung nach dort getan? Sie haben doch nicht angenommen, daß ich für das Büro der Volkszählung arbeite, oder?«

Haydon schüttelte den Kopf. »Nein.«

»Verdächtigen Sie mich einer Straftat – habe ich ein Recht darauf, es zu erfahren? Brauche ich einen Anwalt, der mich über meine Rechte in dieser Sache aufklärt?« Ihre helle Haut war gerötet. Er konnte nicht sagen, ob sie wütend oder verängstigt war.

»Miss Quinn, an diesem Punkt ist jeder, der irgendwie mit diesem Fall zu tun hat, mehr oder weniger verdächtig. Wir haben eine ganze Zahl von Leuten in vielen Situationen überprüft. Wer auch immer die Blondine war, die mit Mrs. Spiegler und Alice Parnas gesprochen hat, sie war zugleich die letzte, die Alice Parnas lebend gesehen hat. Wir sind dabei, sicherzustellen, daß Sie es nicht waren.«

»Jesus Christus!« sagte sie ungläubig. Ihre Augen wurden rot an den Rändern, als ob sie weinen wollte. »Das war ein besonders schlaues, kleines Gespräch über die beiden Jobs, nicht wahr? Hielten Sie das wirklich für nötig? Sie denken...« Jetzt war sie entschieden wütend. Sie riß die Hände in einer Geste der Verzweiflung hoch. »Können Sie jemanden nicht einfach und geradeheraus fragen? Müssen Sie solche Umwege machen? Ich finde, das ist beleidigend.«

Haydon betrachtete sie. Sie funkelte ihn an und machte eine ärgerliche Handbewegung nach oben, zu einer Strähne ihres Haars, die sich gelockert hatte und ihr ins Gesicht gefallen war.

»Als wir das letzte Mal miteinander sprachen, sagten Sie, Sie hätten William Langer getroffen. Unter welchen Umständen?«

»Die Umstände?« Sie schaute Haydon verständnislos an, vielleicht auch ein bißchen verwirrt.

»Ich erinnere mich nicht, daß ich... Ich habe Langer bisher nie getroffen.«

»Aber zuvor sagten Sie, Sie hätten ihn getroffen. Erinnern Sie sich nicht?«

»Das habe ich nie gesagt. Was wollen Sie damit bezwecken?«

»Können Sie nachweisen, wo Sie gestern zwischen zwei und fünf Uhr nachmittags gewesen sind?«

»Ja, bei Gott, das kann ich.«

»Wo?«

»In der Dunkelkammer im Büro von Langer Media. Ich habe mit einem Mann namens Grant Sutton zusammengearbeitet.«

Haydon schaute sich um und sah das Telephon auf einem Karton auf einem Stuhl stehen. Er ging hin und nahm den Hörer ab.

»Die Nummer Ihres Büros?«

Sie blinzelte und nannte sie ihm.

Er wählte sie, wartete auf eine Antwort und fragte nach Grant Sutton. Als ihm die Telephonistin sagte, Sutton sei übers Wochenende weggefahren, schaute er die Quinn an, die sofort Erinnern und Zorn signalisierte. Sie kam herüber und riß Haydon den Hörer aus der Hand, bedeckte dann die Sprechmuschel.

»Verdammt, das hab' ich vergessen.« Ihr Gesicht war rosa. Sie sprach ins Telephon. »Sara? Hier ist Jennifer. Ich habe vergessen, daß er übers Wochenende wandern gegangen ist. Weißt du, wohin? Wo kann ich ihn erreichen?« Sie hörte zu, nickte. »Okay. Danke, danke.«

Dann legte sie auf.

»In Colorado. Im Shadow Mountain – Nationalpark. Er übernachtet in einer Lodge in Granby. Es kann nicht sehr viele Lodges in Granby geben.« Sie schaute ihn an, behielt nur mit Mühe ihre Fassung. »Ich kann ja auch nichts dafür«, fuhr sie ihn an.

»Er ist doch sicher nicht der einzige, der Sie gesehen hat«, sagte Haydon.

»Doch, zufällig war er es. Ich bin hier gewesen und habe gepackt, und ich war völlig verschwitzt. Ich hatte noch zwei Stunden an einer Entwicklung zu arbeiten. So, wie ich ausschaute, wollte ich nicht am Empfang vorbeigehen. Ich habe das Gebäude durch einen Seiteneingang betreten, gearbeitet, bis alles fertig war, und bin wieder gegangen.«

»Wir sprechen mit ihm, wenn er zurück ist«, sagte Haydon.

»Ich weiß, wie es aussieht«, zischte sie ihn wieder an.

»Machen Sie sich darüber keine Sorgen«, beschwichtigte sie Haydon. »Sie werden das schon hinkriegen.«

»Und was wollen Sie noch von mir wissen?« Sie hatte eine Hand in die Hüfte gestemmt.

»Nichts«, sagte Haydon. »Ich störe Sie jetzt nicht mehr beim Packen.«

»Wann soll ich der alten Lady gegenübertreten? Sie wird alles aufklären, wenn Sie mich persönlich sieht.«

»Ich komme auf Ihr Angebot zurück«, sagte Haydon und bahnte sich einen Weg durch die Kartons zur Haustür. »Ach ja, kann ich Ihre neue Adresse haben?«

Sie nannte sie ihm. »Ich präge sie mir ein«, sagte er.

Als er an der Haustür war, sagte sie: »Hören Sie, ich habe wirklich vergessen, daß Grant übers Wochenende weggefahren ist. Ich versuche, ihn in dieser Lodge zu erreichen, und bitte ihn, daß er Sie anruft. Ich habe ja Ihre Karte.«

»Das ist nicht nötig. Wir können warten, bis er zurück ist.«

»Nein«, widersprach sie ihm. »Ich möchte es. Ich komme mir jetzt wie eine Idiotin vor. Ich möchte, daß er es Ihnen sagt. Ich werde ihn schon finden.«

Haydon nickte, öffnete die Tür und trat hinaus. Sie stand unter der Haustür und blinzelte in die Helligkeit.

Er verabschiedete sich und ging zum Wagen. Das Lenkrad war so heiß, daß es rutschte wie geölt. Er ließ die Tür offen, bis sich die Klimaanlage abgekühlt hatte, dann erst fuhr er los. Er schaute sich nicht mehr um, und das war auch gar nicht nötig.

Jennifer Quinn log ziemlich gut – aber nicht gut genug. Haydon glaubte ihr sogar die Geschichte über Grant Sutton. Er hatte auch keinen Zweifel, daß der Mann ihre Behauptung bestätigen würde. Sie hatte es wirklich übersehen, daß er übers Wochenende weggefahren war. Erst hatte sie kein Alibi gehabt, dann hatte sie eines und doch wieder keines. Haydon schätzte die Ironie, die darin lag. Ein einziger Versprecher wog schwerer als eine Zahl von kleinen Fehlkalkulationen in einem gut ausgedachten Plan. Zweimal hatte die Quinn sich im Hinblick auf Mrs. Spiegler als ›die alte Lady‹ bezogen. Haydon hatte jedoch absichtlich mit keiner Silbe ihr Alter erwähnt.

Boney Walker lehnte über dem alten Ausguß mit den Nikotinflecken auf dem gesprungenen Porzellan, wo unzählige Kippen bis zum Filter abgebrannt waren, und steckte sich langsam das hölzerne Zündholz in die Nase. Er tastete vorsichtig, zuckte zusammen, als er gegen die Blutklumpen stieß, und blinzelte sich die Tränen aus den Augen. Er betrachtete sich in dem gezackten Rest des alten Spiegels, wo das Quecksilber noch nicht ganz abgeblättert war. Die Nase dominierte in seinem Gesicht. Augen wie die von Billy Whistle, ganz aufgeschwollen. Die Lippen traten hervor, als würde an dieser Stelle ein Geschwür wachsen und keine Lippe.

Er war müde gewesen, völlig erschlagen, aber in der Nacht hatte er nicht viel schlafen können. Seine Muskeln, so empfindlich wie Beulen, hatten seinen ganzen Körper pochen und pulsieren lassen, und er hatte durch den Mund atmen müssen wegen der Blutklumpen in seiner Nase. Er mußte sie herauspopeln. Dann erst würde die Schwellung zurückgehen, und außerdem waren sie ausgesprochen unangenehm. Man hatte ständig das Gefühl, in der Nase bohren zu müssen. Er berührte eine empfindliche Stelle, und der Schmerz schoß ihm so heftig durch den Körper, daß seine Knie fast nachgaben. Er lehnte seinen Arm auf den Rand des Spülbeckens. Dann drehte er das Wasser auf, packte dazu einen Franzosen, weil das Rädchen längst verschwunden war, und ließ das Blut seiner Nase ins rostige Wasser tropfen.

Er stand da und betrachtete die schwarzen Flecken im Spiegel. Er nahm die braunen Papierhandtücher, die er aus der Toilette einer Tankstelle geklaut hatte, machte eines naß, knetete es weich, so weich, wie man ein braunes Papierhandtuch kneten konnte, gab ein kleines Stück davon auf das Streichholz und steckte es sich in die Nase. Es war, wie wenn er mit dem Messer hineingestochen hätte. Er wollte sich setzen, konnte dazu aber nicht die Waschkommode verwenden, weil die keinen Deckel hatte, also ging er rückwärts ein paar Schritte vom Ausguß weg und setzte sich neben der Tür auf den Boden. Er lehnte den Kopf gegen den Türrahmen, und der Schweiß strömte ihm aus dem Haar, strömte aus seinen Achselhöhlen und fühlte sich glitschig an den Seiten an. Er hatte ein nasses geknetetes Papierhandtuch zwischen den Fingern und rieb sich jetzt damit seinen Körper ab, dabei drückte er nach und nach das Wasser heraus wie bei einem Schwamm. Er schloß die Augen, wobei er nicht viel zu schließen brauchte, und seufzte.

Einen Moment danach merkte er, daß Fliegen über das Stück Papier krochen, das mit dem anderen Ende in seiner Nase steckte. Er scheuchte sie weg, glitt langsam vom Türrahmen nach unten und auf die Seite auf den Boden. Er war so müde. Er rollte sich auf den Rücken, auf das abgetretene Linoleum. Auf dem nackten Boden war es etwas kühler. Er zog sich das zerfetzte Unterhemd über den Kopf, um die Fliegen von seiner Nase fernzuhalten.

Dreckskerl. Das würde er diesem weißen Nigger nicht vergessen. Er würde daliegen und nachdenken, was er diesem beschissenen weißen Nigger antun konnte. Wenn er einschlief, würde er vielleicht im Traum etwas sehen, das besser war als alles, was er sich im Wachen ausdenken konnte. Etwas ganz Gutes.

34

Es war später Nachmittag, und Haydon war in der Galerie, um dem vorabendlichen Stoßverkehr zu entgehen. Er kam gelegentlich her und blieb meistens bis nach Geschäftsschluß. Der rundliche und gemütliche Anton Busch sperrte dann einfach ab und ging in seine Büros, wo er die Buchungsarbeiten des Tages zu Ende brachte, während Haydon langsam von Raum zu Raum schlenderte. Er hatte schon mehr als ein Kunstwerk in diesen Stunden am Ende des Tages gekauft. Busch hatte nichts gegen die etwas seltsamen Gewohnheiten seiner Kunden, vor allem dann nicht, wenn es kaufende Kunden waren.

»Sie schauen sich noch einmal die Klimts an«, sagte Busch, als er aus seinem Büro kam.

Haydon nickte.

»Wollen Sie den Akt nicht kaufen?« fragte Busch. Er hatte die Hände hinter dem Rücken verschränkt und betrachtete die Blaustiftzeichnungen ›Profil einer lächelnden Dame‹.

»Wenn ich mich erinnere, haben Sie von mir in den vergangenen eineinhalb Jahren drei Rötelakte erworben.« Eine Augenbraue zuckte unschuldig. »Und ich weiß nicht, was Sie anderswo gekauft haben.« Er nahm eine Hand nach vorn, strich seinen Bart damit nach unten und ließ sie dann wieder hinter dem Rükken verschwinden. »Ich weiß es nicht. Aber wenn Sie Ihr Heim, das ein wundervoller Besitz mit vielen guten Plätzen für gute Kunstwerke ist, ich meine, wenn Sie es nicht – sagen wir, etwas eintönig werden lassen wollen, sollten Sie der Abwechslung halber die Blaustiftzeichnung nehmen.«

»Sie haben gesehen, daß ich mir die Blaustiftzeichnung besonders genau angeschaut habe«, sagte Haydon, ohne sich umzudrehen.

»Ja, das habe ich gesehen.«

»Sie ist teurer.«

»Das ist richtig. Aber sie ist signiert. Und wie er das Haar gezeichnet hat... Es ist ein sehr schönes Blatt.«

Haydon nickte. »Ich ziehe die Blaustiftzeichnung vor. Ich möchte sie gleich mitnehmen.«

Busch machte eine kleine Verbeugung von der Taille aus, ging hin und nahm die Zeichnung von der Wand. Als sie zusammen die Treppe hinaufgingen, sagte er: »Als Händler bin ich abgehärtet, zusehen zu müssen, wie die Dinge, die ich liebe, kommen und gehen. Manchmal komme ich mir vor wie der Verwalter eines Waisenhauses; ich muß Distanz halten und darf die Werke nicht zu liebgewinnen. Die Kinder müssen nun einmal früher oder später das Heim verlassen. Und das ist auch gut so – für die Kinder und für mich.« Er lachte leise.

Haydon setzte sich in Buschs Büro und schrieb den Scheck aus, während der Kunsthändler die Zeichnung nach nebenan brachte, wo sein Assistent sie einpacken sollte. Als er zurückkam, reichte er Haydon das kleine Paket, das jetzt das Goldwaffel-Siegel der Galerie trug, und lächelte breit.

»Eine neue Ära für Sie, Stuart. Von Rötelakten zu Blaustiftporträts. *Bonne vue.*«

Es dämmerte schon, als Haydon zu Hause eintraf, und er war überrascht, nicht nur Ninas Wagen in der Einfahrt zu sehen, sondern auch den von Mooney. Er parkte und ging, die Zeichnung unter dem Arm, ins Haus. Von der Eingangshalle aus wandte er sich direkt in die Bibliothek, von wo er Mooneys Stimme hörte.

Als er an der Schwelle stand, sah er, daß Mooney von seinem Schreibtisch aus telephonierte. Nina saß in einem der bequemen Sessel.

»Was ist das?« fragte sie, lächelte und schaute auf das Päckchen, das er unter dem Arm hatte. »Oh-oh, du warst bei Busch.«

Haydon neigte fragend den Kopf in Richtung auf Mooney, während er zu Nina ging und ihr die Zeichnung gab.

»Er sagt, er hat etwas für dich«, flüsterte sie. »Er ist erst zehn Minuten hier. Dann hat sich sein Funksignal gemeldet, und er hat die Zentrale angerufen.« Sie begann das Paket auszuwikkeln, hielt dann den Atem an. »Stuart, mein Gott, du bist verrückt. Es ist viel zu teuer...« Sie hielt inne, warf einen Blick auf Mooney, schaute dann wieder Haydon an und flüsterte: »Aber es ist fabelhaft.«

Er lächelte sie an und wandte sich dann an Mooney.

»...Ich spreche jetzt von dort«, sagte Mooney in den Hörer. »Sieh nur zu, daß die Jungs da bleiben, wo sie sind. Wir wollen nicht, daß sie irgend etwas tun. Wir sind auf dem Weg.«

»Was gibt's?« fragte Haydon, als Mooney aufgelegt hatte.

»Die Einheit eines Streifenwagens glaubt, daß sie Toys Wagen in einem Apartmentkomplex drüben in Sharpstown entdeckt hat. Sie haben die Nummernschilder überprüft; sie gehören einem Mann in Bellaire. Sie haben mit seiner Frau telephoniert, und die ist hinausgegangen – tatsächlich, die Nummernschilder an ihren Wagen fehlten.«

»Sie haben aber noch keine Ermittlungen in dem Apartmentkomplex aufgenommen?«

»Nichts. Sie warten auf uns.«

»Großartig.« Haydon drehte sich wieder um und gab Nina einen Kuß. »Ich ruf' dich an.«

»Haben Sie ein neues Bild gekauft?« fragte Mooney. Er schaute hinüber, und Nina hielt es ihm hin. »Blau?«

»Fahren wir«, sagte Haydon. Nina lächelte.

Als sie den Lichterketten entlang dem Southwest Freeway folgten, berichtete Mooney, was er bei Philip Greiner herausgefunden hatte.

»Den Schwarzen kennt Greiner nicht. Aber alle anderen. Sie gehören sämtlich zu Roegs innerem Kreis. Der Kerl, der zuletzt mit Langer gekommen ist, das ist Roeg selbst.« Er lehnte seinen Kopf gegen das Fenster des Vanden Plas, um das Licht der Schnellstraßenbeleuchtung auf sein Notizbuch fallen zu lassen.

»Der erste, der mit dem Schwarzen hereingekommen ist, war Gerald Kemper; er ist für Roegs Fusionen in den Staaten zuständig. Er macht sozusagen die Laufarbeit und steht an der Spitze der juristischen Abteilung. Er ist gelernter Anwalt. Der zweite, der mit Langer hereingekommen ist, war Harvey Gage, Roegs persönliches Faktotum. Er begleitet Roeg auf den Reisen, kümmert sich darum, daß er über die Unterbringung nicht zu klagen hat, überprüft die Leute, die ihn besuchen, und koordiniert seine Termine. Wenn man Zugang zu Roeg haben will, richtet man sich in der Regel an ihn, auch wenn man zu dem privilegierten inneren Kreis gehört. Und der letzte, der wieder mit dem Schwarzen hereinkam, ist Victor Landa, der Koordinator von Roeg International, der Roeg direkt untersteht.«

Mooney richtete sich wieder auf und klappte das Notizbuch zu.

»Sind das alle?«

»Ja. Nachdem ich das Band mehrmals mit Greiner angesehen hatte, wurde mir klar, daß es nicht so viele Leute waren. Die drei Schwarzen, ganz am Anfang, die unter dem Licht am Eingang beisammenstanden. Der Schwarze mit dem Schnurrbart, der mit einem Weißen hereingekommen ist. Langer mit jemand. Der Schwarze, wieder mit einem Weißen. Und zuletzt Langer mit Roeg.«

»Konnte Ihnen Greiner helfen, was den Hintergrund dieser Männer betrifft?«

»Nein, kaum. Er war in sehr schlechter Verfassung, als ich mit ihm gesprochen habe, Stuart. Der Junge mit den vielen Muskeln sorgte sich, daß ich ihn überanstrengen würde, als wir das Band immer wieder laufen ließen, damit Greiner sich die Gesichter betrachten könne. Greiner sagte, daß diese drei Männer wahrscheinlich länger bei Roeg sind als jeder andere vom inneren Kreis. Sie machten mit bei seinem Spiel – Ja-Sager.«

Sie fuhren schweigend ein paar Minuten dahin, und es wurde taghell, als sie die Kreuzung des Freeways mit der Ausfahrt Loop 610 überquerten.

»Was hält Greiner von dem Band, Ed? Hat er etwas darüber gesagt?«

»Er war fasziniert davon. Hat sich wirklich darauf konzentriert. Er wollte selbst, daß ich es noch zweimal durchlaufen ließ, abgesehen von den kurzen Stopps und Rückläufen, als er versuchte, einzelne Gesichter genauer zu studieren. Ich fragte ihn, was da seiner Meinung nach vor sich ging, und er schüttelte nur den Kopf. Sagte, es brauche nicht unbedingt etwas Schlimmes zu sein. Roeg mache manchmal auch ganz normale Dinge auf ungewöhnliche Weise. Es könnte im wahrsten Sinne des Wortes alles mögliche sein.«

»Aber wenn es nichts als eine geheime geschäftliche Besprechung mit seinen leitenden Angestellten war, in der sie einen größeren Schritt diskutierten, den er geheimhalten wollte, warum sollte dann Toy der Meinung gewesen sein, es sei eine Sache, die für eine Erpressung geeignet ist?« fragte Haydon.

»Ja, das ist genau der Punkt, den ich bei Greiner angesprochen habe. Er sagte nichts dazu. Ich hatte den Eindruck, daß er bestimmt nicht glaubte, es handelte sich dabei um irgendeine harmlose Zusammenkunft, aber er wollte es mir nicht sagen.«

»Haben Sie von Pete gehört?«

»Nein.«

»Der Schwarze in dem Geschäftsanzug ist also bisher die einzige Person, die noch nicht identifiziert werden konnte«, sagte Haydon. »Abgesehen von den drei Männern am Beginn des Films. Wenn er irgendwie in der Politik steckt, ist er, glaube ich, der beste Ansatzpunkt für uns, ein bißchen Druck auszuüben. Vielleicht ist er so ehrgeizig, daß er sich in etwas hat hineinziehen lassen, jetzt aber dringend wieder heraus möchte. Vielleicht könnte man ihn überreden, daß er mit uns zusammenarbeitet.«

»Vielleicht«, sagte Mooney.

Sie sahen den Streifenwagen bei den Eiswürfelmaschinen vor dem Gemischtwarenladen und parkten in einer Bucht ein paar Meter daneben. Die Streifenbeamten erkannten nicht gleich, wer sie waren, bis Haydon und Mooney aus dem Vanden Plas ausstiegen und Haydon seine Plakette zückte, als er das Geschäft betrat. Einer der Streifenbeamten folgte ihm, während der andere draußenblieb, um den Apartmentkomplex nicht aus den Augen zu lassen.

Sie machten sich bekannt und stellten sich an den Kühlschrank mit kalten Getränken am hinteren Ende des Geschäfts, wo der junge Streifenbeamte kurz berichtete, wie sie die Wagen gefunden hatten. Während sie sprachen, schauten sie über die Lebensmittelregale und durch die Schaufenster des Ladens nach draußen.

»Die Wagen stehen links um die Ecke«, schloß der Streifenbeamte. Er hieß Sublette und trug ein kurzärmeliges Uniformhemd, das den kräftigen Hals und die muskulösen Unterarme eines Gewichthebers sehen ließ. »Sie können Sie nicht von hier aus sehen, aber Sie sehen die einzige Einfahrt und die einzige Ausfahrt. Der Komplex ist im Quadrat gebaut, mit einem großen Hof in der Mitte. Es gibt einen offenen Durchgang vorn und einen hinten, durch die man in den Hof kommt. Da die Wagen auf der linken Seite stehen, nehme ich an, daß sie auch dort wohnen. Die Wagen sind nebeneinander geparkt.«

»Okay«, sagte Haydon. »Fordern Sie noch zwei Einheiten an; sie sollen an den beiden Enden des Blocks parken, aber so, daß sie von hier aus nicht zu sehen sind. Wenn Sie sie an Ort und Stelle haben, kommen Sie und Ihr Partner zu uns; wir warten beim vorderen Durchgang.«

Der Streifenbeamte ging hinaus, um von seinem Wagen aus die zwei anderen Einheiten anzufordern und seinen Wagen in den Schatten zu fahren, außerhalb der Sicht vom Apartmentblock.

Haydon und Mooney gingen über die Straße und die Einfahrt nach links zu Toys beiden Wagen. Sie ließen bei jedem an einem vorderen Reifen die Luft aus und schlenderten dann zu dem Durchgang zum Hof, wo die zwei Streifenbeamten warteten.

Mooney und die zwei Streifenbeamten blieben in dem Durchgang, während Haydon den roten Pfeilen folgte, die zum Büro und Apartment des Verwalters führte. Dort klopfte er an die Tür und wartete. Als die Frau an die Tür kam, zeigte ihr Haydon seine Plakette, stellte sich vor und fragte, ob er hereinkommen könne. Das erschreckte Gesicht der Frau verriet ihr Gefühl, daß sie gleich etwas sehr Unangenehmes erfahren würde, und sie wich wie vor einer gezückten Handfeuerwaffe in ihr Apartment zurück und ließ Haydon die Tür hinter sich schließen.

»Sie brauchen keine Angst zu haben«, erklärte er. Haydon haßte diesen Ausdruck einer dumpfen, unberechtigten Angst. Es waren meistens Warnsignale für Menschen, die leicht durchdrehten. »Auf Ihrem Parkplatz stehen zwei Wagen, die unserer Meinung nach Leuten gehören, nach denen wir suchen. Haben Sie einen Mieter namens Ricky oder Richard Toy?«

Die Frau schüttelte den Kopf. Sie war mager, und ihr Haar war so schwarz gefärbt, daß es aussah, als sei es in Teer getaucht worden. Sie trug eine ausgefranste Jeans, die so kurz abgeschnitten war, daß die hellen Taschen fast fünf Zentimeter weit auf ihre Schenkel heraushingen. Auf ihrem Baumwoll-BH stand *TITTEN FÜR TEXAS.*

»Er ist ein Asiat, und er dürfte vor etwa einer Woche hier eingecheckt haben. Er hat zwei asiatische Frauen bei sich.«

Die Frau begann an einem Fingernagel zu kauen und zog dabei die Brauen hoch, als hätte ihr Haydon gerade die Vierundsechzigtausend-Dollar-Frage gestellt. Dann begann sie zu nikken.

»Ja, ja, die zwei Mädchen haben oft am Pool gesessen. Die haben eine Schau abgezogen, sage ich Ihnen. Aber sie heißen nicht Toy.«

»Welchen Namen benützen sie denn?«

»Er fängt mit einem Ka an. Ich weiß nicht. Lassen Sie mich nachschauen.«

Sie ging zu einer Aktenbox aus Plastik, die auf dem Tisch in der Kochnische stand, schaute die einzelnen Akten durch und fand schließlich die richtige.

»Richard M. Kaun. Apartment einszweiunddreißig. Das ist auf dieser Seite, fast am Ende der Reihe. Wie die Mädchen heißen, weiß ich nicht.« Sie schluckte und fragte sich, was er als nächstes sagen würde.

»Sie haben doch einen Universalschlüssel, nicht wahr?«

Die Frau nickte und riß die Augen weit auf.

»Ich wäre Ihnen sehr dankbar, wenn Sie mir den Schlüssel für dieses Apartment borgen würden.«

Wie ein Roboter langte sie auf den Boden der Aktenbox, kramte ein bißchen herum und zog dann einen Pappdeckelanhänger mit einem daran baumelnden Schlüssel heraus. Sie reichte ihn Haydon wortlos.

»Wissen Sie, ob sie zu Hause sind?«

Sie schüttelte den Kopf.

»Ich bringe den Schlüssel in ein paar Minuten zurück«, sagte Haydon.

Sie nickte, und er öffnete die Tür, ging hinaus und ließ sie bei ihrer offenen Aktenbox aus Plastik stehen.

35

Haydon ging zum Durchgang, wo Mooney und die beiden Streifenbeamten warteten.

»Okay«, sagte er. »Sie sind in hundertzweiunddreißig, auf der linken Seite, fast ganz am Ende. Die Frau des Verwalters weiß nicht, ob sie da sind oder nicht.« Er schaute über das Viereck des Hofes auf den Pool. Ein Mann und eine Frau schwammen. »Ed, ich glaube, Sie sollten die zwei in ihre Wohnung schicken. Das wäre mir lieber.«

»Hundertzweiunddreißig.« Mooney drehte sich um und schaute auf die Folge der Nummern. »Das ist fast gegenüber vom Swimmingpool. Glauben Sie nicht, daß es im Apartment auffällt, wenn ich die da drüben aus dem Pool scheuche?«

»Ich weiß es nicht, aber wir können diese Leute nicht dort lassen.« Er schaute Sublette an. »Ich schlage vor, Sie beide gehen auf die Vorderseite und bewachen die Tür zu hundertzweiunddreißig. Wir lassen Ihnen genug Zeit, bevor Ed hinausgeht zum Pool, für den Fall, daß sie ihn sehen und versuchen, abzuhauen. Aber seien Sie vorsichtig. Halten Sie sich weit genug von der Tür entfernt. Wenn wir durch die Tür vom Innenhof hineingehen und alles okay ist, melde ich mich. Geben Sie uns ein Signal, wenn Sie an Ort und Stelle sind.«

Die beiden Streifenbeamten gingen, und Mooney dämpfte das Funkgerät mit der Hand, als sie auf den Ruf warteten. Das Paar im Pool lachte. Die kehlige Stimme der Frau wurde deutlich bis zu ihnen getragen über die Oberfläche des Wassers. Ein paar Minuten danach krächzte das Funkgerät. Die Streifenbeamten waren an ihrem Posten.

Haydon hielt das Funkgerät, als Mooney über das fleckige Gras des Vierecks auf den Pool zuging. Haydon schaute zu, wie er sich den beiden Badenden näherte, sich am Rand des Beckens auf seine Fersen hockte und wiederholt seine Dienstmarke zeigte, während er zu sprechen begann. Die beiden bewegten sich nicht im Wasser, zwei dunkle Köpfe in dem flüssigen Türkis. Haydon versuchte sich die Folge und das Ausmaß ihrer Gefühle vorzustellen, als ihnen klarwurde, was da vor sich ging. Nach ein paar Sekunden waren sie aus dem Pool gestiegen, und die Frau stand in ihrem tropfenden Bikini da und sprach mit Mooney, während der Mann um die ramponierten Gartenmöbel herumging und ihre Handtücher holte. Alle drei verließen gemeinsam die Gegend des Swimmingpools, wobei Mooney dem Mann in einer kumpelhaften Weise den Arm um die Schulter legte, bevor sie hinter einem Geißblattbusch auf der anderen Seite des Innenhofs verschwanden.

Haydon lief auf der Seite unter den Treppen auf die Nummer hundertzweiunddreißig zu, wobei er einem Burger Boy Grill und einer Sammlung von Angeln ausweichen mußte. Er sah, wie Mooney ihm von der anderen Richtung entgegenkam. Sie näherten sich der Tür von beiden Seiten und hatten ihre Schußwaffen gezückt. Mooney nickte zum Zeichen, daß er bereit war, und Haydon streckte den linken Arm aus, um anzuklopfen, hielt dann aber inne.

Mooney schaute ihn an, und Haydon zeigte auf den Türknopf. Im Schloß steckte ein Messingschlüssel. Beide Männer wichen zurück, während Haydon sich langsam näherte und an die Tür klopfte. Er klopfte zweimal. Als sich nichts rührte, drehte er den Türknopf und stieß die Tür auf. Mooney tastete um den Türrahmen herum und schaltete das Licht ein. Als nichts geschah, beugte sich Haydon langsam in die Öffnung. Das Licht kam aus der Frühstücksnische neben der Küche und fiel bis an das eine Ende des Wohnraums. Aber es reichte aus.

»Verdammt«, sagte er und ging geduckt hinein, dann schaltete er ein weiteres Licht im Eßbereich der Küche ein, das die untere Hälfte des Körpers einer nackten Frau in hartes Licht tauchte, während ihr Oberkörper im dämmerigen Zwielicht auf dem Boden des Wohnzimmers lag.

»Verdammt! Passen Sie auf die Vordertür auf, Ed.«

Haydon trat in die Dunkelheit.

»Mein Gott, Stuart«, zischte Mooney.

Das Deckenlicht im Wohnraum wurde eingeschaltet, und Haydon sperrte die Vordertür auf, woraufhin die beiden Streifenbeamten hereinplatzten.

»Helfen Sie ihm, die Schlafzimmer zu kontrollieren«, sagte Haydon und deutete auf Mooney, der noch immer geduckt vor dem Vordereingang kauerte.

Die beiden Streifenpolizisten blieben mitten im Satz stehen und starrten auf Haydon, der neben der Toten kniete. Sie lag da, mit dem Gesicht nach unten, ihr langes, schwarzes Haar war verklebt in einer Pfütze dunklen Sirups, der aus ihrem Schädel gekommen war; einen Arm hatte sie unter sich abgewinkelt, den anderen auf dem Teppich ausgestreckt. Im hellen Licht des beinahe leeren Raums lenkte die Blutspur, die eine Wand hinauf verlief und wie die Blüten einer Fuchsie endete, ihr Interesse auf sich; es sah aus wie die Explosion einer Feuerwerksrakete.

»So helfen Sie ihm doch, verdammt«, brüllte Haydon, und die Streifenbeamten liefen an ihm vorbei, während er seine Hand an das Haar des Mädchens in Höhe des Halses legte. Mit der Hälfte seines Bewußtseins war er bei Mooney und den Streifenbeamten, die den Korridor entlanggingen und Türen öffneten und schlossen, mit der anderen sammelte er den Mut, die Tote umzudrehen. Er wußte, daß es eine Austrittswunde in dem zerwühlten Haar auf der Rückseite des Schädels geben mußte.

»Alles klar«, rief Mooney, und Haydon hörte sie zurückkommen. Sachte, als ob sie schliefe, legte er seine Hand auf ihre linke Schulter und begann sie umzudrehen. Er hatte sie schon fast auf der anderen Seite, ehe sich ihr Gesicht vom blutgetränkten Teppich löste und der Schädel auf die andere Seite rollte. Er legte sie flach auf den Rücken und zupfte ihr mit den Fingerspitzen das Haar aus dem Gesicht. Sie hatte eine einzige kleine Einschußwunde über ihrer linken Augenbraue, welche die heftige Explosion im Inneren ihres Schädels Lügen strafte, eine Explosion, die ihr eines Auge fast aus der Höhle getrieben hätte und das Gesicht in einer grotesken, schiefen Weise aufblähte. Sie hatte tief purpurne Blutergüsse um die Brüste und den Brustkorb, und ein einziger, großer bedeckte fast die ganze rechte Seite ihres Unterleibs. Er schaute ihre Hände an. Die Handrücken und die Unterseite ihrer Knöchel waren mit kleinen Schürfspuren bedeckt.

Haydon erhob sich. Mooney und die beiden Streifenbeamten schauten auf das Mädchen.

»Sublette, gehen Sie zum Funkgerät im Wagen und machen Sie Meldung«, sagte Haydon. »Der Wagen des Coroners und ein Sanitätswagen sollen auf der Vorderseite parken. Ich möchte nicht, daß man sie durch den Innenhof tragen muß. Wir werden sowieso eine Menge Leute als Zuschauer bekommen, also dirigieren Sie die beiden anderen Einheiten hierher.« Er warf einen Blick auf das Namensschild des anderen Streifenbeamten. »Moreno, bringen Sie ein Laken aus einem der Schlafzimmer.«

»Sieht so aus, als hätten sie sie verhört, bevor sie sie erschossen haben«, sagte Mooney.

Haydon nickte. »Ich frage mich, ob sie ihnen etwas gesagt hat. Gibt es da hinten Anzeichen für einen Kampf?«

»Schwer zu sagen. Aber die Wohnung ist durchsucht worden.«

Sie schauten sich im Wohnraum um.

»Würde sagen, sie hat sich zumindest gewehrt«, erklärte Mooney und zeigte auf die Videoausrüstung, die in dem fast leeren Raum auf dem Boden lag, und auf das Blut, das an der Unterseite der Wände zu sehen war. »Hier ist zuviel Blut verspritzt, als daß es aus dieser einen Schußwunde stammt. Vermutlich haben sie sie gegen die Wand gestellt und erschossen.«

Er schaute auf die rote Spur, die in der Explosion der Feuerwerksrakete endete, und ging darauf zu.

»Ja, hier ist der Einschuß in der Wand. Die Burschen vom Labor werden sich darum kümmern müssen.«

»Man hatte sie an den Händen gefesselt«, sagte Haydon.

Mooney kam zurück und schaute zur Küche.

»Sie hatte Essen zubereitet«, sagte er. »Gemüse auf der Arbeitsfläche, ein Wok mit Öl darin.«

»Haben Sie Ihre Kleidung gefunden?« fragte Haydon.

»Nein, aber man kann es nicht sagen. Da drinnen ist ein furchtbares Durcheinander.«

»Ihre Sachen müssen ja hier irgendwo sein«, sagte Haydon.

Moreno kam mit dem Laken und breitete es über das tote Mädchen.

»Danke«, sagte Haydon. »Warten Sie vor der Tür, und schikken Sie Neugierige weg. Aber lassen Sie die Tür offen, ja? Wir brauchen ein bißchen Durchzug hier.«

Sie standen neben der Toten. Haydon fühlte sein Herz schlagen. Seine Nacken- und Schultermuskeln waren verspannt und schmerzten. Er hatte den moschusartigen Blutgeruch eingeatmet, seit er das Mädchen von der Hintertür aus gesehen hatte. Jetzt hatte er ihn sogar auf den Lippen, konnte ihn schmecken.

Mooney schaute sich im Wohnraum um und wartete, während Haydon auf das Laken starrte, das jetzt mehrere scharlachrote Flecken bekam, dort, wo das Blut durchsickerte. Sie lag so still da, doch er erwartete fast, daß sich das Laken heben und senken würde, ein Zeichen dafür, daß sie noch nicht tot war. Er fragte sich, welche Wendung des Schicksals es so bestimmt hatte, daß sie es war, die sterben mußte. Warum sie und nicht einer von den anderen? Wenn sie zum Gemischtwarenladen gegangen wäre, um ein Büschel Sellerie zu kaufen... Wenn sie fünf oder zehn Minuten später von dort zurückgekommen wäre, wo sie gewesen war... Wenn der Streifenbeamte die beiden Wagen eine halbe Stunde früher entdeckt hätte... Wenn... Wenn... Wie wenig hätte es gebraucht, um sie vor der bewegungslosen Stille unter dem Laken zu bewahren?

»Und was denken Sie?« fragte Mooney schließlich.

Haydon zuckte zusammen. »Der Rest des Bandes muß etwas ganz Besonderes enthalten.« Er schaute hinunter. »Sie meinen das da. Ich weiß nicht. Ich würde gern denken, daß Langer es nicht getan haben konnte. Aber er kann es getan haben.«

Er hörte das erste Jaulen der Sirenen auf dem Loop, mehrere Sirenen, deren Laut allmählich zittrig wurde.

»Zuvor hätten wir vielleicht eine Chance gehabt, Toy zu finden.« Er schüttelte den Kopf. »Jetzt wohl nicht mehr.«

»Ich nehme an, das andere Mädchen ist bei ihm«, sagte Mooney.

»Wahrscheinlich. Ich frage mich, wie er darauf reagieren wird. Vielleicht reicht ihm nun die Erpressung nicht mehr.«

Die Sirenen waren in der Nähe. Er schaute durch die offene Vordertür hinaus und sah, wie die blauen und roten Blitze sich verstärkten und von den Wänden der gegenüberliegenden Häuser reflektiert wurden.

»Glauben Sie, daß er es schon weiß?«

Haydon zuckte mit den Schultern. Er warf wieder einen Blick auf die Gestalt unter dem Laken, hörte, wie die Türen der Wagen zugeschlagen wurden, hörte Männerstimmen, das Klappern, als verschiedenes Gerät ausgeladen wurde. Stan Gibbs, einer der Untersuchungsbeamten des Coroners, kam mit den zwei Männern vom kriminaltechnischen Labor herein. Sie warfen einen Blick auf das Laken, auf die Blutspritzer an der Wand, dann auf die beiden Kriminalbeamten.

»Haydon? Wußte gar nicht, daß Sie zurück sind«, sagte Gibbs. Er ging zu der Toten, hockte sich hin und schaute unter das Laken. Als er sah, daß es eine nackte Frau war, hob er es ein bißchen höher, schaute noch einmal, zog dann das Laken ganz weg. »Kleine Asiatin«, sagte er. »Mann«, sagte er, »die ist aber gebaut.«

Haydon drehte sich um und ging aus dem Raum und in das Viereck des Innenhofs. Mehrere Mitbewohner waren bereits auf ihre Balkone herausgekommen, andere standen um den beleuchteten Pool herum und schauten auf die offene Tür von Apartment hundertzweiunddreißig.

Haydon nahm seine Zigaretten aus der Jackentasche und bot Moreno eine an. Der junge Mann zögerte, faßte dann Mut und nahm sie. Er murmelte »Danke«. Haydon zündete beide an. Ohne zu sprechen, ging er ein paar Schritte auf das Gras und blieb allein dort stehen.

Als Haydon seine zweite Zigarette halb zu Ende geraucht hatte, kam Mooney aus dem Apartment, schaute sich nach ihm um und kam über das Gras auf ihn zu.

»Gibbs meint, es ist etwa zwei Stunden her. Sublette und Moreno können sie nicht lange verpaßt haben.«

Haydon rauchte. Ein Mädchen in einem einteiligen Badeanzug trennte sich von der Gruppe am Pool und ging auf Moreno zu, um festzustellen, was überhaupt los war. Moreno beugte sich hinunter, hörte ihr zu und zuckte dann mit den Schultern. Danach deutete er mit dem Kopf auf die offene Tür. Das Mädchen redete weiter auf ihn ein.

»Ich bin vorausgegangen und habe die Szene skizziert, habe die Maße genommen und alles notiert«, sagte Mooney. »Die Jungs vom Labor überprüfen den Schlüssel auf Fingerabdrücke.« Er schaute Haydon an.

»Wie, zum Teufel, haben sie gewußt, wo sie sie finden können?« fragte Haydon. »Entweder hat es ihnen jemand gesagt, oder sie sind ihnen hierhergefolgt. Wenn jemand sie informiert hat – wer könnte das gewesen sein? Wer außer den beiden Mädchen wußte, wo Toy war? Mit wem hätte er dieses Wissen geteilt? Und wenn sie ihnen gefolgt sind, warum haben sie Toy verpaßt, und wie sind sie vor allem erst einmal auf sie gestoßen?«

»Vielleicht sind sie dem Mädchen gefolgt«, meinte Mooney.

»Von wo? Wie hätten sie ihre Spur aufnehmen können?«

Zwei andere Leute von der Gruppe am Pool kamen näher und traten zu Moreno und dem Mädchen im einteiligen Badeanzug, ein paar andere schlenderten über den Innenhof, und zwei Frauen gingen über den Plattenweg. Schließlich hatte sich eine kleine Schar versammelt. Eine Frau drückte sich um Moreno herum und versuchte, durch die offene Tür hineinzuschauen. Als Moreno sich umdrehte und sie sah, scheuchte er sie alle vom Gehweg auf das Gras.

Haydon begann geistesabwesend seine Zigarette zu zerbröseln; dabei blickte er auf das, was er tat, war aber in Gedanken nicht dabei. Plötzlich hatte er nur noch den Filter in der Hand.

»Ich wette, Toy hat seine Forderung erhoben, hat versucht, das Geld zu kassieren und dabei seine Mädchen benutzt. Dann haben sie dieses Mädchen verfolgt. Vielleicht sollte sie das Geld abholen, und sie haben sie geschnappt.«

»Das glaube ich nicht. Vergessen Sie nicht, daß sie das Abendessen zubereitet hat.«

»Woher wollen Sie wissen, daß es dieses Mädchen war? Vielleicht war es das andere oder Toy selbst. Als Roegs Leute mit ihr hereinkamen, sind Toy und das andere Mädchen abgehauen. Also versuchten sie, alles aus der einen herauszubringen, die sie in ihrer Gewalt hatten, und zuletzt haben sie sie umgebracht.«

»Warum gehen Sie eigentlich davon aus, daß Toy verschwunden ist?« fragte Mooney. »Vielleicht haben sie ihn irgendwo geschnappt. Und jemand findet das, was noch von ihm übrig ist, morgen früh in einer Mülltonne.«

»Okay.« Haydon seufzte. »Fangen Sie doch gleich bei den Leuten da drüben an. Stellen Sie fest, ob jemand etwas gesehen oder gehört hat.«

Er drehte sich um und ging über den Hof zum Büro des Verwalters. Die Frau war eine der wenigen, die nicht vor ihren Apartments standen oder wenigstens durch die Vorhänge schauten. Er klopfte an, und sie öffnete vorsichtig die Tür.

»Ich muß Ihnen ein paar Fragen stellen«, sagte Haydon.

Sie nickte.

»Darf ich hereinkommen?«

Sie hakte die Gittertür aus und stieß sie auf. Als er drinnen war, setzte er sich nicht, sondern blieb in der winzigen Frühstücksecke stehen. Er legte den Schlüssel mit dem Pappdeckelanhänger auf den Tisch. Sie schaute ihn an, und ihre mageren Arme waren vor dem schmalen Streifen zwischen ihrem BH und der abgeschnittenen Blue Jeans verschränkt.

»Können Sie mir sagen, wem Sie den anderen Schlüssel gegeben haben?« fragte er.

Sie schaute ihn an, und ihre Augen wirkten zu groß für die knochige Struktur ihres Gesichts. Seit er zuvor mit ihr gesprochen hatte, war ihr Make-up durch ein bißchen Mascara verbessert worden.

»Mein Mann arbeitet in Nachtschicht bei der Telephongesellschaft«, begann sie.

Haydon wartete.

Sie setzte sich auf den grünen Plastiküberzug von einem der Stühle in der Eßecke, sank dabei zusammen, als könnte sie keine

Minute mehr auf den Beinen bleiben. Sie massierte sich mit ihrer mageren Hand die linke Schläfe.

»Vor ein paar Stunden sind Männer an die Tür gekommen und haben nach dem Chinesen und seinen zwei Mädchen gefragt. Sie sagten, sie müßten mit ihnen über die Rückführung von einem der beiden Wagen reden. Fragten, in welchem Apartment sie wohnen, und baten mich um den Schlüssel. Ich habe gefragt, wozu sie den Schlüssel brauchen, und da erklärten sie mir, das sei ihre Angelegenheit. Ich habe gesagt, Moment mal, und da ist einer der Kerle hergekommen, hat mir seine Hand auf die Schulter gelegt und ganz fest zugedrückt und gesagt, daß sie den Schlüssel haben möchten.«

Jetzt blickte sie zu Haydon auf, ihre Augen waren feucht, und die Tränen verschmierten die Mascara.

»Sie haben mich bedroht, meine ich. Verdammt.« Ein Schauder lief ihr über den Körper. »Er hat mit befohlen, daß ich niemandem etwas über sie sagen soll, verstehen Sie? Also hab' ich ihnen den Schlüssel gegeben, und sie sind weg, und das ist alles, was ich weiß.«

»Sie haben sie nicht wegfahren sehen?«

»Natürlich nicht. Aber bei Leuten wie diesen Chinesen gibt es immer Probleme, und es geht mich nichts an, genau wie der Mann gesagt hat. Man kann schließlich nicht in alles seine Nase stecken, und ich will keinen Ärger haben. Die Hausverwaltung ist auch nur ein Job, aber kein Babysitterdienst. Es ist, wie wenn man einen Laden hat. Ein Räuber kommt herein, und ich denke nicht daran, mich über der Kasse meines Bosses abknallen zu lassen. Mein Leben ist mehr wert als ein schlechtbezahlter Job, das kann ich Ihnen sagen. Nein, ich habe nicht gesehen, wie sie weggefahren sind, und ich weiß auch nicht, wann.«

»Waren es zwei oder drei?«

»Hier drinnen waren zwei.«

»Wie haben sie ausgesehen?«

»Wie Geschäftsleute. Mit Anzügen, so wie Sie.«

»Würden Sie sie erkennen, wenn Sie sie wiedersehen?«

»Kann ich mir vorstellen.«

»War einer von ihnen ein großer Kerl mit sandfarbenem Haar? Mitte Vierzig? Könnte er früher auf dem College Footballspieler gewesen sein?«

»Ich glaube kaum. Es waren ganz normale Kerle. Nichts Bemerkenswertes.«

Haydon überlegte ein paar Sekunden. »Okay, ich bin Ihnen für Ihre Hilfe dankbar. In zwei, drei Stunden sind unsere Leute hier fertig. Wir wollen nicht, daß jemand in das Apartment einzieht, bis wir Ihnen die offizielle Genehmigung erteilt haben, es säubern zu lassen. Wir versiegeln die beiden Türen mit unseren eigenen Schlössern.«

»Säubern?«

»Eine der Asiatinnen ist in den Kopf geschossen worden. Ich lasse Ihnen eine meiner Visitenkarten hier.«

»Ist sie tot?« Die Lippen der Frau zitterten.

Haydon nickte.

»Was soll ich jetzt tun?« Sie schaute ihn an, und ihre Augenbrauen waren vor Besorgnis ganz zusammengezogen.

»Fragen Sie Ihren Mann, wenn er heimkommt«, antwortete Haydon. »Er wird es schon wissen.«

Draußen stand Mooney am Rand des Schwimmbeckens und sprach mit einem Mann, der einen Cowboyhut trug. Mooney winkte Haydon, und sie kamen auf ihn zu.

»Haydon, das ist Sandy Buckner. Er hat eines der Mädchen am früheren Nachmittag gesehen.«

Haydon schüttelte ihm die Hand. Buckner war Anfang Dreißig und trug ein Cowboyhemd, eine Levis und Stiefel. In seiner Hemdtasche drückte sich die Rundung einer Skol-Dose ab, und seine Unterlippe war ausgebuchtet von einem großen Stück Kautabak. Er wandte sich an Mooney.

»Er wollte wissen, ob jemand was Ungewöhnliches hier in der Gegend gesehen hat« – er machte eine Kopfbewegung auf das Apartment –, »oder mit den Leuten, die da wohnen. Ich hab' die kleinen Chinksmädchen die ganze Zeit gesehen« – jetzt neigte er den Kopf in Richtung Swimmingpool –, »wenn sie beim Schwimmen gewesen sind. Ich hab' nie gesehen, daß sie irgendwas getan haben außer im Wasser liegen oder mit ihrem Freund ausgehen.«

Er bückte sich ein wenig zur Seite und spuckte aus.

»Heute abend komm' ich von der Arbeit heim – ich fahre einen Lastwagen. Ich war ein paar Tage in Odessa. Als ich hier auf der Vorderseite des Blocks stehenbleibe, sehe ich eines von den kleinen Mädchen aus einem Gelben Taxi aussteigen. Ich meine, sie hat es selbst gefahren. Ich hab' gar nicht gewußt, daß sie Taxifahrerin ist. Sie hat eine Männerhose angehabt und ein Hemd, und ihr Haar hat sie unter die Taxifahrermütze gesteckt. Vielleicht hat sie erst damit angefangen, dachte ich mir, ich weiß ja nicht, aber ich hab' sie jedenfalls bis dahin noch nie Taxi fahren gesehen.«

Er schaute Haydon an. Niemand sagte ein Wort.

Dann wandte sich Buckner an Mooney und zog die Schultern hoch. »Na ja, das war das Ungewöhnliche, was ich gesehen habe.«

»Steht das Taxi noch draußen?« fragte Haydon

»Ja, verdammt«, erwiderte Buckner. »Ich hab's vorhin noch gesehen.«

Haydon bedankte sich und ging zurück zum Apartment.

»Wir kommen wahrscheinlich auf Sie zurück«, sagte Mooney und ging dann hinter Haydon her.

»Hören Sie, ich hab' die Kleinen öfter gesehen«, sagte Buckner. »Ich hab' auch mit ihnen geredet. Die eine heißt Lai und die andere Yue. Soll ich die Tote anschauen, damit ich Ihnen sagen kann, welche es ist? Es macht mir nichts aus. Ich war in Vietnam. Ich hab' ne Menge von dem Scheiß gesehen.«

»Später vielleicht«, sagte Mooney. Er wollte Haydon einholen. »Aber wir haben nicht gewußt, wie sie heißen«, sagte Mooney und zog sein Notizbuch heraus. »Danke. Wir melden uns bei Ihnen.«

Haydon war bereits in dem Apartment.

36

Der Lincoln stand als einziger Wagen auf dem Parkplatz des botanischen Gartens von Houston, des ›Arboretum & Nature Center‹. Die Scheinwerfer waren abgeschaltet, aber der Motor lief, um die Klimaanlage in Gang zu halten, die vor der stickigen Feuchtigkeit des Memorial Parks schützte. Bill Langer wartete und schaute durch die Windschutzscheibe auf die Mauer aus Bäumen, die sich vor dem Wagen erhob, die Gedanken betäubt durch die erschütternden Ereignisse des Tages. Er war zu müde, um zu denken, und zu entmutigt. Im Rückspiegel sah er das Scheinwerferlicht, das erst über die Baumstämme schwenkte und ihn dann direkt beleuchtete, als sich der Wagen über den Parkplatz näherte. Als er neben ihm anhielt, strahlte er ein Schild an, auf dem WILLOW OAK TRAIL stand. Die Scheinwerfer des Porsches erloschen, und die Innenbeleuchtung ging an, als Jennifer Quinn die Tür aufmachte und ausstieg. Einen Moment lang herrschte schwarze Nacht, dann öffnete sie die Tür des Lincoln, und sie sahen sich für ein paar Sekunden, bis sie auf den Beifahrersitz gerutscht war und die Tür zugezogen hatte.

Ein Schwall warmer, klebriger Luft von den Brackwassern des Bayous kam mit ihr in den Wagen, eine Geruchsmischung aus verfaulenden Piniennadeln und dunklem Schlamm. Die Klimaanlage hatte zu tun, um sie wieder zu beseitigen.

Langer schaltete die Beleuchtung des Armaturenbretts ein, was sie beide in einen blaßgrünen Schein tauchte. Jennifer Quinn trug ein seidenes Hemdkleid, smaragdfarben wie ihre Augen und weit aufgeknöpft, so daß er die Rundungen ihrer blassen Brüste sehen konnte. Das Haar, natürlich gescheitelt in der Mitte des Kopfes, fiel ihr über die Schultern. Er hatte das Bedürfnis, sie zu umarmen und festzuhalten, wollte sein Gesicht im Duft ihres Kleids vergraben, sie so fest an sich drücken, daß er ihr Herz gegen das seine klopfen spürte. Er wollte nichts fühlen außer dem zeitlosen Vergnügen, sie zu lieben.

»Was ist passiert?« fragte sie, lehnte sich gegen ihre Tür und schaute ihn an.

Er empfand tiefe Enttäuschung. Er hätte wissen müssen, daß er sich nicht den Luxus leisten konnte, seine verletzlichsten Gefühle auszuleben, und sei es auch nur innerhalb der Grenzen seiner Gedanken.

»Toy hat heute sein Angebot gemacht«, sagte er.

»Das kann nicht wahr sein!«

»Ich habe ihn selbst zu Roeg gebracht.«

»Wieviel verlangt er?«

»Zwei Millionen.«

»Jesus Christus!« Sie schaute ihn noch immer an. »Und – was ist passiert?«

»Nichts. Roeg hat so getan, als ob er mit Toys ausgeklügeltem System von Kontrollen und Sicherheitsmaßnahmen bei der Auszahlung mitmachen würde, dann habe ich Toy wieder weggebracht. Ich soll ihn zum Austausch morgen bei der Inland Trust treffen.«

»Die Bänder gegen das Geld.«

»Mehr oder weniger.« Er drehte die Beleuchtung etwas dunkler. »Denn dazu kommt es nicht. Als wir bei Roeg abfuhren, ist gleichzeitig einer der Hubschrauber hinter dem Haus losgeflogen. Sie haben Toy von der Luft aus verfolgt. Und zusätzlich mit zwei Wagen.«

»Und?«

»Ich bin wieder ins Büro gefahren. Sie sollten mich anrufen, sobald sie wußten, wo er war.« Er schüttelte den Kopf. »Bis jetzt habe ich nichts von ihnen gehört.«

»Was hat das zu bedeuten?«

»Ich weiß es nicht.«

»Glaubst du, daß sie ihn gefunden haben – oder haben sie ihn verpaßt?«

»Ich weiß es nicht.«

Sie schlug ein Bein über das andere und streckte sie beide in Richtung auf Langer aus, wobei sie darauf achtete, daß der Saum ihres Kleides nicht über die Knie nach oben rutschte.

»Glaubst du, er wirft dich raus?«

»Vermutlich. Ich habe die Sache nicht zu seiner Zufriedenheit durchgeführt. Es hätte nie so weit kommen dürfen.«

»Und du hast nichts erfahren von diesem Schwarzen, diesem Walker?«

Langer stieß einen Laut des Unmuts aus. »Nein. Toy hat mit *ihm* Kontakt aufgenommen. Ich weiß nicht, wie er wissen konnte, was da vor sich ging. Jedenfalls war Walker keine Hilfe. Ellis hat ihn bedroht, verprügelt und dann laufenlassen.«

»Das ist es also? Du bist weg vom Fenster?«

»Ich weiß es nicht sicher, aber ich könnte es mir denken, ja.« Er legte einen Arm auf die Lehne des Vordersitzes und einen auf das Lenkrad, dann schaute er durch die Windschutzscheibe in die dunklen Wälder. Dabei war er ihr halb zugewandt. »Aber das ist noch die geringste meiner Sorgen. Haydon hat den Fall übernommen. Für mich steht mehr auf dem Spiel, als daß mich Roeg in die Wüste schickt.«

Danach war es einen Moment lang still.

»Er hat mich gestern besucht«, sagte sie.

»Haydon?« Langer starrte weiter durch die Windschutzscheibe nach draußen. An diesem Punkt konnte ihn nichts mehr überraschen.

»Die alte Frau, die neben der Parnas wohnt, hat sich an mich erinnert. Er hat ihr mein Photo gezeigt. Er weiß, daß ich dort war, bevor sie starb.«

»Verdammt! Was hat er gesagt?«

»Nichts. Ich bestand darauf, daß sie sich täuschen müsse, aber er möchte mich ihr persönlich gegenüberstellen. Ich muß mir etwas ausdenken, eine Erklärung.«

»Wenn ich nur wüßte, wieviel ihm dieses verdammte Mädchen gesagt hat.« Langer schüttelte den Kopf. »Ich kann es mir einfach nicht vorstellen, daß sie eine Affäre hatten. Und nun wird man nicht mehr erfahren, wieviel sie wußte und wieviel sie Haydon gesagt hat. Ich muß mir etwas ausdenken, um meine Beteiligung an dieser Lagerhaus-Sache zu erklären. Ich muß damit rechnen, daß er mich darauf anspricht.«

»Vielleicht hast du ja wirklich das einzige Band«, meinte die Quinn. »Vielleicht weiß Haydon noch nicht, was zwischen Roeg und Toy vor sich geht. Ich habe nichts im Haus der Parnas gefunden. Toy selbst ist verschwunden. Was kann Haydon wissen? Er weiß gar nichts.«

»Alice kann ihm alles gesagt haben.«

»Du gehst davon aus, daß sie etwas wußte. Wieso vermutest du, daß Wayne mit ihr überhaupt darüber gesprochen hat? Wieso glaubst du, daß er ihr sagte, in was für eine Sache er verwickelt war?«

»Es sind genau die verrückten Dinge, die nun mal passieren«, sagte Langer. »Etwas, das man nicht vorhersehen kann. Es kommt aus dem blinden Punkt und trifft dich so unerwartet und heftig, daß dir die Spucke wegbleibt.«

»Worauf wartet er dann? Warum hat er nicht schon längst etwas unternommen?«

Langer schüttelte den Kopf. Er wußte es nicht, und er konnte auch nur sehr sporadisch darüber nachdenken, weil er vor allem mit der Frage beschäftigt war, wie Roeg ihn loswerden würde. Er konnte ihn nicht gut pensionieren, in seinem Alter. Bisher hatte Roeg noch niemanden aus dem inneren Kreis loswerden müssen, der zu jung war zum Pensionieren. Es würde sehr unangenehm werden. Alles fiel auseinander, stetig und unausweichlich, wie die Türme aus Bauklötzen, die er als Kind gebaut hatte. Er hatte sie sorgfältig konstruiert und einen Klotz präzise auf den anderen gesetzt. Aber dann, an einem bestimmten Punkt, gab er einen zuviel dazu, und der Turm bekam eine leichte, aber verderbliche Schlagseite. Von diesem Augenblick an wußte er, daß der Turm einstürzen würde. Unwiderruflich. Keine Macht der Erde konnte es verhindern, und er war fasziniert von dem Anblick, wie die Teile noch zusammenhielten in dem weiten Bogen des Stürzens, ihre Zerstörung bestätigend, lange vor dem eigentlichen Augenblick der Vernichtung. So fühlte er sich jetzt. In diesem Augenblick, wo er bereits den weiten Bogen des Stürzens sah, war er fasziniert, daß noch alles zusammenhielt, obwohl der Zusammenbruch bereits beschlossene Sache war.

»Was wirst du jetzt tun?« fragte sie.

»Ich werde mir etwas ausdenken.«

Er konnte nichts tun. Es war vorbei. Roeg würde ihn ohne große Zeremonie verstoßen. Irgendwie würde er ihn loswerden. Es kam nicht darauf an, wie. Sein Dienst für Roeg war zu Ende, und mit ihm verlor er das Prestige, das Geld, die Macht der letzten fünf Jahre. Er besaß nicht genügend Anteile bei Langer Media, daß er auf die Vorstandsmitglieder Einfluß ausüben konnte. Vielleicht hatte man noch einen Sitz im Aufsichtsrat, ja. Eine Vize-Präsidentschaft, ein alberner Spielzeug-Manager, Gegenstand geflüsterten Spottes. Ja, vielleicht eine Vize-Präsidentschaft. Ihm das anzutun war Roeg ohne weiteres bereit, denn Langer hatte ja nicht nur bei seiner Aufgabe versagt, er hatte auch noch das gesamte Imperium in höchste Gefahr gebracht. Roeg würde ihm alles wegnehmen und ihn erniedrigen.

Und wenn er das überlebte, mußte er erst noch die Anklage des Staatsanwalts überstehen. Sicher, er würde sich die besten Anwälte zu seiner Verteidigung nehmen. Seine Familie würde sie bezahlen, wenn er es nicht mehr konnte. Sie würden ihn freibekommen oder ihm wenigstens ein Urteil über ein paar Jahre kaufen. Jahre der schlimmsten Publicity, die man sich in seinem Beruf vorstellen konnte. Louise würde das nicht ertragen. Doch das machte nichts. Sie kümmerten sich schon lange nicht mehr umeinander. Aber da war die Familie: seine Familie und seine Kinder. Wieviel konnte er ihnen zumuten?

Er glaubte keinen Augenblick lang, daß Roeg selbst irgendwie in Gefahr geraten konnte. Dieser Mann war jenseits der Reichweite der Polizei. Es gab Männer, die außerhalb dieser Reichweite waren. Auch wenn es nur wenigen klar war – es gab solche Männer.

»Und an was denkst du?« bohrte sie.

Einen Moment lang wußte er nicht, was sie meinte, dann wurde es ihm bewußt. Inzwischen tauchte der Schein eines weiteren Wagens auf, schwenkte über die Baumstämme und kam auf den asphaltierten Parkplatz, bis der Wagen hinter dem seinen anhielt.

Er drehte sich um und sah die Insignien der Parkpolizei an der Seite der Tür. Niemand stieg aus dem Wagen, aber er blieb eine Minute hinter ihnen stehen, dann fuhr er wieder weiter auf die andere Seite des Parkplatzes und auf dem Weg zurück, den er gekommen war.

Er hörte, wie Jennifer etwas schwerer atmete.

»Glaubst du, daß er dir alles wegnehmen wird?« fragte sie.

Plötzlich überkam ihn ein Gefühl von Übelkeit, ein Erschlaffen seiner Muskeln. Sie hatte nicht gefragt: ›Willst du mich immer noch heiraten?‹, nicht ›Laß uns zusammen abhauen und alles, was hinter uns liegt, vergessen‹, nicht ›Halte mich, Bill, ich liebe dich, was immer auch geschieht.‹ Sie sagte nichts von alledem oder etwas ähnliches. Nein, sie sagte: »Glaubst du, daß er dir alles wegnehmen wird?«

»Ja, das glaube ich.« Er sagte es in absichtlich hoffnungslosem Ton. Sie hatte ihn seit fast zwei Jahren gedrängt, sich von seiner Frau scheiden zu lassen, aber er hatte sie hingehalten, hatte die Unannehmlichkeiten einer teuren Scheidung vermieden, dabei den hohen Wert der Ehe und die knisternde Erotik einer geheimen, verbotenen Affäre gewahrt. Sie hatte ihn so feurig begehrt, und er hatte sie genommen, überall und auf jede erdenkliche Weise, hatte dabei das Aphrodisiakum seiner eigenen Bedeutung und Macht und ihrer Jugend und Schönheit voll ausgekostet. Er hatte sich vorgestellt, daß es immer so weitergehen könnte: Sie begehrte ihn, er begehrte sie – die unglaubliche Energie, die in ihrer gemeinsamen Sexualität steckte. Er war verrückt danach wie ein Satyr, gab sich hin, als wäre er halb so alt und als fände sie ihn so wundervoll, wie er sie fand. Kein Ende, niemals ein Ende in Sicht.

Und dann, nach und nach, hatte er die Affäre aus einem anderen Blickpunkt zu sehen begonnen, dem bewölkten Blickpunkt eines Mannes, dessen Lust und Egoismus und Machtgefühl sich in völlig gegenteilige Emotionen verwandelten. Typischerweise erkannte er diese Entwicklung nicht, bevor sie abgeschlossen war, die Erkenntnis, daß aus seiner Lust etwas Tieferes und Dauerhafteres geworden war und daß sein Egoismus am

Schwinden war angesichts der Freude, die er dabei empfand, es ihr recht zu machen, ja, daß das Gefühl seiner eigenen Bedeutung dahinschwand im Licht dessen, was er aus ihr gemacht, wie hoch er sie eingestuft hatte. Er hatte es nicht im Entstehen erlebt, denn zum erstenmal in seinem Leben hatten sich seine Interessen von sich selbst auf eine andere Person gelenkt. Er hatte begonnen, *für sie* zu leben.

Sie schaute ihm fest in die Augen.

»Würdest du, nach dem, was du weißt, sagen, daß sie mir irgend etwas nachweisen können?«

Die Klimaanlage kühlte nicht so, wie sie sollte. Sie funktionierte nicht so gut, wenn der Wagen im Leerlauf drehte. Er fühlte, daß die Luft allmählich stickig wurde.

»Wahrscheinlich«, antwortete er. »Du weißt Bescheid über kriminelle Machenschaften und hast mitgeholfen, sie zu verbergen. Das ist bestimmt ein Verbrechen oder mindestens ein Vergehen. Zurückhalten von Beweismaterial. Irgend etwas in der Art.«

Sie fuhr sich mit den Fingern durch das blonde Haar, strich sich die Strähnen aus dem Gesicht. Es fiel gleich wieder zurück.

»Aber du könntest Kopf und Kragen retten, wenn du zur Polizei gehst und auspackst«, sagte er. »Vielleicht solltest du es tun.«

Sie funkelte ihn wütend an, aber sie sagte nichts.

»Das mit Alice Parnas können sie dir nicht anhängen. Nach den eigenen Feststellungen der Polizei hat sie Selbstmord begangen. Es macht nichts, daß sie deine Anwesenheit eine Stunde vor ihrem Tod beweisen können.« Er zog sich die Anzugjacke aus und warf sie auf den Rücksitz. Dann lockerte er sich die Krawatte. »Aber du weißt Bescheid über Powell und über die Sache mit dem Lagerhaus. Ich hätte es dir nicht sagen dürfen. Wenn ich es dir nicht gesagt hätte, wärst du aus dem Schneider.«

Sie schaute auf den Rücksitz. Sie schaute ihn an. Sie schaute hinunter auf ihren Schoß, auf ihre Hände, von denen eine nervös die Ringe an der anderen drehte.

»Und was wirst du nun unternehmen?« fragte sie laut und schaute auf. »Bei dir hört es sich an, als ob es eine aussichtslose

Sache sei. Du hast gesagt, du würdest dir etwas ausdenken. Ich will es hören. Du bist mir das schuldig.«

In ihrer Stimme waren Tränen zu erkennen. Wenn das noch lange so weiterging, würde sie etwas sagen, was er nicht hören wollte. Sie würde ihn verletzen. Er fühlte es jetzt schon ganz nahe an der Oberfläche, in ihrer Kehle, spürte, wie es hinter dem ersten Schluchzen lauerte.

»Dir wird gar nichts passieren«, sagte er. Ihm wäre es lieber gewesen, wenn sie gesagt hätte, daß sie zu ihm stehen, ihn unterstützen, auf ihn warten würde. Aber tief in seinem Inneren kannte er die Wirklichkeit, und er wollte sich den Anblick dessen ersparen, was er am meisten fürchtete: daß sie ihn nicht mehr wollte, daß sie – daß sie ihn verließ.

»Sie können dir nicht nachweisen, daß du auch alles andere weißt«, sagte er. »Ich werde es ihnen nicht sagen – wie sollten sie es da herausfinden? Dir können sie gar nichts tun. Gegen dich können sie keine Anklage erheben. Wenn alles andere herauskommen sollte, sag ihnen einfach die Wahrheit. Es ist kein Verbrechen, nach weiteren Bändern gesucht zu haben.«

»Und die Tabletten?«

»Ihr wart nur zu zweit dort – du und Alice. Ich werde niemandem sagen, daß du sie gezwungen hast, sie zu schlucken. Wenn das alles erst einmal hinter uns liegt, wird das das einzige Geheimnis bleiben.«

Sie schaute ihn weiter an, und er konnte den Mechanismus ihrer Gedanken hinter ihren Augen erkennen. Es würde keinen abrupten Bruch geben, aber sie würde sich im Hintergrund halten. Würde sie auch nur bekannt werden lassen, daß sie eine Affäre miteinander hatten? Oder würde sie versuchen, es mit allen Mitteln zu vertuschen? Würde sie so tun, als ob sie überhaupt nichts mit ihm zu tun gehabt hätte? Was würde seine Familie über die Affäre denken? Seine Kinder? Es war alles unwiderruflich. Er würde alles verlieren, und als erstes würde er sie verlieren.

Sie war jetzt ruhiger, aber er wußte, daß sie vor allem erleichtert war. Er hatte sie von allen weiteren Verpflichtungen befreit. Sie brauchte nicht mit ihm bis ans bittere Ende zu gehen. Ohne wirkliches Risiko konnte sie noch einmal die Rolle spielen, die er ihr zugedacht hatte. Augen zu und durch. Er wollte nicht darüber nachdenken, was sie in ihrem Inneren empfand. Er wollte nur, daß sie noch eine Weile bei ihm blieb.

Sie rutschte ein bißchen auf ihrem Platz hin und her, und diesmal achtete sie nicht auf ihren Rocksaum.

»Was wirst du tun, Bill?« Ihre Stimme war ruhig, aber mit einem rauhen Unterton. Sie wollte es einfach wissen. Sie war besorgt. »Bill?«

Er schaute ihr in die Augen. Glaubte, daß er in dem schwachen grünen Nebel der Armaturenbrettbeleuchtung das vertiefte Grün ihrer Augen sehen konnte.

»Ich habe eine Idee«, sagte er. »Ich glaube, ich bin auf etwas gekommen.«

37

Mooney hatte die Registrationsnummer von der Identifikationskarte des Taxis und war wieder hineingegangen, um die Taxigesellschaft anzurufen und festzustellen, ob die Nummer noch existierte. Das Photo und die Karte lauteten auf einen Vietnamesen namens Hoang Lam.

Haydon hatte den Kofferraum des Taxis durchsucht, hatte unter den Rücksitz geschaut, in die Schlitze zwischen den Vordersitzen, unter die Vordersitze, unter die Bodenmatten, hatte die Aschenbecher, das Handschuhfach und das Zeug im Plastikkörbchen auf dem Armaturenbrett durchgesehen und schließlich die Papiere, die mit Gummibändern unter den Sonnenblenden festgehalten wurden. Jetzt saß er hinter dem Lenkrad, hatte die Fahrertür offen und schaute durch die Windschutzscheibe auf die blinkenden Lichter der Streifenwagen und des Sanitätswagens. Polizeibeamte standen vor der offenen Vordertür des Apartments und warteten darauf, daß die Untersuchungen der Gerichtsmediziner und der Laborleute beendet würden und das

Mädchen abtransportiert werden konnte. Eine kleine Menge Neugieriger hatte sich vor dem Apartment versammelt und starrte auf die Polizeibeamten und die beleuchtete Tür, in der Hoffnung, einen Blick auf den mit einem Laken bedeckten Leichnam auf der Bahre zu erhaschen oder auf das Blut, das angeblich über sämtliche Wände verspritzt war.

Es gab eine Bewegung auf der entgegengesetzten Seite der Schaulustigen, und es öffnete sich eine Gasse, durch die Dystal und Lapierre sich dem Taxi näherten.

Dystal blieb vor dem Taxi stehen, beugte sich hinunter, legte die Unterarme auf den Fensterrahmen der offenen Tür und schaute zu Haydon hinein.

»Hier drinnen irgend etwas von Interesse?« fragte er.

Haydon schüttelte den Kopf. »Mooney überprüft den Besitzer. Ein Vietnamese.«

Lapierre kam um den Wagen herum, öffnete die Tür auf der anderen Seite und setzte sich neben Haydon, wobei er ebenfalls die Tür offenließ.

»Der Schwarze ist Grover Ellis«, sagte er. »Er hat für zwei Stadtpolitiker gearbeitet und sich viel Anerkennung bei der schwarzen Gemeinde verschafft. Er gilt als kommender Mann. Man rechnet damit, daß er sich bei den nächsten Wahlen um einen Sitz im Stadtrat bemüht. Er besitzt ein Mietshaus in East Houston, ist verheiratet, hat Kinder, ist beliebt und gebildet. Er hat mit Bill Langer an der Rice-Universität Football gespielt. Es gibt eine Akte über ihn, wenn Sie sie lesen wollen.«

Haydon schaute Dystal an, der die Augenbrauen hochzog und schwieg.

»Und was ist mit dem Videoband?« fragte Haydon. »Kann Murray etwas damit anfangen?«

»Er meint, es sei ziemlich schwierig. Immer wenn die Kamera nahe genug an den Kisten war, daß man die Aufschrift hätte erkennen können, war das Licht schlecht. Als sie an der Tür standen, brannte nur die eine Glühbirne. Wenn das Licht besser war, dort, wo die Männer saßen, war die Kamera zu weit weg von den Kisten, und die Aufschrift war zu klein, als daß man sie entziffern könnte. Er bemüht sich aber weiter. Inzwischen hat er recht gute Standphotos von allen Männern ausgearbeitet. Immer an der Stelle, wo sie unter der Glühbirne an der Tür durchgekommen sind.«

»Wann wird er uns etwas liefern können?«

»Ich schätze, morgen im Lauf des Vormittags.«

»Und die Liste der Lagerhäuser?«

»Auch morgen früh. Sie sind in Computern gespeichert. Wir werden einen Ausdruck der Adressen samt einer Beschreibung der Eigentumsverhältnisse erhalten. Das könnte uns helfen. Danach werde ich mir ihre Lage auf einem Stadtplan anschauen.«

Haydon nickte. Er konnte durch die offene Apartmenttür ein Stück des Wohnraums sehen. Ein elektronisches Blitzgerät leuchtete wiederholt auf. Der Photograph des kriminaltechnischen Labors würde den Tod aus allen erdenklichen Blickwinkeln im Bild festhalten. Das Mädchen lag jetzt ohne Laken da. Jeder konnte sie betrachten. Es gab Leute, denen es nie zuviel wurde, etwas Gruseliges anzuschauen.

»Wenn Sie momentan nichts mit mir vorhaben«, sagte Lapierre, »dann gehe ich hinein und helfe Mooney, das Apartment zu durchsuchen.«

»Gehen Sie, Pete. Und – vielen Dank.«

Lapierre stieg aus dem Taxi aus und ging auf das Apartment zu, mitten durch die Menge. Gleich danach war er verschwunden.

»Haben Sie schon einen Blick hineingeworfen?« Haydon hatte sich an Dystal gewandt.

»Ja, haben wir. Wir haben auch mit Ed gesprochen.« Mehrere Schweißbächlein liefen aus seinen sauber gestutzten Koteletten über die runden Wangen nach unten und funkelten im roten und blauen Blinklicht.

»Ich glaube, wir müssen uns jetzt erst einmal mit diesem Ellis beschäftigen«, sagte Haydon. »Wir müssen unbedingt wissen, was Toy da aufgezeichnet hat. Die anderen Männer in dem Film sind alte Kämpen; aus denen wird nicht viel herauszubringen sein. Sie sind an solche Spielchen gewöhnt und lassen sich nicht so leicht ins Bockshorn jagen. Vielleicht unterschätze ich Ellis, aber er hat wenigstens nicht diesen Hintergrund und diese Erfahrung.«

»Da können Sie recht haben. Ich würde ihn erst einmal ausführlich grillen.« Dystal fummelte unbewußt am Außenspiegel der Wagentür herum. »Glauben Sie nicht, daß sie Toy und das andere Mädchen erwischt haben?«

»Nein. Sonst hätten wir sie alle drinnen gefunden, oder zumindest die beiden Mädchen.«

»Sollen wir Langer in Haft nehmen?«

»Erst nachdem wir mit Ellis gesprochen haben.«

»Und was ist mit Toy? Wo hält sich der Ihrer Meinung nach auf?«

»Kann sein, daß Toy in der Zwickmühle sitzt. Er fährt vermutlich in einem Leihwagen durch die Gegend. Hat nichts anzuziehen, weil alles dort drinnen ist. Vielleicht hat er nicht mehr viel Geld bei sich, nur das, was in seiner Brieftasche war. Sicher, er hat den Viertausend-Dollar-Scheck eingelöst, aber das war vor fast einer Woche. Wir wissen nicht, wie schnell sie ihr Geld ausgegeben haben. Ed und Pete finden vielleicht einen großen Teil davon noch irgendwo in dem Apartment, aber vielleicht hat Toy auch immer alles bei sich gehabt, für den Fall, daß etwas passierte. Es kann auch sein, daß der – oder diejenigen, die das Mädchen umgebracht haben, Geld fanden und es mitgenommen haben. Wenn also kein Geld da ist, heißt das noch lange nicht, daß Toy es hat. Ich weiß nicht, ob er sich die Mühe macht, ein weiteres Apartment zu mieten. Er reist ja jetzt mit leichtem Gepäck. Wahrscheinlich taucht er in einem Hotel oder Motel unter. Oder bei einem Freund. Möglicherweise kann uns da Mr. Hoang Lam weiterhelfen.«

»Da drinnen liegt eine Menge teurer Videogeräte herum«, sagte Dystal. »Ich nehme an, Toy hat Kopien dieses verdammten Bandes inzwischen in Verstecken überall in der Stadt deponiert. Ich wette, daß er sich, was diesen Punkt angeht, bestens geschützt hat.«

Haydon nickte.

»Unter welchem Namen hat er sich hier registriert?«
»Richard M. Kaun. K – A – U – N.«

»Dann hat er wahrscheinlich einen Ausweis, der auf diesen Namen lautet. Wette, er hat damit einen Wagen gemietet. Ich veranlasse, daß unsere Leute die Leihwagenfirmen überprüfen. Und die Banken. Wer weiß, wie viele Bankkonten er unter verschiedenen Namen unterhält.«

»Wenn er einen Wagen unter diesem Namen gemietet hat, dürfte er ihn inzwischen stehengelassen haben.«

»Vielleicht.«

Haydon sah, wie Sublettes stämmige Gestalt durch die Menge auf sie zukam. Schweiß tränkte inzwischen das hellblaue Uniformhemd. Das kräftige Fleisch, das er sich mit Gewichtheben im Sportraum des Departments erworben hatte, litt in der stehenden Hitze der Hochsommernacht. Er näherte sich dem Taxi.

»Entschuldigen Sie«, sagte er, an die beiden Männer gewandt, »Detective Mooney bittet Sie beide, daß Sie sich etwas ansehen.«

Dystal erhob sich und warf einen Blick auf den jungen Beamten. Sublette hatte einen Schweißtropfen auf der Nasenspitze.

»Heiß da drinnen, was, mein Junge?«

»Yessir. In den Schlafzimmern steht die Luft.«

»Sie sind ganz schön verschwitzt«, sagte Dystal.

»Ich schwitze leicht.« Sublette grinste etwas verlegen und wischte sich dann achselzuckend die Nase mit einem Taschentuch ab.

Die drei Männer gingen ins Apartment. Der Leichnam des Mädchens war wieder zugedeckt, und die Helfer von Gibbs brachten die Bahre herein, um die Tote wegzuschaffen. Die Männer des kriminaltechnischen Labors waren noch an verschiedenen Stellen der Wohnung an der Arbeit. Und jeder von ihnen war völlig durchgeschwitzt.

»Ihr könnt sie mitnehmen«, sagte Gibbs zu Haydon, als er zurücktrat und zusah, wie seine beiden Assistenten die mitgebrachte Plane unter dem Mädchen falteten und das ganze Bündel dann auf die Bahre aus Aluminium hievten. »In ein paar

Stunden kann man es hier drinnen nicht mehr aushalten, es sei denn, es macht gleich jemand sauber. Die nächsten, die hier einziehen, bekommen einen neuen Teppich und frisch getünchte Wände. Sie werden denken: ›Glück gehabt.‹ Und der erste, mit dem sie hier reden, wird sagen: ›Ihr wißt doch, warum ihr einen neuen Teppich und frisch getünchte Wände habt?‹« Er lachte. »Glauben Sie, die legen sich danach noch auf den Boden und schauen fern?«

Wieder lachte er und folgte dann seinen Männern, als sie die Bahre hinausrollten, um der Menge den kurzen Blick auf den eingehüllten Leichnam zu gönnen, nach dem sie schon so lange gierte.

Haydon und Dystal folgten Sublette zum Schlafzimmer auf der linken Seite. Der Raum war ein einziges Durcheinander. Alles, was nicht niet- und nagelfest war, hatte man auseinandergenommen und umhergeworfen. Mooney und Lapierre standen mitten in diesem Chaos und betrachteten etwas, das Mooney in der Hand hatte.

»Diese Leute haben wirklich ganze Arbeit geleistet«, sagte Mooney und blickte auf, als die beiden hereinkamen. »Pete und ich haben überall nachgeschaut, und bei allen möglichen Verstecken sind sie uns zuvorgekommen. Überall.« Er grinste. »Oder zumindest beinahe.« Er gab Haydon einen Gegenstand in die Hand.

Haydon erkannte ihn augenblicklich: eine kleine elfenbeinweiße Plastikbox mit einer falschen Vorderfront, die wie eine elektrische Unterputz-Steckdose aussah. Drinnen in der Box waren drei Schlüssel.

»Ich sehe überall Anzeigen für dieses Ding«, sagte Mooney. »In *Parade* ist immer ein kleines Heft, das herausfällt, wenn man das Magazin in die Hand nimmt. In dem Heft sind lauter solche praktischen und unpraktischen Dinge angezeigt, wie die Zahnpaste für garantiert weiße Zähne oder der fünfzigteilige Werkzeugkasten für fünf Dollar.« Er zeigte auf die Plastikbox, die Haydon in der Hand hatte. »Wenn man seine Wertsachen darin aufbewahrt, wird kein Einbrecher sie finden. Leicht zu installieren. Man entdrahtet nur die ursprüngliche Steckdose, umwickelt die bloßen Enden der Drähte mit Isolierband, stopft sie nach hinten und steckt das Ding hier davor. Die Sache ist so bekannt – Ich weiß gar nicht, wie ich auf die Idee gekommen bin, überhaupt nachzuschauen.«

Haydon betrachtete die Schlüssel. »Drei verschiedene Nummern. Also gehören sie zu drei verschiedenen Safes? Es sind alles Mosler-Schlüssel. Jeder Banksafe, den ich gesehen habe, ist mit einem Mosler-Schloß gesichert. Die Safes könnten ebensogut bei einer einzigen wie bei drei verschiedenen Banken sein.« Er gab alles an Lapierre weiter. »Pete, Sie sollten gleich morgen früh zu Intel Bancshares gehen.«

»Sie hatten ihn nicht mit einem Safe auf ihrer Liste«, sagte Lapierre. »Er hat dort nur das Girokonto.«

»Dann sollten Sie sich morgen mit allen Banken in Verbindung setzen.«

»Es gibt auch mehrere kommerzielle Sicherheitsgesellschaften. Meines Wissens sind einige von ihnen rund um die Uhr geöffnet«, fügte Dystal hinzu. »Ich könnte mir denken, daß ihm die besser liegen – falls er mal in Eile etwas braucht.«

»Das Telephonbuch ist im Eßzimmer«, sagte Lapierre, trat über das herumliegende Zeug und verschwand auf dem Korridor.

»Sonst noch was?« fragte Haydon.

»Bis jetzt nicht. Entweder Toy war ein pedantischer Haushaltsvorstand, was seine persönlichen Dinge betrifft, oder derjenige, der uns zuvorgekommen ist, hat alles verschwinden lassen. Wir haben nicht einmal Rechnungen vom Lebensmittelladen im Küchenmüll gefunden. Toy hat nicht die geringste persönliche Spur hinterlassen.«

Haydon stand im Schlafzimmer und betrachtete die aufgeschlitzten Matratzen, das Gewirr der Kleiderbügel, Kleidungsstücke und Schuhe, die zerbrochenen und ausgeräumten Kommoden. Wer auch immer hier gewesen ist, er hat nichts als unbrauchbare Dinge hinterlassen, dachte er. Und auch das Mädchen. Nichts, was irgendeinen Hinweis auf den Benützer gegeben hätte.

Lapierre stand an der Tür. »Es gibt nur eine einzige kommerzielle Sicherheitsfirma mit vermietbaren Safes in der Gegend, die vierundzwanzig Stunden geöffnet hat. Sie ist weit draußen im Town and Country Village. Man wollte mir am Telephon keine Informationen geben. Ich muß da schon rausfahren.«

»Gut«, sagte Haydon. »Nehmen Sie einen der Streifenwagen mit, die da draußen herumstehen. Falls Toy dort wirklich einen Safe haben sollte und er Ihnen noch nicht zuvorgekommen ist, dann nehmen Sie, was in der Box ist, und lassen die Firma überwachen. Der Streifenwagen soll unauffällig bleiben und Sie nur im Notfall unterstützen. Warten Sie die ganze Nacht, wenn nötig. Und teilen Sie mir mit, was sich in dem Safe befindet, sobald Sie dazu Gelegenheit haben.« Er wandte sich an Dystal. »Bob, können wir jemanden abstellen, der sich um die beiden anderen Safes kümmert, gleich morgen früh? Vielleicht haben wir ja Glück. Inzwischen werden Ed und ich mit Hoang Lam und Grover Ellis reden.«

Als er die beiden Streifenwagen sah, die vor ihm bei der Fondren Street abbogen, wurde er nervös. Aber er sagte nichts. Lai fummelte an ihrem Walkman herum und versuchte, eine andere Station hereinzubekommen. Er verlangsamte die Fahrt und bog in die Clarewood ein, weil er von hinten zur Bonhomme fahren wollte. Nach ein paar weiteren Abbiegemanövern erreichte er die Kreuzung, von der aus er einen Blick auf den Apartmentblock werfen konnte. Er sah die roten und blauen Blinklichter, die von den Wänden gegenüber reflektiert wurden. Seine Ohren begannen zu dröhnen. Er bog um die Ecke und näherte sich der Auffahrt zum Apartmentkomplex. Am Beginn der Auffahrt stand ein Streifenwagen, und ein Polizeibeamter, die Mütze von der verschwitzten Stirn nach hinten geschoben, winkte den langsamer werdenden Verkehr weiter. Als er an der Einfahrt vorbeikam, schaute er die Reihe von Wagen entlang, sah die Wagen der Polizei, die Menge, den Sanitätswagen unter den anderen stehen. In diesem Moment schaute Lai hoch, starrte eine Sekunde lang verständnislos hinaus, dann begann sie zu schreien.

Er schlug mit der offenen Hand nach ihr, verfehlte sie, packte dann ihr Handgelenk mit seiner Rechten und zerrte sie von der halboffenen Tür weg, durch die sie hatte hinausspringen wollen. Mit der Linken riß er das Lenkrad herum und stieß mit dem Wagen in eine Einfahrt hinter einem anderen, ähnlichen Apartmentkomplex. Er wendete zweimal kurz nacheinander, beschleunigte auf den geraden Stücken, während Lai schrie und auf ihn losging, bis er den Wagen mit quietschenden Reifen nahe der Einmündung einer anderen Straße zum Stehen brachte. Er zog Lai zu sich herüber und hielt sie fest, drückte sie an sich, begrub ihre wimmernden Lippen an seiner Brust und hielt sie fest, um zu verhindern, daß es ihn vor Schmerz und Entsetzen zerriß, und um sie zu trösten.

Jesus Christus, wie hatten sie es nur geschafft? Sie hatten sie gefunden und versucht, sie zum Sprechen zu bringen. Das war die einzige Erklärung, die es dafür gab. Er zweifelte nicht mehr daran, *was* geschehen war, vielmehr war er unsicher, was geschehen *würde*. Es hätte ja gar nicht so zu laufen brauchen. Es hätte andere Möglichkeiten gegeben, um mit Roeg ins Geschäft zu kommen. Wenn er nicht einstieg, gab es immer noch einen anderen Weg. Er hätte es keineswegs auf diese Weise versuchen müssen.

Lai fiel in ein rhythmisches, unaufhörliches Schluchzen. Sie klammerte sich, so fest sie konnte, an sein Hemd, und er konnte die Nässe ihrer Tränen durch den dünnen Baumwollstoff spüren. Er ließ sie weinen, eine Zeit, die ihm endlos lange vorkam, dann, als sie sich ein wenig beruhigt hatte, legte er sie sachte neben sich auf den Sitz. Sie lag auf der Seite, eingerollt in einer fetalen Stellung, den Kopf an seinen Schenkel gepreßt. Ihr Weinen war herzzerreißend, ein Geräusch aus einer längst vergangenen Zeit und einem weit entfernten Ort. Er hatte Frauen so weinen gehört, in einem Dutzend Ländern auf der ganzen Welt. Es war immer der gleiche Laut. Für Emotionen wie diese gab es nur eine Sprache.

Langsam fuhr er aus der Seitenstraße, lenkte den Wagen zum Bellaire Boulevard und bog dort nach Westen ein. Jetzt zählte jeder Augenblick. Alles war durcheinander, und er mußte die Truppen neu sammeln. Aber dazu brauchte er seine Werkzeuge.

38

Beide Männer schwiegen, als sie zu Haydons Haus fuhren, wo Mooney den neutralen Wagen des Polizeidepartments abholen sollte, damit er, wenn sie die Aufgaben dieser Nacht hinter sich hatten, direkt nach Hause fahren konnte. Es war kurz nach zehn Uhr, als sie in die Auffahrt einbogen. Haydon fuhr vor den Wagen der Polizei und hielt an.

»Wohin wollen Sie als erstes?« fragte Mooney und öffnete die Tür. »Gelb oder schwarz?«

»Ich habe meine Absicht geändert«, entgegnete Haydon.

Mooney schaute ihn an.

»Ich möchte mit Josef Roeg sprechen.«

»Jetzt?« Mooney zog die Stirn in Falten und schaute auf seine Armbanduhr. »Einfach so, ohne angemeldet zu sein? Wie wollen Sie das schaffen? Mit einer überraschenden Eröffnung des Tatverdachts?«

»Ich gehe allein«, sagte Haydon. »Grover Ellis kann warten, aber Sie sollten sich um Hoang Lam kümmern. Vielleicht gibt er uns einen Hinweis auf Toy. Wenn es Ihnen nicht koscher vorkommt, lassen Sie Verstärkung kommen.«

»Und Pete?«

»Ich nehme das Funkgerät mit. Wir bleiben in Verbindung.«

»Okay.« Mooney gab einen Seufzer von sich, der darauf hindeutete, daß er Haydons Anweisungen befolgen würde, aber die Zeiteinteilung kam ihm offenbar ziemlich merkwürdig vor. »Passen Sie gut auf sich auf.«

Mooney stieg aus dem Vanden Plas und fummelte in seinen Taschen nach den Autoschlüsseln. Er fand sie, stieg in den Polizeiwagen ein und ließ den Motor an. Haydon konnte sehen, wie er an der Klimaanlage herumschaltete. Als Mooney dann losfuhr und am Ende der Auffahrt wendete, folgte ihm Haydon und drückte auf die Fernbedienung des Tors. Auf der Straße bogen sie in verschiedene Richtungen ab.

Die Tore von Roegs Besitz waren geschlossen, und als Haydons Scheinwerfer über die Fenster des Sicherheitsgebäudes schwenkten, konnte er sehen, wie zwei Männer in Geschäftsanzügen von ihren Monitoren hochschauten. Sie standen auf und traten hinaus. Einer näherte sich dem Wagen, während der andere zurückblieb.

»Yessir, kann ich Ihnen behilflich sein?«

Haydon hatte bereits seine Brieftasche herausgenommen und zeigte seine Dienstmarke.

»Stuart Haydon von der Kriminalpolizei; ich möchte Mr. Roeg sprechen«, sagte er.

Der Wachmann zog die Stirn in Falten, nahm die Brieftasche und neigte sie gegen die Scheinwerfer, die an den Toren montiert waren. Haydon betrachtete seine Krawatte, den hellgrauen Anzug mit fast unsichtbarem Karomuster, das kurzgeschnittene, mit Haarspray festgebackene Haar.

»Haben Sie einen Termin vereinbart?« fragte der Mann. »Auf unserer Liste steht für heute abend kein Name.«

»Ich habe keinen Termin, aber ich glaube, Mr. Roeg wird mich sprechen wollen. Sie sollten sich davon vergewissern.«

»Einen Moment.« Der Wachmann nahm die Brieftasche, ging zu seinem Partner und sagte etwas, dann betrachteten beide eingehend die Dienstmarke; der erste ging schließlich hinein, um zu telephonieren, während der andere draußen stehenblieb und Haydon musterte.

Haydon betrachtete den Mann hinter den Fenstern. Er schaute auf die Plakette, las etwas davon vor. Nickte. Schüttelte den Kopf. Blickte hoch auf die Reihe von Monitoren und schüttelte wieder den Kopf. Schließlich nickte er noch einmal, legte den Hörer auf und kam wieder zum Wagen.

»In Ordnung, Sir«, sagte er und gab Haydon die Brieftasche mit der Dienstplakette zurück. »Tragen Sie eine Handfeuerwaffe?«

»Ja.«

»Dann muß ich Sie bitten, sie hierzulassen, während Sie das Haus besuchen, Sir.«

Haydon schaute ihn an. Das Schweigen dauerte lange genug, daß der Mann begann, sich unbehaglich zu fühlen.

»Ich bin Polizeibeamter«, sagte Haydon, und seine Stimme klang weich. »Ich denke nicht daran, meine Dienstwaffe bei irgend jemandem abzuliefern. Öffnen Sie jetzt das Tor, oder ich rufe genügend Streifenwagen her, daß die Zeitungen einen Monat lang Stoff für Schlagzeilen haben, und dann lasse ich Sie festnehmen wegen Behinderung meiner amtlichen Tätigkeit.«

Er drückte auf den Knopf des Fensterhebers, und das Glas trennte ihn von den beiden Männern, die sich bedeutungsvoll anschauten. Haydon legte den Gang ein.

Der Mann vor dem Fenster schaute ihn noch eine Sekunde lang an, dann drehte er sich auf dem Absatz um und ging mit schnellen Schritten auf das Häuschen zu. Die Tore öffneten sich, und als Haydon hindurchfuhr, sah er, wie der Mann wieder ans Telephon ging. Vermutlich, um im Haus mitzuteilen, daß Haydon schlechte Manieren und schwere Artillerie mitbrachte.

Er folgte der Auffahrt, die sich durch dichtes Waldgelände wand und von verdeckten Bodenleuchtern erhellt wurde, und sah bald durch das Unterholz das Haus schimmern. Als der Wagen auf den Parkbereich des Hofes kam, standen schon zwei Männer bereit, die ihn anwiesen, wo er den Wagen abstellen sollte.

Haydon schaltete den Motor ab und stieg aus.

»Hier entlang, Sir.«

Haydon folgte einem der Männer über das Pflaster zur großen Tür im Mittelteil des Hauses. Die Tür ging auf, während sie näher kamen, und ein Mann in mittleren Jahren und Freizeitkleidung lächelte Haydon entgegen.

»Detective Haydon?« Der Mann ging einen Schritt zurück in die Halle und ließ Haydon eintreten. »Harvey Gage.« Er streckte die Hand aus, und Haydon schüttelte sie. Er erkannte den Mann von Toys Videoband.

»Ich hoffe, Sie entschuldigen unsere Vorsichtsmaßnahmen am Tor«, sagte Gage und lächelte unbegründet. »Mr. Roeg verfügt über ein sehr umfangreiches Sicherheitssystem. Manchmal irren sich die damit befaßten Leute und übertreiben bei Besuchern, die keine Gefahr für das Haus darstellen. Wir kritisieren sie nicht deswegen. Ja, ich frage mich, ob man heutzutage übervorsichtig sein kann. Die Mittel des Terrorismus werden immer raffinierter.«

Das alles sagte er, während er dastand und die Hände lässig in den Taschen seiner sportlichen Leinenhose vergraben hatte. Er lächelte immer noch. Haydon schaute ihn an, lächelte aber nicht und machte auch keine Bemerkung.

Gages Ausdruck blieb unverändert. Er nahm nur die Hände aus den Taschen und ging durch die Halle in einen Korridor.

»Mr. Roeg geht früh zu Bett, obwohl er meist erst spät einschläft. Er ist daher in seinem Hausmantel und im Pyjama.«

Den Rest des Weges legten sie schweigend zurück.

Gage führte ihn in Roegs Allerheiligstes, und Haydon registrierte rasch die Möbel, den halbrunden Schreibtisch, der von den Monitoren und Computern flankiert wurde, die Wände mit Fenstern und Photographien, die Projektoren, die Leinwand, die Sofas, die zwei Türen, die zusätzlich zu der einen, durch die sie gekommen waren, von dem Raum abgingen.

Er folgte Gage zu dem Arrangement von Sofas.

»Bitte, setzen Sie sich. Kann ich Ihnen etwas anbieten?«

»Nein, danke.«

»Ich hole jetzt Mr. Roeg.« Gage ging zur letzten Tür am Ende des Raumes in der Nähe der Leinwand und verschwand. Haydon nahm Platz und sah sich um. Die Tür öffnete sich sofort wieder, und Gage kehrte mit Roeg in einem burgunderfarbenen Hausmantel mit Seidenkragen und Seidenmanschetten zurück.

Haydon stand auf.

»Mr. Haydon«, sagte Roeg. Er bot ihm nicht die Hand, sondern setzte sich auf ein Sofa, das gegenüber von Haydon stand. Gage ging zur Tür, die auf den Korridor führte, und schloß sie hinter sich.

»Es tut mir leid, daß ich Sie zu so später Stunde noch stören muß«, begann Haydon und setzte sich wieder. »Aber ich untersuche einen Fall, der mehrere Personen betrifft, die bei Ihnen angestellt sind, und ich bin der Ansicht, daß es an der Zeit ist, mit Ihnen darüber zu sprechen.«

»Sie meinen den Todesfall bei Langer Media.«

»Ja.«

Roeg nickte, schleuderte die Slipper von den Füßen, drehte sich seitwärts auf dem Sofa und begrub seine nackten Füße unter den Kissen.

»Fangen Sie an«, sagte er so leise, daß Haydon ihn kaum hörte.

Er skizzierte rasch die Folge der Ereignisse: den Mord an Wayne Powell im Labor von Langer Media, die Entdeckung, daß Powell nachts Extra-Arbeiten für Langer verrichtete, Langers vorrangige Position in Roegs Konzern, Powells Beziehung zu einem gewissen Ricky Toy, der wiederum für Roeg arbeitete, den Selbstmord von Powells Freundin, Toys geheimnisvolles Verschwinden und der Mord an einer der Freundinnen von Toy am selben Abend. Er zählte die Ereignisse ohne die geringste Verbindung auf, erklärte nie, wie er eine der Beziehungen entdeckt hatte, über die er berichtete. Als er fertig war, ließ er eine Pause entstehen. Roeg gab keinen Kommentar ab.

»Wir haben also drei Todesfälle, von denen einer möglicherweise ein Selbstmord ist. Personen, mit denen Sie zusammenarbeiten, stehen darüber hinaus in enger Verbindung mit den beiden anderen Opfern. Wenn man es graphisch darstellen will, ist es ein Dreieck: Sie an der Spitze, Bill Langer und Ricky Toy an den beiden unteren Winkeln. Andere Personen stehen mit der Sache durch diese beiden Männer in Verbindung. Aber Sie bleiben an der Spitze.«

Er ließ wieder eine Pause entstehen, dann fuhr er fort: »Gestern vormittag habe ich mit Bill Langer gesprochen. Ich habe ihn gefragt, ob er Toy kennt, und er hat es verneint. Ich habe ihm ein Photo von Toy gezeigt, und er hat es immer noch abgeleugnet. Warum, glauben Sie, hat er das getan?«

Während Roeg dem Vortrag von Haydon zugehört hatte, waren seine Blicke über die Galerie von Photos auf der Wand links von Haydon gestreift. Als Haydon jetzt seine Frage stellte, senkten sich Roegs Augen und richteten sich direkt auf Haydon. Er lächelte milde und nachdenklich.

»Es ist eine manchmal überflüssige Gewohnheit von Mr. Langer, den Ahnungslosen zu spielen«, sagte Roeg. »Man erkennt es schon daraus, daß er oft handelt, bevor er etwas mündlich bestätigt.« Er gestattete sich ein kleines Lächeln. »Ich kann Ihre Frage nicht beantworten. Ich – ich kann schließlich nicht für Mr. Langer sprechen.« Er bewegte seine Füße und wandte sich Haydon ein bißchen mehr zu. »Aber Sie sind nicht hergekommen, um mir diese Frage zu stellen. Sie deuten an, daß ich – als der Mann an der Spitze des Dreiecks, wie Sie es formulierten – ein integraler Bestandteil dieser – dieser Situation bin. Können Sie sich, was das betrifft, etwas deutlicher ausdrücken?«

Haydon schaute ihn nur an, dann stand er auf. Es war eine unerwartete Bewegung, und Roegs Augen zeigten, daß er vorsichtig war. Haydon ging zu der Wand von Photographien, verschränkte die Arme und betrachtete sie mit gelassener Ruhe. Einige waren ihm vertraut, wie einem eine Persönlichkeit aus Film und Fernsehen vertraut ist, einfach weil sie durch ständiges Auftreten vor dem Zuschauer bekannt oder berühmt geworden ist. Diese Bilder jedoch waren berühmt wegen ihrer schockierenden Brutalität.

Er wandte sich an Roeg. »Können Sie mir erklären, warum Sie so etwas fasziniert?«

Auch Roegs Reaktion war unerwartet. Haydon hatte mit einem weiteren albernen Lächeln gerechnet, dann, vielleicht, mit einer schnippischen Erwiderung. Statt dessen drehte sich Roeg auf dem Sofa so, daß er Haydon und die Wand mit den Bildern direkt vor sich hatte. Er steckte die Füße wieder in die Slipper und lehnte sich dann zurück. Von einem Lächeln keine Spur. In seinem Gesicht war gar nichts zu erkennen, aber er betrachtete die Bilder.

»Faszination.« Roeg überlegte einen Moment, den Blick auf

die Photos gerichtet. »Ich glaube nicht, daß das in diesem Fall der richtige Ausdruck ist. Faszination.« Er sagte die vier Silben, als hätten sie für ihn keine Bedeutung. Dann stand er auf, steckte die Hände in die Taschen seines Hausmantels und trat näher. Er betrachtete schweigend die Photos, und seine Züge nahmen einen beinahe ehrfürchtigen Ausdruck an.

»Wie fängt man ein Gespräch über Gewalttaten an?« fragte er leise. »Sie hätten ebensogut fragen können, wieso jemand von der Liebe fasziniert ist. Die Bedeutung der Frage ist mindestens ebenso groß, nein, größer. Denn die Gewalt ist größer als die Liebe. Die Gewalt ist zugleich das primitivste und raffinierteste Attribut der Menschheit. Wir verstehen es kaum, aber jede Generation verbessert die Möglichkeiten ihrer Anwendung. Es ist der einzige rote Faden, der durch unsere Geschichte läuft, und er bedroht unsere Zukunft bis hin zum Ende allen Lebens in einer sich ausbreitenden, roten, pilzförmigen Wolke.

Wie soll man darüber reden? Es gibt so viele Perspektiven, aus denen man sich dem Thema nähern könnte: die historische, die anthropologische, die wissenschaftliche, die philosophische, die psychologische, die politische, die religiöse und so weiter. Ein alles durchdringendes Thema. Obwohl es fast jeder menschlichen Emotion zugrunde liegt, hat sie der Mensch als Idee bis vor kurzem ignoriert. Die Gewalt war so sehr ein integraler Bestandteil seiner Psyche, daß er sie nicht trennen und unabhängig betrachten konnte.«

Roeg lächelte herablassend.

»Vielleicht ist der Mensch als erstes durch die Religion mit der Gewalt in Kontakt gekommen. Man hat die Götter dafür verantwortlich gemacht. Die Götter haben den Menschen die Gewalttätigkeit eingegeben. Mit der Entwicklung der dualistischen, jüdisch-christlichen Philosophie hat der Mensch Gott die Verantwortung abgenommen und sie an Satan abgegeben, an den Teufel, aber immer weit von sich selbst gewiesen. Später, als man begann, einen Schritt zurückzutreten und sich als Teil eines historischen Fachwerks zu betrachten, sprach man über Gewalt in Begriffen von Gesellschaften und Regierungen, von bewaffneten Konflikten zwischen Staaten – man sprach vom Krieg. Krieg – eine Aggression, die Hunderte, Tausende, Millionen ergriff, und die Motivation dazu wurde getarnt als ein Konflikt, der aus der Gier entstand, aus Expansionismus, aus Ideologien, die miteinander unvereinbar waren, aus Vorurteilen, religiösen Ursachen oder einfach aus der Notwendigkeit, sich zu verteidigen. Wenn der Mensch über Gewalt sprach, wandte er die Augen ab; er trat ihr nie direkt entgegen, hat sie nie isoliert, sondern immer nur im Zusammenhang gesellschaftlicher Formen betrachtet.

Dann stolperte der Mensch über die Entdeckung des Unbewußten, seines eigenen Unbewußten. Freud, nach einem Fehlstart, bei dem er der Libido unangemessene Bedeutung zubilligte, kam schließlich zu der Erkenntnis, daß der Mensch von dualistischen Kräften beherrscht wird: dem Selbsterhaltungstrieb und dem Todestrieb. Der Mensch funktionierte laut Freud nur unter dem übermächtigen Impuls zu zerstören, sei es sich selbst oder die anderen. Er konnte wenig tun, um dem zu entkommen. Dann verlieh Konrad Lorenz diesem Gedankengerüst eine neue Dimension, indem er behauptete, daß die menschliche Aggressivität ein instinkthafter Impuls ist, der sich kontinuierlich in den Nervenzentren aufbaut. Wenn genügend davon angesammelt ist, explodiert diese Aggression in Form des Willens zur Zerstörung. Meistens wird diese Explosion durch äußere Anregungen ausgelöst, aber selbst wenn diese ausbleiben, kommt es früher oder später zu einer solchen Eruption des aggressiven Instinkts. Und jetzt im Beginn der heute vorherrschenden psychologischen Theorien, der Verhaltensforschung, wird die Ursache nur von der Biologie auf die Soziologie verschoben. Man sieht Gewalt an als die Reaktion des Menschen auf verheerende soziale Bedingungen, auf kulturelle Faktoren, auf die Frustrationen gegenüber seinem Allgemeinzustand.«

Roeg zuckte mit den Schultern.

»Es ändert nichts. Daß der Mensch von Gewalttaten angezogen wird, ganz gleich, unter welcher Motivation, ist eine der großen Wahrheiten des Lebens. Ob er ein Barbar ist oder ein kulturell verfeinertes Wesen, ein armer Teufel oder ein Millionär, ein

Jammerlappen, der niemandem etwas bedeutet, oder eine der führenden Persönlichkeiten dieser Erde, die Millionen von Menschen beeinflußt – jeder Mensch ist in irgendeiner Form von der Gewalt, von den Gewalttaten fasziniert.«

Roegs Blicke strichen in liebevoller Weise über die Photos. Haydon beobachtete ihn dabei, bemerkte die seltsamen, schwarzen Höhlen seiner Augen, ließ sich diesmal Zeit, seinen ungewöhnlichen Körper zu betrachten. Plötzlich riß Roeg seinen Blick von den Photos los und richtete ihn auf Haydon.

»Wollten Sie das hören? Sie haben eine Frage gestellt, und ich habe Ihnen eine Dissertation geliefert. Aber es war ja auch keine einfache Frage, oder?«

Haydon schüttelte den Kopf. »Nein, das war es nicht. Machen Sie weiter.«

39

Haydon wartete schweigend darauf, daß Roeg fortfuhr. Er wollte ihn nicht ablenken von den düsteren Kanälen seiner Gedanken. Welche Wege Roegs Gedanken auch gehen würden, Haydon wollte ihnen folgen. Er wollte alles sehen, was Roeg ihm von seiner seltsamen Psyche zeigen würde.

Roeg drehte sich um und ging zu einem weiteren Abschnitt der Wand, die mit Photos bedeckt war. Er betrachtete auch sie mit großem Interesse und viel Konzentration, so als ob er sie zum erstenmal sehen würde. Dabei wurde er so sehr von ihnen in Anspruch genommen, daß er Haydon vergessen zu haben schien. Haydon wartete.

Dann, abrupt, wandte sich Roeg von der Wand mit den Photos ab. Er ging, die Hände noch in den Taschen seines Hausmantels, auf den Filmprojektor zu.

»Ich habe die Gewalt und die Gewalttaten lange Zeit studiert, Mr. Haydon. Und ich gestehe es, ich – ich bin ein Genießer geworden. Wie alle echten Genießer umgebe ich mich mit meinen

Besessenheiten. Sie wissen davon.« Er nahm eine Hand aus der Tasche und legte sie auf den Projektor. »Es ist, zugegeben, eine esoterische Kollektion. Sie wird später einmal in den Besitz einer größeren Universität übergehen. Ein umfassendes Archiv über Gewalttaten im Film.

In dem Maß, wie mein Verständnis für die Gewalt zunahm, verfeinerte sich auch mein Geschmack. Während ich weiterhin alle Art von Film sammelte, auf dem die Gewalt in ihren Variationen zu sehen ist, habe ich mich darauf spezialisiert, die selteneren Formen zu suchen und zu erwerben. Der Krieg zeigt die allgemeine Gewalt in großer Breite. Mich interessiert das kleinere Format, die konzentrierteren Darstellungen. Ich wollte buchstäblich alles aus größter Nähe sehen. Aber wie konnte ich das schaffen? Ihr Beruf, Mr. Haydon, wäre eine Möglichkeit gewesen. Eine Zusammenarbeit mit dem Morddezernat. Aber das war unmöglich.«

Er lächelte und hielt zwei Finger hoch.

»Zwei Zeitungsartikel aus neuerer Zeit. Beim ersten Ereignis hätte ich jede Summe bezahlt, um es auf Film zu besitzen. Ein älterer Mann, ein pensionierter Buchhalter, der sich um seine Gesundheit Sorgen machte, hatte erst seine Frau getötet und dann anscheinend versucht, Selbstmord zu begehen, indem er sich die Pulsadern aufschnitt. Er wurde gefunden, bevor er tot war, und man konnte sein Leben retten. Die merkwürdige Sache dabei, das Faszinierende war, daß der Mann vier Stunden gebraucht hatte, um seine Frau zu töten. Er hat einen Vorschlaghammer dazu benützt und siebzehnmal zugeschlagen. Er hat zur Polizei gesagt: ›Ich habe gegen acht Uhr morgens angefangen, und um Mittag war ich fertig damit.‹ Das hat er wirklich gesagt. Siebzehn Hiebe in vier Stunden! Bemerkenswert.

Der zweite Artikel war ein ziemlich langer Erguß über die Sorge der Verwaltung in den größeren Universitäten des Landes im Hinblick auf die ›Akte privater Brutalitäten‹, ›Gewalt‹ und ›menschlicher Grausamkeit unter den Studenten‹, die sich, wie es hieß, in den Colleges ›in wahnwitzigen und unendlichen Variationen‹ breitmache.«

Roeg wartete ein paar Sekunden, um das wirken zu lassen. »Und Sie fragen mich, was mich an den Gewalttaten so fasziniert? Ich bin nur im Gegensatz zu allen anderen bereit, offen zuzugeben, daß sie mich fasziniert. Freud hat uns aufgeklärt über die Macht der Sexualität in unserem Leben und hat die Art, wie wir damit umgehen, revolutioniert. Von sexueller Freizügigkeit zu sprechen ist jetzt passé, wir setzen sie voraus. Aber wer wird das gleiche für die Gewalt tun? Auch sie durchdringt unser Leben, und doch tun wir heuchlerischerweise so, als ob wir davon abgestoßen würden, obwohl unsere Unterhaltung, die Literatur und die Kunst nur so davon strotzen. Wir genießen sie und tun so, als fänden wir das abstoßend. Angesichts unserer Haltung gegenüber der Gewalt sind wir die reinsten Pharisäer.«

Roeg hielt inne, streckte gedankenversunken eine Hand aus und legte einen Finger auf die leere Spule des Projektors, in den bereits ein Film zur Vorführung eingespult war. Sehr überlegt drehte er sie einmal um und löste dadurch eine Schlinge, die von der Spule herunterhing wie eine schwarze Gefahr, die sich in diesem Raum auszubreiten drohte. Dann drehte er die Spule wieder zurück und ließ die Filmschleife verschwinden. Seine Augen, die so seltsam schwarz waren, betrachteten die weiße Leinwand am anderen Ende des Raums, als sähe er, ein Bild nur für ihn allein, die unzähligen Szenen der Gewalt, die so oft darübergehuscht waren. Dann gab Roeg mit dem Handrücken der Spule eine scharfe Rückwärtsdrehung, und der schwarze Polyesterfilm schoß von der vollen Spule, wurde ausgespuckt in glänzenden Locken, die wie Eingeweide über den Boden zuckten, Gedärme seiner Besessenheit, die sich um seine Füße schlangen.

Als die Spule schließlich ruckartig stehenblieb, schaute Roeg den Kriminalbeamten mit einem angespannten Ausdruck an, der zugleich verächtlich und herausfordernd war.

Haydon erwiderte den Blick und sagte dann: »Nachdem Sie der oberste Punkt in meiner graphischen Darstellung sind, Mr. Roeg, sind Sie für mich auch der Mittelpunkt all dessen, was geschehen ist. Alles führt in irgendeiner Weise zu Ihnen. Alle Verwirrung, alle Geheimnistuerei, alle Todesfälle.«

Roeg nahm die Hände aus seinen Taschen und begann, ohne einen Schritt zu gehen, den Film von Hand aufzuspulen. Es war eine völlig natürliche, entspannte und gelassene Bewegung.

»Heißt das, Sie beschuldigen mich, in irgendeiner Weise verantwortlich für einen oder für alle diese Todesfälle zu sein, die Sie mir vorhin geschildert haben?« fragte er.

»Ich beschuldige Sie nicht. Ich sammle nur Beweismaterial, und wenn ich genügend beisammenhabe, nehme ich Sie fest und übergebe das Material dem Staatsanwalt.«

»Das heißt, ich bin festgenommen?«

»Nein. Sie sind gewarnt.«

»Gewarnt?« Roeg blickte auf. »In welcher Hinsicht bin ich gewarnt?«

»Wie ich es sehe, hat Ricky Toy lange genug für Sie gearbeitet, um dahinterzukommen, daß Sie mit fragwürdigen Dingen zu tun haben. Er hat eine dieser Aktivitäten gefilmt und versucht, eine große Geldsumme von Ihnen zu erpressen, dafür, daß er mit seinen beweisbaren Erkenntnissen nicht an die Öffentlichkeit oder zur Polizei geht. Jemand hat inzwischen eine seiner Freundinnen ermordet, und ich nehme an, daß Mr. Toy Sie für ihren Tod verantwortlich macht. Wenn das der Fall sein sollte, bin ich davon überzeugt, daß Ihr Leben in Gefahr ist. Ich glaube, daß Ricky Toy durchaus in der Lage ist, an Rache zu denken und sie auch zu verwirklichen. Das ist die Warnung, von der ich gesprochen habe.«

Roeg spulte den Film schneller zurück. Er drehte die Spule mit den Zeigefingern seiner rechten Hand, den er in eines der kleinen Löcher der Spule gesteckt hatte. Seine linke Hand führte den Film in die Spule ein.

»Ich habe ein sehr gutes Sicherheitssystem, Mr. Haydon, danke Ihnen aber dennoch für Ihren Hinweis. Ich werde ihn an meine Leute weitergeben.«

Er spulte den Film weiter auf.

»Sie können Ihren Männern auch gleich weitergeben, daß Toy für diese Operation ein sehr raffiniertes System ausgearbeitet hat«, sagte Haydon. »Vielleicht komplizierter, als sie es für möglich halten, und bestimmt nicht mit tölpelhaften Taktiken zu besiegen.«

Haydon verließ endlich die Stelle vor der Wand mit den Photographien, wo er gestanden hatte, seit Roeg mit seinem langen Diskurs über Gewalt begonnen hatte, und ging um den Projektor herum, um sich vor Roeg aufzubauen. Als er sprach, klang seine Stimme vernünftig und völlig frei von Emotionen.

»Sagen Sie ihnen auch, falls sich auch nur noch ein einziger weiterer Mord in diesem Fall ereignet, werde ich seinem roten Faden folgen, bis ich das Ende erreicht habe. Ich arbeite nicht in einem Beruf, Mr. Roeg, der mit Gewalt zu tun hat. Ich sehe die Ausübung von Gewalt nur selten, weil ich meist erst nach der Tat auf der Bildfläche erscheine. Ich habe es mit dem Abfall der Gewalt zu tun. Ich sehe den Dreck, den die Gewalt hinter sich herzieht, und das Bild ist scheußlich. Aber ich habe Glück, Mr. Roeg, denn früher oder später komme ich dem Urheber der Gewalt auf die Spur, finde die Quelle, und nicht selten zeigt sich, daß die noch scheußlicher ist als alles andere.«

Roeg wandte sich nicht Haydon zu, sondern fuhr fort, den Film aufzuspulen. Der Saum seines dunkelroten Hausmantels reichte bis zum Boden und bedeckte die Locken des Films, der jetzt unter Roegs Mantel hervorzudringen schien wie Gedärme, die aus seinem Leib kamen.

Haydon erinnerte sich nicht mehr, wie er sich umgedreht und hinausgegangen war; er erinnerte sich nicht mehr an den langen Korridor und die lauernde Gestalt von Harvey Gage, der neben der Tür in der Halle stand und zusah, wie Haydon sich bemühte, die schwere Tür zu öffnen, bis er das automatische Schloß betätigte und Haydon in die lastende Hitze der Sommernacht hinausließ. Er wußte nur noch, daß er am Ende des Pflasters stehengeblieben war und sich eine Zigarette angezündet hatte, die irgendwie zwischen seine Lippen gekommen war. Er inhalierte den Rauch, merkte, daß seine Hand zitterte und daß ihm der Schweiß aus sämtlichen Poren drang, als er dastand und über den weiten Hof schaute.

Roegs Sicherheitsleute waren nirgends zu sehen. Der Vanden

Plas war sechs Meter entfernt, dort, wo der Waldrand an das Pflaster grenzte. Ein Laternenpfahl stand etwas seitlich neben dem Wagen. Haydon zog noch ein paarmal an seiner Zigarette, warf sie dann zu Boden, trat sie aus und ging auf den Wagen zu. Dann schaute er zu der Lampe hinauf. Der leuchtende Ball war fast verborgen in einem Schwarm von nächtlichen Insekten, die die Hitze im Inneren des Glases suchten und mit dem wilden Flattern ihrer Flügel bläulichen Staub rings um das Licht verteilten.

Niemand kam, um Haydon in seinen Wagen zu helfen; niemand stand dort, wo die Auffahrt in den Wald einbog, niemand winkte ihm zu, als er durch die bereits geöffneten Tore fuhr und in der Dunkelheit verschwand.

Haydon hatte vergessen, ein Handfunkgerät mitzunehmen, wie er es Mooney versprochen hatte, und es dauerte ein paar Minuten, bis er das rote Blinklicht an seinem Piepser bemerkte, den er in dem Konsolenfach zwischen den Sitzen liegengelassen hatte. Er schaute auf die Uhr. Bei Roeg war er etwas länger als eine Stunde gewesen. Es war fast Mitternacht.

Er hielt an einer Tankstelle und rief von einem öffentlichen Telephon aus in der Zentrale an.

Für ihn waren zwei Nachrichten hinterlassen worden. Ed Mooney wartete auf ihn bei ›Primo's‹. Anrufen oder hinkommen. Pete Lapierre bat ihn, die Nummer einer anderen Telephonzelle anzurufen. Haydon hängte ein und rief als erstes Mooney an.

Die Kassiererin im ›Primo's‹ legte den Hörer neben die Kasse und ließ Mooney ausrufen. Haydon hörte zu, wie sie sich mit den zahlenden Gästen unterhielt, hörte das Klingeln der Registrierkasse, das Klimpern, wenn sie Wechselgeld abzählte. Dann nahm Mooney den Hörer auf.

»Bei mir gibt's nichts zu berichten«, sagte er. »Lam war unterwegs und wird erst nach Mitternacht erwartet. Ein Junge war da, ungefähr zehn Jahre alt. Ich sagte ihm, daß ich ein Freund von Mr. Hoang bin, daß ich ihn seit langem nicht gesehen habe und ihn überraschen wollte. Ich versprach ihm zwei Dollar, wenn er ihm nicht sagt, daß ich nach ihm gefragt habe.«

»Aber der Junge wußte nicht, wohin er gegangen ist?«

»Nein, er hatte keine Ahnung. Und was war mit Ihrer Sache?«

»Das erzähle ich Ihnen, wenn ich bei Ihnen bin.«

»Haben Sie schon mit Pete gesprochen?«

»Ich rufe ihn jetzt gleich an. Schätze, ich bin in zwanzig Minuten im ›Primo's‹.«

Haydon hängte ein und rief dann die Nummer an, die Lapierre bei der Zentrale hinterlassen hatte.

»Pete Lapierre.«

»Haydon hier.«

»Ich habe einen Volltreffer, Stuart. Wir sind Toy bei seinem Versteck zuvorgekommen, aber keine Aufregung: Es waren keine Videobänder drinnen. Statt dessen habe ich zwei falsche Ausweise gefunden. Haben Sie einen Bleistift? Zwei Reisepässe und zwei Führerscheine des Staates Kalifornien, jeweils einer auf den Namen Richard M. Kaun und einer auf den Namen Richard K. Malik. Mit seinem Photo auf allen vier Dokumenten. Und zwölfhundert Dollar in Hundertern, Fünfzigern und Zwanzigern. Ich würde sagen, wir haben damit seine Bewegungsfähigkeit stark eingeschränkt.«

»Hervorragend. Wo sind Sie jetzt?«

»In einer Drogerie, die rund um die Uhr geöffnet hat. Ich kann den Eingang zur Sicherheitsfirma von hier aus sehen und habe eine zusätzliche Einheit um die Ecke stationiert.«

»Sie sollten die Aliasnamen an jemanden im Büro durchgeben, damit sie Fluggesellschaften, Mietwagenfirmen und alles andere überprüfen können. Und morgen früh muß man alle Banken überprüfen, mit den drei Namen. Bob wollte uns in dem Punkt behilflich sein.«

»Ich habe es schon durchgegeben. Soll ich an der Sache dranbleiben?«

»Ja. Es besteht eine Chance, daß Toy versucht, diese Dinge abzuholen. Wenn er es nicht schafft, geht es ihm schlecht.«

»Und wie war es bei Ihnen?«

Haydon berichtete ihm, was geschehen war. »Ich treffe jetzt Ed, dann versuchen wir, Hoang zu erreichen. Lassen Sie es uns wissen, wenn sich bei Ihnen etwas ereignet.«

Er war nur zwanzig Blocks von ›Primo's‹ entfernt, einem kleinen Tex-Mex-Restaurant am Rande des Zentrums, in dem es die besten Hühner-Enchiladas und die beste Guacamole der Stadt gab. Mooney hatte von beidem eine Portion vor sich stehen, als Haydon zu ihm an den kleinen Ecktisch trat. Haydon bestellte sich eine Guacamole und eine Tasse Kaffee. Er rieb sich die Augen, die zu brennen begannen, und informierte Mooney über die neuesten Ereignisse.

»Das Gespräch mit Roeg war längst fällig«, sagte er und gab eine Menge Sahne in seinen Kaffee. »Ich wollte, ich hätte früher mit ihm gesprochen. Es hätte vielleicht etwas in Gang gesetzt.«

»Das ist eine unheimliche Geschichte, Stuart«, sagte Mooney. Er knabberte an den Tostadas. Haydon fand, daß sein Sonnenbrand schlimmer geworden war. »Höchste Zeit, daß diese Kerle auffliegen. Glaubt Roeg, wir wissen mehr, als es der Fall ist?«

»Ich nehme es an. Das heißt, ich hoffe es.«

»Und sichert uns das einen Vorteil?«

»Ich hoffe, er wird seine Suche nach Toy verstärken. Und dabei ist die Chance groß, daß er einen Fehler macht. Vielleicht bietet er uns sogar eine Möglichkeit zum Eingreifen.«

»Meinen Sie?«

»Irgendwie muß es ja dazu kommen.«

»Ich möchte dieses Videoband sehen. Glauben Sie, es wird Roeg aus seiner Sicherheit katapultieren? Glauben Sie, daß es wirklich eine große Sache ist?«

Haydon nickte. Er kippte den Kaffee hinunter und gab dem Kellner ein Zeichen zum Nachfüllen. Er trank den Kaffee wie Medizin, brauchte das Koffein, um seine nachlassende Energie zu stärken.

»Wo wohnt denn Hoang?«

»Am Allen Parkway.«

Haydon begann seine Guacamole zu essen und dippte dabei die Salatcreme mit den Chips aus dem Körbchen mit den frischen Tostadas. Als er fertig war, ließ er sich noch Kaffee nachschenken und rauchte zwei Zigaretten. Zeit töten. Als es fast ein Uhr war, verließen sie das Lokal.

40

Haydon ließ den Vanden Plas stehen und fuhr mit Mooney in dem neutralen Dienstwagen.

Mooney hielt in der Nähe vom Allen am Randstein.

»Von hier aus gehen wir besser zu Fuß«, sagte er.

Sie stiegen aus, schlossen den Wagen ab und gingen über eine mit Schlaglöchern übersäte Straße, die zugleich als Parkplatz und als Gehsteig diente. Die Türen und Fenster der Apartments standen offen, und das Aroma der asiatischen Küche trieb in der klebrigen Nachtluft dahin, zusammen mit den Lauten der gelispelten, einsilbigen vietnamesischen Dialekte. In den Lichtschäften, die aus den Türen fielen, sah Haydon, daß einige der nackten Vorgärten in kleine Gemüsegärtchen verwandelt worden waren, und ihre ordentlichen Pflanzenreihen zeigten eine gesunde Ordnung in der traurigen Unordnung der verfallenen Häuser.

Sie kamen an zwei Jungen vorbei, die rauchend auf der Motorhaube eines Wagens saßen, und gingen durch einen Garten zwischen zwei Häusern, um den Weg abzukürzen. Dabei kamen sie an einem kaputten Kühlschrank vorbei; Mooney duckte sich unter einer Wäscheleine und ging auf eine ausgefranste Fliegengittertür zu. Dahinter spielte ein Radio, und Dolly Parton und Kenny Rogers sangen ›*Island in the Stream*‹.

Mooney klopfte an den Türrahmen. Ein kleiner Junge kam aus dem dämmerigen Inneren.

»Hey, Buddy – erinnerst du dich?« fragte Mooney und bückte sich hinunter. Der Junge grinste breit. »Ist dein Vater jetzt da?« Der Junge nickte und verschwand. »Ich weiß gar nicht, ob der Kerl sein Daddy ist oder nicht«, sagte Mooney leise nebenbei.

Ein Mann erschien an der Tür.

»Hoang Lam?« fragte Mooney. Der Mann nickte. »Gut, gut«, sagte Mooney und grinste. »Ich bin ein Freund von Ricky. Er sollte mich heute abend in einem Taxi treffen, aber er ist nicht aufgetaucht. Jemand hat mir gesagt, daß das Taxi Ihnen gehört und daß Sie vielleicht wissen, wohin Ricky gefahren ist.«

Der Mann schaute Mooney nüchtern an. Der kleine Junge kam wieder, stellte sich neben ihn, und der Mann legte seinen Arm um den Hals des Jungen.

»Warum wollen Sie mich reinlegen?« fragte Hoang. »Ich habe nichts von der Polizei zu fürchten.«

Selbst im schwachen Licht sah Haydon, wie peinlich Mooney die Szene war.

Mooney nahm seine Plakette heraus und zeigte sie dem Mann. »Okay, Sie haben gewonnen. Wie haben Sie erkannt, daß ich von der Polizei bin?«

Der Mann hob die Schultern, ließ sie wieder sinken. Dazu lächelte er schwach.

»Sie suchen Mr. Toy? Er hat mein Taxi. Das ist alles, was ich weiß.«

Haydon ging zu der kleinen Veranda und hielt ihm ebenfalls seine Plakette hin. »Ich bin auch von der Polizei, Detective Haydon, Mr. Hoang. Warum fährt Mr. Toy Ihr Taxi?«

Hoang öffnete die Gittertür ein wenig weiter und schaute den Innenhof hinauf und hinunter.

»Kommen Sie bitte herein, Sirs«, sagte er dann und sprach ein paar scharfe Worte zu dem kleinen Jungen, der hineinrannte und das Radio ausschaltete. Der Raum hatte einen nackten Estrich, auf dem ein Sofa und zwei Holzstühle standen. Auf der einen Seite lag eine rote Matte, und davor standen mehrere umgedrehte Farbeimer, die als zusätzliche Stühle dienten. Ein handgemaltes Bild einer tropischen Mondlichtszene hing über dem Sofa – klein und verloren auf der nackten Wand.

Hoang deutete Haydon und Mooney an, sie sollten sich auf die Holzstühle setzen. Er selbst setzte sich auf das Sofa, auf die Kante, und sein kleiner Junge stand neben ihm und hatte die dunklen Augen auf Mooney gerichtet.

»Wir sind jetzt sehr arm«, sagte Hoang beiläufig. »Aber wir arbeiten schwer, und alles ist okay. Wir werden nicht immer arm sein.«

Mooney rutschte auf seinem Stuhl hin und her.

»Die Mitglieder meiner Familie wollen gute Houstoner Bürger sein. Wir wollen der Polizei helfen. Aber wir müssen vorsichtig sein. Ist mein Freund Mr. Toy in Schwierigkeiten?«

»Wir glauben, daß sein Leben in Gefahr sein könnte«, sagte Haydon. »Er ist außerdem verschwunden. Wir versuchen, ihn zu finden.«

Hoang nickte ernst und schaute sie an.

»Wieso hat er Ihr Taxi?« wiederholte Haydon.

»Das Taxi gehört mir und meinen Brüdern Danh und Du. Wir fahren es abwechselnd, jeder für acht Stunden. Das Taxi steht nie still. Das ist sehr gut. Ricky To hat mich gefragt, ob er mein Taxi für heute nacht haben kann. Er zahlt mehr Dollars, als ich mit Fahren mache. Das ist alles.«

»Wann hat Mr. Toy Ihr Taxi abgeholt?«

»Eine seiner Freundinnen ist gekommen und ist damit weggefahren, ungefähr um drei Uhr.«

»Wie hat sie geheißen?«

»Yue.«

»Haben Sie mit ihr gesprochen?«

»O ja.«

»Sie hat aber nicht gesagt, was sie mit dem Taxi vorhat?« fragte Mooney.

»Nein.«

»Wo waren Sie heute abend?«

Hoang schaute Mooney neugierig an, bevor er antwortete.

»Ich habe einen Wagen ausgeliehen, um meinen Sohn und eine Freundin in ein Chinatown-Kino zu fahren.«

»Seit wann kennen Sie Mr. Toy?« fragte Haydon.

Hoang riß die Augen auf, während er nachdachte, und schaute dabei durch die Gittertür ins Leere. »Ein Jahr.«

»Wie haben Sie ihn kennengelernt?«

»Er ist auf dem Flughafen Hobby in mein Taxi eingestiegen. Er sieht, daß ich Vietnamese bin. Sagt mir, daß er oft dort gewesen ist, in Vietnam. Wir stellen fest, daß wir manchmal zur gleichen Zeit am gleichen Ort waren. Das hat uns das Gefühl der Freundschaft gegeben. Wir haben lange miteinander geredet. Jetzt ruft er immer mich an, wenn er ein Taxi braucht.«

»Wie oft ist das der Fall?«

Hoang lächelte. »Mr. Toy braucht kein Taxi. Er hat zwei sehr gute Wagen. Aber manchmal nimmt er ein Taxi, ich glaube, um mir Arbeit zu geben.«

»Wohin bringen Sie ihn dann?« fragte Mooney.

»Ach, vielleicht nach Chinatown.« Hoang war zurückhaltend, und seine Blicke drifteten wieder ins Leere.

»Wohin in Chinatown?«

»Mal hier, mal da. Zum Essen. Und zu anderen Dingen.«

»Geht Ricky Toy dort in die illegalen Spielklubs?«

Hoang zog die Augenbrauen hoch, ohne die beiden anzusehen. »Ich glaube, ja«, sagte er leise.

»Fährt er allein hin?«

Hoang wurde die Befragung immer unangenehmer.

»Manchmal«, sagte er.

»Kommen die Mädchen mit ihm?«

Hoang zog die Schultern hoch, ein halbes Achselzucken.

»Manchmal«, sagte er.

»Beide Mädchen?«

Diesmal schaute Hoang sie nur an, ohne eine Reaktion zu zeigen; er schien höflich auf die nächste Frage zu warten.

»Haben Sie ihn jemals mit einem Anglo, einem Weißen gesehen, ich meine, mit jemandem, der nicht aus Asien stammte?«

Hoang schüttelte den Kopf.

»Wann haben Sie ihn zuletzt gefahren?« fragte Haydon.

»Vor einer Woche. Ja.«

»Und wohin haben Sie ihn gebracht?«

»Chinatown.«

»Wohin in Chinatown?«

Hoang schüttelte den Kopf. »In kein Lokal.«

»War es ein altes Gebäude? Vielleicht ein Lagerhaus?«

Hoang nickte. »Ich glaube ja.«
»War Toy allein?«
»Nein.«
»Wer war bei ihm?«
»Eines seiner Mädchen.«
»Hatte er Kameras bei sich?« fragte Haydon.
Hoangs Augenbrauen fuhren wieder in die Höhe. »O ja.«
»Erinnern Sie sich, wohin Sie ihn gefahren haben, Mr. Hoang? Können Sie die Stelle wiederfinden?«
»Ich glaube.«
»Können Sie uns dort hinbringen?«
»Heute abend?«
»Jetzt gleich.«
Hoang überlegte einen Moment, dann sagte er: »Entschuldigen Sie mich.« Er stand auf und verließ den Raum. Mooney nahm rasch seine Brieftasche heraus und aus dieser zwei Dollar, die er dem Jungen reichte. Er zwinkerte mit den Augen. Der Junge nahm das Geld und schaute ihn an, ohne seine Miene zu verziehen, als rechnete er damit, daß es noch einen Pferdefuß an der Sache gäbe, den er nicht kannte, und daß Mooney aus irgendeinem Grund das Geld zurückfordern könnte.
»Es ist sehr okay«, sagte Hoang, als er wieder hereinkam. Er hatte jedoch einen besorgten Ausdruck auf dem Gesicht, so als ob gar nicht alles okay wäre.
Sie fuhren durch die Dallas Street und dann über die Südspitze des Zentrums auf der Clay, bis sie unter dem Highway 59 hindurchkamen und in Chinatown waren.
Es gab drei zweispurige Gleise, umgeben von Lagerhäusern in dem Gebiet zwischen der Clay Street, der Dowling Street und der Schnellstraße. Als Hoang vor der Frage stand, welches von zwei Lagerhäusern es gewesen sein konnte, war er zunächst nicht ganz sicher, zu welchem sich Toy hatte fahren lassen. Sie mußten um beide herumfahren, bis Hoang irgend etwas wiedererkannte und Mooney von der Straße auf eine mit Muschelsplit bedeckte Zufahrt eines Backstein-Lagerhauses abbiegen ließ. Es schien verlassen zu sein, befand sich aber direkt gegenüber einer

der Laderampen, die jedes der drei Gleise flankierten. Nach einem Blick durch die Windschutzscheibe vom Rücksitz aus erklärte Hoang, er sei ganz sicher, daß es hier gewesen sei.

Haydon und Mooney nahmen ihre Taschenlampen unter den Sitzen hervor, und die drei Männer stiegen aus dem Wagen und sperrten ihn ab. Haydon und Hoang gingen zum Vordereingang, während Mooney um das Gebäude herumging, um zu sehen, ob es auf der Rückseite irgend etwas Verdächtiges gab. Als er zum Vordereingang zurückkam, hatte Haydon eine Brechstange aus dem Werkzeug des Wagens geholt und hebelte damit das Vorhängeschloß auf, das durch die Metallschlaufe über dem Türknopf gezogen war. Er stieß die Tür auf, und sie gingen hinein.

Es war dunkel, außer einem von Spinnweben gedämpften Schimmer, der durch eine Reihe kleiner, verrußter Fenster auf beiden Seiten unterhalb des Dachs des riesigen Lagerhauses hereinfiel. Das flache Teerdach des Gebäudes hatte die tödlichen Temperaturen des langen Sonnentages gespeichert, und die Hitze im Inneren des Lagerhauses war erstickend. Es roch nach dem Holz der Stützbalken und Transportkisten, nach altem Mörtel, vergilbten Zeitungen und noch etwas anderem.

Haydon richtete seine Taschenlampe nach oben, auf die nackte Glühbirne, die an einem Draht nach unten hing. Daneben war eine Schnur angebracht; er langte nach oben und zog daran, und ein schwacher, gelblicher Schein fiel auf ihre Gesichter und auf die Stapel und Reihen von Holzkisten und Packkartons. Schatten zitterten hin und her von der schwingenden Glühbirne.

Mooney schaute sich um und ging dann fünf oder sechs Schritte vom Licht weg. Er drehte sich um und schaute zurück.

»Verdammt, Stuart. Hier ist es.«

Die Reihen der Packkisten bildeten einen unregelmäßigen Durchgang in Richtung auf den Mittelpunkt des Lagerhauses. Das schwache Licht der nackten Glühbirne reichte nicht sehr weit. Haydon schaltete wieder seine Taschenlampe ein und ging auf den Korridor zu. An einigen Stellen zweigten kurze, schmale Gänge ab, aber sie waren viel zu eng und unbequem, als daß sich ein halbes Dutzend Männer dort hätte hindurchzwängen können. Haydon blieb also beim breiteren Durchgang, der sich mehrmals wand und die Richtung änderte. Da der Boden des Lagerhauses völlig mit Stapeln von Packkisten belegt war, die weit über seinen Kopf nach oben reichten, konnte Haydon seinen jeweiligen Standort in dem Gebäude nur ermitteln, wenn er das Licht an die Decke richtete. Hier und da kam er an Abfallhaufen vorbei, wo es stark und stechend nach Urin stank; offenbar hatte ein ›Durchreisender‹ hier ein Bett für die Nacht gefunden. Je tiefer sie in das Gewirr von Gängen kamen, desto mehr verstärkte sich die Hitze. Der Schweiß durchtränkte ihre Kleidung.

Sie hörten das Geräusch, bevor sie die freie Stelle erreichten. Es war erst nur ein entferntes Flüstern, fast nur die Erinnerung an ein Geräusch, aber sie hatten es alle gehört. Als sie weitergingen und sich, ohne daß sie es wußten, dem Ziel ihrer Suche näherten, wurde das Geräusch immer stärker, wie die Vibrationen von einer Million kleiner Flügel.

Sie kamen um die Ecke, als Haydon den Geruch identifizierte.

»Blut«, sagte er, und ihre Taschenlampen beleuchteten eine offene Fläche, auf der ein unbeschreibliches Blutbad stattgefunden haben mußte. Ganze Schwaden getrockneten Bluts, über das Schwärme schwarzer Fliegen hergefallen waren, sich übereinander schiebend und drängend, um zu der Stelle zu kommen. Haydon hatte nie zuvor soviel getrocknetes Blut gesehen, auf dem Boden und auf den Packkisten, die die drei Seiten des Korridor-Endes in der Mitte des Lagerhauses bildeten. Inmitten dieser Fläche war der Gestank unerträglich.

»Jesus Christus«, sagte Mooney. »Ich kann es nicht glauben.«

Haydon ging weiter hinein. Ein Teil des Blutes war alt und geschwärzt; das verschmähten die Fliegen. Aber in anderen Gegenden, vor allem auf dem Betonboden, waren solche Mengen davon vergossen worden, daß die Pfützen zwar in der Hitze des Lagerhauses getrocknet, aber für die Fliegen noch so attraktiv waren, daß sie dort ihre Eier ablegen konnten. Ein wimmelnder Haufen wächserner Maden arbeitete hinter der Kruste aus glänzenden, schwarzen Fliegen.

»Was, um alles in der Welt, ist hier geschehen?« fragte Mooney. Er hatte ein Taschentuch herausgenommen und hielt es sich vor Mund und Nase.

Haydon richtete den Strahl seiner Taschenlampe auf die entgegengesetzte Seite der freien Fläche und schwenkte dann langsam im Kreis; dabei folgte er der Kante, wo die Kisten auf dem Boden standen. Der Lichtstrahl hatte den Halbkreis etwa zur Hälfte ausgeleuchtet, als Haydon ein kleiner Gegenstand auffiel, und er richtete seine Taschenlampe darauf.

»Was ist das?« fragte Mooney. Er ging an Haydon vorbei in Richtung auf den Gegenstand; dabei achtete er nicht auf das getrocknete Blut des Betonbodens. Ohne zu denken, bückte er sich und langte danach, um ihn aufzuheben. Noch während er sich bückte und dem Gegenstand näherte, stieß er einen Schrei des Entsetzens aus, fuhr zurück, rutschte aus und stürzte gegen die Kisten. Bevor er wieder stand, würgte er, hustete, kam an Haydon vorbei und versuchte, von der freien Fläche wegzukommen.

»Nase«, sagte er mit erstickter Stimme. »Eine Nase!« Er drängte sich vorbei an Haydon und dem überraschten Hoang. Dann hörten sie, wie er sich in der Dunkelheit der Gänge hinter ihnen übergab.

Haydon betrachtete das schwarze Objekt in der Mitte seines Lichtstrahls und beobachtete mit klinischer Objektivität, wie ein kalter Luftzug zwischen seinen Schulterblättern einsetzte und an den Seiten seines Halses nach oben stieg.

41

Ein halbes Dutzend Funkstreifenwagen parkten kreuz und quer auf der Zufahrt aus Muschelsplit, zusammen mit dem Lastwagen des Labors, einem Kastenwagen von der Technik, der die riesigen Ventilatoren und Scheinwerfer sowie die dafür nötigen Elektrokabel gebracht hatte, einem Kastenwagen des Veterinärs und zwei neutralen Wagen der Polizei, mit denen Dystal und

Captain Mercer hergekommen waren. Auch die Ü- und die Lieferwagen der Presse waren da, und ihre Teams wurden von der Polizei zurückgedrängt. Und die Leute. Mengen von Zuschauern standen auf den Gleisen, den Laderampen, in den Schilfstreifen und am Rand der Straße.

Jemand hatte schließlich den Schalter entdeckt, mit dem man die sechs kleinen Lichter an der Decke des Lagerhauses einschalten konnte, aber da die Stapel der Kisten so hoch waren, brachte das Licht unten auf dem Boden wenig Effekt. Mehreren Teams von uniformierten Beamten war die Aufgabe übertragen worden, auf die Berge von Kisten zu klettern und die Fenster entlang den Wänden unter der Decke entweder zu öffnen oder einzuschlagen. Gleich danach hallte das Geräusch von splitterndem Glas zwischen den Reihen der Lagerhäuser wider.

Erst wurden die Scheinwerfer hereingebracht, die den Weg zu der blutigen Fläche im Mittelpunkt des Lagerhauses beleuchteten und auf das getrocknete Blut schienen. Die Techniker von der Montageabteilung, die die elektrischen Kabel legten und die Scheinwerfer montierten, lösten sich bei der Arbeit ab und gingen zwischendurch immer wieder hinaus, um frische Luft zu schöpfen. Danach wurden die riesigen Ventilatoren aufgebaut. Die Hitze hatte schon ein wenig nachgelassen; inzwischen herrschte ein natürlicher Luftzug durch die zerbrochenen oder geöffneten Fenster nahe der Decke, doch die Ziegel des Lagerhauses hatten so lange die Sommerhitze in sich aufgesogen, daß sie so etwas wie Fiebertemperaturen erreicht hatten, als wäre das Gebäude ein lebender, aber kranker Riese.

Als die Scheinwerfer und die Ventilatoren montiert waren, verließen alle das Gebäude, und der Veterinär machte sich an seine Aufgabe. Er trug eine Gasmaske und auf dem Rücken einen Tank mit einem Mittel, das die Insekten zwar vertreiben, aber nicht töten sollte. Wenn die Fliegen drinnen umkamen, gab es für die Techniker des Labors nichts mehr zu tun. Der Veterinär wurde von einer Assistentin begleitet, ebenfalls mit Gasmaske, eine junge Frau, der die Jeans wie eine zweite Haut paßte.

Draußen wartete alles in tiefem Schweigen: der grauhaarige

Captain Mercer, Dystal, der nüchtern aussah, nachdem er aus einem gesunden Schlaf geweckt worden war und sich fragte, was, zum Teufel, das alles mit dem Fall zu tun hatte, und Haydon und Mooney, blaß, aber einigermaßen erholt. Es gab nicht viel zu sagen, bis man wußte, was dort drinnen wirklich zu finden war. Aber allen war klar, daß sie eine ganz besondere Art von Schlachthaus entdeckt hatten.

Plötzlich entstand ein deutliches Dröhnen, und dann hörten sie, wie die Ventilatoren eingeschaltet wurden.

»Scheiße, schau dir das an«, sagte ein Polizeibeamter.

Die Scheinwerfer der Fernsehkameras wurden eingeschaltet und richteten sich auf die Fenster des Lagerhauses, wo dunkle Wolken von Fliegen herausdrängten, in gewaltigen Wellen, fett und vollgefressen von dem Blut, das sie da drinnen vorgefunden hatten. Sie drängten länger und in größeren Scharen heraus, als man gedacht hatte.

Nach einer Weile ließ die Welle der fliehenden Insekten nach, aber noch immer umschwärmten sie in unzähligen Mengen die Fenster, wollten wieder hinein, wurden aber von dem Gift, das dort gesprüht wurde, zurückgedrängt. Schließlich kamen der Veterinär und seine Assistentin heraus und nahmen die Gasmasken ab. Dann stellten sie ihr Gerät ab und gingen auf Haydon zu.

»Okay, jetzt sind Sie dran. Ich bleibe noch in der Nähe und sprühe vielleicht noch mal was von dem Zeug, falls nötig. Wenn Sie mit allem fertig sind, sollten Sie vielleicht die Gesundheitsbehörde verständigen. Die muß unbedingt herkommen und das Lagerhaus desinfizieren. Das Ganze hier ist ein gewaltiges Gesundheitsrisiko.«

Mooney ging hinüber und sagte den Labortechnikern, daß sie jetzt anfangen konnten, und erinnerte sie daran, daß Haydon viele Photos brauchte. Mercer fuhr nach Hause und sagte, er erwarte einen Bericht am folgenden Morgen, und Dystal schickte ein paar Wachleute in eine Imbißbude in der Nähe und ließ Kaffee und Krapfen bringen. Dann setzte er sich in den geöffneten Wagen, hatte die Füße draußen auf dem Boden und trank einen Becher Kaffee.

Um zwei Uhr dreißig kam ein Labortechniker aus dem Lagerhaus und trat zur Seite, um sich zu übergeben. Niemand sagte ein Wort oder trat zu ihm hin, um zu helfen. Nach einer Weile ging er wieder hinein.

Kurz nach drei kamen zwei Labortechniker heraus, Jake Klein, der Leiter des Teams, und Dorothy Lea, die in beiden Händen mehrere Plastikbeutel trug. Sie schauten sich um und kamen dann auf Haydon zu, der sich ihnen bereits näherte.

Klein arbeitete seit fünfzehn Jahren beim Polizeilabor, und nichts, was er sah, konnte ihn überraschen. Für ihn waren die Tatorte von Verbrechen Variationen eines Themas, und das Thema war so alt, daß sich die Variationen stets wiederholten. Klein sah nicht allzu intelligent aus. Seine Augen wirkten ein bißchen irre und lauerten hinter einer Brille mit Plastikrahmen, der sich an den äußeren Ecken ein wenig nach oben zog. Sein langes Gesicht war immer unrasiert, und er trug mit Vorliebe Nylonhemden, die so dünn waren, daß das schwarze Haar, das seinen Rücken und die Brust bedeckte, deutlich zu sehen war. Er roch immer nach starkem, abgestandenem Tabak.

»Haben Sie eine Zigarette?« fragte er Haydon.

Haydon gab ihm eine, bot auch der Lea eine an und nahm schließlich selbst eine aus dem Päckchen.

»Es scheint verschieden altes Blut zu sein«, sagte Klein. »Aber es ist schwer zu sagen. Manches scheint älter, vielleicht eine Woche. Einiges nur ein paar Tage. Es ist so viel, daß man es schwer sagen kann. Entweder sind da viele Leute gestorben, oder ein paar, die sich gewehrt haben bis zuletzt. Darauf deutet die Menge des Blutes hin. Wir haben Dutzende von Proben genommen. Das Zeug, das sich gemischt hat, wird uns nicht viel nützen. Hoffentlich haben wir auch Spritzer dabei, die nicht mit anderem Blut gemischt sind.«

Er zupfte sich geistesabwesend ein Haar aus dem Nasenloch. Dann wandte er sich an die Frau, nahm ihr die Plastikbeutel ab und legte sie in den Kofferraum seines Wagens. Dystal und Mooney waren herbeigekommen, und Mooney hatte sie mit seiner Taschenlampe angeleuchtet.

»Die Maden haben das meiste gefressen.« Er nahm einen Beutel heraus, der ein kurzes Stück knorpeliges Material enthielt. »Das ist ein kleiner Finger einer linken Hand. Es ist gerade noch genügend Fleisch übrig, daß das Ganze zusammenhält. Er ist abgeschnitten worden, oder eher abgehackt.« Er nahm einen anderen Beutel mit etwas Schwarzem, Geschrumpftem. »Eine Nase. Vermutlich männlich. Ein ganzes linkes Nasenloch, aber ein Teil des rechten fehlt.« Ein anderer Beutel mit einem konkaven Knochenfragment von der Größe eines Vierteldollars: »Wissen Sie, ich halte das für ein Stück Kniescheibe. Und hier ist noch das Stück von einem Finger, nur ein Gelenk. Ein Zahn. Ein kleines Fetzchen vom Skalp, negroid. Ich habe auch mehrere Gewebemuster. Dann einige negroide Haarmuster. Etwas Sägemehl. Und das ist ungefähr alles.«

»Wonach sieht das in Ihren Augen aus, Jake?« fragte Haydon.

Klein zuckte mit den Schultern. »Es sieht so aus, als ob da jemand regelrecht geschlachtet worden wäre. Einer oder wahrscheinlich mehrere Schwarze.«

In einer weiteren halben Stunde waren alle fertig, und Haydon, Dystal und Mooney begaben sich noch einmal hinein. Sie gingen die freie Fläche am Ende des Korridors zwischen den Kisten ab und versuchten, sich etwas aus den Blutspritzern zusammenzureimen, die an den Seiten der Holzkisten nach oben gerichtet waren. Dickbäuchige Fliegen taumelten in der Luft unter dem hellen Licht, stießen dabei immer wieder gegen die drei Männer, die um die ekelerregenden Haufen in der Mitte herumgingen, wo die Maden sich in der Hitze der Scheinwerfer krümmten und wanden.

Als sie zur rechten Seite des Eingangs auf die offene Fläche kamen, blieb Haydon stehen. Er erinnerte sich aus Toys Band, daß alle Männer sich auf dieser Seite aufgestellt hatten. Dabei stellte er fest, daß auf eine Strecke von ein paar Metern die Türme der Kisten niedriger waren und in einem regelmäßigen Halbrund angeordnet waren.

»Ed, sehen Sie sich das hier an. An was erinnert Sie das?« Die drei Männer betrachteten die Anordnung der Kisten.

»Verdammt, die Tribüne!« sagte Dystal. »Die Kerle haben hier gesessen und zugeschaut.«

»Aber was haben sie gesehen?«

»Wie Klein sagte: Sie haben beobachtet, wie jemand geschlachtet wurde.«

Sie standen am Rand der Kisten zwischen dem Blut und den Sitzen, der ›Tribüne‹.

»Und das Licht?« fragte Mooney.

Haydon blickte nach oben. »Nur dieses hier«, sagte er. Eine der sechs Deckenlampen war genau über der freien Fläche installiert.

»Es ist schwer zu glauben«, sagte Mooney. Er verscheuchte die Fliegen. »Ein paar Verrückte schlachten hier ein paar Menschen, und diese Männer haben dagesessen und zugeschaut.«

»Wir werden morgen jeden einzelnen von ihnen verhaften«, erklärte Haydon. »Wir bringen sie ins Präsidium. Keiner von ihnen kommt frei, bevor wir wissen, was hier geschehen ist. Auch Roeg. Alle.«

Haydon hatte wieder zu zittern begonnen. Er wußte, daß Dystal ihn beobachtete.

Jemand kam durch den Gang in den Schein der hellen Lichter. Es war ein uniformierter Beamter.

»Detective Mooney? Für Sie ist ein Anruf draußen im Wagen, Sir.«

Sie folgten alle dem Uniformierten, waren froh, hinausgehen zu können, wo selbst die feucht-schmierige Julinacht angenehm schien im Vergleich zu der Atmosphäre in dem Lagerhaus.

Mooney ging mit dem Uniformierten zu einem Streifenwagen, sprach eine Minute und kam dann mit entschlossenen Schritten zurück.

»Sie werden es nicht glauben. Langer und Jennifer Quinn sind gefunden worden. Erschossen, drüben im Memorial Park.«

Es war vier Uhr, noch Nacht und doch schon Morgen, als Haydons Knochen sich wie Blei anfühlten und er sich danach sehnte, die Sonne am Himmel zu sehen, um zu wissen, daß diese unendlich grauenvolle Nacht zu Ende war. Aber sie war noch nicht zu Ende.

Ihre Wagen parkten nebeneinander. So hatte die Parkpolizei sie gefunden. Sie saßen beide im Lincoln, der Motor lief und die Klimaanlage war auf volle Kraft gestellt. Die Parkpolizei hatte nichts berührt. Als sie in das Fenster geschaut hatten, gaben sie es per Funk durch und ließen die Zulassungsnummern der Wagen überprüfen.

Die Quinn saß mit dem Rücken zur Beifahrertür und schaute zu Langer hinüber; sie hatte ein Loch oben an der Stirn. Das austretende Geschoß hatte Blut und Glassplitter bis auf den Asphalt des Parkplatzes und auf die weiße Flanke ihres Porsches geschleudert. Sie sah aus, als ob sie schlafe, und ihre Hände lagen auf dem Schoß ihres smaragdgrünen Kleids.

Langer war zwischen Lenkrad und Tür eingeklemmt. Er hatte die Quinn angeschaut. Seine Einschußwunde war genau an der Schläfe, wobei die austretende Kugel die Windschutzscheibe zerfetzt hatte. Er hielt noch den 38er Charter Arms in der Hand, und die Wucht des Rückstoßes hatte seinen Arm nach hinten gerissen, so daß er jetzt auf seinem Schenkel lag.

Die Hilfsscheinwerfer der Funkstreifeneinheit erhellten den Wald, als Haydon, Mooney und Dystal um den Wagen auf dem leeren Parkplatz herumgingen. Nach einer Minute nahm Haydon das Brecheisen aus dem Polizeiwagen und schlug damit das Fenster der hinteren Tür auf Langers Seite ein. Er langte hinein und drückte auf den Knopf der automatischen Verriegelung. Dann öffnete er die Fahrertür, vorsichtig, damit Langers Leichnam nicht herausglitt, während Mooney über den Toten hinweglangte und den Motor abschaltete.

Sie traten ein paar Schritte zurück und betrachteten den großen Lincoln. Er erinnerte Haydon an einen Leichenwagen aus dem neunzehnten Jahrhundert mit Fenstern. Dann betrachtete er den schlafenden Langer und die schlafende Quinn. Tragische Liebende? Romeo und Julia? Antonius und Cleopatra? Tristan und Isolde? David und Bethseba, Lancelot und Guinevere, Orpheus und Eurydike, Bill und Jennifer? Nein, das war nicht ihr

Niveau, nicht einmal annähernd. Es war jämmerlich und geschmacklos. Ein schlechtes Ende.

»Haben Sie das Labor angerufen?« fragte Haydon.

Mooney nickte. »Und die Leute des Coroners.«

»Hat sich jemand mit Pete in Verbindung gesetzt?«

»Ich habe die Einheit angerufen, die bei ihm um die Ecke wartet«, sagte Dystal. »Bis jetzt hat sich nichts getan. Wahrscheinlich ist Toy verscheucht worden. Er ist nicht ganz so begriffsstutzig wie diese Helden da. Er denkt nicht daran, den Köder mitsamt dem Haken zu schlucken wie sie.«

»Dann schicken wir Pete doch nach Hause«, sagte Haydon. Er starrte über den Parkplatz.

»Gute Idee«, antwortete Dystal. Er warf einen Blick auf Mooney und machte eine Bewegung mit dem Kopf.

»Ich rufe ihn an«, sagte Mooney und ging zu seinem Wagen.

Nachdem Mooney außer Hörweite war, fragte Dystal leise: »Und Sie, Stu? Wie halten Sie sich? Glauben Sie, daß Sie das durchstehen?«

»Ja«, sagte Haydon. Er starrte immer noch geradeaus und dachte nach. »Wann werden wir sie morgen abholen?«

»Das liegt bei Ihnen.«

»Erst brauche ich etwas Schlaf. Und ich will dabeisein, wenn man sie ins Präsidium bringt. Sie werden nach ihren Anwälten schreien. Es wird ein echtes Tollhaus werden. Diesen Roeg möchte ich mir persönlich vorknöpfen. Wir sollten sie möglichst gleichzeitig festnehmen lassen, sonst geht uns der eine oder andere durch die Lappen.«

»Und Toy? Ich habe einen Mann eingeteilt, der gleich morgen früh die Banken überprüft.«

»Gut. Das hat Vorrang.«

Dystal fühlte sich ein wenig unbehaglich. Haydon wurde launisch. Das war gefährlich für ihn selbst, aber es störte ihn nicht bei der Arbeit. Es schien ihn sogar anzustacheln. Fast hatte es den Anschein, als ob seine emotionelle Agitation und sein Scharfsinn in einer direkten Beziehung ständen, und wenn sein Zustand in seinem empfindlichen Stadium war, dann wurde er, wie in diesem Fall, immer mutiger und entschlossener. Nach der Meinung von Dystal war er einfach hart zu sich selbst, aber er konnte sehr gut damit fertig werden.

Immerhin machte sich Dystal Sorgen, weil Haydon so rasch in seine melancholische Stimmung abglitt. Es war eben noch zu früh für ihn, und Dystal fühlte sich mehr als nur ein wenig verantwortlich für diesen Zustand. Er hatte Haydon zu seiner Arbeit zurückführen wollen, er fand, daß es Zeit war und daß es ihm guttun würde. Aber der Streß war doch um einiges größer, als Dystal erwartet hatte. Statt sich zu einem Routine-Rätsel zu entwickeln, das, wie er gehofft hatte, Haydons Interesse an der Arbeit stimulieren würde, zeigte die unerwartete Brutalität dieses Falles möglicherweise die umgekehrte Wirkung.

Dystal vergrub die Hände in den Taschen seiner ausgebeulten Hose, sog die feuchte Waldluft in großen, die Lunge aufblähenden Zügen ein und ließ sie dann langsam aus. Schließlich warf er wieder einen Blick auf Haydon. Sie warteten auf den Leichenwagen des Coroners.

42

Bob Dystal hatte sie aufmerksamerweise kurz nach Mitternacht angerufen und ihr gesagt, daß Haydon vermutlich die ganze Nacht ausbleiben würde. Er erklärte, bei Haydon sei eines zum andern gekommen, und Dystal glaube, er habe nicht einmal genug Zeit dazwischen gehabt, um sie anzurufen. Er hatte recht. Nina ging gegen eins zu Bett, nachdem sie noch etwas gelesen und alle Kanäle im Fernsehen durchgeschaut hatte, ohne etwas zu finden, was sie interessierte. Danach schlief sie unruhig, wachte einmal auf, als sie glaubte, den Vanden Plas in der Auffahrt gehört zu haben, ein andermal, als sie dachte, Haydon durch die Tür ins Haus kommen zu hören, und ein drittes Mal, als sie vermutete, er wäre im dunklen Schlafzimmer und versuche, sich auszuziehen, ohne sie zu wecken.

Dann, gegen sechs Uhr morgens, kam er wirklich nach Hause, aber sie wachte erst auf, als sie ihn in der Dusche hörte. Sie lag eine Weile wach im Bett und fragte sich, was er durchgemacht haben mochte, und konnte sich erst wieder richtig entspannen, als er aufgehört hatte, zu zucken, wie immer, wenn er an einem anstrengenden, die ganze Nacht erfordernden Fall gearbeitet hatte. Als er schließlich in einen tiefen Schlaf sank, döste auch sie wieder ein, wobei sie allerdings immer wieder aufwachte, merkte, daß der Raum von der aufgehenden Sonne erhellt wurde, die langen Morgenschatten sah und spürte, wie sich das Schlafzimmer erwärmte. Als nächstes fühlte sie Gabrielas weiche Hand, die ihren Arm berührte, und als sie die Augen aufschlug, hielt die alte Frau eine Hand ans Ohr, und ihr kleiner Finger und der Daumen stellten ein Telephon dar. Nina nickte, schlüpfte unter Haydons Arm hervor und zog sich den Morgenmantel an, während sie die Treppe hinunterging.

Wieder war es Dystal. Ob Haydon schon wach sei? Nina verneinte und deutete an, daß sie ihn nur sehr ungern wecken würde. Dystal erwiderte, daß das in Ordnung wäre – jeder hätte heute etwas länger geschlafen, aber sie müßten das, was er als ›ein Treffen‹ bezeichnete, vereinbaren. Ob sie Haydon bestellen könne, daß sie gemeinsam zum Lunch gehen wollten. Sie versprach es ihm.

Es war elf Uhr, als Nina die Treppe hinaufging, um nach ihm zu sehen. Sie öffnete die Tür des Schlafzimmers, stand da und schaute auf den sonnigen Raum, auf seine nackte Brust und die Schultern auf dem weißen Laken, den Deckenfächer, der sich gerade schnell genug drehte, um die Luft in Bewegung zu setzen. Er konnte nicht in einem Zimmer ohne Luftzirkulation schlafen.

Und dann meldete sich der Summer der Sprechanlage am Tor von der Gegensprechanlage neben der Haustür. Sie zog die Stirn in Falten. Ihres Wissens wurde niemand erwartet. Sie schloß die Tür und eilte die Treppe hinunter. Gabriela stand am Lautsprecher und zeigte eine fragende Miene. Nina ging zum Lautsprecher, der noch eingeschaltet war.

»Ja?«

»Mr. Haydon, bitte.«

Eine Frauenstimme, weich. Nina konnte den Akzent nicht erkennen.

»Entschuldigen Sie«, erwiderte sie, »aber er schläft noch. Darf ich fragen, wer ihn zu sprechen wünscht?«

»Wecken Sie ihn, bitte. Sagen Sie, ich bringe Nachricht von Ricky Toy. Er weiß schon. Sehr wichtig. Okay? Sehr wichtig. Bitte machen Sie schnell.«

»Nur einen Moment – können Sie solange warten?«

»Ja, bitte.«

Nina schaltete die Sprechanlage ab, drehte sich um, lief die Treppe hinauf und ins Schlafzimmer. Selbst dabei wachte er nicht auf. Sie schüttelte ihn sanft. Er rollte sich herüber und öffnete mit Mühe die Augen.

»Draußen am Tor ist eine Frau«, sagte sie. »Ich glaube, sie spricht mit asiatischem Akzent. Sie sagt, sie hat eine Nachricht von Ricky Toy, und es ist sehr eilig.«

Haydon schlug die Decke zurück und schnappte sich seinen Morgenmantel von der Lehne eines Armsessels. Dann lief er die Treppe hinunter, während Nina ihm folgte.

Er drückte auf die Sprechtaste. »Hier spricht Stuart Haydon.«

»Nachricht von Ricky Toy.«

»Wer spricht denn?«

»Lai.«

Haydon drückte auf den Knopf, der das Tor öffnete.

Er wartete in der Bibliothek, fuhr sich gedankenverloren mit den Fingern durch sein zerwühltes Haar, zündete sich eine Zigarette an. Als Nina das Mädchen durch die Tür in die große Halle führte, war er keineswegs überrascht von ihrer Schönheit. Ihr langes Haar war so schwarz, daß es einen Kobaltschimmer hatte, und sie bewegte sich mit natürlicher Eleganz. Sie trug eine Segeltuchhose mit militärisch-quergeschnittenen Taschen und ein langärmeliges Hemd aus demselben Material, wobei sie die Ärmel bis zu den Ellbogen hochgekrempelt hatte. Die Hose saß eng genug, daß Haydon sich an die schlanken, langen Beine der zwei Mädchen auf dem Photo mit Toy erinnerte.

Haydon nickte.

Die Augen des Mädchens waren traurig.

»Ricky Toy möchte mit Ihnen sprechen«, sagte sie.

»Fein«, antwortete Haydon. »Wann und wo?«

»Ich bringe Sie hin.«

»Jetzt gleich?«

»Ja, bitte.«

»Wohin?«

»Entschuldigen.« Sie schüttelte den Kopf.

Haydon warf rasch einen Blick auf Nina, die daraufhin den Raum verließ.

»Ich muß mich erst anziehen.«

»Bitte, machen schnell.«

Er drückte seine Zigarette aus und wollte die Bibliothek verlassen.

»Ich muß bei Ihnen sein.«

Er zögerte, dann verstand er. »Kommen Sie«, sagte er.

Lai folgte Haydon nach oben und stand dann mitten im Zimmer, als er sich im Bad das Gesicht wusch und anschließend einen Anzug mit Krawatte anzog. Er wartete darauf, daß sie ihn stoppen würde, als er in eine Schublade langte und seine Beretta herausnahm, aber sie sagte nichts.

Sie gingen wieder die Treppe hinunter, Lai jetzt voraus, und unten wartete Nina in der Eingangshalle. Haydons Blick traf sich mit dem ihren, sie küßten sich, dann folgte er Lai nach draußen zum Leihwagen, der in der Auffahrt wartete.

Der Tag war bereits heiß, und die unsichtbaren Zikaden sirrten in den Bäumen wie die Vögel des Dschungels.

Sie fuhr auf dem Boulevard zum Shepherd Drive, in den sie nach Norden einbog, wobei sie den Wagen mit erfahrener Sicherheit und aufmerksamer Vitalität fuhr. Haydon warf rasch einen Blick auf den Rücksitz. Dort lagen eine Handtasche, ein paar zerknitterte Kleidungsstücke, ein paar Landkarten, Plastikbeutel, in denen Toilettenartikel steckten. Sie hatte mit Ricky Toy im Wagen gelebt und vermutlich nicht riskiert, eine Moteleinheit zu mieten. Aber wo, zum Teufel, wartete Toy auf sie?

»Wie ist Toy auf mich gekommen?« fragte Haydon. Sie hatten an der Ampel angehalten, wo sie die Westheimer überquerten.

»Man hat es ihm gesagt.«

»Wer hat es ihm gesagt?«

Diese Frage ignorierte sie und fuhr bei Grün los; dabei warf sie einen Blick in den Rückspiegel. Obwohl die Klimaanlage den Wagen kühlte, stellte Haydon einen dünnen Schweißfilm auf Lais Stirn fest. Er fragte sich, ob das richtig war, was er da machte.

Als die Kreuzung mit der West Gray nur noch einen Blick entfernt war, schaltete Lai den linken Blinker ein, fuhr also nach River Oaks. Großer Gott. Er war bei Roeg. Einer von ihnen hatte den anderen mit einer Schußwaffe mattgesetzt, und ihm, Haydon, würde man höchst unvernünftige und undurchführbare Forderungen stellen. Er versuchte, die Sache von allen Seiten zu betrachten, überlegte sich, ob er Lai jetzt stoppen, mit dem Wagen zurückfahren und Dystal anrufen sollte. Er versuchte sich vorzustellen, wie es war, wenn er sich nicht mehr in der Lage sah, aus eigener Entscheidung zu handeln.

Sie brachten die Strecke an der Avenue schnell hinter sich, die zur Einfahrt des Anwesens führte, und näherten sich den Toren von Roegs nach allen Regeln der Kunst gesichertem Grundstück. Er erinnerte sich an den Mann, mit dem er erst tags zuvor gesprochen hatte. Er kam mit seinem Schreibbrett zum Wagen her, bückte sich auf Lais Seite zum Fenster hinunter und schaute hinein.

»Hallo, Mr. Haydon«, sagte er freundlich. Dann warf er einen Blick auf seine Liste. »Miss Lai Chung?«

Sie nickte.

»Sehr gut.« Er trat vom Wagen zurück, die Tore öffneten sich, und sie fuhren hindurch.

Haydon warf einen Blick auf Lai. Er ordnete seine Gedanken neu. Immerhin hatte er erwartet, daß das hier einem Belagerungszustand ähnlich war, aber er fand alles normal. Als sie auf den Parkplatz kamen, erkannte er an ihrem Zögern, daß Lai noch nie hier gewesen war. Wie bei seinem ersten Besuch kam ein Sicherheitsmann in Zivil aus einer der Türen und winkte sie in einen Parkplatz ein. Er öffnete ihr höflich die Tür, und sie stiegen aus und wurden zur Haustür gebracht, aber nicht weiter.

Als sich die schwere Holztür öffnete und Harvey Gage ihn anschaute, wußte Haydon, daß sein erster Eindruck der richtige gewesen war.

Gages Gesicht zeigte eine Mischung aus Angst und Unwohlsein. Er betrachtete Lai, als wäre sie eine Schlange, und wich zurück in die große Halle.

»Verdammt, Haydon, er ist verrückt«, sagte er, sobald sie drinnen waren. »Er hat eine Schußwaffe an Roegs Nacken befestigt. Ich weiß nicht, wie er hereingekommen ist. Ich kann auch niemandem die Schuld geben. Er würde ihn auf der Stelle umlegen. Verdammte Scheiß-Sicherheitseinrichtungen. Ich weiß gar nicht, wie –«

»Wo sind sie?« fragte Haydon.

»In seinem Büro, da unten. Ich sollte mit Ihnen zurückkommen.« Er drehte sich um, und sie gingen mit raschen Schritten auf Roegs Büro zu. »Ich habe alle weggeschickt. Habe die Nachricht hinterlassen, daß Mr. Roeg heute nicht gestört werden will, und gab der Wache am Tor die Anweisung, Sie beide einzulassen.«

»Was will Toy von mir?«

»Er sagt, er will den Mann, der für den Fall verantwortlich ist – für die Langer-Sache. Und er macht Roeg für – für den Tod des Mädchens verantwortlich.«

»Haben Sie von Langer gehört?« fragte Haydon.

»Gehört, was denn gehört?«

»Ach, nichts.«

Sie standen vor der Tür zu Roegs riesigem Büro.

»Warten Sie, ich habe bestimmte Anweisungen zu befolgen«, sagte Gage. Er trat zur Tür und klopfte an. »Toy, sie sind hier.«

Drinnen hörte man ein Rascheln, ein schweres Klopfen.

»Ich öffne die Tür«, sagte Toy. »Schicken Sie Lai herein.«

Die Tür öffnete sich langsam. Roeg stand direkt dahinter, etwa drei Meter im Raum. Seine Hände waren auf dem Rücken gefesselt, und der Lauf eines automatischen Gewehrs war mit Klebeband an seinem Nacken befestigt. Haydon konnte nur die Hälfte der Waffe sehen, in der er einen HK94, einen Neun-Millimeter-Karabiner, erkannte. Er war so mit dem Klebeband an Roegs Hals befestigt, daß Toy entweder direkt hinter ihm oder auch in einem Winkel von neunzig Grad auf seiner rechten Seite sein und abdrücken konnte. Toy selbst war von der Tür aus nicht zu sehen, er hatte sich dahinter postiert.

Lai kam herein und sagte sofort etwas zu Toy auf chinesisch, während sie sich zu einer Seite bückte und dann eine Waffe in der Hand hatte, die mit der von Toy identisch war. Sie richtete sie auf Roeg, aber ihre Blicke hingen an Haydon.

»Haydon«, sagte Toy hinter der Tür, »nehmen Sie Ihre Beretta heraus und leeren Sie das Magazin. Legen Sie das Magazin und die Waffe auf den Boden. Dann kicken Sie beides mit dem Fuß in den Raum.«

Haydon tat, was Toy befohlen hatte.

»Okay, jetzt können Sie reinkommen.«

Haydon und Gage traten in den Raum, und Toy stieß hinter ihnen die Tür mit dem Fuß zu.

Toy trug verschwitzte Jagdkleidung mit den Leinenstiefeln, wie sie das Militär in tropischen Gegenden benützt. Er sah sonnengebräunt und gesund aus, so als gehörte er in diese Kleidung. Haydon bemerkte, daß die Vorhänge vor den hohen Fenstern zugezogen worden und daß sämtliche Lichter im Raum angeschaltet waren. Die Monitoren hinter Roegs Schreibtisch sendeten ihre Aktiennotierungen von der New Yorker und den anderen amerikanischen Börsen. Die Kameras der Sicherheitseinrichtung, die in den vier Ecken der Decke eingebaut waren, schienen außer Betrieb zu sein.

Toy ging zu Roeg an seinen Schreibtisch, beugte sich darüber und drückte auf einen Knopf. Haydon hörte, wie die schweren Riegel des elektrischen Sicherheitssystems geschlossen wurden.

»Okay«, sagte Toy. »Diese Situation macht mich kribbelig; um also dieses Kribbeln ein wenig zu reduzieren, werde ich Ihre Beweglichkeit reduzieren müssen. Ich möchte mir bei keinem von Ihnen beiden Gedanken über plötzliche, unerwartete Bewegungen machen müssen, und ich habe auch keine Lust, ständig eine Pistole auf jeden von ihnen gerichtet zu halten.« Er warf Lai die Rolle mit dem Klebstreifen zu. »Binde seine Hände hinter dem Rücken fest.«

Als sie damit fertig war, sagte Toy: »Gehen wir jetzt alle zu den Sofas hinüber.«

Sie umrundeten den Projektor und kamen zu den Sofas, die in Richtung auf die Leinwand aufgestellt waren. Toy nahm ein Messer aus der Tasche, langte nach oben und schnitt das Klebeband durch, mit dem der HK94 an Roegs Hals befestigt war. Er schubste Roeg auf das Sofa, kniete sich nieder und fesselte Roegs Beine mit dem Klebeband. Dann schubste er Gage auf eines der anderen Sofas und fesselte erst seine Füße, dann wand er ein paar Streifen Klebeband um seinen Mund.

Er schaute Haydon an. »Setzen Sie sich hier hin.«

Haydon setzte sich auf das dritte Sofa, gegenüber von Gage, Roeg zu seiner Linken, die Leinwand rechts.

»Ich fessle nur noch Ihre Füße. Ich möchte, daß Sie reden können.«

Lai stand an der Seite mit ihrem HK, während Toy sich niederkniete und Haydons Knöchel mit dem Band fesselte. Dann erhob er sich, dachte eine Sekunde lang nach, ging schließlich zu Roeg hinüber und baute sich vor ihm auf.

»Es gibt einen Psychologen in Amsterdam, der sich auf Verhandlungen mit Terroristen spezialisiert hat. Er reist auf der ganzen Welt herum. Er sagt, die ersten paar Stunden, nachdem die Terroristen Geiseln genommen haben, sind die gefährlichsten, denn dann fließen in ihnen noch die Säfte der Revolution, und sie können jederzeit, wenn sie sich erregen, eine Geißel abknallen. Das heißt, Sie und Gage befinden sich hier momentan in einer krisenhaften Situation. Also denken Sie nicht daran, mich irgendwie aufzuregen. Natürlich gibt es eigentlich nur eine Möglichkeit, wie Sie mich nicht aufregen, nämlich wenn Sie tot sind. Es sieht im Grunde nicht besonders gut für Sie aus – so oder so.«

Toy stieß ganz lässig mit der Stiefelspitze gegen Roegs Füße in den Hausslippern, wie man durch einen Fußtritt feststellt, ob ein Tier schon tot ist oder noch lebt.

»Dieser Psychologe sagt auch, daß er es gern hat, wenn die Terroristen mit den Geiseln eine Art von Beziehung herstellen, damit sie sich gegenseitig als menschliche Wesen und nicht als Symbole betrachten. Das kann natürlich am besten durch Reden bewerkstelligt werden. In Ihrem Fall ist das ungünstig, Roeg, da ich Ihnen den Mund verklebt habe, weil ich befürchten muß, daß Sie andernfalls wie ein Affe nach Ihren Sicherheitsleuten kreischen würden. Das also ist ein negativer Punkt auf Ihrem Überlebenskonto. Aber der Psychologe sagt auch, daß es lebenswichtig ist für den oder die Terroristen und ihre Geiseln, Blickkontakt zu halten. Es fällt den Terroristen schwerer, jemanden abzuknallen, wenn sie sich in die Augen schauen. Das ist ein Punkt auf der positiven Seite, da ich Ihnen nicht die Augen verbinden möchte. Es gibt ein paar Dinge, die Sie sehen sollten.«

Wieder stieß Toy nach Roegs Fuß.

»Sei's drum. Sie haben zwei Hauptpunkte auf der negativen Seite Ihrer Überlebenschancen, die alles, was man auf der positiven Seite finden könnte, bei weitem überwiegen. Der erste Punkt: Dieser Psychologe sagt, daß es in solchen Situationen von erstrangiger Priorität ist, daß der Verhandelnde Kontakt mit den Terroristen aufnimmt. Daß er einen Dialog einleitet. Ohne Dialog ist die Situation aussichtslos. Nun, Sie sehen, da sieht es schlecht für Sie aus, denn es gibt nichts, was ich von Ihnen will. Es gibt nichts zu verhandeln, keinen Anlaß für einen Dialog. Ich habe bereits, was ich will.«

Toy hockte sich auf die Fersen vor Roeg, näherte sein Gesicht dem von Roeg und schaute ihm direkt in die pechschwarzen Augen.

»Der zweite Punkt: Ich hasse Sie so sehr, Roeg, daß ich Sie in jeder Stunde der nächsten zehn Jahre abknallen könnte, ohne je genug davon zu bekommen. Können Sie so etwas überhaupt verstehen, Sie kleines Arschloch? Das einzige Objekt des Hasses, das ich jemals in meinem Leben aufgebaut habe, sitzt hier vor meinen Augen, in diesem albernen, zerknitterten Smoking! Wirklich abscheulich.«

Toy ließ seine Worte wirken, das Gesicht immer noch nahe vor dem von Roeg, und dann stand er auf und wandte sich an Haydon.

»Okay. Das war der Hintergrund. Nur damit Sie diese Operation in der richtigen Perspektive sehen: Ich habe mich gestern abend hier hereingeschlichen, weil ich ein ununterbrochenes und längeres Gespräch mit Roeg führen wollte. Ich glaube nicht, daß es auf irgendeine andere Weise dazu hätte kommen können. Ich habe mich versteckt, bis Gage an mir vorbeigestolpert ist und mir einen Weg in Roegs Allerheiligstes wies, ohne die Alarmanlage auszulösen.«

»Und die Sicherheitswache?« fragte Haydon. »Wie sind Sie an der vorbeigekommen?«

Toy grinste. »Eines habe ich in Südostasien gelernt. Ein Mann kann in jedes noch so gesicherte Areal eindringen. Er kommt vielleicht nicht mehr lebend heraus, aber er kommt immer hinein. Ich wäre nicht hereingekommen, wenn diese fabelhaften High-Tech-Trottel nicht eines vergessen hätten: einen Hund. Jeder alte Köter hätte mich erwischt. Aber High-Tech hat keinen Geruchssinn.«

Toy drehte sich um, trat neben die Leinwand zu einer Kamera, die auf einem Stativ montiert war.

»Zu Ehren von Joey Roeg, meine Damen und Herren, erlauben wir uns, dieses kleine Gespräch auf Videoband aufzunehmen. Alle Greueltaten werden wahrheitsgetreu aufgezeichnet werden.«

43

Toy nahm nicht wieder seinen HK-Karabiner, aber Lai hatte sich in einem Sessel niedergelassen, von dem aus sie die Männer mit der Waffe auf dem Schoß beobachten konnte. Toy nahm einen Stuhl mit gerader Lehne und brachte ihn zu dem offenen Ende der Hufeisenform, die durch die drei Sofas gebildet wurde. Er drehte den Stuhl herum, setzte sich mit der Lehne nach vorn darauf, den Rücken zur Leinwand, und zündete sich eine Zigarette an.

»Wollen Sie rauchen?« fragte er Haydon.

»Nein.«

»Ich möchte Ihnen die Dinge ein bißchen entwirren«, sagte Toy zu Haydon. »Ich habe den armen, alten, dummen Powell nicht umgebracht. Ich weiß nicht sicher, wer es war, aber entweder Langer oder eine von Roegs Kreaturen. An dem Abend, als Powell umgebracht wurde, hatte ich ihm ein paar Videobänder gegeben, die er für mich verstärken und umschneiden sollte. Er hat es oben in Langers Labor gemacht. Das wissen Sie ja sicher alles.«

Haydon nickte.

»Okay. Das war, schätze ich, um halb eins. Wayne sollte, wenn er mit seiner Arbeit fertig war, bei mir anrufen. Es hätte nicht länger als eine Stunde dauern dürfen, allerhöchstens zwei. Gegen halb drei hatte ich noch immer nichts von ihm gehört. Ich rief im Labor an, aber es meldete sich niemand. Ich wurde nervös und fuhr hin. Ich hatte einen Schlüssel, den mir Wayne gegeben hatte. Ich ging hinein und fand ihn. Das Band war verschwunden. Ich ging wieder, und ich nahm an, derjenige, der ihn getötet hatte, hätte das Band an sich genommen. Es handelte sich allerdings nur um den ersten Teil eines längeren Bandes, mit dem ich Roeg um große Summen erpressen konnte. Ich dachte, daß die Burschen das erkannten, was auf dem Band zu sehen war. Sie wußten wahrscheinlich, daß Powell es für mich bearbeitet hatte, und zählten zwei und zwei zusammen. Ich war sicher, daß das eine Sache war, die Roeg direkt berührte, also konnte ich mir denken, daß das Leben für mich ziemlich heiß geworden war. Gleich am nächsten Morgen zogen wir aus unserer Eigentumswohnung aus und in einen dieser verdammten Apartmentkomplexe auf der anderen Seite des Southwest Freeway, wo Roegs Gorillas dann Yue fanden und umbrachten.«

Toy nahm den letzten Zug aus seiner Zigarette. Dann ließ er sie auf den Perserteppich fallen und trat sie mit dem Absatz aus. Für Haydon eine berechnete Geste – nicht das, was Toy normalerweise tun würde.

»Ich hatte schon seit langer Zeit die Absicht, einmal bei Roeg tüchtig abzusahnen, aber ich brauchte eine Weile, bis mir die beste Möglichkeit dazu einfiel. Die Filme, die ich auf der ganzen Welt für dieses Arschloch schoß oder sammelte, waren ihm nicht genug. Das meiste war Dokumentarmaterial. Es ist ja nicht verboten, so etwas zu besitzen, oder? Am nächsten an die kriminelle Grenze kam ich vielleicht, wenn ich die Todesschwadronen filmte. Roeg steht in direkter Verbindung mit einer von ihnen, im Zuge seines Finanzierungsprogramms. Natürlich rechtsradikal. Aber er hat dort unten eine lange Lohnliste. Was gut ist für die Rechtsradikalen, ist auch gut für Roegs Investitionen. Er steht mit alledem in geschäftlichem Kontakt. Er unterstützt sie, er finanziert die Schwadronen mitunter sogar direkt, er und ein paar andere, reiche Salvadorianer, die in Miami leben.

Jedenfalls hatte ich alle Möglichkeiten, die ich brauchte, um diese Todesschwadronen bei der Arbeit zu filmen. Ich habe ein paar Filme von hochnotpeinlichen Verhören aufgenommen. Er hat sie in seinem Tresorraum. Er liebt das Scheißzeug. Da ist Material darunter, Sie würden es nicht für möglich halten. Aber dieses kleine Arschloch liebt solche Scheußlichkeiten.

Immerhin, bis dahin gab es nur meine Aussage, die das Material mit Roeg in Verbindung brachte. – Na wenn schon, hätte man gesagt. Also habe ich mich weiter umgehört und soviel wie möglich über den kleinen Verrückten rausgekriegt. Es hat mich ein paar Monate Zeit gekostet. Dann, auf einer meiner Reisen nach San Salvador, hab' ich mal ein Bierchen mit einem Hauptmann der salvadorianischen Armee getrunken. Er verdient sich nebenher Geld, indem er einer der verschiedenen Todesschwadronen vorsteht, die Roeg direkt finanziert. Wir haben uns unterhalten, und der Mann fängt zu lachen an über etwas, das er gesehen hat, als er hier in Houston war. Er trainiert übrigens Roegs Sicherheitsleute, was eine Menge erklärt über diese beschissenen Sadisten in den teuren Anzügen von Brooks Brothers. Er hat mir erzählt, was er in alten Lagerhäusern und an anderen Orten hier in der Gegend gesehen hat. Kleine Unterhaltungsabende, die Roeg hier und da arrangiert. Wirklich *Mondo bizarro*. Ekelhaft. Blutig. Er hat mir davon erzählt. Ha-ha. Ich habe gesagt, Mann, das ist aber sehr komisch. Ha-ha. Reizend. Ich hab' ihm noch eine Menge Fragen gestellt, so ganz nebenbei, im Gespräch über ein paar Bierchen. Ha-ha, die ganze Zeit. Vielleicht filme ich das mal, sagte ich. Noch mehr beiläufige Fragen, noch zwei Bier.

Der Kerl ist nicht blöd. Ich habe nicht besonders viel Informationen bekommen, aber genug, daß ich mich auf eine ernsthafte Suche machen konnte, als ich zurückkam. Und es hat ganze drei Wochen gedauert, bis ich auf einen Schwarzen gestoßen bin, der der Schlüssel zu allem war. Bang! Ich brauchte nur noch auf die nächste Abendunterhaltung zu warten. Ich war bereit: Lai und ich haben es gefilmt. Das war meine Fahrkarte.«

Toy zündete sich noch eine Zigarette an. Als er den Rauch in die Luft blies, warf er einen beiläufigen Blick zu Gage und Roeg, dann wandte er sich wieder an Haydon.

»Also habe ich die Bänder bearbeitet und zugleich ein System ausgearbeitet, durch das ich geschützt war. Ich arrangierte das Treffen über Langer und warf Roeg den Ball zu. Das war gestern gegen Mittag. Er war einverstanden, zu zahlen – das sagte er zumindest. Wir haben verschiedene Vereinbarungen getroffen. Irgendwann zwischen dieser Besprechung und gestern fanden sie heraus, wo wir wohnten, und Roegs Gangster haben Yue ›verhört‹. Vergessen Sie nicht, das waren Kerle, die von diesem schmierigen Dreckskerl der Todesschwadronen von San Salvador ausgebildet worden waren. Ich bin froh, daß ich es nicht war, der sie gefunden hat.«

Toys Gesicht lief rot an, als er das sagte. Er paffte an der Zigarette und schaute Roeg an. Dann warf er den Zigarettenstummel wieder auf den Teppich und trat ihn aus wie zuvor.

Jetzt stand er auf und hob seinen HK-Karabiner auf, der neben Lais Stuhl gelegen hatte. Er nahm den zurückziehbaren Kolbenstock heraus und ging zu Roeg. Dann kniete er sich auf eine Seite, hielt den HK mit der linken Hand und richtete die Mündung des Laufs gegen Roegs rechtes Ohr. Roeg lehnte sich nachdenklich zurück, und Toy packte eine Handvoll von Roegs dichtem, schwarzem Haar und riß seinen Kopf nach oben; zugleich rammte er mit der anderen Hand den Lauf des Karabiners heftig gegen Roegs Ohr. In Roegs Augen traten sofort Tränen. Toy hob den Daumen vom Griff und schob den Sicherheitsriegel nach unten. Jeder im Raum hörte das Klicken.

»Es ist ja nur ein Neun-Millimeter-Kaliber«, sagte er zu Roeg. »Das mischt wahrscheinlich nur Ihr Hirn ein bißchen durcheinander, ohne große Zerstörungen außerhalb anzurichten. Sie werden immer noch gut aussehen, wenn Sie im Sarg liegen.«

Haydon glaubte nicht, daß er es tun würde, jedenfalls nicht so. Und er tat es auch nicht. Er sagte nur *»Bäng-bäng!«* und stand auf. Aber Haydon beobachtete ihn weiterhin. Toy hatte sich unter gewaltigen Druck gesetzt. Haydon zweifelte nicht daran, daß Toy immer wieder den toten Körper von Yue vor sich gesehen hatte, seit er wußte, was geschehen war – vor diesem inneren Auge, das von den Gewalttaten eigentlich genug haben müßte.

Toy legte das HK wieder neben Lai auf den Boden.

»Ich zeige Ihnen jetzt das Video, das wir in dieser Nacht gefilmt haben«, sagte Toy zu Haydon, wobei er wieder Gage und Roeg ignorierte. Er ging zum Projektor und drückte erst auf einen Knopf, um die Filmleinwand hochzuziehen, dann auf einen anderen, um die Lichter zu verdunkeln. Hinter der Leinwand befand sich ein großer Bildschirm eines Fernsehgeräts. Es gab ein paar Blitze der Statik, dann begann das Band, das Haydon bereits gesehen hatte.

»Diese zwei Schwarzen kommen erst später dran. Der Schwarze, der mit ihnen redet, ist Boney Walker, der Kerl, der mich auf das Lagerhaus hinwies, wenn auch nicht ganz freiwillig.«

Auf dem größeren Bildschirm konnte Haydon sehen, daß Walker ein ausgebeultes, weißes Hemd anhatte mit Manschetten an den Ärmeln. Die Manschetten waren zurückgekrempelt, und darunter sah man zehn Zentimeter schwarze Haut. Vorne hatte Walker das Hemd bis zum Nabel offen und ließ eine goldene Kette mit einer Art Medaillon sehen, das daran baumelte.

Als Roegs Leute in das Lagerhaus kamen, ein jeder entweder von Langer oder Grover Ellis begleitet, nannte Toy ihre Namen und berichtete Haydon, in welcher Beziehung sie zur Organisation standen. Er hatte wirklich seine Hausarbeiten gemacht. Als das Video den Punkt erreicht hatte, wo alle Männer sich gesetzt hatten – das war die Stelle, die Haydon bereits als Ende der ihm übergebenen Spule kannte –, stoppte Toy das Band und ließ die Bewegungen einfrieren.

»Ich kann Ihnen vielleicht am besten an dieser Stelle sagen, wie wir das geschafft haben. Lai und ich haben ganz exzellente, neue Kameras von Hitachi benützt, die SR-1. Sie wurde entwikkelt für Nachrichtenreportagen. Leicht, auch kinderleicht zu handhaben. Sie hat nur einen Nachteil: ihre Bänder laufen nur acht Minuten, das heißt, man muß pausieren und eine neue Kassette einlegen. Dabei verliert man, sogar wenn man sich sehr geschickt anstellt, mindestens fünf Sekunden von der Aufnahme. Jeder von uns war mit sieben Kassetten ausgerüstet. Lai und ich filmten aus verschiedenen Blickwinkeln. Sie konzentrierte sich auf die freie Fläche in der Mitte, wo die Aktion stattfand. Ich versuchte, sowohl die freie Fläche als auch die Männer, die dieser Veranstaltung beiwohnten, abzuschwenken. Es sollte kein Zweifel entstehen, daß diese Männer wirklich dabeisaßen und es beobachteten. Bedauerlicherweise ist mir keine einzige Einstellung gelungen, bei der die Aktion und die Männer gleichzeitig zu sehen waren. Außerdem ist die Tonaufzeichnung nicht viel wert. Die Akustik im Lagerhaus war sehr schlecht. Aber dieses Einstundenband ist eine Komposition aus Lais und meinem Material, so geschnitten, daß es eine fortlaufende Geschichte ergibt. Ich habe also noch eines, von dem Roeg nichts weiß.«

Toy drückte auf den PLAY-Knopf, und die Aktion begann wieder. Er kam herüber und schob seinen Sessel neben Haydon. Er hatte eine Fernbedienung in der Hand.

Nach der Einstellung auf die Männer, die auf den Packkisten saßen, kam eine helle Einstellung auf die freie Fläche. Walker stand in der Mitte und hatte ein Seil in der Hand, während sich die zwei Schwarzen auf seinen beiden Seiten auszogen. Sie zogen alles bis auf ihre Unterwäsche aus und warfen ihre Sachen auf die Kisten, damit sie aus dem Weg waren, dann kamen sie auf Walker zu, der je ein Ende seines Seils an das linke Armgelenk eines Mannes knotete. Er prüfte die Knoten, ließ die beiden Männer zurücktreten, bis das Seil gespannt war, das etwa einen Meter lang zu sein schien. Dann verschwand Walker aus dem Bild und kam mit zwei kurzen, gebogenen Messern zurück, die wie gekrümmte Macheten aussahen.

»Das sind Gurkha-Kukri-Messer«, erklärte Toy. »Sie sind dreißig Zentimeter lang und wiegen eineinhalb Pfund. Diese beiden Männer hatten nie zuvor ein solches Messer gesehen.«

Walker gab jedem der Schwarzen ein Messer und redete noch ein bißchen auf sie ein. Sie nickten, und er verschwand von der freien Fläche. Die beiden Männer spannten augenblicklich das Seil zwischen sich an und begannen, langsam um einen imaginären Punkt zu kreisen. Instinktiv halten sie die Messer an den Seiten und ein wenig nach hinten. Ihre Körper glitzern vom Schweiß, von der erstickenden Hitze und von der Angst, die sie beherrscht. Einer der Männer ist schwerer und muskulöser als der andere und beginnt an dem Seil zu zerren, um seinen Gegner aus dem Gleichgewicht zu bringen. Der andere widersteht, obwohl er nicht weiß, wie er dieser Technik begegnen soll. Er versucht nur zu vermeiden, daß er in die Reichweite der Waffe seines Gegners gerät. Die ganze Sache scheint ihm ausgesprochen gefährlich zu sein, und seine Augen treten hervor, als er merkt, daß er eindeutig der Unterlegene sein wird.

Plötzlich verringert der größere Mann die Spannung des Seils und macht einen Satz in Richtung auf den Gegner, der durch das Manöver aus dem Gleichgewicht gerät und nach hinten taumelt. Während er fällt, läßt der größere Mann das Gurkha-Messer auf ihn sausen. Beim ersten Hieb ist er noch zu weit weg, und nur die Spitze der Klinge kratzt über den Brustkasten des kleineren Mannes, aber der Schwung des großen Schwarzen reißt ihn mit dem anderen zu Boden, bevor er noch einmal mit seinem Messer ausholen kann. Im Bruchteil einer Sekunde hebt der kleinere Schwarze abwehrend sein Messer, und der größere spießt sich durch die Wucht seines eigenen Gewichts auf. Das Mikrophon der Kamera nimmt seinen Schrei auf.

Beide Männer sind wie erstarrt. Der Kleinere ist vom sicheren Tod zum Sieg gekommen, innerhalb weniger Sekunden, und ist völlig benommen. Aber als der Größere versucht, das Messer herauszuziehen, mehr in Agonie als in dem Versuch, sich zu retten, kommt sein Gegner wieder zu Sinnen, reißt selbst das Messer aus der Brust des Großen und zieht es ihm über den Hals. Mit dem zweiten Streich enthauptet er ihn und setzt damit eine Fontäne von Blut frei, die auf den Boden schießt. Der Große zuckt noch ein paarmal im Sterben, und der Gewinner gibt ihm den Gnadenstoß mit einem Hieb über den unteren Teil des Rückens, der seine Nieren heraustreten läßt. Das Ganze ist in zwei Minuten vorbei.

Danach blickt der Sieger auf und schaut ins Dunkel. Er hört zu, als ob ihm etwas gesagt würde. Dann nickt er blöde und beginnt seinen kopflosen Gegner am Seil zu ziehen, das noch an beiden Armen befestigt ist. Er zerrt ihn außer Sicht, hinter einen Turm von Kisten, wobei er eine Spur von allmählich trocknendem Blut hinterläßt. Walker kommt heraus, versucht, sich die Schuhe nicht mit Blut zu beschmutzen, nimmt vorsichtig den Kopf und geht damit hinter die Kisten, wo der Leichnam liegt. Die Kamera bleibt auf der Ecke, hinter der sie verschwinden, und filmt im schwachen Licht, wie die beiden Männer den großen Kerl weiter in die dunkleren Bereiche des Lagerhauses schleppen.

Toy stoppte das Band.

»Walker versucht, dafür richtige Kraftprotze zu bekommen«, sagte er. »Aber es gelingt ihm nicht immer, sie so auszusuchen, daß sie gleich stark sind. Er holt diese Kerle aus den schlimmsten Rattenlöchern der Stadt. Man kann leicht einen Killer anheuern, das wissen Sie, aber jemanden, der sich auf einen solchen Zweikampf einläßt – das ist eine andere Sache. Denn damit setzt er ja sein eigenes Leben aufs Spiel. Das Verlieren ist in diesem Spiel mit einem sehr großen Verlust verbunden. Dennoch, es gibt immer welche, die verzweifelt genug sind, um darauf einzugehen. In solchen Dingen kennt sich Roeg aus: verzweifelte Menschen. Man kann sie billig haben, und man braucht sie nicht wie Menschen zu behandeln. Manchen dieser armen Teufel ist ihr Leben ohnehin nicht mehr viel wert.«

Toy drückte wieder auf die Taste, und die Videoaufzeichnung wurde fortgesetzt. Erst räumte Walker oberflächlich auf und säuberte ein wenig den Boden – Walker, der Ringmeister, Trainer, Schiedsrichter und Wächter in einer Person zu sein schien. Sägemehl wurde auf das Blut gestreut. Und dann kamen zwei weitere Männer, bereits bis auf die Unterwäsche ausgezogen, auf die freie Fläche. Walker band sie mit dem Seil zusammen, das jetzt blutig, steif und schwer zu binden war. Einer der Männer schaute nach unten und sagte etwas über den Boden. Walker verschwand, kam wieder mit mehr Sägemehl und streute es aus. Dann sprach er mit ihnen wie bei dem ersten Paar. Er verschwand wieder und kehrte mit den Gurkha-Messern zurück. Er gab sie den Männern, sagte noch ein paar Worte und verschwand aus dem Bild.

Das Seil spannte sich, und die beiden begannen. Aber diesmal war der Kampf nicht so schnell vorbei. Die Männer gingen aufeinander los wie Amateurboxer ohne technische Kenntnisse, stachen und stießen aufeinander ein – wild entschlossen, als erster den Todesstoß zu landen. Fleischstücke flogen buchstäblich von ihren Körpern, während sie mit ihren rasiermesserscharfen Klingen herumfuchtelten; Blut und Schweiß mischte sich und glänzte im schwachen Licht. Das Schlachten wurde schneller, als Panik und der Selbsterhaltungstrieb ihre Adrenalindrüsen zur Höchstproduktion anstachelten. Sie wanden und drehten sich in einem Schauer ihres Blutes wie Derwische, wie Hähne im Kampf, die buchstäblich vom Wahnsinn ergriffen waren. Einen Augenblick sah der Kampf so aus, als wollte jeder den tödlichen Hieben entkommen, im nächsten schienen sie sich mit äußerster Kraft zu bemühen, den anderen fertigzumachen, völlig blind gegenüber der Gefahr der blitzenden Klinge in der Hand des Gegners. Manchmal taumelten sie benommen in das Messer des anderen, manchmal gelang ihnen selbst, ohne es zu wissen, ein gefährlicher Stich, nur in dem Bemühen, einen Hieb abzuwehren, der gar nicht kam. Sie stürzten zu Boden, wälzten sich in ihrem Blut und hieben aufeinander ein, versuchten, aufzustehen, quiekten wie Schweine, bis plötzlich ein Strahl hellen, arteriellen Blutes mit gewaltiger Kraft nach oben schoß, einmal, zweimal, und die beiden Männer in einem einzigen Haufen zusammenbrachen.

Diesmal konnte der Sieger nicht mehr aufstehen. Der schwer arbeitende Walker schnitt das Seil durch und zerrte den Verlierer weg. Dann kehrte er zurück und half dem ›Sieger‹. Haydon bezweifelte, daß er mit dem Leben davonkommen würde.

Der nächste Kampf wurde vorbereitet.

»Ich will nichts mehr sehen«, sagte Haydon.

»Aber sicher, Sie müssen. Es sind schließlich *Morde*, ist Ihnen das nicht klar? Bei der nächsten Runde benützten sie Stahlrohre. Einer schlägt den anderen zu Brei.«

»Ich will es nicht sehen«, wiederholte Haydon.

Toy drückte auf die Zwischenstop-Taste und drehte sich um.

»Es kommen noch zwei. Sie haben an dem Abend vier Menschen getötet, vielleicht auch sechs. Ich nehme an, zwei von den Siegern sind auch gestorben.« Er war sehr erregt.

»Ich werde es mir nicht ansehen«, sagte Haydon.

»Sie *werden* es sich ansehen!« schrie Toy. Er war wütend. Sprang auf, stieß seinen Stuhl mit dem Fuß durch den Raum, so daß er gegen die Wand krachte. »Ich will, daß Sie es glauben. Ich will, daß sich diese Morde in Ihr Gehirn einbrennen. Sehen Sie, was das für ein Mann ist?« Er drehte sich um und zeigte auf die Wände mit den Photographien. »Sehen Sie das? Er ist ein Tier. Ein gottverdammter Kannibale!«

Haydon schüttelte den Kopf.

Toy schaute ihn an. Seine Augen funkelten vor Zorn. Er blinzelte und starrte auf Haydon. Dann ließ die Spannung ein wenig nach, noch ein wenig, bis sie sich ganz löste. Er wandte sich dem Bildschirm zu. Das Bild stand, und man sah Walker, der aufräumte. Er betrachtete das Bild lange Zeit, und das einzige, was man in dem Raum hörte, war das Summen des Videoprojektors. Dann drückte Toy auf den Rückspulknopf.

»Sie haben recht«, sagte er müde.

Er ging um die Projektorkonsole herum und drehte langsam das Licht wieder heller. Dann ging er dorthin, wo er gesessen hatte, zündete sich eine Zigarette an und starrte zu Boden.

Haydon war völlig betäubt. Er schaute an Toys Schulter vorbei auf Lai, die in ihrem Sessel saß, die Hände auf dem Karabiner. Sie schien in so weiter Ferne zu sein wie Toy. Keiner von ihnen deutete an, was sie als nächstes tun würden. Haydon fragte sich, ob das nicht bereits alles war. Wenn Toy die Absicht hatte, Roeg zu töten, warum machte er es nicht jetzt? Warum wollte er, daß Haydon dabei war? Toy war sicher nicht unschlüssig, er schien auch nicht zu zögern. Er war offenbar lediglich erschöpft und in Gedanken versunken. Sein Jagdhemd war dunkel vom Schweiß, obwohl die Klimaanlage hier drinnen vorzüglich funktionierte. Haydon versuchte, sich zu überlegen, worauf das alles hinauslaufen würde.

Als das Telephon klingelte, bewegte sich nichts außer ihren Augen.

44

Toy ging hinüber und packte Gage an seiner Mähne. Er schüttelte ihn. »Hör zu, du Arschloch. Du sagst, daß sie noch bei einer Besprechung sind. Und daß sie in Ruhe gelassen werden wollen.« Er riß noch einmal an Gages Haar, um seine Forderung zu bekräftigen. »Vergiß nicht – solange ich eine Chance habe, hier lebendig rauszukommen, hast du auch eine. Wenn die meine vorbei ist, geht es dir genauso.«

Er riß brutal das Klebeband von Gages Mund und nahm dann den Karabiner in die Hand. Die Schnur des Telephons reichte bis zum Projektor, und Toy gab Lai einen Wink, Gage den Hörer ans Ohr zu halten, während Toy zu Roegs Schreibtisch ging. Das Telephon klingelte zum fünftenmal, als Toy Lai zunickte und sie den Hörer abnahm.

»Hal-hallo«, stotterte Gage.

»Mr. Gage, hier ist Bearden.« Die Stimme des Mannes füllte den Raum. Toy hatte den Lautsprecher am Telephon eingeschaltet. »Ist bei Ihnen alles okay?«

»Klar, klar«, sagte Gage. »Warum fragen Sie?«

»Nur eine Routinenachfrage, Sir. Danke.« Bearden legte auf.

»Routine, von wegen«, fluchte Toy. »Aber macht nichts. Ich brauche jetzt nicht mehr so viel Zeit. Lai, kleb ihm den Mund wieder zu.«

Toy ging wieder um die Sofas herum und hockte sich vor Roeg.

»Joey«, sagte er und schaute Roeg an. »Joey, glauben Sie, daß Sie jetzt sterben werden?« Er wartete auf eine Antwort, aber Roeg reagierte nicht. Auf seinem Gesicht war keine Reaktion zu sehen gewesen, seit Haydon den Raum betreten hatte. Seine schwarzen Augen waren nicht dazu geeignet, über seine Gefühle Auskunft zu geben.

»Ich werde Ihnen etwas sagen«, erklärte Toy. »Es gibt so viele Möglichkeiten, jemanden sterben zu lassen, daß es mir schwerfällt, mich für eine zu entscheiden. Ich selbst habe so viele verschiedene Methoden gesehen. Natürlich wissen Sie darüber genausogut Bescheid wie ich. Vielleicht sollte ich Sie entscheiden lassen.«

Dann fiel ihm etwas ein. »Einen Moment mal«, sagte er. Er erhob sich, ging zur Videokamera und legte eine neue Kassette ein. »Bald hätte ich es vergessen: Es wäre doch wirklich schade, wenn Roegs Finale nicht auf Band aufgenommen würde, nach allem, was er zu diesem Gebiet der Unterhaltung beigetragen hat.«

Als Toy zurückkam, sagte Haydon: »Toy, ich habe mehr als genug, um ihn verurteilen zu lassen. Sie brauchen ihn nicht umzubringen. Was für Verbrechen Ihnen als Ergebnis dieses Falles angelastet werden könnten, Sie würden nicht verfolgt, wenn Sie als Kronzeuge gegen ihn auftreten. Es ist vorbei. Machen Sie – auch für sich – nicht eine größere Tragödie daraus, als die Sache ohnehin ist.«

Toy achtete nicht darauf, sondern hockte sich wieder vor Roeg auf den Boden.

»Wie hätten Sie's denn gern? Nicken Sie einfach, wenn ich Ihnen Ihren Lieblingstod nenne. Eine Kugel in den Kopf?« Pause. »Die Kehle durchgeschnitten?« Pause. »Erschlagen?« Pause. »Erdrosseln, mit bloßen Händen oder mit einer Garotte?« Pause. »Durch Erstechen? Durch Erhängen? Oder wie wär's mit Foltern? Ich kenne Ihre Vorliebe für Folterungen. Vielleicht ein Potpourri von Methoden, wie sie Ihre Jungs in El Salvador anwenden... Ich habe nicht alle nötigen Ausrüstungen zur Hand, aber wir könnten improvisieren. Die Folterung ist immer irgendwie improvisiert. Außerdem ist sie eine primitive Kunstform, nicht wahr? Wir könnten Krieg spielen, so tun, als ob Sie ein Gefangener wären. Wir stellen Sie vor die weiße Filmleinwand und leeren eines von diesen Neunmillimeter-Magazinen auf Sie, so daß schöne rote Muster auf dem Weiß erscheinen. Mein Gott, wie machen wir es denn? Wie bewerkstelligen wir Ihren Abgang, Mann?«

Toy stand auf und holte die Rolle mit dem weißen Klebeband.

»Denken Sie doch, Toy«, sagte Haydon. »Es besteht keine Notwendigkeit dazu.«

Toy riß einen Streifen ab und klebte ihn über Haydons Lippen.

Ohne zu sprechen warf er die Rolle auf den Boden, dann ging er wieder zu Roeg. Er nahm ein Jagdmesser aus dem Messertäschchen seiner Tarnstoffhose und stieß Roeg zurück, so daß er flach auf dem Sofa lag. Dann setzte er die Klinge am Kragen des Hemds an und drückte langsam darauf. Die Klinge war so scharf, daß sie den Stoff kaum ausfranste. Er zog Roeg das Hemd aus. Anschließend setzte er die Spitze des Messers an Roegs Smokinghose an und schlitzte sie bis hinunter zu dem einen Bein auf. Er zog die Hose nach unten, bis sie sich um Roegs Knöchel ballte.

Roeg lag in einer Jockey-Unterhose auf dem Sofa. Seine Arme und Beine waren blaß wie die Tentakeln eines Tintenfischs, weich, muskellos und von blauen Äderchen durchzogen.

»In der Morgenzeitung hieß es, daß Yue nackt war«, sagte Toy.

Er packte den Gummizug an Roegs Unterhose und schnitt ihn durch, dann trennte er den Stoff des einen Beins auf und zog ihn weg. Roeg lag nackt da, völlig haarlos am ganzen Körper. Unbeschnitten. Klein. Er begann Geräusche zu machen hinter dem Klebeband, die Adern an seiner Stirn traten hervor, sein Adamsapfel rutschte auf und ab. Er versuchte, sich von den anderen abzuwenden, um sein Geschlechtsteil zu verbergen, aber Toy packte ihn und riß ihn zurück. Roegs Augen richteten sich auf die seinen, Tränen standen jetzt in ihnen. Er grunzte und bäumte sich auf. Toy stellte einen Fuß auf Roegs gefesselte Beine, und mit der Linken drückte er Roegs magere Brust nach unten. Roegs Genitalien waren entblößt, absurd präputertär und blaß.

»Sie haben sie angeschaut«, sagte Toy, und jeder im Raum wußte, daß alle Roeg in seiner Nacktheit betrachteten, und jeder wußte, wie groß die Scham war, die er empfand, weil das zur Schau gestellt wurde, was er am liebsten für immer verborgen gehalten hätte.

Toy senkte die Spitze des Jagdmessers auf Roegs Genitalien. Roeg schien den Atem anzuhalten, als Toy sie berührte.

»Sie haben ihr schreckliche Dinge angetan«, sagte er. »Hat man Ihnen die Details berichtet, Roeg? Haben Sie danach gefragt?« Toy bewegte mit der Klinge Roegs schlappen Penis von der einen auf die andere Seite, betrachtete ihn, als hätte er nichts Besseres zu tun, als wecke dieses Amüsement die Lust zu weiteren – auf Roegs Kosten.

»Sie haben sie hier aufgeschnitten«, sagte er und drückte die kalte Klinge gegen den Ansatz von Roegs Hodensack.

Roegs Augen rollten langsam nach hinten, und er begann unkontrollierbar zu urinieren. Er konnte seine Blase nicht mehr beherrschen, und auch der Darm entleerte sich.

Toy trat zurück und beobachtete ihn. Er wartete, bis Roeg fertig war. Wartete, bis seine Augen wieder nach unten gerichtet waren, sich wieder auf ihn einstellten. Wartete, bis Roeg verstand, was er da getan hatte, worin er lag, und was ihm noch nicht geschehen war. Weinend versuchte Roeg, auf das Sofa zurückzuklettern, von dem er gerutscht war, aber dabei verschmierte er sich nur das Gesicht mit seinen Fäkalien.

»Hast du jetzt Angst, Joey?« fragte Toy, während er sich vor ihm aufbaute. »Wie fühlt man sich in einer solchen Situation? Dabei ist eigentlich noch gar nichts passiert. Wie entsetzlich, glaubst du, wird es erst sein, wenn wirklich etwas passiert?«

Er schwieg, als ob er eine Antwort erwartete, aber was man hörte, war nur ein gedämpftes Jaulen, das nicht aufhören wollte. Roeg hatte ein Stadium totaler Hysterie erreicht – er hatte sein Gleichgewicht verloren. Es war ein seltsames, nervtötendes Geräusch in dem stillen Raum, das Geräusch der Erniedrigung, der Entwürdigung, einer vollkommenen Niederlage. Aber es war mehr als das: Es war auch das Geräusch einer geistigen Erhebung, der Offenbarung des Josef Roeg. Denn im freien Raum weniger, unsicherer Augenblicke hatte er seine Sonne von der anderen Seite ihres Umlaufs gesehen.

Toy drehte sich um und schaute Haydon an. Er ging hinüber, nahm Lais HK und trat dann wieder vor Roeg hin.

»Ich möchte Ihnen etwas zeigen«, sagte er. Er nahm das Magazin heraus und drückte auf die Nachsetzfeder. Das Magazin war leer. Er nahm seinen Karabiner und machte dasselbe damit. Auch diese Waffe war ungeladen.

»Ich hatte nie die Absicht, Ihnen etwas anzutun«, sagte er. In seiner Stimme war kein Groll. Es war, als spreche er einen Nachruf. »Ich wollte nur, daß Sie wissen, wie es sich anfühlt, wenn man darauf wartet, daß es passiert. Ihr solltet alle wissen, was eure Vergnügungen für die Opfer in Wirklichkeit bedeuten. Um ehrlich zu sein, ich hätte gern noch eine Weile weitergemacht. Trotz allem, was ich Ihnen angetan habe, kann nicht so schlimm gewesen sein wie die anderen Grausamkeiten.

Seit Jahren habe ich zuviel davon gesehen. Ich dachte, wenn ich einmal genug gesehen, wenn ich das Allerschlimmste erlebt hätte, dann würde ich verstehen. Aber dazu ist es nie gekommen. Nicht, bis ihr eure Köpfe aus dem Dreck erhoben und eure Hände nach mir ausgestreckt habt. Sie, Roeg, sind der Kern, das Herz und die Seele aller Scheußlichkeiten und Gewalttaten, und wenn alles gesagt und getan ist, sind Sie nicht anders als wir alle. Sie sind nur ein Konzentrat unserer schlimmsten Impulse, die bis zum Punkt völliger Korruption getrieben wurden. Also werde ich, obwohl ich große Lust gehabt hätte, Ihnen die Eier abzuschneiden, darauf verzichten. Ich werde es nicht tun, weil ich weiß, daß es genau das ist, was Sie so gern bei jemand anderem gesehen hätten. Ich schlage Ihnen respektvoll diese Ehre aus, Roeg, und dabei komme ich wenigstens mit einem Fuß aus dem Gully.«

Der Raum war ein Vakuum. Gage hatte die Augen geschlossen, sein Kopf war nach hinten auf das Sofa gefallen. Lai saß stoisch in ihrem Sessel. Roeg versuchte das Unmögliche. Sich windend und drehend auf dem mit Kot und Urin verdreckten Sofa versuchte er sich zu verstecken, obwohl es kein Versteck gab.

Toy nahm Haydons Beretta und steckte das Magazin hinein. Dann ging er zu Haydon, schnitt das Band an seinen Händen und Füßen durch und ließ ihn selbst das Klebeband von seinen Lippen entfernen.

»Er gehört Ihnen. Und wie entschärfen wir jetzt diese Situation?«

Haydons Herz schlug so heftig, daß es seinen ganzen Körper erschütterte. Er konnte nicht glauben, daß Roeg noch nicht tot war. Er schaute Toy an, wollte etwas sagen und hielt inne. Statt dessen sagte er: »Ich telephoniere«, und ging auf Roegs Schreibtisch zu.

Während er wählte, hörte er das Summen der Vorhänge, die automatisch zurückgezogen wurden, und sein Blut erstarrte. Als er sich herumdrehte, sah er, wie Toy auf das Licht zuging, dem düsteren Raum den Rücken zukehrte und sich bereits in seine eigenen Gedanken zurückgezogen hatte. Haydon machte den Mund auf, aber es war zu spät. Die Kugel, die Toy traf, hob ihn vom Boden und schleuderte ihn einen Meter rückwärts, ehe er über das Parkett bis vor Roegs Schreibtisch rutschte. Sein Kopf war nicht mehr auf dem Rumpf. Lai hatte gerade noch genügend Zeit, um aufzustehen, bevor die zweite Kugel sie an ihrer rechten Schläfe traf, über den Sessel katapultierte und in den riesigen Fernsehbildschirm schmetterte.

Die Scharfschützen von Roegs Sicherheitsmannschaft waren schon lange an Ort und Stelle.

Haydon stand da wie angewurzelt. Es war vorüber.

45

»Fahren wir. Ich möchte dir etwas zeigen und etwas sagen.«

Es waren die ersten Worte, die Haydon gesprochen hatte in der halben Stunde, seit sie auf der dunklen Terrasse saßen und geeiste Tanquerays mit Limonenscheiben tranken. Er war in düsterer Stimmung gewesen und hatte auf die nächtlich-schwarzen Bäume hinter dem Gewächshaus geschaut. Er war erst am späten Abend aus Roegs Haus gekommen und hatte danach noch einige Stunden im Präsidium verbracht, um mit Mooney und Lapierre den Papierkram in die Wege zu leiten. Als er schließlich nach Hause kam, war er müde gewesen und tief in Gedanken versunken. Nina hatte sich schweigend zu ihm gesetzt; sie wußte, daß er irgendwann zu sprechen anfangen würde und daß es nutzlos war, ihm etwas zu entlocken, bevor er bereit war.

Sie fuhren lange Zeit durch die flackernden Lichter der Stadt. Nina hatte keine Ahnung, wo sie sich befand. Sie stellte keine Fragen, und Haydon erklärte nichts.

Schließlich hielt er den Vanden Plas am Randstein gegenüber einem kleinen Holzhaus. Wie immer waren Türen und Fenster der Sommernacht geöffnet. Er konnte durch eines der dunklen Schlafzimmerfenster einen schwachen, safrangelben Schimmer aus einem der weiter hinten liegenden Räume erkennen. Das Licht über der Haustür warf einen bleichen, flackernden Schein nach unten. Es war spät. Wahrscheinlich schliefen der kleine Junge und sein Hund längst.

»Das ist das Haus«, sagte er. »Es war ein, vielleicht zwei Jahre, bevor wir heirateten. Ich hatte die Uniform noch nicht lange ausgezogen. Man hatte mich als Köder zu einer Scheinarbeit beim Sittlichkeitsdezernat gesteckt, und als ich damit fertig war und man mich als Aushilfe zum Morddezernat holte, klebte ich am Leim und bin dabeigeblieben. An dem Abend war ich beim Team, obwohl ich eigentlich gar nichts dabei zu suchen gehabt hätte.

Ich hatte als uniformierter Streifenbeamter über ein Jahr hier in den Heights gearbeitet, bevor ich zur Sitte kam, und war mehrmals in diesem Haus gewesen. Anrufe wegen familiärer Streitigkeiten und Kindsmißhandlungen. Die Frau, die hier wohnte, war geschieden; sie lebte mit einem Mann zusammen, der starker Alkoholiker war und regelmäßig sie und die Kinder verprügelte. Dazu brauchte er übrigens nicht einmal betrunken zu sein. Die Frau arbeitete tagsüber, und er blieb bei dem kleinen Mädchen und dem Jungen. Sie waren noch klein, sechs und sieben. Als ich hier arbeitete, war ich zweimal zu ihnen geschickt worden: einmal, als er die Kinder mit erhitzten Drahtkleiderbügeln verbrannte. Er sagte, sie seien zufällig auf den Ofen gefallen, oder so ähnlich. Einmal nahmen die Leute von der Fürsorge das Mädchen für eine Weile aus dem Haus, aber die Mutter hat sie zurückgeholt. Es war eine schlimme Situation, die nur noch schlimmer werden konnte. Man sieht so etwas kommen, aber es ist schwer, etwas dagegen zu unternehmen.«

Während er sprach, schaute Haydon über die Straße auf das Haus. Nina hatte fast aufgehört zu atmen.

»Es war eine langweilige Nacht für uns. Mein Partner und ich fuhren herum, um die Zeit totzuschlagen, als wir einen Funkspruch über einen Familienstreit in der Hyacinth Street empfingen. Wir waren in der Nähe. Ich nannte meinem Partner die Adresse und sagte, daß ich es gern erledigen würde. Wir sind gut miteinander ausgekommen. Als wir dort ankamen, war der Funkstreifenwagen noch nicht eingetroffen, also stiegen wir aus und gingen zur Haustür. Ich konnte die Kinder schreien hören, und die Frau von nebenan lief aus dem Haus und sagte, daß er sie alle töten würde und wir uns beeilen sollten.

Ich rannte zur Haustür. Die Mutter lag mitten auf dem Boden im Wohnzimmer und versuchte, aufzustehen. Er hatte sie geschlagen, bis sie bewußtlos geworden war, und nun kam sie allmählich zu sich. Inzwischen kamen spitze, schrille Schreie aus dem hinteren Schlafzimmer. Du kannst es von hier aus nicht sehen; es ist vermutlich da, wo das gelbliche Licht herkommt. Ich bin nach hinten gelaufen, und der Kerl feuerte einen Schuß ab, der den Türrahmen des Schlafzimmers traf. Ich duckte mich, zog meine Waffe und hörte, wie er durch das Fenster sprang.«

Haydon räusperte sich und hielt einen Moment lang inne, die Augen auf das Haus gerichtet.

»Im Schlafzimmer stand ein altes Sofa. Es war der Raum, in dem die Kinder schliefen. Aus dem Sofa hing die Polsterung heraus, und es gab ein Loch, wo die Sprungfedern gebrochen waren. Der kleine Junge, er war ein Jahr älter als das Mädchen, saß in diesem Loch und schrie wie am Spieß; seine Nase blutete, und er war am ganzen Körper voller Blut. Dieser Kerl muß ein ausgesprochener Sadist gewesen sein. Der kleine Junge starb übrigens später an seinen inneren Verletzungen. Aber jetzt schrie er und schaute dabei auf seine Schwester hinunter.

Sie... Sie lag auf dem Boden. Nackt. Auf dem Rücken. Ihre Augen waren glasig. Geistig war sie völlig hinüber. Der Kerl hatte sie vergewaltigt. Ich weiß nicht, wie die Kakerlaken sie so schnell erwischen konnten. Ich weiß es nicht; vielleicht war er schon eine Weile fertig und hatte sie danach nicht mehr berührt. Aber das konnte nicht sein. Sie hatten ja beide geschrien. Ich selbst hatte sie gehört, alle zwei, also war er wahrscheinlich noch dabeigewesen, als wir eintrafen. Jedenfalls erinnere ich mich an die Kakerlaken. Vor allem an eine ganz große. Ich erinnere mich an den verwüsteten kleinen Körper des Mädchens, und ich erinnere mich an ihre glasigen Augen.«

Haydon nahm sich eine Zigarette und drückte auf das Feuerzeug. Dann zündete er sich die Zigarette an, ließ das Fenster ein Stück herunter und blies den Rauch in die stickige Nacht. Der Motor des Wagens drehte im Leerlauf, die Klimaanlage war eingeschaltet.

»Ich schrie nach meinem Partner. Ich glaube, er war eine Sekunde im Wohnzimmer stehengeblieben, um nach der Frau zu sehen, und ich brüllte ihm zu, er sollte zu mir kommen und einen Notarztwagen rufen. Ich weiß nicht, warum ich auf die Idee kam, er könnte beides zugleich tun. Ich erinnere mich, daß auch ich durch das Fenster ins Freie gesprungen bin, und als ich auf dem Boden ankam, sah ich einen Feuerstoß aus einer Schußwaffe, aber der Mann war im Laufen, und der Schuß ging irgendwo in die Luft. Ich weiß noch nicht einmal, ob er zu hoch oder zu niedrig gezielt hatte; trotzdem rannte ich hinter ihm her.«

Haydon legte den Gang des Vanden Plas ein und fuhr langsam die Straße entlang.

»Er hat etwas Sonderbares gemacht. Dieses Haus ist keine hundert Meter vom Holy Cross-Friedhof entfernt, in die andere Richtung, und ich nahm an, daß er darauf zulaufen würde. Aber weit gefehlt. Statt dessen lief er hier, in Richtung auf die Marigold. Genau den Weg, den wir jetzt fahren. Er überquerte sie, ging durch Hinterhöfe und zwischen Häusern hindurch, überquerte die Lilac, dann die Jassemine Street. Dann dachte ich, er würde von hier aus zum Ende des Hollywood-Friedhofs laufen, vielleicht den Bayou entlang in den Moody Park. Jedenfalls war ich sicher, daß er unter den Bäumen Deckung suchen würde, aber dann tat er wieder etwas Merkwürdiges.«

Haydon hielt den Wagen an und schaute über einen kleinen Hügel des Hollywood-Friedhofs und durch die Bäume hinunter zum Bayou.

»Ich weiß nicht, warum er sich nicht an den Grüngürtel hielt. Da drinnen hätte ich ihm nicht folgen können. Ich hätte ihn im Nu verloren. Es war zu töricht, er hätte nur weiterzulaufen brauchen, aber statt dessen drehte er sich auf der Goldenrod Street um, feuerte noch zwei Schüsse auf mich, und wir liefen beide zurück, diesmal einen Block weiter dort drüben.«

Die Lichter des Wagens schwenkten über die Häuser und folgten derselben Route, die Haydon vor elf Jahren zu Fuß gelaufen war, zurück über die Lilac, Marigold und Hyacinth.

»Ehe es mir klargeworden war, befanden wir uns fast dort, wo unsere Jagd begonnen hatte. Er überquerte die Cosmos Street und stolperte in den Friedhof, über eine niedrige Mauer, die sich vom Eingang aus nach beiden Seiten erstreckt, wobei dieser Teil nur einen Block von der Main Street entfernt ist.«

Haydon fuhr durch das massive, schmiedeeiserne Tor des Friedhofs, das immer offen war. Die Hauptwege, die sich durch den Friedhof wanden, waren gepflastert und von alten, riesigen Eichen überschattet. Jetzt bei Nacht bildeten sie ein zusammenhängendes Dach, das die Sterne verdeckte. Haydon fuhr ein Stück in den Friedhof hinein, dann bog er auf einen grasbewachsenen Wege ab, der an den Grabreihen entlang verlief, so weit man sehen konnte. Das hintere Ende des Holy Cross-Friedhofs grenzte an das südliche Ende des Hollywood-Friedhofs.

Haydon hielt den Wagen an und stieg aus. Nina folgte ihm, sagte nichts – sie war völlig im Bann von Haydons Erzählung. Er begann ein paar Schritte zu gehen.

»Inzwischen waren wir beide erschöpft, wenngleich ich mich in besserem Zustand befand und ja auch nicht getrunken hatte. Trotzdem wurde es hier auf dem Friedhof gefährlicher für mich.

Es gab viele Stellen, wo er sich verstecken und mich beobachten konnte. Schließlich versteckte er sich hinter einem Grabstein, und ich tat das gleiche, aber kaum war ich dahinter, wußte ich nicht mehr, hinter welchem er sich versteckt hatte. Ich hatte keine Ahnung, wie es weitergehen sollte.«

Haydon verließ den Weg und ging zwischen den Gräbern hindurch, wobei er sich umschaute, bis er die genaue Stelle fand, wo es vor elf Jahren geschehen war.

»Ich bin hier stehengeblieben. Er war fünf oder sechs Gräber entfernt. Ich konnte ihn sogar atmen hören. Es klang so, als würde er gleich explodieren. Plötzlich vergaß ich alles, was ich vom Anpirschen und vom Verstecken gelernt hatte. Ich wollte ihn mir einfach schnappen. Also stand ich auf. Genau hier.«

Haydon erhob sich von seinem Platz hinter dem Stein und begann zu gehen, Schritt für Schritt.

»Er mußte mich gehört haben, denn auch er trat hinter seinem Stein hervor. Es war genügend Licht, der Widerschein der Stadt, die Sterne, ich weiß nicht, aber ich konnte sein Gesicht genau erkennen. Ich könnte auch deines sehen, wenn du da drüben wärst.«

Er blieb stehen.

»Siehst du diesen Sandsteinblock, der sich ein bißchen neigt? Er hatte sich daran gelehnt. Er schnappte so verzweifelt nach Luft, daß er sich nicht aufrecht halten konnte. Er hielt seine Schußwaffe in der Hand, aber er hob sie nicht an. Ich weiß nicht, ob er zu müde war oder einfach keine Angst hatte. Ich hatte bisher keinen Schuß abgefeuert und hielt meine Dienstwaffe an der Seite. Vielleicht hat er sie nicht gesehen. Ich weiß es nicht. Das alles habe ich überhaupt nicht registriert.«

Haydon ging ein Grab näher auf den geneigten Sandstein zu.

»Ich bin hier stehengeblieben; zwischen uns waren noch zwei Gräber. Er schaute mich an, rang nach Luft. In meinen Gedanken hörte ich noch den kleinen Jungen und das Mädchen schreien. Ich sah das Mädchen auf dem Boden liegen, mit den Kakerlaken auf ihr. Ich hob meine Beretta, stützte sie mit meiner Linken und zielte zwischen seine Augen. Ich feuerte zweimal, traf ihn beide Male ins Gesicht. Ich erinnere mich an das Blut, das nach allen Seiten spritzte, eine gewaltige, schwarze Fontäne.«

Haydon trat zu dem großen, schiefen Stein.

»Er ist hier draufgefallen. Bei Tageslicht kann man jetzt noch die Blutflecken sehen. Die Jahre haben sie rostbraun verfärbt, aber sie sind immer noch auf dem Stein zu erkennen.«

Er schaute über den Friedhof, wo die großen Eichen tiefe Schatten warfen, während die Grabsteine bleich das Licht der Stadt reflektierten.

»Es gab natürlich eine Untersuchung. Die Spezialabteilung für Schußwaffen, die interne Aufsichtsbehörde, der Staatsanwalt des Harris Countys. Ich wurde nicht angeklagt. Ich habe niemandem erzählt, was ich getan habe. Aber ich habe diesen Mann ermordet.«

»Und dein Partner hat es nicht gewußt?« Ninas Stimme war ruhig und natürlich. Er freute sich, das zu hören, und er war froh, daß sie auch nicht nervös klang.

»Ich habe es keinem lebenden Menschen erzählt. In der Nacht ist Dystal mein Partner gewesen. Als er kam, saß ich auf einem der Grabsteine und hatte dem Toten den Rücken zugekehrt. Ich habe ihm nie gesagt, wie es wirklich war, und er hat mich nie danach gefragt. Aber er weiß es.«

Eine polierte Marmorbank stand neben einer kleinen Gruppe von Büschen wilden Weins, nur ein paar Meter entfernt. Nina ging darauf zu und setzte sich. Sie schwiegen. Die Nacht roch nach feuchtem Gras, und von irgendwo kam ein Schwall Gardenienduft herüber. Der zirpende Ruf einer einzelnen Zikade erhob sich, verstummte dann wieder.

»Der Junge ist gestorben«, sagte er und wandte sich halb von ihr ab. »Das Mädchen kam schließlich in ein Heim. Sie ist jetzt siebzehn. Die Mutter ist vor etwa acht Jahren ausgezogen. Ich weiß nicht, wo sie jetzt ist.«

Sie lauschten beide wieder auf die Zikade. Eine zweite fiel ein, dann hörte sie wieder auf, nur die erste machte weiter mit ihrem Gesang.

»Ich bin froh, daß du es mir erzählt hast«, sagte Nina.

»Ich wollte es dir schon von Anfang an sagen«, erklärte Haydon. »Aber je schwerer es für mich wurde, damit zu leben, desto schwerer wurde es auch, es einzugestehen. Das ist die Heuchelei, die darin steckt. Ich hätte ihn nicht zu erschießen brauchen, Nina. Es war keineswegs notwendig. Aber ich wollte es, und ich habe es getan. Das ist alles, was man dazu sagen kann.«

»Warum hast du dich entschlossen, es mir *jetzt* zu sagen?« fragte Nina. »Was wirst du tun?«

Haydon wandte sich ihr zu, schaute ihr in die Augen.

»Ich werde gar nichts tun«, sagte er. »Ich werde mein Geheimnis wahren, und ich werde damit leben. Genau wie immer, nur daß ich etwas Besseres daraus machen muß. Das kann ich nicht ohne dich, aber ich darf einfach nicht deine Unterstützung akzeptieren, ohne daß du weißt, worum es in Wirklichkeit geht. Ich habe nur bis jetzt nicht gewußt, was schlimmer ist: dir die Wahrheit zu verheimlichen oder sie dir als Last aufzubürden.«

Keiner von beiden sprach ein Wort. Sie waren Gefangene ihrer eigenen Gedanken, wobei jeder versuchte, die Bedeutung der Geschichte für sie beide und für sich selbst zu begreifen. Haydon atmete tief die Nachtluft ein, und sie trug die Geräusche und Gerüche einer Welt mit sich, die zugleich uralt und neugeboren war, eine Welt, die nicht besser und nicht schlechter war, als die besten und die schlechtesten Menschen sie machen konnten.